ハヤカワ・ミステリ

JANE HARPER

渇きと偽り

THE DRY

ジェイン・ハーパー
青木　創訳

TOKYO
HAYAKAWA
BOOKS

A HAYAKAWA
POCKET MYSTERY BOOK

THE DRY
by
JANE HARPER
Copyright © 2016 by
JANE HARPER
Translated by
HAJIME AOKI
First published 2017 in Japan by
HAYAKAWA PUBLISHING, INC.
This book is published in Japan by
arrangement with
CURTIS BROWN GROUP LTD
through THE ENGLISH AGENCY (JAPAN) LTD.

装幀／水戸部 功

いつも読み聞かせをしてくれた父母、マイクとヘレンに

渇きと偽り

登場人物

アーロン・フォーク……………………連邦警察官
エリック………………………………アーロンの父。故人
ルーク・ハドラー……………………農家
カレン…………………………………ルークの妻
ビリー…………………………………ルークの息子
シャーロット…………………………ルークの娘
ゲリー…………………………………ルークの父
バーブ…………………………………ルークの母
エリー（エレナー）・ディーコン……アーロンの友人。故人
マル……………………………………エリーの父
グラント・ダウ………………………エリーの従兄
グレッチェン・シェーナー…………シングルマザー
ラチー（ラクラン）…………………グレッチェンの息子
ジェイミー・サリヴァン……………ルークの友人
ミセス・サリヴァン…………………ジェイミーの祖母
デイヴィッド・マクマードウ………パブ〈フリース〉のバーテンダー
パトリック・リー……………………医師
スコット・ホイットラム……………小学校校長
サンドラ………………………………スコットの妻
グレッグ・レイコー…………………巡査部長
リタ……………………………………グレッグの妻
エヴァン・バーンズ…………………巡査。グレッグの部下

プロローグ

農場がこれまで死と無縁だったはずはないし、黒蠅たちはえり好みしなかった。動物の死骸だろうと人間の遺体だろうと、黒蠅にとっては大差なかった。

その夏は干魃《かんばつ》のおかげで蠅は餌に困らなかった。キエワラの農夫たちは痩せ衰えた家畜にライフルを向け、蠅たちは死体の瞬《また》かなくなった目と粘《ねば》つく傷口に群がった。雨が降らなければ飼料は得られない。飼料が得られなければ苦渋《くじゅう》の決断をくだすしかない。小さな町は来る日も来る日も灼熱の青空にあぶられていた。

「いずれ終わる」農夫たちがそう言ううちに、干魃は月を重ねて二年目にはいった。農夫たちは、仲間に対してはそのことばを口に出して呪文のように言い合い、自分に対しては声を潜めて祈りのように言い聞かせた。

しかし、メルボルンの気象予報士の見立てはちがった。六時になると毎晩のように、スーツ姿で気の毒そうな顔をした予報士が、エアコンの効いたスタジオでこの件に触れた。公式発表によれば、過去百年間で最悪の状況だった。こうした気象パターンには名称があり、その発音はいつまで経っても慣れないものだった。エル・ニーニョだ。

ともあれ、黒蠅たちは満足していた。ただし、その日に見つけたものはいつもとちがった。小ぶりで、皮が滑らかだった。どうでもよかった。肝心な部分は同じなのだから。生気を失った目。濡れた傷口。

森のなかの空き地にあった死体がいちばん新鮮だった。玄関のドアがいざなうようにあけ放たれていたにもかかわらず、蠅たちが母屋のなかでさらにふたつの死体を見つけるまでには、少し時間がかかった。玄関にあった手前の贈り物のもっと先へと行った蠅は、寝室にあったもうひとつの贈り物で報いられた。そちらは小さかったが、群がる競争相手は少なかった。

タイルとカーペットの上に黒々とした血溜まりができていて、そこにたどり着いた蠅たちは喜び勇んで押し寄せた。外では、パラソル形の物干しに洗濯物が吊されたまま、陽を浴びて干からびていた。踏み石を並べた小道に、子供用のキックボードがほうり出されている。農場の一キロメートル圏内で、鼓動している人間の心臓はひとつしかなかった。

だから、母屋の奥で赤ん坊が泣きはじめても、なんの反応もなかった。

1

クリスマスでもないかぎりは教会に寄りつかない者でも、会葬者の数が席の数をうわまわっているのはわかった。教会の入口で早くも黒と灰色の流れが詰まりかけている。アーロン・フォークは砂煙と砕けた落ち葉を巻きあげながら車を進めた。

近隣の住民たちがさりげなくも強引に他人を押しのけ、戸口を少しずつ抜けている。道の向こうに陣どっているのはマスコミだ。

フォークは自分のセダンと同じくらい古びた小型トラックの隣に車を停め、エンジンを切った。エアコンがあえぎながら沈黙し、車内がとたんに暑くなってくる。少し間をとって人だかりを見まわしたが、あまり時間の余裕はなかった。はるかメルボルンからの気の重い旅は、見こみの五時間をとっくに超えて六時間以上におよんでいた。見知った顔がなかったので、安堵して車をおりた。

午後遅くの暑熱《しょねつ》が毛布さながらに体を押し包んでくる。後部座席のドアをあけて上着を取ろうとすると、その動作で手が灼けた。わずかに迷ったが、帽子も座席から拾いあげた。硬いカンバス地の茶色いつば広の帽子で、葬儀用のスーツには合わない。けれども、年の半分は青みがかった脱脂乳の色の肌をしていて、残りの半分は皮膚癌を思わせるそばかすに悩まされている身であるから、あえて野暮《やぼ》な恰好でいく覚悟を決めた。

生まれつきの色白で、短く刈りこんだ白っぽい金髪と透きとおった睫毛《まつげ》の持ち主であるフォークは、オーストラリアの太陽が自分に何かを伝えようとしているのではないかと感じることが三十六年の人生で多々あった。メルボルンの長い影のもとでならその言わんとするところも黙殺しやすかったが、日陰がつかの間の恵みになってしまっているキエワラではそうもいかない。

　町の外へ戻っていく道路を一度眺めてから、腕時計に視線を落とした。葬儀に出て、偲《しの》ぶ会に出て、朝になったら立ち去る。十八時間だ、と計算した。それ以上はとどまらない。そう胸に刻み、帽子を手にして人だかりのほうへ大股で向かうと、突然の熱風が服の裾をはためかせた。

　教会の内部は記憶にあるよりもいっそう狭かった。他人と肩をぶつけ合いながら、奥へと進む。壁沿いに空きがあったので、体を滑りこませ、綿のシャツが腹の上ではち切れそうになっている農夫の隣に場所を確保した。農夫が会釈《えしゃく》してから視線を正面に戻す。シャツの袖をいままでまくっていたらしく、肘に皺《しわ》が寄っている。

　フォークは帽子を脱ぎ、目立たないように自分を扇いだ。つい周囲に視線を走らせてしまう。当初は見覚えがないように思えた顔が鮮明に形を結び、そのいくつかに見てとれる目尻の皺や白いものが混じった髪や増えた贅肉に、なぜか驚きを覚えた。

　二列後ろの席にいた年配の男がその視線をとらえて会釈してきたので、フォークも顔見知りだと気づいて男と悲しげな笑みを交わした。名前はなんだっただろうか。思い出そうとしたが、はっきりしない。確か教師だったはずだ。教室で退屈したティーンエイジャーたちを相手に、地理か木工《もっこう》か何かの授業を楽しく教えようと奮闘していた姿が目に浮かんだが、名前はどうしても出てこなかった。

　男が隣の席を顎で示し、詰めようかと身ぶりで伝えてきたが、フォークは礼儀正しくかぶりを振って、ふたたび正面を向いた。ふさわしい機会があっても世間話は苦手にしていたし、いまがふさわしい機会から百万キロメートルもかけ離れているのはまちがいなかった。

いやなものだ――中央の棺が小さい。並みの大きさの棺ふたつにはさまれているので、よけいに痛ましく見える。これ以上痛ましいことがあるとしたらの話だが。髪を撫でつけた幼い子供が棺を指さして言った。パパ、見てよ。あの箱、フットボールの色みたい。中身を知っている年長の子供は目を見開いて絶句し、学校の制服に包んだ体を落ち着きなく動かして母親にすり寄っている。

三つの棺の上から、家族四人の引き伸ばした写真が見おろしている。静止したその笑みは大きすぎ、ぼやけていた。ニュースで目にした写真だ。繰り返し使われていた。

その下には、死者の名前が土地の花で綴《つづ》られている。ルーク。カレン。ビリー。

フォークは写真のルークを見つめた。豊かな黒髪にはよぶんな灰色の線が混じっているが、それでも三十五の坂を越したたいていの男よりも若々しい印象を受ける。記憶にあるよりも顔は老けているが、あれはもう五年近く前のことだ。自信に満ちた笑みは相変わらずで、目は少しだけ世間擦れしたように見える。変わらないな、というのが心に浮かんできたことばだった。三つの棺の言いぶんはちがうだろうが。

「ひどい悲劇だ」隣の農夫が出し抜けに言った。腕を組み、拳を腋《わき》の下に押しこんでいる。

「確かに」フォークは言った。

「一家と親しくしてたのかい」

「それほどとは。ただ、ルーク、つまり――」一瞬、目《め》眩《まい》に襲われ、いちばん大きな棺に納められた男を形容する文句が思いつかなかった。気を取り直したが、タブロイド紙のありきたりな文句しか見つからなかった。「――父親とは」ようやく口に出す。「古い友人でした」

「ほう。おれもルーク・ハドラーのことなら知ってるよ」

「いまではだれもが知っているでしょうね」

「あんたはまだこのあたりに住んでるのかい」農夫は太った体を少し動かして、はじめて正面からフォークを見た。

「いいえ。住んでいたのはずいぶん前です」

「そうか。見覚えのある気がするんだが」農夫は眉根を寄せて思い出そうとした。「おい、まさかあのリポーターどもの仲間じゃないよな?」

「いいえ。警察の人間です。メルボルンの」

「そうだったのか。ここまで事を悪くした役人どもを絞りあげてくれよ」農夫は、妻と六歳の息子のかたわらで眠るルークの遺体を顎で示した。「おれたちはこの百年で最悪の天候に襲われながらこの国のために食い物を作ってるのに、役人は補助金を打ち切ろうとしてやがる。あの哀れな男にも同情の余地があるってことさ。まったくくそ――」


農夫は口をつぐんだ。教会のなかを見まわしている。

「いまいましいスキャンダルだよ、こいつは」

フォークは何も言わず、ふたりしてキャンベラの政府の無能ぶりに思いをめぐらした。ハドラー一家の死の背景に何があったかは新聞が盛んに書き立てていた。

「ということは、この件を捜査してるのかい」農夫は棺のほうへ顎をしゃくった。

「いいえ。友人として参列しただけです」フォークは言った。「捜査すべきことが残っているとは思えませんし」

ほかの人々と同じで、フォークもニュースで聞いた以上のことは知らなかった。だが、報道によれば、単純な事件だった。ショットガンはルークが所有していたものだった。そのショットガンが、ルークの口の残骸のすぐそばで発見されていた。

「そうだな。おれも残ってないと思う」農夫は言った。

「ただ、あんたらは友人だったようだから」

「どのみち、わたしはその手の警官ではないので。連邦警察官です。財務情報局の」

「おれにはなんのことやら」

「要するに、金の流れを追うんですよ。末尾のゼロの数が少し多すぎる金を。資金洗浄とか、横領とか、そういったものです」

男が何か言ったが、フォークの耳には届かなかった。視線の先が三つの棺から最前列の会葬者へと移っていた。遺族の席だ。そこなら友人や隣人のだれよりも前にすわれる。友人や隣人のほうは遺族の後頭部を見つめ、そこにいるのが自分でなくてよかったと神に感謝する。

二十年ぶりだが、ルークの父親はすぐに見分けられた。ゲリー・ハドラーの顔色は悪かった。目は落ちくぼんでいる。最前列の自分の席に粛然とすわっているが、首をめぐらしている。隣ですすり泣く妻を見ているわけでもなく、息子と嫁と孫の亡骸を納めた三つの木箱を見ているわけでもない。フォークをまっすぐに見据えていた。

後方のどこかにあるスピーカーから音楽が流れだした。葬儀がはじまった。ゲリーは小さくうなずき、フォークは無意識のうちに片手をポケットに入れた。二日前に自分の机に届けられた手紙が指に触れる。差出人はゲリー・ハドラーで、重々しい筆跡で三つの文がしたためられていた。

〝ルークは嘘をついた。きみも嘘をついた。葬儀で会おう〟

先に目をそらしたのはフォークだった。

写真は正視しがたかった。教会の前方のスクリーンに、写真がこれでもかとばかりにつぎつぎと映し出されている。U‐10の優秀フットボール選手として表彰されているルーク。ポニーに乗って柵を跳び越えている若きカレン。いまとなってはその凍りついた笑みにはどこかグロテスクなところがあり、フォークは目を背けているのが自分ばかりでないことを見てとった。

写真がまた変わり、フォークはそこに自分の姿を認めて驚いた。十一歳の自分のぼやけた顔が見つめ返している。ルークと並んで上半身裸で口を開き、釣り糸の先の小さな魚を見せびらかしている。楽しそうだ。いつ撮った写真だろうと思った。思い出せなかった。

スライドショーがつづいた。ルークの写真、カレンの写真。ふたりともひたすら微笑んでいて、ふたたびフォークも写っている写真になった。今度は胸が締めつけられるのを感じた。会葬者のあいだに低いざわめきが伝わり、フォークはその写真に動揺したのが自分だけでないことを悟った。

若いころの自分がルークと並んで立っている。どちらも手脚が伸び、顔にはにきびが散っている。やはり微笑んでいるが、その場にいるのは全部で四人だ。ルークの腕は、淡い金髪のティーンエイジャーの少女の細い腰にまわされている。フォークの手は、長い黒髪で黒い目をしたふたり目の少女の肩のあたりに遠慮深く浮かんでいる。

まさかその写真が映し出されるとは思ってもいなかった。ゲリー・ハドラーに目をやると、顎を引いて前を凝視していた。隣の農夫が重心を移し、意図して半歩ほどあいだを空けたのがわかった。勘づいたらしい。

強いて写真に視線を戻した。四人の男女に。自分の横の少女に。スクリーンから消えるまで、四人の目を見つめていた。いつ撮った写真かは覚えている。長い夏の終わりの昼さがり。楽しい一日だった。四人がそろった最後の写真の一枚になった。二カ月後、黒い目の少女は死んだ。

〝ルークは嘘をついた。きみも嘘をついた〟

ゆうに一分間、フォークは床を見つめていた。目をあげると、時間が進み、ルークとカレンが結婚式でしゃちほこばった笑みを浮かべていた。自分も招待されていた。何を口実にして出席しなかったかを思い出そうとした。きっと仕事だ。

ビリーの最初の写真が現れた。赤ん坊らしく赤い顔をしているが、つぎの写真では髪が生えそろった幼児になっていた。早くも父親に似はじめている。ショートパンツを穿《は》いてクリスマスツリーの横に立っている。一家は三人組のお化けの仮装をしていて、笑みのまわりで顔のペイントが剝がれていた。数年ぶんが早送りされ、歳を重ねたカレンが別の赤ん坊を胸に抱いている写真になった。

シャーロット。運がよかった子だ。その名前は花で綴られていない。写真が合図になったかのように、十三カ月のシャーロットが最前列の祖母の膝の上で泣きはじめた。バーブ・ハドラーは片方の手で孫娘を抱き寄せ、ぎこちなく揺すった。もう片方の手はティッシュペーパーを顔に当てている。

育児に疎いフォークは、シャーロットがスクリーンの母親を認識しているかどうかわからなかった。もしかすると、自分はまだ元気に生きているのに、遺影に載せられたことを怒っているのかもしれない。そういうことにも慣れるしかない。シャーロットに選択肢はたいして残されていない。〝唯一の生存者〟というレッテルを貼られて生きることを定められた子供が人目を避けられる場所などさしてないのだから。

音楽の最後の旋律が小さくなっていき、スライドショーが終わると、気まずい沈黙が流れた。照明がつけられ、全員が安堵した感があった。太りすぎの司祭が大儀そうに段をふたつのぼり、演台に歩み寄った。フォークは忌まわしい棺にもう一度目をやった。黒い目の少女のことと、二十年前に恐怖とティーンエイジャーのホルモンに突き動かされてこしらえ、口裏を合わせた嘘のことを考えた。

〝ルークは嘘をついた。きみも嘘をついた〟

あの決断とこの瞬間は隣り合わせだったのだろうか。その問いが古傷さながらにうずいた。

参列していた年配の女性が正面から視線をはずし、フォークに目を留めた。知らない顔だったが、向こうは反射的に礼儀正しく会釈した。フォークは目をそらした。視線を戻すと、女はまだ見つめていた。にわかに眉根を寄せ、隣の初老の女に顔を向ける。読唇術ができなくても、何をささやいたかはわかった。

〝フォークの子が戻ってきてるわよ〟

初老の女がフォークの顔に視線を注ぎ、すぐに背けた。小さくうなずいて、友人の推測を肯定している。それから、反対側の女に身を寄せて何かささやいた。

フォークは胸に不快な圧迫感を覚えた。腕時計を確かめる。あと十七時間。それで立ち去れる。前と同じように。やっと。

2

「アーロン・フォーク、逃げるなんて許さないわよ」

車の横に立っていたフォークは、中に乗りこんで走り去りたい衝動と戦った。会葬者の大半は、近くでおこなわれる偲ぶ会へすでに向かっている。フォークは声がしたほうへ首をめぐらし、思わず顔をほころばせた。

「グレッチェン」フォークがそう言うと、女が抱きついてきて額を肩に押しつけた。フォークはその金髪の頭に顎を乗せ、ふたりはしばらく立ったまま体を前後に揺らした。

「ここであなたに会えるなんて、ほんとうにうれしい」グレッチェンの声はシャツに遮《さえぎ》られてくぐもっていた。

「調子はどうだい」体を離したグレッチェンに、フォークは尋ねた。グレッチェン・シェーナーは肩をすくめ、安物のサングラスをはずして充血した目を見せた。

「よくはないわね。正直なところ、悪い。あなたは？」

「きみと同じだよ」

「わたしと同じというより、前と同じに見えるわね」グレッチェンは弱々しい笑みを作った。「いまも色白のままで」

「きみだってあまり変わっていないさ」

グレッチェンは小さく鼻を鳴らしたが、笑顔を見せた。「二十年も経ったのに？　よして」

フォークはけっして追従を言ったわけではなかった。葬儀の際に映し出されたティーンエイジャー四人の写真のなかに、いまのグレッチェンは充分に見てとれる。ルークが腕をまわしていた腰は少し肉がついているし、淡い金髪は毛染めの力を借りているのかもしれないが、青い瞳と高い頬骨はまさにグレッチェンだ。フォーマルなパンツスーツは昔ながらの葬儀用の装いに比べると少しきつめで、やや動きにくそうだった。借りたのか、着る機会がめったにないかのどちらかなのだろうと思った。

グレッチェンのほうもやはり品定めするようにフォークを眺めていて、目が合うと声をあげて笑った。とたんに快活で若々しい印象になる。

「行くわよ」グレッチェンは手を伸ばし、フォークの腕を取った。手のひらがひんやりとした感触を伝える。「偲ぶ会は公民館でおこなわれるの。いっしょに耐えましょう」

道を歩きはじめたグレッチェンは、棒で何かをつついている男児に声をかけた。男児は顔をあげ、その行為をしぶしぶやめた。グレッチェンが手を差し出したが、男児は首を横に振ると、棒を剣よろしく振りまわしながら前を小走りで進んだ。

「息子のラチーよ」グレッチェンはフォークを横目で見ながら言った。

「ああ。そうか」少し時間がかかったが、フォークは旧知の少女が母親になったことを思い出した。「子供を産んだことは聞いたよ」

「だれから聞いたの？　ルークから？」

「そのはずだ。でも、かなり前だな。きっと。何歳になったんだい」

「まだ五歳だけど、もうガキ大将みたいなことばかりしてる」

ふたりは、ラチーが剣の代用品を見えない敵に突き刺すのを見守った。ラチーは目のあいだが広く、巻き毛は黄土色だが、その角張った目鼻立ちはグレッチェンにあまり似ていないとフォークは思った。グレッチェンがだれと付き合っていたかや子供の父親がだれかをルークは言っていただろうか。たぶん言っていない。


言ったなら自分も覚えているはずだ。グレッチェンの左手に目をやった。指輪ははめていないが、近ごろはそれも判断材料になりにくい。

「家庭生活はどうだい」フォークはついに言い、探りを入れた。

「うまくいってる。ラチーはちょっと手がかかるけど」グレッチェンは小声で言った。「ふたり暮らしなの。でも、ラチーはいい子よ。なんとかやってるわ。いまのところはね」

「ご両親はいまもあの農場を営んでいるのか？」

グレッチェンは首を横に振った。「いいえ。八年くらい前に隠退して売り払ったわ。シドニーに引っ越して、姉の家から通りを三本はさんだところにある小さなアパートメントを買ったの」肩をすくめる。「気に入ってるそうよ。都会暮らしを。父はピラティスにはまってるみたい」

フォークは、毒舌家のミスター・シェーナーがインナーマッスルと呼吸法に集中しているところを想像し、笑みを漏らした。

「いっしょに行こうとは思わなかったのかい」

グレッチェンはおもしろくなさそうに笑い、乾ききった並木を手ぶりで示した。「ここを捨てて？　いやよ。わたしはもう長いことここに住んでて、体の一部になってる。あなたならわかるはず」ことばを切り、横を向く。「いえ、わからないかもしれないわね。ごめんなさい」

フォークは手を振ってそれを受け流した。「どうやって暮らしを立てている？」

「農業よ、もちろん。少なくともそれでやっていこうとしてる。何年か前にケラーマンの土地を買ったの。羊を飼うつもりでね」

「驚いたな」フォークは感心した。人気の土地だ。少なくとも、自分が若いころはそうだった。

「あなたは？　警察にはいったって聞いたけど」

「ああ。そのとおりだよ。連邦警察にはいった。いまも勤めている」フォークはグレッチェンと並んでしばらく無言で歩きつづけた。木々から聞こえてくる騒々しい鳥の鳴き声は、記憶のままに思える。前方で、埃っぽい道路を背にして、会葬者が染みのように浮かびあがってきた。

「このあたりの状況は？」フォークは尋ねた。

「ひどいものよ」その一語きりだった。グレッチェンは元喫煙者のように、唇を神経質に指で叩いた。「前からもう悪すぎるくらいだった。みんなお金や干魃のことを心配してた。そのうえルークの一家がこんなことになったから、もう最悪よ、アーロン。最悪。あなたも感じとれるはず。わたしたちはみんなゾンビみたいに歩きまわるだけ。どうすればいいかも、何を言えばいいかもわからずに。ただ互いに目を光らせてる。つぎにだれがおかしくなるかを見極めようとして」

「いやになるな」

「ええ。あなたの想像以上よ」

「きみとルークはずっと親しくしていたのか？」フォークは好奇心に駆られて尋ねた。

グレッチェンはためらった。口もとが見えない線を結ぶ。「いいえ。何年も疎遠だった。四人がそろってたときのようにはいかなかった」

フォークは例の写真に思いをめぐらした。ルーク、グレッチェン、自分。そして長い黒髪のエリー・ディーコン。四人は固く団結していた。友人はソウルメイトであり、絆は永遠につづくと信じるティーンエイジャー特有の一体感があった。

〝ルークは嘘をついた。きみも嘘をついた〟

「あなたたちは付き合いがつづいていたみたいね」グレッチェンが言った。

「切れ切れにね」少なくともそれは事実だった。「ときどきルークがメルボルンに来ることがあると、ビールを飲みながら近況を教え合ったりしていた」フォークはいったんことばを切った。「だが、ここ数年は会っていなかった。忙しかったから。ルークは家族をかかえて、わたしは仕事に追われて」

「しようがないわよ。言いわけなんてしなくていい。罪悪感を覚えてるのはみんな同じ」

公民館が迫ってきた。フォークは踏み段の前でためらい、グレッチェンに腕を引っ張られた。

「さあ、大丈夫だから。きっとほとんどの人はあなたのことなんて思い出しもしないわよ」

「たくさんの人が思い出すはずさ。何せ、葬儀であの写真が映し出されたあとなんだから」

グレッチェンは顔をしかめた。「そうね。あれはわたしもショックだった。でもいま、ここの人たちにはあなたにかまけてる暇はないから。目立たないようにして。裏に出ましょう」

返事を待たずにグレッチェンは片方の手でフォークの袖を、もう片方の手で息子の手を引いて中にはいり、集まった人たちのあいだを静かに抜けた。空気が息苦しかった。公民館のエアコンは全力で奮闘していたが、勝ち目はなく、会葬者たちは日差しを避けられる室内に寄り集まっていた。陰気な顔でことばを交わしながら、プラスチックのカップとチョコレートのリップルケーキを載せた皿のバランスを保っている。

グレッチェンはフランス窓のほうへ行った。すし詰めになりたくない一団がそこから外の公園へこぼれ出ている。フォークたちは柵際に日陰を見つけ、ラチーが走って灼熱の金属製滑り台に挑みにいった。

「いっしょにいなくてもいいのに。きみの評判が悪くなるかもしれないぞ」フォークは言い、帽子をもう少し前に傾けて顔を隠した。

「お黙りなさい。だいたい、自分の評判ならもう自分で充分に悪くしてる」

フォークは公園を見まわし、確か父の友人だったとおぼしき老夫婦に目を留めた。若い警官と談笑している。警官は上から下まで礼装に身を固め、午後の日差しにさらされて汗をかいていた。丁重にうなずくたびにその額が光っている。

「なあ」フォークは言った。「あの人がバーベリスの後任か?」

グレッチェンはフォークの視線をたどった。「そうよ。バーベリスのことは聞いたの?」

「もちろん。惜しい人を亡くした。農具にいたずらをした子供たちの身に起こった恐ろしい物語を聞かせて、われわれを死ぬほど怯えさせてくれたのを覚えているかい」

「覚えてる。心臓発作になったのも、二十年前からの報いよ」

「それでも、残念でならないよ」フォークは心からそう言った。「で、あの新任は？」

「レイコー巡査部長だけど、あの人がいきなり厄介な状況に飛びこんでしまったように見えるのなら、実際にそうなっているからよ」

「無能なのか？　住民にうまく対処しているように見えるが」

「どうかしらね。着任してほんの五分後にこんな事件が起こったわけだし」

「最初の五分で巻きこまれるにしては、確かにとんでもない状況だな」

フランス窓のほうでにわかに動きがあり、グレッチェンの返事は遮られた。会葬者が恭《うやうや》しく場所を空け、バーブ・ハドラーとゲリー・ハドラーが外に出てきて陽光に目をしばたたいた。手をしっかりとつないで、会葬者に挨拶をしてまわっている。いくつかのことば、抱擁、健気なうなずきが交わされていく。

「最後にあのふたりと話したのはいつ？」グレッチェンがささやいた。

「二十年ぶりに先週話した」フォークは待った。ゲリーが公園の反対側からフォークたちを見つけた。肥満した女に抱擁されかけたところで体を引いたので、女の腕は外気を掻きいだく羽目になった。

〝葬儀で会おう〟

指示どおり、フォークは参列した。そしていま、ルークの父親が近づいてくるのを見守っている。

先に動いたのはグレッチェンで、ゲリーを抱き留めた。グレッチェンの肩越しに、ゲリーがフォークと視線を合わせる。その瞳はやけに大きく、光を帯びていた。この日を乗りきるために、なんらかの薬の力でも借りているのだろうかとフォークは思った。抱擁から解放されたゲリーが手を差し伸べ、フォークの手のひらを熱く力強い感触で包みこんだ。

「都合をつけてくれたんだな」グレッチェンがそばにいるので、ゲリーは当たり障りのない言い方をした。

「ええ」フォークは答えた。「手紙を受けとりました」

ゲリーが視線を据える。

「そうか。きみにはぜひとも来てもらわなくてはと思ったからな。ルークのために。だが、都合をつけてくれるかどうかわからなかった」最後の台詞が宙に重苦しく漂う。

「そのとおりです、ゲリー」フォークはうなずいた。「わたしはぜひとも来なければなりませんでした」

ゲリーの疑念も的はずれではなかった。一週間前、フォークが机の前にすわって、新聞に載ったルークの写真を茫然と見つめていたとき、電話が鳴った。二十年ぶりに聞くたどたどしい声で、ゲリーが葬儀の詳細を伝えた。「そこで会おうか」と文末に疑問符を付けずに言ってきた。フォークはルークのぼやけたまなざしから目をそらし、仕事があるとかと歯切れの悪い返事をした。正直に言って、踏んぎりがつかなかった。

二日後、手紙が届いた。電話を切った直後にゲリーが投函したにちがいなかった。

〝きみも嘘をついた。葬儀で会おう〟

その夜、フォークはなかなか寝つけなかった。

ふたりは困ったようにグレッチェンを一瞥《いちべつ》した。グレッチェンは、少し離れたところで危なっかしく雲梯《うんてい》の上にのぼる息子の姿に顔をしかめていた。

「今夜は町に泊まるのだろうな」ゲリーが言った。やはり疑問符は付いていない。

「パブの二階に泊まります」

公園に泣き声が響き、グレッチェンが苛立ちの声をあげた。

「まったくもう。こうなると思った。ちょっと失礼」グレッチェンが走り去る。ゲリーがフォークの肘をつかみ、会葬者たちの視線を避けた。その手は震えていた。

「話がしたい。グレッチェンが戻ってくる前に」

フォークは背後の会葬者たちを意識して、抑えた小さな動作で腕を振り払った。だれがいるかわからないし、だれが見ているかわからない。

「ゲリー、いったい何が望みなんですか」平静を装った。「脅迫か何かのたぐいなら、無駄だと言っておきますよ」

「なんだって？　おいおい、アーロン。ちがう。そんなことをするわけがない」ゲリーは心底からショックを受けている様子だった。「面倒を起こすつもりなら、とっくにやっているはずだろう？　わたしだって事を荒立てたくはなかった。いまだってできれば事を荒立てたくはない。だがそうも言っていられなくなった。こんなことになってしまって。カレンもビリーも命を落とした。ビリーはまだ七歳にもなっていなかったのに」声がうわずる。「手紙の件は悪かったと思っているが、どうしても来てもらいたかった。わたしは知らなければならない」

「何を？」

まぶしい日差しのもとで、ゲリーの目は黒く見えた。

「ルークが前にも人を殺《あや》めたのかを」

フォークは押し黙った。ゲリーの真意を問い返すことはしなかった。

「知ってのとおり——」ゲリーは口をつぐんだ。お節介な女が体を揺らしながら歩み寄り、司祭が話したがっていると告げた。できればいますぐに、と。

「くそ、面倒ばかりだ」ゲリーは毒を吐き、女は咳払いをして殉教者ぶった忍耐の表情を作った。ゲリーはフォークに顔を向けた。「行かなければ。あとで連絡する」そしてやや長めの握手を交わした。

フォークはうなずき、了解した。女についていくゲリーは背中が曲がって小さくなったように見える。息子をなだめたグレッチェンが戻ってきた。ふたりは肩を並べ、ゲリーが歩き去るのを見守った。

「ゲリーはひどく参ってるみたい」グレッチェンが声を潜めて言った。「きのう、スーパーマーケットでクレイグ・ホーンビーを怒鳴りつけたそうよ。不謹慎なことを言ったとかなじって。ちょっと信じにくいわよね。クレイグは五十年来の友人なのに」

よりによってあの実直なクレイグ・ホーンビーが、三つの痛ましい棺に関して不謹慎なことを言うとは、フォークにはとても思えなかった。

「ルークに危険な前兆はまったくなかったのか？」どうしても問いたださずにはいられなかった。

「たとえばどんな？」唇に止まった蠅を、グレッチェンは苛々と手で払った。「大通りで銃を振りまわし、家族を殺してやると脅したとか？」

「よせよ、グレッチ、わたしはただ訊いているだけだ。抑うつ状態とかのことだよ」

「ごめんなさい。この暑さのせいね。何もかも悪い方向へ進んでしまう」グレッチェンは間をとった。「キエワラの住民のほとんどは限界に達してる。でも、率直に言って、ルークがほかのだれよりも思い悩んでるようには見えなかった。少なくとも、端から見て気づくほどではなかったわ」

グレッチェンは遠くを見つめたが、その目は険しかった。

「だけど、そういうことはわかりにくいから」一拍置いてから言った。「みんなとても怒ってる。でも、必ずしもルークにひたすら怒ってるわけではないの。ルークを激しく非難してる人たちでさえ、こんなことをしたルークを憎んでるようには見えない。変よね。まるで妬んでるみたいなの」

「なぜ？」

「自分たちにはとてもやれないことをルークがやってのけたからだと思う。おかげでルークは逃避できたでしょう？　残されたわたしたちはここに縛られて落ちぶれていくままなのに、ルークはもう作物のことも未払い金のこともつぎの雨のことも心配しなくていい」

「絶望的な解決策だな。家族を道連れにするなんて。

カレンの家族はどうしている?」

「それらしい人はいないみたいね、聞いたかぎりでは。

あなたはカレンに会ったことがあるの?」

フォークは首を横に振った。

「ひとりっ子だったそうよ。ティーンエイジャーのころに両親を亡くしてる。ここに越してきておばに当たる人と暮らしてたんだけど、その人も何年か前に亡くなった。だからもう完全にハドラー家の人間だったはず」

「きみはカレンの友人だったのか?」

「親しくはなかったわね。わたしは――」

フォークでワイングラスを打ち鳴らす音がフランス窓のほうから響いた。人々が徐々に静まり、手を取り合って立つゲリー・ハドラーとバーブ・ハドラーに顔を向ける。これだけの人たちに囲まれながら、ふたりはとても孤独に見えた。

もうふたりきりなのだ、とフォークは思った。つかの間のことだったが、夫婦には娘もひとりいた。ルークが三歳のときに産まれたが、死産だったらしい。それからも子供を作ろうとしたのかもしれないが、報われることはなかった。その代わり、残った丈夫な息子を育てるのに精魂を傾けた。

バーブが咳払いし、会葬者たちを見まわす。

「来てくださったことにお礼を言いたくて。ルークは善良な人間でした」

言い方は早口すぎたし、声は大きすぎたが、バーブはことばがさらに漏れてくるのを押しとどめるかのように、唇を引き結んだ。沈黙がつづき、気詰まりなほどになってからも少しつづいた。ゲリーは無言で足もとの地面を見つめている。バーブは唇をこじあけるようにして大きく息を吸った。

「そしてカレンとビリーはすばらしい家族でした。一家には――」唾を呑む。「――あまりにも恐ろしいことが起こりました。それでも、みなさんがほんとうのルークを思い出してくださったら幸いです。過去の姿から。ルークはみなさんの多くと友人でした。よき隣人であり、働き者でした。そして自分の家族を愛していました」

「ああ、その家族をぶち殺すまでの話だがな」

会葬者の後ろのほうから届いたその声は低かったが、振り向いたのはフォークだけではなかった。視線が集中し、声を発したのが四十代半ばのむさ苦しい大男だと特定する。男は腕を組んでいて、筋肉よりも脂肪で覆われたその太い二の腕がTシャツの袖を膨らませていた。赤ら顔で、顎ひげをだらしなく生やし、表情はいかにも乱暴者らしくふてぶてしい。自分に向けられた非難の目をにらみ返し、相手が目を背けるまでそれを繰り返している。バーブとゲリーの耳には届かなかったようだった。せめてもの救いだ、とフォークは思った。

「あのおしゃべりは？」フォークがささやくと、グレッチェンが驚きの視線を返した。

「わからないの？　グラント・ダウよ」

「嘘だろう」うなじの毛が逆立ち、フォークは顔を背けた。有刺鉄線を思わせる細身で筋肉質の二十五歳の男なら覚えていた。この男は二十年前から巨漢だったように見える。「まるで別人だ」

「大の嫌われ者なのは変わりないわ。心配しないで。あなたには気づいてないはず。気づいてたらわかる」

フォークはうなずいたが、顔は背けたままにした。バーブが泣きはじめ、それを挨拶が終わった合図と受けとった会葬者たちは、自分の感情にしたがってバーブのほうへ歩み寄ったり、逆に歩き去ったりしている。フォークとグレッチェンはその場を動かなかった。グレッチェンの息子が走ってきて、母親のスラックスに顔をうずめた。グレッチェンはやや苦労しながらその体を背負い、ラチーは母親の肩に頭を押しつけてあくびをした。

「そろそろこの子を連れて帰らないと」グレッチェンは言った。「あなたはいつメルボルンに戻るの？」

フォークは腕時計に目をやった。あと十五時間。

「あすには」フォークは声に出して言った。

グレッチェンはうなずき、フォークを見あげた。そして身を乗り出し、空いているほうの手をフォークの背にまわして引き寄せた。フォークは背中に日差しの熱を感じ、胸にグレッチェンのぬくもりを感じた。

「会えてよかった、アーロン」グレッチェンは記憶に刻みつけようとするかのように青い目をフォークの顔の上にさまよわせ、悲しげな笑みを浮かべた。「縁があったら、また二十年後に会いましょう」

フォークはグレッチェンの後ろ姿を見えなくなるまで見つめていた。

3

フォークはベッドの端にすわり、壁に止まった中くらいの大きさのアシダカグモを物憂《ものう》げに見つめていた。日は暮れて宵の口を迎えているのに、気温はわずかしか下がっていない。フォークはシャワーを浴びてショートパンツに着替えていた。湿った脚に当たる安物の綿のシーツのざらついた感触が不快だった。シャワーヘッドの横にタイマーがあり、それに掛けられた板が入浴は三分以内にするよう厳命している。使ったときは、二分もすると後ろめたくなってきた。

パブの喧噪が床を通して鈍く伝わってくる。ときどき聞こえるくぐもった声には、なんとなく聞き覚えのある気がした。下にだれがいるのかを確かめてみたい気持ちも少しはあったが、その場に加わりたいとは思わなかった。人声のなか、グラスが落ちて割れる音が小さく響く。一瞬の間があってから、いっせいにはやし立てる声がつづく。アシダカグモが脚の一本を動かした。

ベッドサイドテーブルに備え付けられた電話がけたたましい人工的な音を響かせ、フォークは跳びあがった。体がこわばりはしたものの、驚きはしなかった。何時間もそれを待ちつづけていたように感じた。

「もしもし」

「アーロン・フォーク？　電話がかかってきてるぞ」

バーテンダーの声は低く、スコットランド訛《なま》りがわずかにあった。二時間前にフォークのクレジットカードを念入りに確認してから無言で部屋の鍵を渡してきた男の印象的な姿が、脳裏によみがえった。

その男といままでに会ったことはなかったし、ああした容貌は一度見たら忘れられないはずだった。四十代後半で、肩幅は広く、オレンジ色の顎ひげを蓄えていて、バックパッカーがそのまま居着いてしまったように見えた。フォークの名前を知ってもなんの反応も示さず、酒と直接関係のない目的のためにパブを利用する人間がいるのは信じられないという雰囲気だけを醸し出していた。

「だれから？」尋ねてはみたが、心当たりはあった。

「自分で訊いてみることだな。メッセージサービスを利用したいのなら、もっとまともなところに泊まってもらわないと。いまつなぐ」回線がしばらく沈黙してから、息遣いの音が聞こえた。

「アーロン？　聞こえるか？　ゲリーだ」ルークの父親の声は疲れきって聞こえた。

「ゲリー。話があるんでしたね」

「そうだ。うちまで来てくれ。どのみち、バーブがきみと話したがっている」ゲリーは住所を言った。無言がしばらくつづいてから、重々しいため息が聞こえた。

「それからいいか、アーロン。妻は手紙のことを知らない。というより、この件に関しては何も。調子を合わせてくれ」

フォークはゲリーの指示にしたがって薄暗い田舎道を進み、二十分後には舗装された短い私道に車を入れていた。玄関ポーチの照明が下見板張りの簡素なたたずまいの家にオレンジ色の光を投げかけている。車を停めると網戸がきしみながら開き、バーブ・ハドラーのずんぐりとした輪郭が浮かびあがった。少し経ってから夫がその背後に現れ、長身の体躯《たいく》が私道に長い影を落とした。フォークは玄関ポーチの踏み段をのぼりながら、ふたりがまだ葬儀の服装のままでいるのを見てとった。もう皺が寄ってしまっている。

「アーロン。ほんとうに久しぶりね。来てくれてありがとう。どうぞはいって」バーブが小声で言い、空いているほうの手を差し出した。赤ん坊のシャーロットを胸に抱き、一定のリズムで揺すっている。「赤ちゃんもいっしょでごめんなさい。全然落ち着きがなくて。眠ってくれないのよ」

フォークの目には、シャーロットは熟睡しているように見えた。

「バーブ」フォークは子供の上に身を乗り出してバーブを抱擁した。「お会いできてうれしい」肉づきのよい腕を背にまわされ、長いこと抱き締められていると、自分のなかの何かが少しほぐれるのを感じた。ヘアスプレーのフローラル系の芳香が鼻をくすぐる。フォークにとってバーブがまだミセス・ハドラーだったころから使っているブランドだった。体を離すと、シャーロットがはじめて間近に見えた。顔は赤く、機嫌が悪そうで、祖母のブラウスに押しつけられている。額にはささやかな皺が刻まれていて、フォークはそれがこの子の父親に不思議なほど似ているのに気づいて動揺した。

玄関ホールの明かりのもとに歩み入ったフォークを、バーブが上から下まで眺めた。見る間にその目が充血していく。バーブは手を伸ばし、フォークの頬にあたたかい指先を這わせた。

「驚いたわ。全然変わっていないと言ってもいいくらいよ」バーブが言った。フォークはなぜか罪悪感を覚えた。頭のなかでティーンエイジャー時代の息子と見比べているにちがいなかった。バーブは鼻をすすってティッシュペーパーで顔を拭い、白い細片が肌に散った。バーブはそれを無視し、悲しげな笑みを浮かべてついてくるよううながした。そして家族写真が並ぶ玄関ホールの先へと導いたが、ふたりとも写真の存在はあえて無視した。ゲリーがあとにしたがった。

「すてきなお住まいですね、バーブ」フォークは愛想よく言った。昔からバーブは几帳面できれい好きだったが、いまは物が雑然と散らかっている。サイドテーブルは汚れたマグカップでいっぱいだし、リサイクル用ごみ箱からはごみがあふれているし、未開封の手紙が積みあげられている。どれもが悲嘆と苦悩を物語っていた。

「ありがとう。こぢんまりとした、手入れのしやすい家がほしかったの。ルークに――」バーブは一瞬言いよどんだ。が、抑えこんだ。「ルークに農場を譲ってからは」

ふたりはこぎれいな庭を見渡すテラスに出た。足もとの板がきしむ。夜になり、昼の猛烈な暑さはいくらか和らいでいる。ていねいに剪定《せんてい》されたバラの茂みがほうぼうにあったが、残らず枯死《こし》していた。

「リサイクル水でなんとか乗りきろうとしたのだけれど」フォークの視線をたどったバーブが言った。「最後には暑さにやられたわ」籐椅子《とういす》を手で示す。「あなたをニュースで見たのよ。ゲリーから聞かなかったかしら。何カ月か前だったわ。投資家を食い物にした企業があって。貯蓄をだましとった」

「ペンバリーの事件ですね。あれはひどかった」

「あなたの手柄だと言っていたわよ、アーロン。テレビでも新聞でも。あなたがみんなのお金を取り戻したのね」

「一部だけです。取り戻せなかった金もあります」

「それでも、あなたは立派な働きをしたと言っていたわ」バーブはフォークの脚を軽く叩いた。「お父さまも誇りに思ったでしょうね」

フォークは一瞬ことばを失った。「ありがとうございます」

「亡くなったと聞いて残念だった。癌はほんとうに厄介ね」

「ええ」大腸癌。六年前だ。安らかな死ではなかった。

ドア枠に寄りかかっていたゲリーが、フォークの到着以来はじめて口を開いた。

「きみたちがここを離れてからも、付き合いをつづけようとしたんだ」何気ない口ぶりだったが、自己弁護の意図を隠しきれてはいなかった。「お父さんに手紙を書いたし、何度か電話をかけようとしたこともある。だが、返事はなかった。結局、あきらめるしかなかった」

「気にしないでください。父も、キエワラとのつながりはあまり持ちたくなかったようでしたから」

控えめな表現だ。三人とも気づかないふりをした。

「飲み物は？」ゲリーが返事を待たずに家のなかへ消え、少ししてウィスキーのグラスを三つ携えて戻ってきた。フォークは驚きながらひとつを受けとった。ゲリーがライトビールよりはるかに強い酒を飲むとはまったく知らなかったからだ。グラスを手にしたときには、氷はすでに溶けかけていた。

「乾杯」ゲリーが酒をあおる。顔をしかめるのではないかと思ったが、予想ははずれた。フォークは礼儀としてひと口飲んでから、グラスを置いた。バーブは自分のグラスを不快そうに見つめている。

「赤ちゃんのそばでこんなものを飲んだらだめよ、ゲリー」

「よしてくれ、バーブ、その子だって気にしやしない。疲れきって死んだも同然さ」ゲリーがそう言うと、恐ろしい沈黙が流れた。真っ暗な庭のどこかで、夜行性の虫がホワイトノイズのように鳴いている。フォークは咳払いをした。

「お力落としでしょうね、バーブ」

バーブは視線を落とし、シャーロットの頬を撫でた。そしてかぶりを振ると、涙が一滴、幼子の顔に落ちた。

「ありえないわ」口を開き、また閉じて、強く瞬きをする。「そう、ルークがやったなんて絶対にありえない。あの子がこんなことをするわけがない。あなただってわかっているはず。自分自身にこんなことをするわけがない。愛する家族にだって」

フォークはゲリーに目をやった。先ほどと同じく戸口に立っていて、半分に減った酒を見つめている。

バーブがつづけた。「これが起こる何日か前に、ルークと話したのよ。変わったところは何もなかった。ほんとうよ、まともだった」

言うべきことばが見つからなかったので、フォークはただうなずいた。バーブはそれを励ましの印と受けとった。

「あなたはルークをよく知っていたからわかってくれるわよね。でも、このあたりの人たちはちがう。聞いた話を鵜呑《うの》みにしている」

フォークもルークには五年も会っていなかったが、その事実を指摘するのは思いとどまった。バーブとともにゲリーを一瞥したが、向こうはまだ酒を見つめていた。助け船を出すつもりはないらしい。

「だからわたしたちは――」バーブは視線を戻し、ためらった。「――わたしは、あなたに助けてもらいたいの」

フォークはバーブを凝視した。

「助けるといっても、具体的には何をするんですか、バーブ」

「真相を突き止めて。ルークの汚名をすすぐために。カレンとビリーのために。シャーロットのために」

そう言うと、バーブはシャーロットを揺すりはじめ、背中を撫でながらあやすような声を出した。赤ん坊は身じろぎしないままだ。

「バーブ」フォークはすわったまま身を乗り出し、バーブの空いているほうの手に自分の手を重ねた。熱っぽく湿った感触が伝わる。「この件に関しては心から同情しています。あなたたち全員に。ご存じのとおり、ルークはわたしの兄弟も同然でした。ですが、わたしは適任ではありません。疑問があるのなら、警察に伝えるべきです」

「あなたに伝えているわ」バーブは手をどけた。「警察のあなたに」

「こうした件を担当できるだけの能力を備えた警察に、という意味です。わたしはもう担当していません。それはご存じでしょう。いまのわたしは財務捜査の人間です。口座とか金銭とかが専門で」

「だからこそよ」バーブはうなずいた。

ゲリーが喉もとで小さな音を立てた。「バーブは、金銭トラブルが関係しているかもしれないと考えているのさ」中立的な口調を意図したのだろうが、それは見事に失敗していた。

「そうよ。もちろんそう考えているわ」バーブが鋭く言った。「どうしてあなたは信じようとしないの、ゲリー。ルークはまさに浪費家だった。一ドル持っていたら、二ドル使わなければ気が済まないような性分だった」

ほんとうだろうか。フォークはいぶかった。ルークが金を湯水のように使うとは全然知らなかった。

バーブはフォークに視線を戻した。「わたしは十年間ずっと、ルークに農場を譲ったのは正しかったと思っていたわ。でもこの二週間は、ルークに重すぎる荷を負わせてしまったのではないかと後悔するばかりだった。こんな干魃では、何があってもおかしくない。だれもが破れかぶれになっている。ルークがだれかからお金を借りていたとしてもおかしくない。返しきれない借金をかかえていたとしても。ルークに貸しのある人間が追ってきたのかもしれない」

長い沈黙が流れた。フォークは自分のウィスキーを手に取り、控えめにひと口飲んだ。ぬるかった。

「バーブ」重い口を開いた。「受け入れにくいかもしれませんが、担当の警官はそうした可能性をすべて考慮したはずですよ」

「ろくに考慮なんてしなかったわ」バーブは切り返した。「警察は真相を知りたがってもいなかった。クライドから車で来て、ひと目見て〝また農夫がおかしくなった〟と言ったきりでおしまい。単純な事件扱いだった。警察が何を考えているかはわかったわ。ここは羊と農地ばかり。正気を半分失っている人間でもなければ、最初からこんなところに住むわけがない。顔にそう書いてあったわ」

「クライドから捜査班が送りこまれたんですか？」フォークは少し意外に思って問いただした。クライドは本格的な警察署がある最寄りの街だ。「地元の警官が担当したのではないんですか？　あの警官はなんという名前でした？」

「レイコー巡査部長よ。担当しなかったわ。ここに来てまだ一週間くらいだったから。それで別の警官たちが送りこまれた」

「そのレイコーに疑問を伝えましたか？」

バーブの挑戦的な表情が答を物語っていた。

「あなたにいま伝えている」バーブは言った。

ゲリーが音を立ててテラスにグラスを置き、ふたりを驚かせた。

「さあ、もうこちらの言いぶんは伝えたはずだ」ゲリーは言った。「きょうは長い一日だった。アーロンに考える時間を与えないと。判断を待とう。行こう。外まで送るよ」

バーブが反論するかのように口を開いたが、ゲリーの視線を受けて押し黙った。シャーロットを空いている椅子におろし、フォークと湿っぽい抱擁を交わす。

「とにかく考えてみて。お願いよ」熱い息がフォークの耳にかかった。息はアルコールのにおいがした。バーブは腰をおろしてシャーロットを抱きあげた。速いリズムで揺するうちにシャーロットが目をあけ、むずかった。バーブがはじめて笑みを浮かべ、髪を撫でながら背中をさする。フォークはその調子外れの歌声を聞きながら、ゲリーにしたがって玄関ホールへ行った。

ゲリーは車のそばまで付き添った。

「バーブは藁をもつかむ思いなんだ。謎の借金取り立て人の仕業だと思いこんでいる。ばかばかしい。ルークは金にだらしなくはなかった。ほかの人たちと同じで、苦労していたのは確かだ。分の悪い賭けもしたが、分別はあった。バーブが言うようなことに巻きこまれたとは考えられない。どのみち、農場の経理を一手に引き受けていたのはカレンだ。何かあったら言っていただろう。そこまで追いこまれていたのなら、わたしたちに伝えたはずだ」

「それなら、あなたはどう思っているんですか」

「わたしは――わたしはルークが多大なストレスにさらされていたのだと思う。こんなことを言うのはほんとうにつらいのだが、見たとおりのことが起こったのだろう。わたしが知りたいのは、自分にも責任があるのかどうかだ」

フォークは車に寄りかかった。頭がうずいていた。

「いつから知っていたんですか」

「ルークが嘘をついて、きみにアリバイを提供したことを？　最初からだ。つまり二十何年も前からだな。あの日わたしは、ルークがひとりで自転車に乗っているのを目撃した。きみたちが証言したのとは遠く離れたところでな。きみたちがいっしょにいなかったことは知っている」ゲリーは間をとった。「だれにも言っていないがね」

「わたしはエリー・ディーコンを殺していない」

暗闇にまぎれて蟬が甲高い鳴き声をあげた。

ゲリーはうなずき、足もとに視線を落とした。「アーロン、きみがやったと一瞬でも疑っていたら、口をつぐんではいなかった。なぜわたしが何も言わなかったと思う？　言ったら、きみの人生はめちゃくちゃになっていたからだ。疑惑は何年もついてまわっただろう。きみは警察にはいれただろうか。ルークだって、虚偽を述べたとして厳しい罰を受けていたはずだ。それがなんになる？　あの娘が死んだのに変わりはない。現実的に考えて、あの娘は自殺したのだろうし、わたし以外にも、何人かの公正な人間はそう考えている。きみたちはなんの関係もない」ブーツのつま先を地面に蹴りこむ。「少なくともこれまではそう考えていた」

「いまは？」

「いま？　最悪だ。もう何を信じればいいのかわからない。わたしはずっと、ルークがきみをかばうために嘘をついたのだと思っていた。だがいまや嫁と孫が殺され、ショットガンは死んだ息子の指紋だらけだった」

ゲリーは片手で顔を撫でた。

「わたしはルークを愛していた。どこまでもかばってやりたい。と同時に、カレンとビリーも愛していた。シャーロットも。自分の息子にこんなことができるわけがないと、死ぬまで言いつづけるつもりだった。だがその声はこうもささやきつづける。〝ほんとうに？　確かなのか？〟と。だからきみに尋ねている。いま。ここで。ルークはきみをかばうためにあのアリバイを提供したのか、アーロン。それとも、自分を守るために嘘をついたのか」

「エリーの身に起こったことにルークが関与したという証拠はいっさいありません」フォークは慎重な言い方をした。

「そのとおりだ。しかし、それはきみたちが互いにアリバイを提供したからだろう？　きみもわたしも、ルークが嘘をついていると知っていながら、何も言わなかった。だからわたしは、そのせいで自分の手が嫁と孫の血に汚れているのではないかと疑っている」

うつむいたゲリーの表情は、影に隠れて見えなかった。

「メルボルンに慌てて戻る前に、そのことを自問してもらいたい。きみもわたしも真実を隠蔽《いんぺい》した。わたしに罪があるのなら、きみも同じだ」

パブに帰る田舎道は、行きよりもずっと長く感じられた。ハイビームに切り替えると、ヘッドライトが闇に白い光の円錐《えんすい》を作り出した。数キロメートル四方に自分しかいない気がする。前にも後ろにも何もなかった。

小さな影が道路を横切ったかと思うと、タイヤが何かを轢く不快な振動を感じた。兎だ。飛び出して、一瞬で消えた。心臓が早鐘を打つ。フォークはブレーキを反射的に踏んでいたが、時速八十キロメートルの一トンの物体には遅すぎた。無意味だった。胸を殴られたような衝撃があり、心のなかの何かが解き放たれた。何年も思い出さなかった記憶が浮かびあがってきた。

兎は産まれたばかりで、ルークの手のなかで震えていた。ルークの爪に汚れが詰まっている。よくあることだ。キエワラの八歳児に、週末の娯楽はかぎられている。ふたりが生い茂った草むらのなかを駆け、当てもなく競走していたとき、ルークがいきなり足を止めた。長い茎のあいだにかがみこみ、すぐに立ちあがって小さな生き物を高く掲げた。アーロンは走って見にいった。もっとやさしくやれと文句を言い合いながら、ふたりで兎を撫でた。

「おれになついてる。おれの兎だ」ルークが言った。ルークの家に戻る途中、ふたりは名前をどうするかで言い合った。

　ボール紙の箱を見つけて兎を入れると、身を乗り出して新しいペットを眺めた。視線にさらされた兎は少し震えていたが、おおむね落ち着いていた。怯える様子が、受け入れた印のように錯覚させた。

　アーロンは箱の内側に敷くタオルを取ってくるために、家のなかへ行った。思ったよりも時間がかかり、ふたたびまぶしい陽の下に出たとき、ルークは動きを止めていた。片手を箱のなかに入れている。アーロンが歩み寄ると、ルークははじかれたように顔をあげ、手を引っこめた。自分が何を見ることになるのかわからないまま、アーロンはそばへ行ったが、その瞬間を先延ばしにしたいという衝動も感じていた。

「死んだ」ルークが言った。唇を引き結んでいる。視線を合わせようとしない。

「どうして？」

「わからない。いきなり死んだ」

　アーロンは何度か問いを繰り返したが、ちがう答が返ってくることはなかった。横たわった兎には傷ひとつなかったが、身動きせず、その目は黒く虚ろだった。

「とにかく考えてみて」家を辞するとき、バーブは言っていた。兎を轢き殺した感触がまだ生々しく残っているなか、長い田舎道に車を走らせるフォークが考えずにいられなかったのは、エリー・ディーコンと自分たちティーンエイジャー四人組のことだった。そして、肺に水を満たされたエリーの黒い目も虚ろだったのだろうか、と思った。

4

ルーク・ハドラー家の母屋の玄関には、黄色い現場保存用のテープがまだ何本も張られて、朝日を浴びていた。フォークは正面の草が枯れた一角に車を入れ、パトロールカーの隣に停めた。太陽はまだのぼり詰めていないが、車をおりると早くもその熱で肌がひりついた。帽子をかぶり、家に視線を走らせる。案内は必要なかった。子供のころ、自分の家と同じくらいの時間をこの家で過ごしていたからだ。

両親から受け継いでも、ルークは家にあまり手を加えなかったらしいと思いながら、呼び鈴を鳴らした。家の奥でその音が反響し、フォークは過去に舞い戻ったような感覚にとらわれた。生意気な十六歳がドアを勢いよくあけるはずだという不穏な確信めいたものを感じ、あとずさりしかけた。

何も動きはない。カーテンを閉めきった窓が視力を失った目のごとく凝視している。

昨晩はほぼずっと横になったまま、ゲリーの言ったことを考えていた。朝になると電話をかけ、もう一日か二日なら町にいられるとゲリーに告げた。週末までなら、と。きょうは木曜日で、月曜日には仕事に戻らなければならない。それまでにルークの農場に行ってみる。バーブのために金の動きを調べる。それくらいなら自分にもできる。ゲリーも賛意を表してくれた。言い換えれば、それくらいしか自分にはできなかった。

フォークはしばらく待ってから、建物の側面にまわった。黄色い畑の上に巨大な青空が広がっている。かなたでは金網が鬱蒼《うっそう》とした原生林を押しとどめていた。まさに孤立した土地だと、フォークははじめて正しく認識した。子供のころ、ここはいつも生命にあふれているように感じられた。自分の育った家が自転車でひと走りのところにあるはずだが、地平線の向こうでまったく見えない。周囲に見える家は、ほかに一軒だけだ。遠くの丘の中腹にうずくまるようにして、灰色の平べったい家が建っている。

エリーの家だ。

エリーの父親と従兄はまだあそこに住んでいるのだろうかと思い、本能的に顔を背けた。農場を歩いていくと、三つあるうちのいちばん大きな納屋で、グレッグ・レイコー巡査部長の姿を見つけた。

レイコーは隅で膝を突き、古い箱の山を掻きまわして何かを探していた。巣を張ったセアカゴケグモが静かに光を受けながら、二メートル離れたところでおこなわれている作業を無視している。フォークが金属製の扉を叩くとレイコーが振り返ったが、その顔には埃と汗がまだら模様を作っていた。

「肝がつぶれたよ。足音が聞こえなかった」

「申しわけない。アーロン・フォークだ。ハドラー家の友人の。受付係に尋ねたら、きみはここにいると言っていた」フォークはセアカゴケグモを指さした。「それはそうと、あれに気づいていたか？」

「ああ。わざわざ悪いな。このあたりには何匹かいるみたいだ」

レイコーは立ちあがり、作業用手袋をはずした。そして紺色の制服のズボンから汚れをはたき落とそうとしたが、よけいに汚れるだけなのであきらめた。きれいにアイロンをかけたシャツは、腋の下で汗が輪を作っている。背はフォークより低く、ボクサーのような体格で、巻き毛を地肌が見えるほど刈りこんでいる。肌は地中海人のオリーブ色だが、訛りは完全にオーストラリア本土のそれだ。目尻があがっていて、笑っていなくても笑っているように見える。それがわかったのは、いまレイコーは笑っていないからだ。

「ゲリー・ハドラーから連絡があって、あんたが立ち寄ると言っていた」レイコーは言った。「言いにくいんだが、身分証のたぐいはあるか？　ばかなやつらがうろちょろしていてな。見物のつもりだかなんだか知らないが」

近くで見ると、レイコーは最初の印象よりも年嵩だった。三十歳くらいだろうか。こちらを慎重に見定めようとしている視線に、フォークは気づいた。あけっ広げだが、用心深い。結構だ。運転免許証を差し出した。レイコーはそれを受けとったが、ほかのものを予想していたらしかった。

「ゲリーの話だと、あんたは警官のはずだが」

「個人の立場で来ただけだ」

「つまり、仕事ではないんだな」

「そのとおりだ」何かがレイコーの顔によぎったが、その表情は読めなかった。言い争いになるのだけは避けたかった。「ルークの古い友人なんだ。子供のころからの」

レイコーは免許証を注意深く眺めてから返した。

「ゲリーの話だと、銀行の取引明細書を調べたいらしいな。会計帳簿とかか？」

「そんなところだ」

「おれも知っておくべきことがそこにあるのか？」

「バーブに目を通すよう頼まれた。好意で」

「なるほど」数センチメートルは背が低いはずなのに、レイコーはフォークの目をほぼまっすぐに見つめた。「いいか、ゲリーとバーブがあんたの人柄を保証するのなら、あんたを勝手に厄介払いするつもりはない。だが、あのふたりはいま参っているから、何かおれの耳に入れておくべきことがあったら、必ず教えてくれ。いいな？」

「心配しなくていい。わたしがここに来たのも、ふたりを助けたいからだ」

フォークは自然とレイコーの背後に視線を走らせた。洞穴《ほらあな》を思わせる納屋はうだるように暑く、プラスチック製の天窓があらゆるものに淡黄色を添えている。コンクリート製の床の中央にはトラクターが鎮座し、壁沿いに並んでいるのは正体不明のさまざまな機械だ。足もとの機械からはホース状の部品がくねりながら伸びている。搾乳に使うのだろうと思ったが、自信はなかった。昔ならわかったはずだ。都会に慣れたいまの目には、どれもが拷問器具にどことなく似て見える。

フォークは隅の箱を顎で示した。

「そこで何を探していたんだ？」

「答えてやりたいところだが、自分で言っていたとおり、あんたは個人の立場で来たはずだ」レイコーは言った。「取引明細書は母屋のなかだろう。行こう。書斎まで案内する」

「それにはおよばない」フォークは一歩さがった。「場所はわかる。ありがとう」

立ち去ろうとしたとき、レイコーが眉を吊りあげたのが見えた。向こうが縄張り争いを懸念していたのだとしても、その心配は無用だった。それでも、この男の働きぶりには感嘆せざるをえなかった。まだ早い時間なのに、もう何時間も仕事に没頭していたように見える。

母屋へ歩きはじめ、足を止めた。少し思案する。バーブ・ハドラーは疑っているようだが、レイコーは真剣に話を聞いてくれる警官に思えた。フォークは振り返った。

「聞いてくれ。ゲリーがどこまで話したかは知らないが、事件を担当しているときは、現状を把握しておくとずいぶん楽になるのはわかっている。へまをしにくくなるからだ」

金銭トラブルがあって借金を取り立てられていたのではないかというバーブの仮説を話した。レイコーは黙って聞いていた。

「それが何か関係していると思うのか？」

「わからない。金銭問題はきっとあったはずだ。まわりを見ればわかる。ルーク以外のだれかが引き金を引いたのかどうかは別問題だが」

レイコーはゆっくりとうなずいた。

「ありがたい。感謝する」

「気にしないでくれ。わたしは書斎にいる」

灼熱の戸外を半分も行かないうちに、レイコーが呼びかけた。

「おい。ちょっと待ってくれ」巡査部長は腕で顔を拭い、陽光に目を細くした。「あんたはルークの親友だったんだよな」

「かなり昔のことだが」

「ルークが何かを隠そうとしていたとする。小さめの品だ。隠し場所の見当はつくか？」

フォークは一瞬考えたが、考えるまでもないと気づいた。

「たぶん。どんな品なんだ？」

「見つかったら見せる」


地面のその一角に最後に横たわったとき、草は青々としていた。いま感じるのは、シャツ越しに腹をこする黄色い草だ。

フォークは母屋の反対側にレイコーを連れてきて、下見板を足で探った。目当ての板を見つけると、身を伏せて棒を板の下に差しこんだ。力を入れると少しきしみ、すぐに固定が解けて、手ではずせた。

フォークは隣に立つレイコーを見あげた。

「そのなかか？」レイコーが丈夫な手袋をはめながら尋ねる。「ルークは昔、どんなものを隠していた？」

「なんでも。子供のころは、おもちゃやジャンクフード。もう少し歳をとってからは、酒。たいしたものじゃない。親に見られたくない、ありふれた品さ」

レイコーがひざまずいた。隙間に肘まで手を突っこみ、掻きまわすようにして手探りしている。手を抜くと、ひと握りの乾いた葉と古い煙草の箱が出てきた。

膝もとの地面にそれらを捨てると、ふたたび手を入れた。今度はソフトポルノ雑誌の残骸を引っ張り出した。端が折れて黄ばみ、大事なところに虫食いの穴があいている。レイコーは苛立ってそれを脇にほうり捨てると、みたび挑み、手をできるだけ奥まで突っこんだ。が、何も得られず、不本意そうに手を戻した。空振りだった。

「なあ」フォークは手袋を身ぶりで示した。「わたしにもやらせてくれ」

自分やルークは手袋なんて使わなかったな、と思いながら、閉ざされた空間に手を差し入れた。家の下に何が潜んでいようとも、子供やティーンエイジャーの悪さを止めることはできない。手探りしてみたが、平らな地面の感触しかなかった。

「何を探しているのか、手がかりを教えてくれ」フォークはうなった。

「たぶん箱だ。あるいは、包みのようなものかもしれない」

フォークは思いきり奥まで手を入れ、さらに探った。隠し場所には何もない。手を引き抜いた。

「すまない。何せ、ずいぶん昔のことだから」

しゃがんでいたレイコーが膝を鳴らしながら立ちあがった。古びた煙草の箱をあける。一本取り出して物欲しそうに見つめてから、ゆっくりと箱に戻した。ふたりとも、しばらく無言だった。

「探していたのは弾だ」レイコーがようやく言った。「ハドラー一家の殺害に使われたショットガンのな。弾が合わないんだ」

「合わないとは？」

「ルーク・ハドラーが使っていたブランドではなかった。ずっと前から同じブランドを使っていたはずなのに。本人と妻子の命を奪った三発の装弾はレミントン製だった。この農場で見つかったのはウィンチェスター製だけだ」

「ウィンチェスターか」

「ああ。クライドから証拠品の目録が送られてきたときに気づいて、それからずっと頭に引っかかっている」レイコーは言った。「そういうわけで、レミントンの弾の箱が見つかれば、納得できたんだがな」

フォークは手袋をはずした。手が湿り気を帯びている。

「クライドは家宅捜索の人手を貸してくれなかったのか?」

レイコーは視線をそらし、煙草の箱を両手でもてあそんだ。「さあ、どうだろう。頼めば貸してくれたかもしれない」

「だろうな」フォークは笑みをこらえた。レイコーは制服姿でそれらしいことを言っているが、ひと目で独自捜査だとわかるくらいにはフォークも経験を積んでいる。

「もしかしたらルークは、あまっていた弾をどこかで見つけたのかもしれない」フォークは考えを言った。

「ああ、それは確かにありえる」

「あるいは、撃ったのは箱に残っていた最後の弾で、箱は捨ててしまったのかもしれない」

「かもな。だが、母屋や小型トラックのごみのなかに、それらしいものはなかった。言っておくが」レイコーは短く笑った。「この目で確認した」

「まだ探していない場所は?」

レイコーははずした下見板のほうを顎で示した。

「この農場で探していなかったのはここだけだったのか? それなら、くまなく探したことになるはずだ」

フォークは眉根を寄せた。「変だな」

「ああ。おれもそう思った」

フォークは無言でレイコーを見つめた。汗みずくだ。顔も腕も服も酷暑の納屋を引っ掻きまわしたせいで埃まみれになっている。

「ほかに言うことは?」フォークは言った。

沈黙が流れる。

「どういう意味だ」

「あまりにも熱心だからだ。この暑さのなか、死んだ男の納屋で、朝からずっと這いずりまわっている。だからまだ何かある。少なくともきみは、まだあると思っている」

長い間があった。そしてレイコーは息をついた。

「ああ。まだある」

5

しばらくのあいだ、ふたりは母屋の横手にすわり、はずした下見板のそばの壁に寄りかかって、草がふくらはぎや太ももの裏をつつくのを感じていた。わずかな日陰をできるかぎり利用しつつ、レイコーが事実をかいつまんで述べた。前に洗いざらい話したことがあるらしく、どこか超然とした雰囲気を漂わせながら切り出した。

「二週間前のことだ」皺の寄ったポルノ雑誌で自分をゆるやかに扇ぎながら言った。「宅配便の配達人がカレンを発見し、緊急通報した。連絡が来たのは午後五時四十分前後だった」

「きみに？」

「クライドと地元の一般医にも。通信指令係が同時に知らせた。医者がいちばん近くにいたから、真っ先に現場に駆けつけた。ドクター・パトリック・リーだ。知っているか？」

フォークは首を横に振った。

「とにかく、医者が最初で、数分後におれが到着した。車を停めると、ドアがあけ放たれていて、医者が玄関ホールでカレンの上にかがみこみ、バイタルサインか何かを調べていた」レイコーは長い間をとり、焦点の合っていない目で森の端を眺めた。「おれはカレンに一度も会ったことがなくて、顔も知らなかったが、医者はカレンを知っていた。手を血まみれにしていたよ。そしておれに向かって叫んだ。悲鳴のような声で。〝カレンは子持ちだ。ここに子供たちがいるかもしれない〟と。だから――」

レイコーはため息をつき、ルークのものだった年代物の煙草の箱をあけた。一本を唇にはさみ、フォークに箱を差し出す。自分でも驚いたことに、フォークは一本を受けとった。最後に煙草を吸ったのがいつかは覚えていない。たぶんちょうどこの場所で、死んだ親友が隣にいたときだろう。どういうわけか、いまは煙草を受けとるのが正しいことのように思えた。身を寄せてレイコーに火をつけてもらう。煙を吸ったとたん、この悪習をすぐに絶った理由を思い出した。しかし、煙を深く吸い、ユーカリの独特の香りに煙草のにおいが混ざり合うのを嗅いでいると、十六歳に戻ったかのような目眩のする感覚が、ニコチンの快感のごとく押し寄せてきた。

「だから」レイコーは話を再開した。その声は先ほどよりも静かになっていた。「医者の叫び声を聞いたおれは、急いで家のなかを見てまわった。だれがいるのかも、何に出くわすのかもわからずに。ショットガンを持ったかだれかがドアの向こうから飛び出してくるかもしれなかった。子供たちに呼びかけようと思ったが、名前すら知らないのに気づいた。だから大声をあげた。〝警察だ。もう大丈夫だから出てくるんだ、安全だ〟とか。ほんとうにそう言っていいのかはわからなかったが」長々と煙草を吸い、記憶をよみがえらせている。「すると泣き声が——泣き叫ぶ声が——聞こえたから、何が待ち受けているかも知らずに、声がするほうへ行った。そして子供部屋にたどり着き、あの赤ん坊がベッドの上で泣きわめいているのを見つけた。大泣きする子供を見て心から喜んだのはあのときが人生ではじめてだったよ」

レイコーは紫煙《しえん》を吐き出した。

「というのも、赤ん坊が無事だったからだ。目を疑ったさ。明らかに怯えていたが、見たところ無傷だった。とっさに、これで救われたと思ったのを覚えている。もちろん、母親のことは気の毒だし、悲劇だと思う。しかし、少なくとも子供は無事だったわけで、心から神に感謝したよ。だがそのとき、廊下の向こうのドアが半開きになっているのに気づいた」

レイコーはフォークを見ずに、吸いかけの煙草を地面で念入りに揉み消した。フォークはつぎの展開を悟って、冷たい恐怖が体に染みとおっていくのを感じた。

「そこも子供部屋であるのは見ればわかった。壁が青く塗られて、車のポスターが貼ってあったからな。男の子の部屋だ。そして中からは物音ひとつしなかった。だからおれは廊下を横切ってドアを押しあけたんだが、そのときにはもう救われたなんてとても言えなくなった」間をとる。「部屋は地獄のありさまだった。いままで見たなかで最悪の光景だった」

ふたりは無言ですわりつづけていたが、やがてレイコーが咳払いをした。

「行こう」立ちあがり、記憶を振り払うかのように腕を振る。フォークも立ちあがり、レイコーにしたがって母屋の正面へ向かった。

「ほどなく、クライドから緊急対応班が到着した」歩きながらレイコーがつづけた。「警官や救急隊員だ。一同が着いたころには、六時半近くになっていた。おれたちはほかの部屋を調べたが、幸い、もうだれもいなかったから、ルーク・ハドラーにどうにかして連絡をつけなくてはと思った。最初おれたちは暗い気分だった。どう話せばいいのだろうと思って。しかし、いつまで経ってもルークは電話に出ないし、車も近くにないし、帰ってくる気配もなかった。すると、雰囲気がにわかに変わりはじめた」

「ルークはどこで何をしていたんだ？」

「ルークの知り合いで、捜索救助チームのボランティアの話によれば、ルークはその日の午後、友人の農場で兎狩りを手伝っているはずだった。友人の名前はジェイミー・サリヴァン。電話をかけると、サリヴァンはその話を裏づけたが、ルークは二時間も前にもう帰ったとのことだった」

ふたりは玄関のドアの前に着き、レイコーが鍵束を出した。

「ルークの姿は見当たらないままで、電話にもやはり出ないから、おれたちは捜索救助チームの応援を呼んだ。そして警官とふたりひと組にして、捜索に送り出した。恐ろしい数時間だったよ。何が待ち受けているかもわからないまま、非武装の捜索チームに野原や森を歩きまわらせているんだから。ルークは死んだのか？　生きているのか？　いまルークがどんな状況にあるかは、見当もつかなかった。銃を持って自暴自棄になったルークがどこかに隠れているかもしれないと思うと、心配でたまらなかった。とうとう、捜索チームのひとりがまったくの幸運からルークの小型トラックを見つけた。三キロほど離れた空き地に停めてあった。結局のところ、心配は無用だった。ルークは荷台で死んでいて、顔の大半がなくなっていたからだ。所持許可取得済み、登録済みの、法的にはまったく問題のない自分の銃を手にしたまま」

レイコーは母屋のドアを解錠して押しあけた。

「これで一件落着だと思われた。事件は解決したと。が、この先へ進むと――」脇にどき、長い廊下をフォークが見とおせるようにする。「――いろいろと不自然な点が出てくる」


玄関ホールは蒸し暑く、漂白剤のにおいが満ちていた。請求書やペンといったどの家でも見かける雑多な品々を載せたサイドテーブルが奥の壁際にあり、もとの位置からずらされて斜めになっている。タイル張りの床は不気味なほど清潔だ。玄関ホール全体が、新築時の目地があらわになるまで磨きあげられている。

「清掃業者が徹底的に仕事をしたから、いやなものは落ちていない」レイコーが言った。「子供部屋のカーペットを取っておくのは無理だった。取っておきたいとはだれも思わないだろうが」

壁には家族写真が並んでいる。凍りついたポーズには見覚えがあり、フォークは葬儀で目にしたものばかりだと気づいた。まとめて見ると、自分の知っていた幸せな家庭のグロテスクなパロディじみて感じられた。

「カレンの遺体はこの玄関ホールにあった」レイコーが言った。「ドアがあいていたので、配達人がすぐに気づいた」

「ドアのほうへ逃げていたんだろうか」フォークは、自宅で妻を追いまわすルークの姿を想像しようとした。

「いや、逃げていたんじゃない。応対に出ていた。そして玄関前の踏み段に立っていた何者かに撃たれた。死体の姿勢からわかる。だが、ひとつ尋ねるが、あんたは夜に帰宅したとき、奥さんにドアをあけさせるか？」

「わたしは結婚していない」

「おれは結婚している。そしてフェミニストを気どるつもりはないが、自宅の鍵は持ち歩いているぞ」

フォークは思案した。「不意打ちしようとしたとレイコーはフォークの先に視線を向けた。「そこでつぎの気になる点に移ろう。あんたの準備がよければ」

フォークはうなずき、レイコーにしたがって廊下の奥へ行った。

レイコーが小さな青い寝室の電気をつけたとき、フォークはそこが改装中であるかのような、混乱した印象をまず受けた。子供用のベッドが奥の壁に斜めに押しつけられ、マットレスが取り払われている。おもちゃを詰めた箱が危なっかしく積みあげられ、その上にはフットボール選手やディズニーのキャラクターのポスターが貼ってある。カーペットは剝がされ、白木の床板があらわになっていた。

薄く積もった砂埃に、ブーツが模様を描く。一方の隅の床板は入念にやすりがかけられている。それでも染みが消えていない。レイコーは戸口にとどまったまま、その筋書きを頭のなかで再現してみる。

「なぜわざわざ？ 帰宅した夫が装塡済みのショットガンを振りかざしているんだ。それだけで充分に不意打ちになっただろうよ。カレンもビリーも家のなかだ。間取りも知っている。たやすくやれたはずだ」

フォークは玄関ホールのなかにはいり、ドアをあけたり閉めたりした。あけると、玄関ホールが薄暗いので、戸口で切りとられた光の長方形がまぶしく感じられる。カレンがノックに応対しようとするところを心に描く。何かの作業を中断されて、注意が少し散漫だったのかもしれない。まぶしさに目をしばたたいた決定的な瞬間、犯人が銃を構える。

「もうひとつ妙な点がある」レイコーが言った。「玄関でカレンを撃ったことだ。そんなことをすれば、あの不運な子供が怯えて部屋に閉じこもってしまうだけだ。そういう展開は避けようと思えば避けられたはずなのに」

まだ。

「ここはいまでも苦手だ」肩をすくめながら言う。

この部屋がかつては快適な寝室だったのをフォークは知っていた。二十年前はルークの部屋だった。何度も泊まったことがある。明かりを消したあとも小声でおしゃべりをした。もう静かにして寝なさいとドアの向こうからバーブ・ハドラーに叱られ、ふたりで息を殺して忍び笑いしたものだ。あたたかい寝袋にくるまって、あのおぞましい染みのある床板から遠くないところで寝た。この部屋は楽しい場所だった。いまでは玄関ホールと同じように、漂白剤のにおいが充満している。

「窓をあけてもかまわないか？」

「やめたほうがいい」レイコーが言った。「ブラインドをおろしたままにしておきたい。事件の直後、写真を撮ろうとしたガキどもがいたんだよ」

レイコーはタブレット型端末を取り出し、何度かタップしてからフォークに渡した。画面に画像が並んでいる。

「男の子の遺体を運び出したあとの画像だ。それでも、部屋がどんな様子だったかわかるだろう」

画像では、ブラインドが大きくあけられ、下の惨状に光を注いでいた。ワードローブの戸はあけ放たれ、服が片側に乱暴に寄せてある。大きな籐のおもちゃ箱はひっくり返されている。ベッドの上では、宇宙船を描いた羽毛布団が端に折り重ねられ、布団の下を確かめるためにめくったかのようだ。カーペットの大部分はベージュ色だが、一方の隅に、逆さまになった大きな洗濯籠の後ろから染み出た赤黒い血溜まりができている。

少しのあいだフォークは、ビリー・ハドラーの最期の瞬間を想像しようとした。洗濯籠の後ろに隠れ、生あたたかい尿が脚を伝うのを感じながら、乱れる息を必死に抑えていたのだろう。

「子供はいるのか?」レイコーが尋ねた。「きみは?」

フォークは首を横に振った。「女の子だ」

「もうすぐ産まれる。女の子だ」

「それはおめでとう」

「甥と姪ならわんさといるんだよ。ここじゃなくて、南オーストラリアの故郷に。ビリーと歳が同じくらいの子もいるし、少し下の子もいる」レイコーはタブレットを引きとって、画像をスクロールした。「問題は、おれの兄たちは子供の隠れ場所を知り尽くしているということだ。兄たちなら、目隠しをして子供部屋に行っても、二秒で子供を見つけられる」

画面をタップする。

「この画像はどう見ても、捜しまわったあとのように思える。ビリーの隠れ場所を知らない人物が、順繰りに確かめていったということだ。ワードローブのなかか? いない。ベッドの下か? いない。まるでビリーを狩り出したかのようだ」

フォークはかつてビリー・ハドラーだった黒っぽい染みを凝視した。

「シャーロットが発見された場所を見せてくれ」

廊下の向こうの子供部屋は黄色く装飾されていた。虚ろな空間の天井から、音の鳴るモビールが吊りさげられている。

「ベッドはゲリーとバーブが持っていった」レイコーが説明した。

フォークは部屋のなかを見まわした。もうひとつの子供部屋とは別世界のようだ。家具やカーペットは無傷のままだし、鼻を突く漂白剤のにおいもしない。ドアの外を襲った惨劇とは無縁の、聖域めいた雰囲気を漂わせている。

「なぜルークはシャーロットを殺さなかったのだろう」フォークは言った。

「良心に目覚めて罪悪感を覚えたから、というのが多数意見だな」

フォークは部屋を出て、廊下を横切り、ビリーの部屋へ行った。隅の血痕まで行ってから、きびすを返し、ふたたび廊下を横切ってシャーロットの部屋に戻った。

「八歩だ」フォークは言った。「しかし、わたしはかなり背が高い。だからおおかたの人の足だと九歩だろう。ビリーの遺体からシャーロットの寝ているところまで九歩というのは、撃ってくれと言っているのも同然だ。そしてルークの体にはアドレナリンが駆けめぐり、頭には血がのぼり、視界は赤くかすんでいた。その状態で九歩だ。果たして、それが改心するのに充分な時間となるだろうか」

「充分とは思えないな」

フォークは小さいときから知っていた男の姿を思い描いた。かつては鮮明な像だったのに、いまではゆがんでぼやけている。

「ルークに会ったことは?」

「ない」

「コインを指ではじくように、気分が変わりやすい男だった。九歩どころか、一歩でも充分だったかもしれない」

そうは言ったものの、キエワラに戻ってからはじめて、フォークのなかで本物の疑念が芽生えていた。

「しかし、意思表明のようなものだろう? こういう事件は。個人の感情がからんでいる。〝男は家族をみな殺しにした〟そんなふうに言われるのが犯人の望みだ。七年連れ添った妻が玄関ホールで血の海に横たわっているなか、ルークは時間をかけて――二分、いや三分か?――子供部屋を掻きまわし、実の息子を殺害した。終わったら自分も命を絶つつもりだった。もしルークが犯人なら――」フォークは〝もし〟と言うときにわずかにためらった。「――なぜ娘を生かしておいた?」

ふたりは、ベッドがあった場所の上で静止しているモビールをしばらく眺めていた。なぜ赤ん坊以外の一家全員が無残な最期を迎えたのか。フォークは何度も頭のなかでその問いを繰り返したすえに、いくつかの答を思いついたが、筋が通るのはひとつだけだった。

「当日ここにいた人物が赤ん坊を殺さなかったのは、殺さなくてもよかったからかもしれない」フォークはついに言った。「つまり個人の感情はからんでいない。相手がだれであるかは重要でなかった。十三カ月の乳児はまともな目撃者になりえないから、殺されなかったんだ」

6

「おれはここではあまり人気がないんだよ」レイコーは悔しげに言いながら、パブの〈フリース〉のテーブルにふたつのビールを置いた。重みでテーブルが傾き、傷のついた表面に酒が一センチメートルぶんほどこぼれる。レイコーはいったん家に帰って制服を着替え、〝ハドラー〟というラベルの貼られた分厚いフォルダを携えて戻ってきた。「おれは便利屋じゃないのに。どいつもこいつも車の鍵をなくしたくらいで大騒ぎしてくれる」

ふたりはバーテンダーに目をやった。昨夜と同じ、ひげ面の大男だ。新聞の向こうからこちらを観察している。

「警官の宿命だな。乾杯」フォークはグラスを掲げ、長々と飲んだ。酒は好きでも嫌いでもなかったが、いまはありがたかった。まだ夕方だったから店は閑散としていて、ふたりは隅の目立たない場所に腰をおろしていた。向こうでは、三人の男が牛を思わせる鈍い表情でドッグレースのテレビ中継を眺めている。みなフォークの知らない顔で、向こうもフォークには目もくれなかった。奥の部屋では、スロットマシンが明滅しながら電子音を鳴らしている。エアコンが凍てつく冷気を送りこんでいた。

レイコーがビールをひと口飲んだ。「これからどうする？」

「疑問があるとクライドに伝えるべきだ」

「いまクライドの警官に伝えても、連中は保身に走るだけだ」レイコーは顔をしかめた。「へまをしでかしたと気づいたら、あいつらがどんな考えをいだくかはあんただってわかるだろう。自分たちの捜査は適切だったと躍起《やっき》になって証明しようとするはずさ。おれだってきっとそうする」

「どのみち、選択の余地はないだろう。これほどの事件だ。単独ではこなせない」

「バーンズがいる」

「だれだ、それは？」

「署にいる部下の巡査さ。だから合わせて三人だ」

「きみたちふたりだけだ。わたしは長くいられない」

「ハドラー夫妻に言ったこととちがうようだが」

フォークは鼻筋をこすった。背後のスロットマシンがいっそうやかましい音を立てる。頭のなかでその音が鳴っているように思えた。

「少しとどまるだけだ。一日か二日。捜査が終了するまでじゃない。しかも非公式の捜査だ。わたしだって自分の仕事に戻らなければならない」

「いいだろう」レイコーは当然のように言った。「それなら少しとどまるだけでかまわない。帳簿以外からも何か見つかるかもしれない。当初の予定どおり、金銭面を洗ってくれ。何か有力な証拠が出てきたら、おれがクライドに出向く」

フォークは何も言わなかった。ハドラー家から持ち出して、いまは二階のベッドの上に置いてある、ふた箱ぶんの銀行取引明細書と書類に思いをめぐらした。

〝ルークは嘘をついた。きみも嘘をついた〟

フォークは空になったふたつのグラスをカウンターに持っていった。

「お代わりかい」バーテンダーが巨体をスツールからおろし、新聞を置く。きのうから見かけた店員はこの男だけだ。

「訊きたいんだが」フォークは、新しいグラスが注ぎ口の下に置かれるのを見ながら言った。「わたしが泊まっている部屋のことだ。もう少し滞在を延長できるか？」

「どうだろうな」バーテンダーはビールをひとつカウンターに置いた。「おたくについては噂をひとつふたつ聞いてる」

「なるほど」

「ああ。客は歓迎するが、面倒は歓迎しない。こういう店を何事もなく経営するのはたいへんなんだよ」

「自分から面倒を起こすつもりはない」

「面倒が勝手についてきてるだけだとでも言うのか？」

「それについてはわたしにはどうにもならない。だが、わたしが警官なのは知っているだろう？」

「そう聞いた。でも、こんな片田舎で夜更《よふ》けに酔っ払って血の気が多くなってる連中を相手にしたら、警官のバッジもたいした武器にはならないだろう？」

「わかった。そういうことなら、あんたが決めればいい」頭をさげるつもりはなかった。

バーテンダーはかすかに笑みを浮かべながら、ふたつ目のビールをカウンターに置いた。

「まあいいだろう。だから機嫌を直してくれ。だれが払っても金は金だから、文句はない」

バーテンダーはフォークに釣りを渡し、新聞を手に取った。難解なクロスワードパズルに挑むふりをする。

「ただ、親切心から言っておくが、ここらの連中は要注意だ。厄介なことになっても、助けはあまり期待できないぞ」フォークを見つめる。「もっとも、聞いたかぎりでは、おたくもそのあたりはよく知っているようだが」

フォークはふたつのグラスをテーブルに運んだ。レイコーは浮かない顔で湿ったコースターを眺めていた。

「男前が台無しだぞ」フォークは言った。「ほかの情報を教えてくれ」

レイコーはテーブルの上にフォルダを滑らせた。

「入手できる資料はすべてそれにまとめた」

フォークは店内を見まわした。まだ空席が目立つ。近くにはだれもいない。フォルダを開いた。一枚目は、距離を置いて撮影したルークの小型トラックの写真だった。後輪のあたりに血溜まりができている。フォークはフォルダを閉じた。

「とりあえず、重要な部分だけ教えてくれ。第一発見者の配達人についてわかっていることは？」

「これ以上ないくらい潔白に思えるな。大手の運送会社に勤めている。二年前から。カレンがインターネットで注文した料理本を配達するところだった――それは裏がとれている。その日最後の配達で、予定より遅れていた。キエワラに配達したのははじめてだったようだ。家の前に着くと、カレンが玄関で倒れているのが見えたので、花壇に昼食の残りを吐き出してから、慌ててバンに戻った。そして本道から緊急通報した」

「シャーロットを家に残したまま？」

「声が聞こえなかったんだろう」レイコーは肩をすくめた。「たぶん。シャーロットはしばらく前からひとりきりだった。そのころにはもう泣きわめいていたとしての話だが」

フォークはフォルダの一枚目に戻った。今度は開いたままにする。ルークは小型トラックの運転席で発見されたものとばかり思いこんでいたが、写真を見たところ、ルークの遺体は荷台に仰向けの状態で倒れていた。荷台の後ろの側板を後ろあおり、左右の側板を側《がわ》あおりというが、後ろあおりはおろされ、まるで端にすわっていたかのように、ルークの脚が投げ出されている。手もとにショットガンがあり、銃口は頭部の残骸に向けられていた。顔は消滅している。

「大丈夫か?」レイコーが見つめていた。

「ああ」フォークはビールを長々と飲んだ。血は荷台の床に広がり、金属製の溝に溜まっていた。

「鑑識は荷台で何か手がかりを見つけたのか?」

レイコーはメモを確かめた。

「大量の血液以外には——すべてルークの血液だ——特に何も。ただ、調べ尽くしたと言えるかは怪しいな。凶器はすでに発見していたわけだから。トラックは仕事用で、荷台にはいろいろなものが積みこまれていた」

フォークはもう一度写真を見つめ、遺体の周囲を注視した。荷台の左の側あおりの内側に四本の線が横に走っているのがかすかに見てとれる。最近できたもののようだ。くすんだ白い塗装の上に、明るい茶色が浮かびあがっている。長さは最も長いもので三十センチメートルばかり、最も短いものはその半分くらいだ。二本ずつ組になっていて、ふたつの組は一メートルほど離れている。向きは完全にはそろっていない。奥の組は水平だが、手前の組はわずかに傾いている。

「これはなんだろう」フォークが指さすと、レイコーがのぞきこんだ。

「わからん。言ったとおり、トラックはいろいろなものを載せていたはずだからな」

「トラックはいまもここに？」

レイコーは首を横に振った。「メルボルンに運ばれた。いまごろはきれいにされて売られているか、スクラップにされているだろう」

もっとよく見えないかと思い、フォークはためつすがめつして写真を眺めたが、無駄だった。メモの残りに目を通す。とりたてて不審な点はないように思える。顔に空いた穴を除けば、ルーク・ハドラーは健康な男性だった。理想的な体重よりも少しだけ太っていて、コレステロール値がわずかに高い。薬物やアルコールは検出されていない。

「ショットガンについては？」

「まちがいなくルークの銃で、三人ともこれが使われている。登録済み、所持許可取得済みだ。付着していた指紋はルークのものだけだった」

「ふだんルークは銃をどこに保管していた？」

「裏手の納屋の、固定された金庫に。弾は――少なくとも、おれが見つけたウィンチェスターの弾は――別の場所にしまわれていた。ルークは相当安全を重視していたように見えるな」

フォークはうなずいたが、上の空だった。ショットガンの指紋についての報告書に視線が引き寄せられていた。渦や線がはっきりと浮かびあがった、鮮明な楕円が六つ。ふたつはそこまで鮮明ではなく、少し滑った跡があるものの、ルーク・ハドラーの左手親指と右手小指の指紋だと確認されている。

「指紋がきれいだな」フォークは言った。

レイコーはその口調に何かを感じとり、メモから顔をあげた。

「ああ、非常に強固な証拠だ。これを見たらもうだれも疑わなくなった」

「確かに強固な証拠だが」フォークはテーブルの上の報告書をレイコーのほうへ滑らせた。「強固すぎないか？　ルークは妻子を殺めた直後のはずなんだ。薬物中毒者みたいに汗をかき、震えていたことだろう。わたしの経験だと、採取されるのはもっと不鮮明な指紋だ」

「くそ」レイコーは指紋をにらみつけた。「ああ、そのとおりかもしれない」

フォークは資料をめくった。

「鑑識は母屋で何を見つけた？」

「ありとあらゆるものを。住民の半分が母屋のなかで代わる代わる散歩でもしていたかのようだった。部分指紋を除いても、二十あまりの異なる指紋があったし、繊維もそこら中に落ちていた。カレンが掃除嫌いだったと言うつもりはないが、何せ子供がいる農場だからな」

「目撃者は？」

「ルークが生きている姿を最後に見たのは、例の友人のジェイミー・サリヴァンだ。町の東に農場を所有している。ルークはそこで兎狩りを手伝っていた。三時ごろに来て、四時半には帰ったと、サリヴァンは言っている。ほかには、ハドラー家の近くに住んでいて何かを見た可能性のある人物はひとりしかいない。当時、その男は自宅にいた」

レイコーが報告書に手を伸ばす。フォークは胃が締めつけられるように感じた。

「ただ、この住民は変わり者だ」レイコーはつづけた。「喧嘩腰のいやな爺さんだよ。ルークにこれっぽっちも同情を寄せていない。あんな男に同情されてもうれしくないが。警察の捜査にもまったく協力しようとしない」

「マル・ディーコンだな」フォークは平静な口調に努めた。

レイコーが驚いて顔をあげた。「そうだ。知り合いか？」

「ああ」

レイコーは待ったが、フォークはそれ以上何も言わなかった。無言がつづいた。

「まあいい」レイコーが言った。「ディーコンは甥と――グラント・ダウという名の男だ――暮らしているんだが、当時この甥は外出していた。ディーコンは何も見ていないと言っている。銃声は聞いたかもしれないが、気にも留めなかったそうだ。農場ではよくあることだから」

フォークは黙って眉を吊りあげた。

「いずれにしろ、ディーコンの証言には頼らなくてもよさそうだ」レイコーは言い、タブレット型端末を取り出して画面をタップした。低解像度のカラー画像が現れる。不自然に画像が固まっていたから、フォークはじきにそれが静止画ではなく動画だと気づいた。

レイコーがタブレット型端末を渡す。

「ハドラー家の農場の、防犯カメラの映像だ」

「嘘だろう」フォークは茫然と画面を見た。

「たいしたものじゃない。ベビーシッターを見張る隠しカメラに毛が生えた程度の代物さ。一年ほど前に農機具の窃盗事件が頻発したのを受けて、ルークがカメラを仕掛けたんだ。同じことをした農家はいくつかある。常時録画していて、動画を家のパソコンにアップロードし、保存しなければ一週間後に消去する仕組みだ」

カメラはいちばん大きな納屋の上部に設置されているようだ。庭のほうにまっすぐ向けられ、人の出入りをとらえられるようになっている。母屋の側面が映りこんでいて、上の隅には細く切りとられた私道の一部が見える。レイコーは目当ての時点まで動画を早送りし、そこで一時停止した。

「よし、これが銃撃のあった日の午後だ。なんならあとで一日を通して見てくれてもかまわないが、手短に言うと、夫婦は朝、別々に外出している。ルークは午前五時過ぎに自分の小型トラックで出かけた――おそらく自分の農地へ向かったんだろう。それから八時過ぎにカレンとビリーとシャーロットが学校へ行った。カレンはそこでパートタイムの事務員として働いていて、シャーロットは敷地内の託児所に預けられていた」

レイコーは画面をタップし、動画を再生した。フォークにイヤホンを渡し、ジャックをタブレット型端末に差しこむ。マイクが風に揉まれているせいで、音質は悪く、聞こえにくかった。

「日中は何事も起こらない」レイコーは言った。「請け合うよ。おれが早送りせずにこの目で確認した。つぎに出入りがあるのは午後四時四分、カレンと子供たちが帰ってきたときだ」

画面の隅を青のハッチバックが通り過ぎる。角度があるので、ボンネットからタイヤまでしか見えない。前面のナンバープレートがかろうじて見分けられた。

「一時停止して拡大すれば読みとれる」レイコーは言った。「まちがいなくカレンの車だ」

ノイズの向こうから、車のドアを閉める音が聞こえ、一拍置いてもう一度聞こえた。レイコーがまた画面をタップする。画像が飛んだ。

「その後は一時間近く動きがなくなり――これも確認した――そして……ここだ。午後五時一分」

レイコーは再生ボタンをタップしてフォークに見せた。しばらくは何事も起こらなかった。やがて隅に進入してくる物体があった。銀色の小型トラックはハッチバックよりも車高が高く、ヘッドライトより下しか見えない。ナンバープレートは見てとれる。今度も車は一秒足らずのうちに現れて消えた。

「ルークの車だ」レイコーは言った。

画面の映像は完全に静止しているが、動画は再生をつづけている。やはり見えないところで車のドアを閉める音が聞こえ、それから胃が痛くなるような無音の時間が二十秒つづいた。突然、鈍い銃声が耳を襲い、フォークは縮みあがった。カレンだ。鼓動が激しくなる。

また静寂が流れ、タイマーの数字だけが進んだ。六十秒。九十秒。フォークは自分が固唾を呑み、ちがう結末を願っているのに気づいた。その痛ましい声が聞こえたときは、憤激と安堵の両方を覚えた。ビリー・ハドラーの悲鳴は耳にこびりついて忘れられそうになかった。二度目の銃声が救済のようにすら思えた。フォークは一度瞬きをした。

動くものはない。が、小型トラックが先ほど映ってから三分四十七秒後、画面の隅をそれが走り抜けていった。ルーク・ハドラーの車の後輪、荷台の床、ナンバープレートが確かに見てとれた。

「三十五分後に配達人が現れるまで、出入りはない」レイコーは言った。フォークはタブレット型端末を返した。くぐもった銃声がまだ耳のなかで鳴り響いている。

「これを見たあとでも、まだ疑いを差しはさむ余地があると本気で思っているのか？」フォークは言った。「車は確かにルークのトラックだが、運転していた人物までは視認できない。ほかにもある。装弾のこと。カレンが玄関で殺されていること。ビリーの部屋に捜しまわった跡があること」

フォークはレイコーを見つめた。

「わからないな。なぜきみはルークが犯人でないと、そこまで固く信じているんだ？　知り合いですらなかったのに」

レイコーは肩をすくめた。「子供たちを発見したのはおれだ。どこかの獣《けだもの》に殺されたビリー・ハドラーの姿を、この目で見ることになった。あの光景は網膜に焼きついている。ビリーのために正義をかなえてやりたい。それに、常軌を逸していると思われても仕方ないし、やはりルークの仕業だったという可能性は高い。それでも、真犯人が別にいて罪を逃れている可能性が少しでもあるのなら――」

レイコーは首を横に振り、ビールを長々と飲んだ。

「あんたならわかるだろうが、ルーク・ハドラーについて調べてみると、申しぶんのない人生を送っていたように見える――よき妻、ふたりの子供、立派な農場に恵まれ、地元で敬意を払われていた。そんな男がなぜいきなり豹変して家族を殺す？　筋が通らない。ルークのような人物がああした行為に手を染めるとは、おれにはどうしても思えないんだ」

フォークは口もとと顎を撫でた。ざらついている。ひげを剃らないと。

〝ルークは嘘をついた。きみも嘘をついた〟

「レイコー」フォークは言った。「ルークに関して、きみに伝えておかなければならないことがある」

7

「ルークとわたしが子供のころの話だ」フォークは言った。「いや、子供とは言いにくいな。もっと歳上で、十六歳のときだったんだが――」

店内の反対側で何か動きがあるのに気づき、口をつぐんだ。いつの間にか空席が埋まっていて、目をあげると視線をそらす見知った顔がひとつならずあった。とげとげしい雰囲気を感じとった直後、それが視界にはいった。酒飲みたちが視線を落とし、文句も言わずに場所を空けるとともに、一団の男たちが客のあいだを進んでくる。先頭にいるのは肥えた男で、汚泥《おでい》の色をした髪にサングラスを載せている。フォークは冷たい汗が腹を伝うのを感じた。ハドラー家の葬儀ではグラント・ダウだとわからなかったが、いまは見誤るはずもなかった。

エリーの従兄。同じ目をしているが、エリーの面影はまったくない。ダウはフォークたちのテーブルの前で足を止め、その締まりのない体で視野を遮った。Tシャツにはバリ島のビールのロゴが描かれている。目鼻立ちは子豚を思わせ、作りが小さく、顔の中央に寄っていて、たるんだ顎には乱れたひげが生えている。偲ぶ会で会葬者たちを威圧したときと同じ、ふてぶてしい表情だ。ダウは挨拶でもするかのようにフォークに向かってグラスを掲げ、頬をゆるめたが、目もとは笑っていなかった。

「ここに顔を出すとはいい度胸じゃねえか」ダウは言った。「それは認めてやるよ。なあ、マル叔父貴。認めてやるよな?」

ダウは振り返った。背後に隠れていた老人が震える足を踏み出し、フォークは二十年ぶりにエリーの父親と顔を突き合わせた。胸のつかえを覚え、思わず唾を呑んだ。

歳を重ねたマル・ディーコンは背中が曲がっていたが、長身であるのに変わりはなく、筋張った腕の先の手も大きい。指は年齢のせいで節くれ立っていて、体を支えるために椅子の背を強くつかんでいるので白っぽくなっている。額には深い皺が刻まれて渋面を作り、薄くなった白髪の合間に見える頭皮は怒りの朱色に染まっていた。

フォークは罵倒されるのを覚悟したが、ディーコンの顔に浮かんだのは困惑の表情だった。たるんで毛が逆立った首の皮を汚れた襟にこするようにしながら、軽くかぶりを振っている。

「なぜ戻ってきた?」ディーコンの声は間延びしていて、耳障りだった。話すと口の左右に深い皺ができる。客たちがみな、ひたすら視線をそらしているのにフォークは気づいた。バーテンダーだけがやりとりを興味深そうに観察している。クロスワードパズルはカウンターの上だ。

「どうなんだ？」ディーコンが骨張った手を椅子の背に叩きつけ、みな体をこわばらせた。「なぜ戻ってきた？　意図ははっきり伝わったはずだ。あのガキまで連れてきたのか？」

今度はフォークが困惑の表情を浮かべる番だった。

「なんだって？」

「おまえのろくでなしの息子だ。とぼけるな、この野郎。あいつも戻ってきたのか？　おまえの息子も」

フォークは目をしばたたいた。ディーコンは亡くなった父と自分を混同している。老いさらばえた男の顔を見つめた。ディーコンはにらみ返してきたが、その怒りはどこか迫力を欠いていた。

グラント・ダウが進み出て、叔父の肩に手を置いた。人ちがいだと説明しようとするかに見えたが、すぐに不満げにかぶりを振って叔父を椅子にすわらせた。

「やってくれるじゃねえか。叔父貴を虚仮《こけ》にしやがって」フォークに言う。「ひとつ訊くぜ。ここなら手は出せないとでも思ってるのか？」

レイコーがヴィクトリア州警察のバッジをジーンズのポケットから取り出し、表を上にしてテーブルにほうった。

「同じことを訊くぞ、グラント。ここなら手は出せないとでも思っているのか？」

ダウは両手をあげて手のひらを見せ、馬鹿にした顔で無害なふりをした。

「わかってるさ、そんなものは出すなって。おれと叔父貴は付き合いで酒を飲みにきただけだ。叔父貴は具合がよくなくてな。それは見ればわかるだろ。面倒を起こすつもりはねえ。だがこいつには――」フォークを見据える。「こいつには犬のくそみたいに面倒が付きまとってる」

聞きとれないほどのささやき声が店内に広がる。いずれあの話がまた口の端にのぼるのはフォークもわかっていた。全員の視線が自分に集中するのを感じて身じろぎした。

ハイカーたちは汗まみれでうんざりしていた。おびただしい数の蚊が飛び交っていたし、キエワラ川沿いの小道は予想よりも歩きにくかった。三人は縦一列になって重い足を運び、急流の音よりも大きな声を出す気になったときでも口喧嘩をするばかりだった。

二番目のハイカーが毒づいた。先導役のリュックサックに胸からぶつかり、あけてあったペットボトルから水を体の前にこぼしてしまったからだ。以前は投資銀行に勤めていたその男は、健康のためにこの田舎に引っ越してからというもの、もう一分一秒もこんなところにはいたくないという気持ちを日々抑えこもうとしていた。先導役が片手をあげ、悪態を遮る。そして濁った川面を指さした。三人はそろってそちらに視線を向けた。

「いったいあれはなんだ?」

「その辺にしてくれ、面倒はごめんだ」カウンターの後ろからバーテンダーが大声を出した。立ちあがって指先をカウンターに置いている。オレンジ色のひげに覆われた顔は笑っていない。「ここはパブだ。だれだって酒を飲めるし――その男も、あんたもだ――それがいやなら帰ってくれ」

「帰らなかったらどうする気だ?」ダウは黄色い歯を見せて笑い、それを受けて仲間たちが追従笑いした。

「帰らなかったら入店禁止にする。あんたしだいだな」

「そうかい。だが、おまえはいつもそう言って脅すだけだよな」ダウはバーテンダーをねめつけた。レイコーが咳払いしても無視している。フォークの耳に、バーテンダーのことばがよみがえった。〝こんな片田舎では、警官のバッジもたいした武器にはならないだろう？〟

「こいつがこの店にいるのが問題なんじゃない」マルディーコンが言い、店内は静まり返った。「こいつがキエワラに戻ってきたのが問題なんだ」

関節炎で太くなった指を伸ばし、フォークの目の前に突きつける。「頭に叩きこんで、おまえの息子に伝えておけ。おまえたちがここで思い知るのはただひとつ、おまえの息子がおれの娘にしたことはだれも忘れてないという事実だけだ」

元投資銀行員はハムサンドウィッチを茂みに嘔吐《おうと》した。三人ともずぶ濡れだったが、気にも留めなかった。

少女の死体は小道の上に横たえられ、まわりに水溜まりが広がりつつある。細身の娘だったが、岸に引きあげるのは三人がかりだった。肌は不気味なほど白く、ひと房の髪が口にはいっている。青白い唇のあいだに髪が潜りこんでいるさまを見た元投資銀行員は、また吐き気を催した。耳たぶがピアスのまわりで赤くむけている。魚がここぞとばかりに食いついたらしい。鼻孔やマニキュアを塗った爪のあたりにも同じ傷が見える。

衣服はそろっていて、顔は化粧が洗い落とされているために子供っぽく見えた。肌に張りついた白いTシャツはほぼ透けていて、下のレースのブラジャーが見えている。かかとの低いブーツには、少女の体をつなぎとめていた水草の残りがまだからみついている。そして左右のブーツも、ジーンズのどのポケットも、石が詰めこまれていた。

「でたらめだ。わたしはエリーに何もしていない」フォークはつい言い返してしまったが、とたんに後悔した。舌先を噛む。相手になるな。

「だれがそんなことを言ったんだ？」グラント・ダウ

が叔父の背後にまわった。冷笑はとうに消えている。
「おまえが何もしてないと、だれが言ったんだ？　ルーク・ハドラーか？」その名前を口にした瞬間、店内から空気が吸い出されたように感じられた。「残念だったな、ルークはもう何も言ってくれないぜ」

三人のなかでいちばん元気な男が助けを呼びにいった。元投資銀行員はみずからの吐瀉物の近くにすわりこんでいた。おぞましい白い物体の近くにいるよりも、そこで酸っぱいにおいに包まれていたほうがましに思えた。先導役のハイカーは水音を立てながら歩きまわっている。

少女の身元は見当がついた。三日前から新聞に写真が載っていたからだ。エレナー・ディーコン、十六歳。金曜日の夜から帰宅せず、行方不明。父親はティーンエイジャーの家出衝動が治まるまでひと晩様子を見たが、土曜日になっても帰ってこなかったので、通報した。

救急隊員が川に着くまで、やたらと長くかかったように思えた。少女の遺体は病院に運ばれた。元投資銀行員は家まで送られた。そしてひと月もしないうちに街に戻っていった。

エリー・ディーコンの検死に当たった医師は、死因は溺死だと報告した。肺は川の水で満たされていた。数日間は水中に沈んでいた様子で、おそらく金曜日からだと医師は指摘した。胸の中央と両肩に打撲傷があり、手と腕に擦過傷があった。漂流物による傷と考えて矛盾はなかった。前腕には自傷の跡らしい古傷があった。処女ではないと医師は追記した。

ルークの名前が出ると店内にざわめきが広がり、ダウもさすがに言いすぎたのを悟ったらしかった。
「ルークは友達だった。エリーも友達だった」フォークにはそれが自分の声でないように聞こえた。「ふた

「どっちも大切な存在だった。だから言いがかりはよせ」

ディーコンが椅子を床にきしらせながら立ちあがった。

「大切だったなどとよく言えるな。おれにとっては血を分けた娘だったのに」がなり立て、震える指をフォークに突きつけて難詰《なんきつ》する。レイコーとバーテンダーが視線を交わすのが、フォークの視界の隅に映った。「おまえもおまえの息子も何もしてないと言うんだな」ディーコンは言った。「それならあの書き置きはどうなるんだ、この嘘つきめ」

会話の切り札を出すかのような、得意げな台詞だった。フォークは力が抜けるのを感じた。疲労感が押し寄せてくる。ディーコンは口をゆがめている。隣では甥が笑っている。急所を突かれた思いだった。

「答えられなくて困ってるのか?」ダウが言った。

フォークはかぶりを振りたくなるのをこらえた。くそ。あのいまいましい書き置きか。

警官たちは二時間かけてエリー・ディーコンの部屋を隅々まで調べた。太い指がぎこちなく下着の抽斗《ひきだし》や宝石箱を探る。書き置きはもう少しで見逃されるところだった。見逃されたわけではなかった。ありふれたノートから一ページを破りとって書いてあった。そして半分に折って、ジーンズのポケットに入れられていた。そこには、エリーの失踪した日付が本人の筆跡で書かれていた。その下には名前がひとつ記されていた。フォークと。

「弁明してみろ。できるものなら」ディーコンが言った。店内は静まり返っている。

フォークは何も言わなかった。何も言えなかった。ディーコンの思惑どおりだった。

バーテンダーがグラスをカウンターに叩きつけた。「いいかげんにしてくれ」フォークに険しい視線を向けた。

け、何かを思案する。まわりから見えるようにバッジを掲げたレイコーが眉を吊りあげ、かすかにかぶりを振る。バーテンダーの視線はダウに据えられた。

「あんたとあんたの叔父は帰ってもらおう。二日間の入店禁止だ。ほかの人も酒を飲まないなら帰ってくれ」


はじめはささやかな噂だったが、その日の終わりには広まっていた。フォークは――十六歳で怯えていた――自室に引きこもり、思い乱れていた。窓枠を軽く叩く音に心臓が止まりそうになった。ルークの顔が現れたが、宵闇のなかで見るそれは幽霊さながらに白かった。

「おまえ、まずいことになってるぞ」ルークは小声で言った。「おふくろと親父が話してた。みんなこの話題で持ちきりだ。金曜の放課後、ほんとうは何をしてたんだ？」

「言っただろう。釣りだって。でも、川上にいた。何キロも離れていた。ほんとうだよ」フォークは窓際でしゃがみこんだ。脚に力がはいらない。

「まだだれにも問いただされてないのか？　警官とかに」

「されていない。でも、そのうち訊かれると思う。エリーと会っていたと思われている」

「でも会ってないんだよな」

「当たり前だ！　もちろん会っていない。でも、信じてもらえなかったらどうすればいい？」

「だれにも会わなかったのか？　だれにも見られなかったのか？」

「ひとりきりだったと思う」

「わかった、よく聞けよ――アーロン、聞いてるのか？　いいか、もしだれかに問いただされたら、おれといっしょに兎を撃ってたと言うんだ。遠くの野原で」

「川には近づきもしなかった」

「そうだ。クーラン・ロードの近くの野原にしよう。川には近づきもしなかった。夕方からずっとだ。わかったか? おれたちはぶらぶらしてた。いつもみたいに。一、二匹しか仕留められなかった。二匹だ。二匹にしよう」

「わかった。二匹だな」

「忘れるなよ。おれたちはいっしょだった」

「うん。忘れない。忘れるものか。くそ、エリー。なんでこんなことに――」

「言え」

「なんだって?」

「いま言うんだ。何をしてたか。練習だ」

「ルークといっしょに兎を撃っていた」

「もう一度」

「ルーク・ハドラーといっしょだった。兎を撃っていた。クーラン・ロードの近くの野原で」

「自然に聞こえるまで繰り返すんだ。それから、言いまちがえるな」

「まちがえないよ」

「大丈夫か?」

「うん。ルーク、ありがとう。ほんとうにありがとう」

8

アーロン・フォークは十一歳のときに、マル・ディーコンが毛刈り用の大ばさみと容赦のない腕力を用いて自分の家畜を血まみれでよろめく集団へと変えるのを目撃した。羊たちはディーコンの納屋でつぎつぎに手荒くねじ伏せられ、肌に近すぎるところまではさみを入れられていた。ルークとエリーのふたりとともにその光景を見て、胸が痛くなった。

アーロンもほかのふたりも農家の子供だったが、それとこれとは話が別だった。ごく小さな雌羊が哀れっぽく鳴く声にアーロンは茫然として息を呑んだが、エリーに袖を引っ張られてわれに返った。エリーはアーロンを見あげ、一度だけかぶりを振った。

そのころのエリーは痩せ型の勝ち気な少女で、長いあいだ黙っているときが多かった。アーロンも物静かなほうだったから、気が合った。しゃべるのはもっぱらルークの役まわりだった。

かしいだ玄関ポーチにすわっていた三人のところに納屋からその騒がしい音が聞こえてきたときも、エリーはろくに顔をあげなかった。アーロンは興味を引かれたが、宿題をほうり出して見にいこうと言い張ったのはルークだった。雌羊の悲しげな鳴き声を聞いたエリーは、顔をこわばらせて見たこともない表情を浮かべた。アーロンは見にこなければよかったと思っているのが自分だけでないのを悟った。

その場を去ろうとしたとき、アーロンはエリーの母親が納屋の戸口で作業を静かに見つめているのに気づいて驚いた。脂じみたサイズの合わない茶色のジャンパーを着て、戸枠に寄りかかっていた。そして毛刈りから目をそらさずに、グラスから琥珀色の液体を飲んだ。母と娘の顔立ちは似ていた。ふたりとも目が深くくぼみ、色白で、口が大きかった。けれども、アーロンの目にエリーの母親は百歳にも見えた。当時のエリーの母親がまだ四十歳にもなっていなかったのを知るのは、何年もあとになってからだった。

　アーロンが見守るうちに、エリーの母親は目を閉じて首を勢いよくのけぞらせた。眉根に皺を寄せながら、深く息を吸っている。ふたたび目を開いたとき、視線は夫に据えられていた。そのまなざしは内心を露骨に伝えていて、アーロンはディーコンが振り返ってそこにこめられたものを見てとってしまうのではないかと不安になった。それは後悔の視線だった。

　その年は天候が不順だったためにみな苦労していて、ひと月後にディーコンの甥のグラントが住みこみで手伝うようになった。エリーの母親はそれから二日後に家を出た。とうとう我慢の糸が切れたのかもしれない。怒りの対象はひとりでも充分なのだから。

　エリーの母親は、スーツケースをふたつと、瓶がぶつかり合う音のするバッグをひとつ古い車に投げこみ、すぐに帰ってくるからと心にもない約束をして娘を泣きやませようとした。エリーがそのことばを信じなくなるまでにどれくらいかかったかはわからない。死ぬ瞬間まで、心のどこかで信じていたのかもしれない。

　フォークは〈フリース〉の入口にレイコーと並んで立っていた。巡査部長は煙草に火をつけ、フォークもすすめられたがことわった。今夜はこれ以上、過去の記憶に浸る気にはなれなかった。

「正しい判断だ」レイコーは言った。「おれも禁煙しようとしているんだ。子供のためにな」

「ああ。そのほうがいい」

　レイコーはゆっくりと煙草を吸い、暑苦しい夜空に紫煙を吐き出した。パブに喧噪が少し戻っている。ディーコンとダウはわざと時間をかけながら帰っていったが、その後も店内には険呑な気配が残っていた。

「先に言ってもらいたかったな」レイコーは煙草を吸い、咳をこらえた。

「わかっている。すまない」

「あんたは何か関係していたのか？　その娘の死に」

「いや。だが、事件が起こったとき、わたしはルークといっしょではなかった。証言とはちがって」

レイコーは押し黙った。

「アリバイは嘘だったということか。ルークはどこにいた？」

「知らない」

「一度も訊かなかったのか？」

「もちろん訊いたさ。だがルークは――」フォークは間をとって記憶を探った。「ルークは作り話に合わせようとするばかりだった。いつもそうだった。ふたりきりのときでさえも。徹底したほうが安全だとか言って。わたしは強く出られなかった。ルークに感謝していたからだ。かばってくれたのだと思って」

「アリバイが嘘だと知っていた人はほかにいたのか？」

「疑っていた人は少しいた。言うまでもなく、マル・ディーコンもそのひとりだ。ほかにもいただろう。しかし、確実なことを知っていた人はいない。少なくとも、わたしはずっとそう思っていた。だがそれも自信がなくなった。ゲリー・ハドラーははじめから知っていたようだ。ゲリーだけではないかもしれない」

「あんたはルークがエリーを殺したと考えているのか？」

「わからないが」フォークは人けのない通りを見つめた。「突き止めたい」

「すべてつながっていると思うか？」

「そうでないことを心から願っている」

レイコーはため息をついた。煙草を念入りに揉み消し、さらにビールを吸い殻にかける。

「いいだろう。あんたの秘密は守る。とりあえず、公にしなければならなくなるまでは。そうなったらあんたは包み隠さず話し、おれは何も聞いていなかったことにする。いいな?」

「わかった。恩に着る」

「あすの朝九時に署で会おう。ルークの友人のジェイミー・サリヴァンのところへ行って話を聞く。ルークが生きている姿を最後に見たという人物だ」レイコーはフォークを見つめた。「あんたがまだ町にとどまるとしたらの話だが」

レイコーは手を振りながら夜の闇に消えた。

部屋に戻ったフォークはベッドに寝転がり、携帯電話を取り出した。手のひらに載せたものの、電話はかけなかった。電気スタンドの上にいたアシダカグモは姿を消している。いまどこにいるかは考えないようにした。

〝あんたがまだ町にとどまるとしたらの話だが〟とレイコーは言っていた。その選択肢が残っているのは承知していた。車はすぐ外に停めてある。十五分もあれば荷物をまとめ、ひげ面のバーテンダーに言って料金を精算し、メルボルンへ向かえる。

レイコーは失望するかもしれないし、ゲリーは電話をかけてくるだろう。だからどうした? 喜ばれはしないだろうが、それには耐えられる。しかしバーブは――その顔がいやになるほどありありと思い描けた――バーブは幻滅するはずだ。それに耐えられるかまでは自信がなかった。フォークはそう考えて落ち着きなく身じろぎした。部屋は暑く、息が詰まりそうだった。

フォークは実の母を知らなかった。息子を産んでから一時間もしないうちに失血死したからだ。父はその空白を埋めようと努めてくれた――懸命に。それでも、母親の愛情に包まれて育ったとはけっして言えない。オーブンでケーキを焼いてくれたのも、香水をつけすぎた体で抱き締めてくれたのも、何もかもバーブ・ハドラーだった。ルークの母親だったのに、フォークのためにいつも時間を割いてくれた。

フォークとエリーとルークは、ほかのふたりの家よりもハドラー家で過ごす時間のほうが長かった。フォークの家は、父が農地にかかりきりになるために無人で静まっているときが多かった。エリーは、ほかのふたりが家に行きたいと言っても、首を横に振るのがつねだった。きょうはだめ、と言って。たまには行きたいとふたりが押しとおすこともあったが、そんなときフォークはいつも後悔した。エリーの家は散らかり、空き瓶のにおいが漂っていた。

ハドラー家は日当たりがよくにぎやかで、キッチンからはおいしいものが出てきたし、宿題や寝る時間についてははっきり指示されたし、そんなくだらないテレビは消して外の空気を吸ってきなさいと叱られもした。ハドラー家の農場はつねに安息の地だった——二週間前、悪夢のような犯行現場になるまでは。

フォークは身動きせずにベッドで寝そべっていた。十五分が過ぎていた。いまごろは車を走らせていることもできた。しかし、なおもここにいる。

ため息をついて寝返りを打ち、指先を携帯電話の上に浮かしたまま、連絡するべき相手を考えた。照明を消して玄関をしっかりと施錠したセントキルダのアパートメントが頭に浮かんだ。ふたりでも広いくらいだが、三年前からひとりで住んでいる。帰りを待っている人はだれもいない。シャワーを浴びて出てくる人もいなければ、音楽を流す人もいなければ、キッチンのカウンターで赤ワインを空気に触れさせる人もいない。電話に飛びついて出てくれる人も、滞在を何日か延長する理由を聞きたがる人もいない。

これまではそういう生活にもほとんど不満はなかった。だがこうしてキエワラのパブの二階で寝ていると、父が作ったものよりもハドラー夫妻が作ったものに少しでも近い家庭を自分も築いておけばよかったと思った。

月曜日には仕事に戻ることになっているが、葬儀に出ることは伝えてある。だれの葬儀かは言っていなかった。とどまりたければとどまれる。数日くらいなら休める。バーブのために。エリーのために。さらにはルークのために。ペンバリーの事件のおかげで超過勤務手当と実績を充分すぎるほど稼いだ。現在担当している事件はよく言っても進捗が遅い。

考えこむうちにまた十五分が過ぎた。ようやく電話を取りあげ、財務情報局の辛抱強い秘書に伝言を残し、私用でこれから一週間の休暇をとると告げた。

自分の驚きと向こうの驚き、どちらが大きいかはなんとも言えなかった。

9

フォークとレイコーが農場を突っ切って現れたとき、ジェイミー・サリヴァンはすでに四時間以上も働いていた。片膝を突き、素手を乾いた土に突っこんで、科学者のような綿密さで土壌を調べていた。

「母屋へ行きましょう」ルークの件で質問がある旨をレイコーが伝えると、サリヴァンはそう答えた。「どのみち、祖母の様子を見なければならないので」

あとについて煉瓦造りの平たい建物へ向かうあいだ、フォークはサリヴァンを観察した。二十代後半で、麦わら色の髪は薄く、頭頂部が早くも禿げかけている。胴や脚は細いが、腕はピストンのようにたくましく、逆三角形の体型を作っている。

母屋に着くと、サリヴァンは散らかった玄関ホールにふたりを通した。フォークは帽子を脱ぎ、驚きの表情を浮かべないようにした。ドアの陰にあったフットスツールにすねをぶつけたレイコーが小声で毒づく。玄関ホールは混沌そのものだった。壁には埃まみれの装飾品や置物が隙間なく並んでいる。家の奥のほうから、テレビの大音量が聞こえた。

「全部祖母のものです」どちらからも尋ねられないうちにサリヴァンが答えた。「こういうものが好きなんですよ。それに、祖母をつなぎとめてくれているんです――」思案する。「――現在に」

キッチンに案内されると、鳥のように華奢な女性がシンクの前に立っていた。青い静脈の浮き出た手が、水を満たした薬罐《やかん》の重みで震えている。

「大丈夫かい、おばあちゃん。お茶が飲みたいの？ぼくがやるよ」サリヴァンは急いで薬罐を引きとった。

キッチンは清潔だが秩序がなく、ガスレンジの上の壁には大きな焦げ跡がある。塗装が膨らんだり剝げたりしていて、醜い灰色の傷を思わせた。ミセス・サリヴァンは三人の男を一瞥してから、背後のドアに視線を走らせた。

「あなたのお父さんはいつ帰ってくるのかしら」

「父さんは帰ってこないよ、おばあちゃん。死んだんだから。思い出した？もう三年になるよ」

「そうね。そうだったわ」それを聞いてミセス・サリヴァンが驚いているかどうかは判然としなかった。サリヴァンはフォークに目をやり、戸口のほうを顎で示した。

「祖母を連れていっていただけますか。ぼくもすぐに行きますから」

フォークが支えると、老女の腕からしなびた皮膚を通して骨の感触が伝わってきた。リビングルームは明るいキッチンに比べると圧迫感があり、そこかしこで飲みかけのカップと虚ろな目をした中国の人形が縄張り争いをしている。フォークは窓際のすり切れた肘掛け椅子に老女を導いた。

　ミセス・サリヴァンはおぼつかない動作で腰をおろし、苛立たしげにため息をついた。

「あなたがたは警官で、ルーク・ハドラーの件でいらしたのでしょう？　それにさわらないで」古新聞の束を椅子の上からどかそうとしたレイコーに、老女が鋭く言った。母音に軽やかなアイルランド訛りがかすかに残っている。「そんな目で見ないでちょうだい。わたくしだってまだ頭はまわるのよ。ルークという男性はこのあたりにしばらくいてから立ち去って、家族を手にかけたのでしょう？　ほかの件であなたがたが来るはずはありませんからね。ジェイミーがよからぬことに手を染めていたのなら別ですが」

　老女の笑い声は錆びついた門を思わせた。

「そういう話は聞いていませんね」フォークは言い、レイコーと視線を交わした。「ルークとは親しくしていたんですか」

「いいえ、まったく。ジェイミーのお友達だということくらいしか知りませんでした。ときどきここに来ていましたから。農作業を手伝いに」

　サリヴァンが紅茶のトレーを持ってはいってきた。祖母の抗議を無視して食器棚の上を片づけ、古びたソファーにすわるようフォークとレイコーをうながす。

「散らかっていてすみません」サリヴァンは言い、カップを配った。「どうにかしたいのはやまやまなんですが——」意味ありげに祖母を一瞥してから、ティーポットに視線を向ける。目の下に隈ができているせいで老けて見えるのにフォークは気づいた。しかし、状況を見極めてその場をうまくさばくやり方からは自信がうかがえる。こんなところではなく、どこかの都会のオフィスでスーツを身にまとっている姿が似合う。六桁の金を稼ぎ、その半分を高級ワインにつぎこむタイプだ。

サリヴァンは飲み物を渡し終えると、安っぽい木製の椅子を引いた。「それで、何をお尋ねになりたいんですか」

「未確認の事柄がひとつふたつあるので、調べているところなんだ」レイコーが言った。

「ハドラー家のために」フォークは言い添えた。

「わかりました。どうぞご遠慮なく。バーブとゲリーのためでしたら」サリヴァンは言った。「でも、真っ先に言っておきたいことがあります。これはクライドの警官にも伝えたんですが、もしぼくが知っていたら──もしルークがおかしくなってあんなことをする兆しが少しでもあったのなら──けっしてここから帰してはいませんでした。まずそれだけは言わせてください」

視線を落とし、カップをいじる。

「わかっている。あんたなら止められたはずだと責めるつもりはない」レイコーは言った。「しかし、もう一度話を繰り返してもらえると助かる。おれたちがあんたの口から直接聞けるように。念のためだ」

兎です、とサリヴァンは語った。それに悩まされていた、と。少なくともその一匹に。干魃だけでも苦しいのに、兎が食べられるものはなんでも食い散らかしていた。事件の前夜、〈フリース〉でそう愚痴をこぼすと、ルークが手を貸すと言ってくれた。

「約束を交わすところを聞いていた人は？」フォークは尋ねた。

「たぶんいたと思います。だれが聞いていたかまでは思い出せませんが。でも、店には客がおおぜいいました。聞こうと思えば聞こえたはずです」

ルーク・ハドラーは農場の入口に小型トラックを停めておりた。約束より五分早かったが、ジェイミー・サリヴァンはもう待っていた。ふたりは手をあげて挨拶した。ルークは荷台からショットガンを取りあげ、サリヴァンから弾を受けとった。

「さあ、うさちゃん狩りの時間だ」ルークはそう言うと、歯を見せて笑った。


「あんたが弾を用意したのか？」レイコーは尋ねた。

「どこの弾だ？」

「ウィンチェスターですが。どうしてそんなことを？」

レイコーはフォークと目を合わせた。つまり、見つかっていないレミントンの弾ではない。

「ルークは自分の弾を持参していたか？」

「持参していなかったと思います。うちの兎ですから、うちが弾を用意するべきだと思ったんです。それが何か？」

「ただの確認だ。ルークの様子はどうだった？」

「はっきりとは言えません。あれ以来、何度も思い返してはいるんですが。ただ、元気そうに見えたのは確かです。ふだんどおりでした」サリヴァンはしばらく考えていた。「少なくとも、帰るときまでは」


ルークが最初の何発かをはずしたので、サリヴァンはその顔に目をやった。ルークは親指の皮を噛んでいた。サリヴァンは何も言わなかった。ルークがもう一発撃った。またはずした。

「大丈夫ですか」サリヴァンは遠慮がちに言った。サリヴァンはほかの友人と同じ程度にしかルークと立ち入った話をしたことがなかった。つまりまったくなかったに等しい。とはいえ、いつまでも兎狩りをしているわけにもいかなかった。太陽が背中に照りつけている。

「大丈夫だ」ルークは上の空でかぶりを振った。「あんたは？」

「ええ、大丈夫です」サリヴァンは口ごもった。話はもう打ちきってもよかった。ルークが撃ち、またはずす。サリヴァンは自分から歩み寄ってみようと決めた。「ここのところ祖母の調子が悪くて」サリヴァンは言った。「厄介なんですよ」

「平気なのか?」ルークは兎の巣穴から目をそらさずに言った。

「ええ。ときどきちょっと手がかかるだけです」

ルークは心ここにあらずの様子でうなずき、サリヴァンは相手がろくに聞いていないのを見てとった。

「あんたも女に苦労させられてるわけだ」ルークは言った。「まあ、わけのわからないことをわめきながら走りまわったりするのはあの歳では無理だから、まだましだろう」

祖母を一度たりとも〝女〟として見たことのなかったサリヴァンは、返事に詰まった。

「確かに。そうですね」サリヴァンは、海図のない海に迷いこんでしまったように感じた。「カレンの調子はどうですか」

「ああ。元気だ。問題ない」ルークは銃を構え、引き金を引いた。狙いが定まってきている。「あんたも知ってのとおりだ。カレンはああいう女だからな。気の休まるときがない」さらに何かを言おうとするかのように息を吸ったが、口をつぐんだ。気が変わったらしい。

サリヴァンはとまどった。まさに海図のない海だった。「そうですか」

つづけることばを探したが、頭に浮かばなかった。ルークに視線を向けると、銃をおろしてこちらを見つめていた。つかの間、目が合った。いかにも気詰まりな雰囲気になった。ふたりとも巣穴に視線を戻した。

「〝気の休まるときがない〟?」レイコーが言った。

「どういう意味だ?」

サリヴァンは悄然《しょうぜん》とテーブルを見つめた。「わかりません。訊き返しませんでした。訊き返すべきだったんですよね」

そのとおりだ、とフォークは思った。「いや」と代わりに言った。「結果は変わらなかっただろう」そう言いきれるかどうかはわからなかった。「ルークはそのことでほかに何か言っていたかな」サリヴァンは首を横に振った。「いいえ。天気の話になりました。いつものように」

一時間後、ルークは伸びをした。

「これであいつらも懲りただろう」腕時計に目をやる。「もう行かないと」あまった弾をサリヴァンに返した。

ふたりは連れ立って小型トラックまで歩いた。先ほどの緊張感はどこかに消えていた。

「一杯引っかけにいくんですか」サリヴァンは帽子を脱ぎ、腕で顔を拭った。

「いや、家に帰る。いろいろとやらなければならないことがあるから」

「そうですか。手伝ってくれて感謝しています」

「気にしないでくれ」ルークは肩をすくめた。「目が慣れるのに時間がかかってしまったがな」

ルークは弾を抜いた銃を助手席の床に置くと、トラックに乗りこんだ。いったん心が決まってしまうと、早く帰りたがっているように見えた。窓をおろし、軽く手を振ってから車を出した。

サリヴァンは閑散とした農場にひとり立ち尽くし、銀色の小型トラックが走り去るのを見送った。

フォークたちは無言でその一部始終を熟考した。窓際に積みあげられた小説の上にミセス・サリヴァンが紅茶を置き、カップとソーサーがぶつかって音を立てた。老女は紅茶に視線を据えている。

「それからどうなった?」レイコーが尋ねた。

「しばらくするとクライドの警察から電話があって、ルークを捜していると言われました。二時間ほど前に帰ったと答えました。その五分後には大騒ぎになっていて」

「時刻は？」

「六時半ごろだったと思います」

「あんたはここにいたのか？」

「ええ」

「ルークが帰ってから電話が来るまでのあいだ、何をしていた？」

「特に何も。仕事をしていました。この農場で。外の仕事が終わると、祖母と夕食をとりました」

フォークはわずかな動きを見てとり、瞬きをした。

「ふたりだけでずっとここにいたのかな」軽い口調に努めた。「どこへも行かなかった？　だれも来なかった？」

「ええ。ふたりだけでした」

危うく見逃すところだったが、あとでそのときの様子を振り返って、確信を得た。視界の隅で、淡い色の目を伏せていたミセス・サリヴァンが驚いて視線をあげていた。そして、ほんの一瞬、孫を見つめてから、また視線を落とした。フォークは注意深く観察したが、老女はもう顔をあげようとしなかった。それからフォークたちが帰るまでの短いあいだ、熟睡しているように見えた。

10

「おれなら頭がおかしくなっているよ」運転席のレイコーが身震いした。黄色い低木を保護する金網が窓の外を通り過ぎていく。その向こうにはベージュ色と茶色の野原が広がっている。「こんな辺鄙《へんぴ》な場所で老婆とふたりきりだなんて。薄気味悪い博物館みたいな家だったな」

「中国の天使は好きじゃないのか？」フォークは言った。

「おれの祖母は教皇も顔負けの筋金入りのカトリック教徒なんだ。偶像崇拝の話題なら受けて立つぞ」レイコーは言った。「とにかく、あれくらい若い男にとっては、楽しい人生とは言いがたいだろうな」

道端に火災の危険度を示す標識があった。フォークがキエワラに来てからずっと、危険度は〝深刻〟のままだ。五つの扇形に色分けされた半円の、オレンジ色の部分を矢印が指して強調している。その下には〝準備しよう〟〝行動しよう〟〝生き延びよう〟の三語が記されている。

「サリヴァンは正直に語ったと思うか？」ルークを帰してからずっと家にいたとサリヴァンが言ったとき、祖母がどんな反応を示したか、フォークは説明した。

「興味深いな。だが、あの老女はかなり耄碌している。手がかりとしても弱い。サリヴァンが外出していた可能性は報告書に記されていなかったが、それだけではなんとも言えない。サリヴァンについてはおざなりにしか調べなかっただろうから」

「問題は」フォークは身を乗り出してエアコンをいじくった。「もしサリヴァンがルークを殺すつもりだったのなら、たやすく殺せたということだ。ふたりはシヨットガンを持って人里離れた原野に一時間以上もいた。事故に見せかけて殺してくれと言っているようなものだ。あそこなら、サリヴァンの祖母でもやり遂げられたかもしれない」

フォークはエアコンをあきらめ、窓を少しあけたが、熱風が吹きこんでくるだけだった。慌てて窓を閉めた。

レイコーが笑い声をあげた。「アデレードほど暑いところはないと思っていたよ」

「以前はそこにいたのか？　どうしてこんな遠くに？」

「はじめて巡査部長に昇進できそうだったからさ。自分の城を持つ恰好の機会に思えたし、おれはどうせ田舎者だからな。あんたはずっとメルボルンで仕事をしているのか？」

「だいたいは。配属先はずっとメルボルンだ」

「経済犯罪が好みなのか？」

レイコーの口調に、フォークは笑みを浮かべた。あくまでも礼儀正しいが、そんな道を選ぶなど信じられないという内心が表れている。珍しくない反応だった。自分たちがやりとりする紙幣のどれほど多くが血にまみれているかを聞かされると、だれもが決まって驚くものだ。

「自分に向いているのは確かだ。それで思い出したが、昨夜からハドラー家の経済状況を調べはじめた」

「何か興味を引かれた点はあったか？」

「まだないな」フォークはあくびを噛み殺した。きのうは遅くまで、パブの部屋の弱々しい明かりのもとで数字とにらめっこした。「そのあたりは数字を見ればわかる。農場の経営が楽でなかったのは明らかだが、近所のほかの農家よりもずっと苦しかったとまでは言いきれない。少なくとも、ルークたちはそれなりの備えをしていた。実入りがいいときは貯金していた。生命保険は特別なものではない。年金保険とセットになったシンプルな保険だ」

「だれが受けとることになる?」

「シャーロットだ。ルークの両親が請求することになる。ただし、金額は最低限にすぎない。ローンの返済にまわしたら、たいして残らないだろう。農場は本人の意思にかかわりなく、シャーロットが相続するようだ。いまのところ、ほかに要注意のものはない——多数の口座とか、多額の預金引き出しとか、第三債務者とかのたぐいは。さらに調べておくよ」

その作業から明らかになった重要な事実は、カレン・ハドラーが優秀で几帳面な帳簿係だったということだ。整然と並ぶ数字や細かな鉛筆の書きこみを眺めていると、親近感が湧いたほどだった。

無人の交差点が見えてくると、レイコーは車の速度を落として腕時計に目をやった。

「七分経過」

ふたりはサリヴァンの家からルークの家へ帰る道をたどっていた。レイコーがハンドルを左に切り、ハドラー家の農場へ通じる道に車を進ませる。舗装されているが、状態はよくない。植物が育ったり枯れたりするようにアスファルトが膨れたり縮んだりするために、深いひびがはいっている。

形のうえでは対面通行の道路だが、二台の車がかろうじてすれちがえる程度の幅しかない。鉢合わせしたら一方が近所付き合いを優先してやぶに突っこむしかなさそうだ、とフォークは思った。それを確かめる機会には恵まれなかった。道中では一台の車にも出会わなかったからだ。

「全部で十四分弱だ」ハドラー家の私道に車を停めたレイコーに、フォークは言った。「よし。ルークの遺体の発見場所を見にいこう」

空き地といっても、ろくに開けていなかった。

うっかり走り過ぎてしまい、レイコーが小声で悪態をついて急ブレーキを踏んだ。そして車を数メートル後退させ、路肩に停めた。ふたりは車をおりた。わざわざドアに鍵をかけることはしなかった。あたりに人影はない。レイコーが木々の切れ目に先導した。

「この先だ」

どこかにいる鳥たちがその声にたちまち静まり返り、不気味な沈黙が流れた。切れ目の先は狭い空間になっていた。車を入れられる程度には広いが、転回するのは無理だ。フォークは中央に立った。幹の白いユーカリが番兵よろしく周囲に立ち並び、日陰を作っているために、わずかだが涼しい。ここからだと、生い茂った草木に遮られて道路はまったく見えない。茂みにいた何かが乾いた音を立てて逃げていった。黄色い地面は灼けて固くなっている。轍《わだち》やタイヤ痕は見当たらない。

空き地の中央、フォークのちょうど足もとに、砂が薄く振りかけられていた。何を覆うためにそれが撒かれているかに気づいたフォークは、慌てて足をどけた。何十ものブーツによって最近踏み荒らされた跡があるが、それを除けば、自殺の現場らしくはない。

「最期を迎えるにはあまりにもわびしい場所だ」フォークは言った。「ルークにとって何か意味のある場所だったんだろうか」

レイコーは肩をすくめた。「それについてはあんたのほうが詳しいと思ったんだが」

フォークは昔のキャンプ旅行や少年時代の冒険の記憶を探った。心当たりはなかった。

「ルークはほんとうにここで死んだのか？　トラックの荷台で？　ほかの場所で撃たれて、ここに運ばれた可能性は？」

「ない。血痕のパターンが動かぬ証拠だ」

フォークは頭のなかで時系列を整理した。ルークは午後四時三十分ごろにジェイミー・サリヴァンの家を離れている。ルークの小型トラックがハドラー家の農場のカメラに映ったのは、そのおよそ三十分後。先ほど自分たちが最短距離で帰ったときにかかった時間よりも長い。そして二度の銃声を経て、約四分後にその小型トラックは走り去った。

「もしルークが妻子を撃ったのなら、流れはかなり単純だ」フォークは言った。「自分で車を運転し、理由はわからないがゆっくり時間をかけて自宅へ帰り、妻子を殺してから、ここへ車を走らせた」

「ああ。しかし、犯人が別人だったのなら、ずっと複雑になってくる」レイコーは言った。「ルークがサリヴァン家を離れてからまもない時点で、犯人はルークのトラックに乗っていたことになる。凶器はルークが持ち運んでいたからだ。となると、だれがハドラー家までトラックを運転したんだ？」

「ルークが運転していなかったのなら、家族が殺害されているときにルークはいったいどこにいた？　助手席で手をこまぬいて眺めていたのか？」

レイコーは肩をすくめた。「そうかもしれない。つまり、可能性としてはありうるということだ。犯人がどんな人物で、どうやってルークを意のままにしていたかによる」ふたりは視線を交わした。レイコーがサリヴァンの姿を思い浮かべているのは明らかだった。

「犯人がルークを力尽くでしたがわせたとも考えられる」レイコーは言った。「簡単にはいかないだろうが、一部の人間には可能だろう。あんたもサリヴァンの腕を見たはずだ。クルミを詰めた靴下みたいだった」

フォークはうなずき、ルークの検死報告書を思い返した。ルークはほどほどの体格だった。銃創を除けば、健康な男性だった。手に防御創はなし。縄などで縛られていた痕跡もない。小型トラックの荷台で仰向けに倒れていたルークの遺体を思い描く。まわりに血溜まりができ、金属製の荷台の側あおりに四本の謎の線が残っていた。

「〝あんたも女に苦労させられてるわけだ〟」フォークは声に出して言った。「どういう意味で言ったんだろう」

「わからん」レイコーは腕時計に目をやった。「だが、きょうの午後、それを知っているかもしれない人物と会う約束をしておいた。カレン・ハドラーの机の抽斗の中身は見ておく価値がありそうだからな」

11

アカシアの若木は土に植えられると生気を少し取り戻したように見えたが、あくまでも少しだけだった。根もとがマルチ材で覆われていくのを、制服姿の生徒たちが目をまるくして見守っている。教師や父兄はところどころに集まり、何人かは人目もはばからずに泣いていた。

アカシアの黄色いつぼみがひと握りほど、すぐに抵抗をやめて地面に舞い落ちた。つぼみが落ちた先には銘板があり、新しく刻んだ文字が見てとれる。

ビリー・ハドラーとカレン・ハドラーを偲び
学校関係者より深い愛と悲しみをこめて

若木が育つのは無理だろう、とフォークは思った。靴底を通して熱が伝わってくるほどなのだから。

　母校の小学校の敷地に足を踏み入れたフォークは、またしても三十年前に戻ったかのような感覚に襲われた。アスファルトで固めた校庭は記憶にあるより狭いし、噴水も滑稽なほど小さく感じる。それでも明らかに見覚えがあって、ずっと忘れていた顔や出来事がおぼろげにではあるがつぎつぎと脳裏によみがえった。

　そのころのルークは頼りになる仲間だった。笑みを絶やさず、機知に富んでいて、校庭という弱肉強食の世界をたやすく渡っていける子供のひとりだった。当時の自分たちはそんなことばを知らなかったが、〝カリスマ性に富む〟という形容が適していただろう。ルークは自分の時間も、冗談も、持ち物も惜しまなかった。自分の両親も。だれもがハドラー家では歓迎された。さらにルークは、友達を極端なほど大切にした。

フットボールの流れ弾がフォークの顔面に命中したとき、それを蹴った子供につかみかかったルークをフォークがどうにか引き止めたこともあった。背は高いが不器用だったフォークは、ルークが味方でよかったといつも思っていた。

　式が終わりに近づき、フォークは落ち着きなく足を踏み換えた。

「校長のスコット・ホイットラムだ」レイコーが言い、丁重に挨拶しながら父兄の一団を抜けてくる男のほうに顎をしゃくった。ネクタイを締め、快活そうな見た目をしている。

　ホイットラムは歩み寄って片手を差し出した。「お待たせして申しわけない」レイコーからフォークを紹介されたあとで言った。「こんなときはみなさんが話したがるもので」

　ホイットラムは四十代はじめで、元アスリートを思わせる動作の機敏な男だった。胸の幅が広く、笑みが大きい。帽子の下から明るい茶色の髪が一センチメートルほどはみ出ている。

「すばらしい式でした」フォークがそう言うと、ホイットラムは若木を一瞥した。

「必要なことでしたから」声を落とす。「でも、木には万にひとつも望みはないでしょう。枯れたら子供たちになんと言えばいいのやら。それはともかく――」色の薄い煉瓦造りの校舎を顎で示した。「ご依頼のとおり、カレンとビリーの遺品はすべて回収しておきました。数は多くありませんが、校長室に集めてあります」

フォークとレイコーはホイットラムに導かれて校内を進んだ。遠くのほうでチャイムが鳴っている。終業時間らしい。校舎や遊具を間近で見ると、気が滅入った。至るところで塗装が剝げ、むき出しになった鉄が赤く錆びている。プラスチック製の滑り台はひび割れているし、バスケットボールのコートはゴールのリングが片方しかない。貧困にあえぐ地域社会の印が至るところに見られた。

「金ですよ」フォークたちが周囲を見まわしているのに気づいたホイットラムが言った。「いくらあっても足らない」

校舎の裏にまわりこむと、悲しげな顔をした数頭の羊が茶色い牧草地に立っていた。その向こうの土地は急なのぼり斜面になっていて、低木に覆われた丘が連なっている。

校長は立ち止まると、羊の水桶から落ち葉をひとつかみ掻き出した。

「いまでも農作業の授業はあるんですか」フォークは自分も昔、似たような水桶の様子を確かめにいったことがあるのを思い出した。

「いくつかあります。でも、なるべく肩の凝らないものにしていますね。楽しめるものに。子供たちはもう家で厳しい現実をいやと言うほど突きつけられていますから」ホイットラムは言った。

「あなたが教えているんですか？」

「とんでもない。わたしはつまらない都会人ですよ。十八カ月前にメルボルンから越してきて、最近ようやく牛のことが少しはわかってきた程度です。妻は都会と環境が変わるのを楽しみにしていました」ホイットラムは間を置いた。「確かに大きく変わりましたね」

重たげなドアを押しあけると廊下が伸びていて、サンドウィッチのようなにおいが漂っていた。子供たちの描いた水彩画やクレヨン画が壁に画鋲《がびょう》で留められている。

「やれやれ、こういう絵を見ると暗い気分になるな」レイコーがつぶやいた。

言わんとするところはフォークにもわかった。クレヨンで描いた家族の絵があるが、どの顔も口角が下を向いている。牛に天使の羽を描き足した絵もあった。

〝天国へ行ったぼくの牛のタフィー〟と幼い字で書き添えてある。風景を描いた絵はどれも野原が茶色の一色だ。

「貼り出さなかった絵もご覧になるといい」校長室の前で足を止めたホイットラムが言った。「干魃です。この町はそのせいで滅びかけている」

ホイットラムはポケットから巨大な鍵束を取り出し、ふたりを中へ通した。古びた椅子にすわるよううながしてから、戸棚に囲まれた一角へ行った。少ししてから、封をしたボール紙の箱を持って出てきた。

「すべてこのなかにはいっています。カレンの机にあったいろいろな品と、ビリーの提出した課題がいくつか。ほとんどは絵と練習問題のプリントですが」

「助かる」レイコーが箱を受けとった。

「みんな悲しみに暮れています」ホイットラムは自分の机に寄りかかった。「ふたりが亡くなって。まだ立ち直れていません」

「カレンとは職場で親しくしていたんですか」フォー

クは尋ねた。

「それなりに。職員は少ないですから。カレンは優秀でした。経理を担当してもらっていたんですが、その分野にも長けていましたね。こんな仕事にはもったいないくらいでしたが、育児や家事に追われながらでも働きやすかったのでしょう」

窓が少しあいていて、校庭の音がはいってくる。

「ここにいらした理由をうかがってもよろしいですか」ホイットラムは言った。「事件は解決したものとばかり思っていたのですが」

「同じ家族の三人がかかわっている」レイコーが言った。「あいにく、そういう事件は単純にはいかないんだ」

「なるほど。そうでしょうね」納得した口調ではなかった。「ただ、わたしにも生徒と職員の安全を確保する義務があるものですから――」

「心配は要らない、スコット。あんたも知っておくべきことが出てきたら、必ず知らせる」

「いいでしょう、わかりました。何かわたしが力になれることは？」

「カレンについて教えてくれ」

ノックの音は静かだが決然としていた。ホイットラムが机から顔をあげると、ドアがあいた。金髪の頭が差し入れられる。

「スコット、ちょっといいですか」

カレン・ハドラーが校長室に歩み入った。その顔は笑っていなかった。

「ビリーとともに亡くなる日の前日、カレンはわたしに話をしにきました」ホイットラムは言った。「不安そうでしたよ、もちろん」

「〝もちろん〟というのは？」レイコーは訊き返した。

「いやその、ふざけたつもりはないんです。でも、あなたがたも壁に貼られた子供たちの絵を見たはずだ。だれもが怯えていました。大人も同じだった」

ホイットラムは少し考えこんだ。

「カレンはチームの一員としてとても高く評価されていました。しかし、亡くなる前の二、三週間ほどは、かなりストレスが溜まっている様子でした。いつになく怒りっぽくて。明らかに注意散漫だった。経理でもひとつふたつミスをしていました。たいしたものではなく、われわれのほうで気づきましたが。けれども、これもカレンらしくなかった。ミスをしたことにカレンは悩んでいました。ふだんの仕事ぶりは実に正確でしたから。それでわたしのところに来たんです」

カレンはドアを閉めた。ホイットラムの机のすぐ前に置かれた椅子を選び、背筋を伸ばして腰かけると、足首を重ねるようにしてきれいに脚を組んだ。ラップワンピースは華やかだが上品で、赤の地に白いリンゴが薄くプリントされている。カレンは若いころの美貌が年齢と出産によって目立たなくなるタイプの女性だったが、それでも独自の魅力があった。スーパーマーケットの広告で、主婦のモデル役を任されてもおかしくないほどだった。カレン・ハドラーがすすめる洗剤やシリアルなら、みな安心して買えるというわけだ。

カレンは少しばかりの書類の束を膝の上に置いていた。

「スコット」と切り出して、口をつぐんだ。ホイットラムは待った。カレンは深く息を吸った。「スコット、正直に言って、この件であなたと話そうかどうか、迷いました。夫だって――」カレンは目をそらさなかったが、ホイットラムにはそれが無理をしているように見えた。「そう、ルークも喜ばないでしょう」

レイコーは身を乗り出した。「夫に怯えているような口調だったか？」

「そのときはそう思いませんでした」ホイットラムは目頭を押さえた。「しかし、つぎの日に何が起こったかを考えれば、真剣に聞いていなかったと言わざるをえません。兆しを見逃してしまったのではないかと悩んでいます。日々そう自分を責めるばかりです。しかし、はっきり言っておきますが、危険が迫っているように少しでも思えたら、けっしてカレンとビリーを家には帰さなかったでしょう」意識したわけではないだろうが、ジェイミー・サリヴァンの台詞と似ていた。

カレンは結婚指輪をいじくった。

「あなたとはしばらく前からいっしょに働いていて——うまくやっていると自分では思っているんですが——」カレンは視線をあげ、ホイットラムはうなずいた。「だからやっぱり話さないといけないと思って」

カレンはまた口をつぐみ、深く息を吸った。

「ここのところ、よくない点があったのは知っています。わたしに、わたしの仕事ぶりに。いくつもミスをしました」

「ひとつかふたつくらいだし、実害はなかったさ、カレン。きみは有能だし、それはだれもがわかっている」

カレンは一度うなずいて、視線を落とした。つぎに視線をあげたとき、その顔はこわばっていた。

「ありがとうございます。でも、問題があるのは事実です。見て見ぬふりをすることはできません」

「農場がつぶれそうだとカレンは言いました」ホイットラムは言った。「六カ月も保たないかもしれないと。ルークは信じていないらしかった。いずれ事態は好転すると思いこんでいたようです。カレンは破綻が迫っているのは明らかだと語っていました。それで気が気でなかったそうです。わたしに謝罪さえしました」

ホイットラムは信じられないとでも言いたげに何か

つぶやいた。

「いまから考えればおかしな話です。しかしカレンは、注意がおろそかになっていたことを謝っていました。そしてわたしに打ち明けたことをルークには黙っているよう頼んできました。むろん、言うわけがありません。ですが、妻がそんな話を広めていると思ったらルークが怒るから、と念を押されました」

ホイットラムは親指の爪を噛んだ。

「カレンは胸につかえているものを吐き出したかったのでしょう。わたしは水をすすめて、しばらく耳を傾けました。職を失うようなことにはならないからと、慰めたりしながら」

「あなたはルーク・ハドラーと親しくしていたんですか」フォークは訊いた。

「それほどは。もちろん、何度か会ったことはあります。懇談会などで。ときどきパブで見かけましたが、話しこむことはなかったですね。ただ、感じのいい人に思えました。保護者の活動にも積極的で。あの電話を受けたときは耳を疑いました。職員を失うだけでなく、生徒まで失うなんて。教師にとっては最悪の悪夢です」

「事件のことはだれから聞きました？」

「クライドの警官が学校に電話をかけてきました。ビリーがここの生徒だったからでしょう。やや遅い時間で、七時近くでした。わたしはちょうど帰るところだったのですが、ここにすわりこんで、事態を把握しようとしました。あす、子供たちになんと話せばいいのだろうと思いながら」

ホイットラムは悲しげに肩をすくめた。

「うまい方法などあるわけがないんですよね。ビリーとわたしの娘はとても仲がよかったんです。同じクラスでした。だからビリーが巻きこまれたと聞いて、ほんとうにショックでした」

「というと？」レイコーが尋ねた。

「あの日の午後、ビリーはわが家に来る予定でしたから」ホイットラムはわかりきったことのように言った。そしてフォークとレイコーがとまどっているのを見てとり、困惑した様子で両手を広げた。

「すみません、ご存じだとばかり思っていました。クライドの警官には伝えましたから。あの日、ビリーはうちに遊びにくる予定だったのですが、直前にカレンから妻に電話があって、取りやめになりました。ビリーの具合が悪いらしくて」

「しかし、学校に来られるくらいには元気だったはずですよね。あなたや奥さんはカレンのことばを信じたんですか？」フォークは身を乗り出した。

　ホイットラムはうなずいた。「ええ。言っておきますが、いまでも信じています。風邪が少しはやっていましたから。カレンは息子を早く寝かせようと思ったのかもしれません。どうにもならない、痛ましいめぐり合わせだったと考えています」

目もとをこする。

「でも、こんなことになるなんて。ビリーはもう少しで巻きこまれずに済んだのに。もしああだったら、こうだったらと、考えずにはいられません」

12

「クライドと連携していればとっくに知っていた話だ」外に出ると、フォークは言った。カレンとビリーの遺品を小脇にかかえている。湿った肌にボール紙が張りついて不快だった。

「確かにそうだが、問題ないさ。こうして話を聞けたんだから」

「いまごろになって、だ。参ったな。クライドを引き入れる頃合いかもしれない」

レイコーはフォークを見つめた。

「クライドに電話を入れられるほど、充分に情報を集めたと本気で思っているのか？　あいつらがどんな反応をするか、ちゃんと考えているのか？」

フォークが答えようとしたとき、校庭の奥から声が響いた。

「ねえアーロン！　ちょっと待って」

振り返ると、グレッチェン・シェーナーが小走りでこちらに来るのが見えた。フォークは気分が少し明るくなった。葬儀の服装は、ショートパンツと体の線に合う青いシャツに代わっていて、袖を肘までまくってある。ずっとよく似合っていると思った。レイコーが箱を引きとってくれた。

「車のところで待っている」レイコーは気を利かせて言い、グレッチェンに礼儀正しく会釈した。グレッチェンはフォークの前で足を止めると、サングラスを押しあげ、複雑に結いあげた金髪に載せた。青いシャツが青い瞳を引き立てている。

「まだこんなところにいて、何をしてるの？　もう帰ったと思ってたのに」グレッチェンは渋面と笑顔を同時に作った。話しながら手を伸ばし、肘に触れてくる。

フォークは後ろめたさを覚えた。グレッチェンには知らせておくべきだった。

「スコット・ホイットラムと話していたんだ。校長の」

「スコットなら知ってる。わたしも教育委員会の委員だから。訊きたいのは、キエワラで何をしてるのかということと」

フォークはグレッチェンの背後に目をやった。母親の一団がこちらに顔を向けているが、目はサングラスに隠されている。フォークはグレッチェンの手を取って体の向きを少し変え、母親たちに背が向くようにした。

「少し複雑なんだ。ハドラー夫妻から、ルークの身に何があったかを調べるよう頼まれた」

「ほんとうに？　どうして？　何か新しい事実でも出てきたの？」

フォークは洗いざらい話してしまいたいという強い衝動を覚えた。エリーのことも、アリバイのことも、嘘のことも。罪悪感のことも。グレッチェンは四人組のひとりだった。バランスをとってくれる存在だった。エリーの闇に対する光であり、ルークの動に対する静だった。グレッチェンならわかってくれる。その背後からは、母親たちがなおも見つめている。

「金だ」フォークはため息をついた。バーブ・ハドラーの疑念をぼかして伝えた。借金を返せずに窮地に追いこまれたのかもしれない、と。

「なんてこと」グレッチェンは目をしばたたき、押し黙ってその情報を理解しようとした。「それが事件にかかわってると思うの？」

フォークは無言で肩をすくめた。ホイットラムとの会話が、その仮説に新たな光を当ててくれている。

「いずれわかる。だが、しばらくは胸にしまっておいてくれないか」

グレッチェンは眉をひそめた。「手遅れかもしれないわよ。さっきジェイミー・サリヴァンのところに警官が来たという噂がもう広まってるから」

「くそ、なんでそんなに早く？」そうは言ったものの、フォークにも答はわかりきっていた。小さな町では、噂は瞬く間に広まる。グレッチェンも答えなかった。

「とにかく、慎重にやって」グレッチェンはフォークの肩に止まった蠅を払い落とした。「いまはみんなぴりぴりしてる。ちょっとしたことで火がつくわよ」

フォークはうなずいた。「ありがとう。わかった」

「それはそうと――」グレッチェンは口をつぐんだ。男の子たちの一団がでたらめなフットボールをしながら走り過ぎていく。週末が近いこともあり、追悼式の重みはすでにその小さな肩から取り除かれた様子だった。グレッチェンは顔に手をかざし、男の子たちに手を振った。フォークはそのなかにグレッチェンの息子を捜したが、見つからなかった。視線を戻すと、グレッチェンが見つめていた。

「どれくらいここにいるつもり？」

「一週間」フォークはためらった。「それ以上は無理だ」

「よかった」口角を吊りあげる笑みは、二十年前のままだった。

数分後にグレッチェンが立ち去ったとき、フォークの手のなかには一枚の紙片があった。そこには、グレッチェンの携帯電話の番号と、あすの夜に会う約束が、本人の特徴的な筆跡で走り書きされていた。

「さっそく新しい友達を作るなんて、やるじゃないか」フォークが車に乗りこむと、レイコーが軽口を叩いた。

「あいにくと古い友人なんだよ」フォークは言い返したが、思わず頬をゆるめた。

「で、どうする気だ？」レイコーは真剣な口調に切り替えた。後部座席のボール紙の箱を顎で示す。「クライドに電話を入れて、お役所仕事にどっぷり浸かった連中に、へまをやった可能性を認めさせるのか？　それとも、署へ行ってこの箱の中身を確かめるのか？」

フォークはしばらくレイコーを見つめ、その電話がどんなものになるかを想像した。「わかった。署へ行こう。箱のなかを見る」

「賢明な判断だ」

「いいから車を出してくれ」

警察署は赤煉瓦造りの低い建物で、キエワラの大通りの端にあった。両隣の店は廃業していて、ショーウィンドウには何も並んでいない。通りの向かいも似たようなものだ。まともに商売をしているのは食料雑貨品店と酒屋だけに見える。

「まったく活気がない地区だな」フォークは言った。

「金がまわらなくなるとこうなるんだよ。伝染するのさ。農家が店に金を落とさなければ、店はつぶれ、店に金を落とさない人がさらに増える。ドミノ倒しみたいなものだ」

レイコーは署の玄関の扉を引いた。が、施錠されていたので、悪態をついて自分の鍵を取り出した。扉には受付時間が記されている。月曜日から金曜日の、午前九時から午後五時まで。その案内板を見るかぎり、それ以外の時間で犯罪の被害に遭った人は、一か八かクライドを頼るしかないらしい。フォークは腕時計に目をやった。午後四時五十一分。緊急用の携帯電話の番号が下にペンで書かれている。きっとレイコーの番号だろう。

「きょうは早あがりか？」中へはいったレイコーが、明らかに苛立った口調で呼びかけた。

六十代に見えるが、若きエリザベス・テイラーばりのありえないほど真っ黒な髪をした受付係の女が、ふてぶてしい態度で顎を反らした。

「早く出勤しましたから」カウンターの向こうで体を

少しこわばらせながら言う。肩に掛けたハンドバッグが兵士の武器のようだ。レイコーがデボラだと紹介した。デボラは握手を交わそうとはしなかった。

その後ろのオフィススペースで、車の鍵に手を伸ばしていたエヴァン・バーンズ巡査が、ばつが悪そうに顔をあげた。

「どうも、ボス。もう時間ですよね？」バーンズはなれなれしい口調で言い、わざとらしく腕時計を確かめた。「おや。しまった。まだ何分か残ってた」

バーンズは若々しい顔立ちの、巻き毛が気の毒なほど跳ねまくっている大男だったが、椅子にすわり直して書類をめくりはじめた。レイコーはあきれたように目をまわした。

「やれやれ、いいぞ、もう帰れ」カウンターの可動式天板を引きあげる。「よい週末を。五時一分前に町が焼け落ちないことを祈るしかないな」

デボラが、自分の判断にまちがいはなかったのだと確信して得意がる女のように背筋を伸ばした。

「では、失礼します」レイコーに言う。フォークにはそっけなくうなずきかけただけで、視線は目ではなく額に据えられていた。

フォークはその理由を察し、胸に冷たい汗が伝うのを感じた。デボラは知っている。さほど意外なことではない。デボラがキエワラで生まれ育ったのなら、年齢からしてエリー・ディーコンのことを覚えているはずだ。少なくともハドラー一家が殺害されるまでは、それはキエワラ史上最大の事件だったのだから。たぶんコーヒーでも飲んでいるときに新聞でエリーの白黒写真を見て、舌打ちしたことだろう。そして近所の人たちと噂をささやき合ったことだろう。もしかしたら父と知り合いだったかもしれない。もちろん、事件の前の話だ。事件のあとは、フォーク家と知り合いだとは認めるわけがない。

寝室の窓からルークの顔が消えて何時間も経ったのに、アーロンは眠れなかった。一連の出来事が頭のなかで繰り返されていた。エリー、川、釣り、書き置き。自分はルークといっしょに兎を撃っていた。

ひと晩中待ちつづけたが、ついにノックの音が響いたとき、その目的は自分ではなかった。父が手の土汚れを洗い落として警察署まで同行するよう求められるのを、アーロンは恐怖で声も出せずに見守った。書き置きからでは親子どちらのフォークかわからないし、十六歳のアーロンは法的にはまだ子供だから、と警官は語った。

柳のように細身で、実直なエリック・フォークは、警察署に五時間留め置かれた。

エリー・ディーコンを知っているか？　ええ、もちろん。隣人の子供ですから。息子の友達です。行方不明になったと聞きましたが。

父はエリーが死んだ日のアリバイを尋ねられた。父はその日の午後の大半を買い出しにあてていた。夜にはパブに立ち寄った。だからいくつかの場所で、十人あまりの人に目撃されていた。強固なアリバイではあったが、完璧ではなかった。そこで質問がつづいた。

ええ、エリーと話したことはあります。何度も？　ええ。しょっちゅう話していたのか？　そう言ってもいいでしょう。それはわかりません。父は、エリー・ディーコンがフォークという名前と本人の死亡した日付を書き置いた理由を説明できなかった。

だが、フォークという名前の人物はあんただけではないな？　警官は鋭く指摘した。そこからアーロンの父は押し黙った。口を引き結び、もう何も言おうとしなかった。

父は解放され、息子の番になった。

「バーンズはメルボルンから出向している」自分のあとについてカウンターを抜け、オフィスへ来たフォークに、レイコーは言った。背後で玄関の扉が閉ざされ、ふたりきりになった。

「そうなのか？」フォークは驚いた。バーンズは地元育ちの田舎っぽい少年のように、いかにも純朴ではつらつとして見えたからだ。

「ああ。もっとも、バーンズの両親は農業をやっているがな。ここじゃなく、西のどこかで。それでこの土地が適任だと見なされたんだろう。あいつには心から同情するよ。メルボルンに腰を落ち着ける暇もなく、こんなところに送りこまれたんだから。とはいえ――」レイコーは閉めきられた玄関を一瞥し、考え直した。「なんでもない」

フォークにも見当はついた。都会の警察が凄腕の警官をキエワラのような僻地に出向させることはまずない。バーンズが抽斗のなかでいちばん切れ味のよいナイフだとは考えにくい。レイコーは気を使って口に出さなかったのだろうが、言わんとするところは明らかだった。まともな署員はレイコーだけということだ。

ふたりはカレンとビリーの遺品がはいった箱を空き机に置き、封をあけた。頭上で蛍光灯が低い音を立てている。窓のそばでは蠅がガラスに何度も体当たりしていた。

アーロンは木製の椅子にすわり、膀胱が張って痛むのを感じながら、打ち合わせたとおりにした。ルーク・ハドラーといっしょでした。兎を撃っていました。二匹です、二匹仕留めました。はい、エリーとは友達です――その、友達でした。はい、その日学校でエリーの姿を見ました。いいえ！　喧嘩なんてしていません。そのあとは見かけていません。襲ったりしていません。ルーク・ハドラーといっしょでした。ルーク・ハドラーといっしょでした。兎を撃っていました。ルーク・ハドラーといっしょでした。

警察はアーロンを解放するしかなかった。

するとと、噂が新しい形をとった。殺されたのではなく、自殺したらしい、とささやかれはじめた。フォークの息子にだまされて傷ついたのだという説が人気だった。変わり者の父親のほうにもてあそばれて悩んでいたのだという説も人気だった。どちらだろうと関係なかった。いずれにしろ、ふたりが殺したも同然だと見なされた。噂に餌をやったのはエリーの父親のマル・ディーコンで、それは肥え太った。足を生やし、頭を生やし、けっして死ななかった。

ある夜、煉瓦がフォーク家の正面の窓に投げこまれた。二日後、アーロンの父は雑貨店で買い物を拒まれた。雑貨をレジに置いたまま追い出され、手ぶらで怒りに目を燃やしながら帰る羽目になった。翌日の午後、アーロンは小型トラックに乗った三人の男に学校から家まで尾行された。自転車のペダルを漕いでも漕いでも車はついてきて、アーロンは後ろを振り向くたびによろめき、自分の荒い息を聞いた。

レイコーが箱のなかに手を入れ、中身を机の上に並べていった。

マグカップ、〝カレン〟と名前が書かれたホッチキス、厚手のカーディガン、〈スプリング・フリング〉というブランドの香水の小瓶、ビリーとシャーロットの額入りの写真。ささやかすぎる供物だった。

フォークは額をあけて写真の裏を見た。何もなかったので、元に戻した。机の向こう側でレイコーが香水の蓋をあけてひと吹きした。柑橘系のほのかな香りが広がる。フォークの好きな香りだった。

ビリーの遺品に移った。車の絵が三枚、小さな体育館履きが一足、低学年用の読本が一冊、色鉛筆一式。フォークは特に何を探すでもなく本のページをめくった。

父の視線が注がれているのに気づいたのはそのころ

だった。部屋の向こうから、あるいは窓を通して、あるいは新聞越しに父が見つめていた。アーロンはしばしばうなじを撫でられたような感覚を覚えて、目をあげた。エリックは視線をすぐにそらすこともあれば、無言で凝視することもあった。アーロンは問いただされるのを待ったが、そのときは来なかった。

子牛の死体が玄関の前に置いてあった。喉を深く切り裂かれ、首がほぼ切断されていた。翌朝、父と子はトラックに積みこめるかぎりのものを積みこんだ。アーロンはグレッチェンに慌ただしく別れを告げ、ルークにはもう少し時間を割いて別れを告げた。どちらもアーロンが去る理由を訊かなかった。キエワラを出ても、町の境から百キロメートルも離れたところまで、マル・ディーコンの白い小型トラックに付きまとわれた。

ふたりはけっして引き返さなかった。

「あの日の午後、カレンはビリーを家にいさせた」フォークは言った。学校を出てから、そのことばかり考えていた。「殺された日、ビリーは友達の家に遊びにいく予定だったのに、母親が家にとどまらせた。これを偶然と見なす気になれるか?」

「なれないな」レイコーは首を横に振った。

「わたしもだ」

「しかし、これから何が起こるかを少しでもわかっていたのなら、カレンは子供ふたりをなるべく遠ざけようとしたにちがいない」

「不穏な気配を感じてはいたが、それが何かまではわからなかったのかもしれない」

「あるいは、それがどれほど恐ろしいものかまでは」

フォークはカレンのマグカップを取りあげ、また机に置いた。箱を調べ、端を手探りした。何もない。

「もっと何かあると期待していたんだが」レイコーは言った。

「わたしもだ」

ふたりは遺品を長いあいだ眺めていたが、やがてひとつずつ箱に戻していった。

13

警察署から出ると、木々に止まったオウムたちが甲高い声で鳴いていた。夕闇が迫るなか、耳をつんざくほどの音量で叫び合っている。空気は湿っぽく、汗がひと筋、フォークの背中を伝った。

反対の端にあるパブへ急ぐ気もなかったので、大通りをそぞろ歩いた。深夜でもないのに、人影はほとんど見られない。廃業した店の窓ガラスに額を押しつけ、中をのぞきこんでみた。かつてはなんの店だったか、だいたいは覚えている。パン屋。本屋。何もかも取り払われている店ばかりだった。空っぽになってからどれほど経つのかはわからなかった。

綿のワークシャツをショーウィンドウに陳列してい

る金物店があったので、足を止めた。白髪混じりの頭の男が、名札を付けたエプロンの下にそのシャツを着て、ドアに吊した〝営業中〟の看板に手をかけていた。男は看板を裏返しにしようとしたところで、フォークが売り物の品定めをしているのに気づき、手を止めた。

フォークは自分のシャツの前を引っ張った。葬儀に着ていったシャツで、バスルームの洗面台で洗っただけだからこわばっているし、腋に張りついている。フォークは中へはいった。

店のまぶしい明かりのもとで、男は愛想笑いを浮かべかけたが、すぐさま客がだれなのかに気づき、笑みを途中で止めた。視線が人けのない店内をさまよい、朝から客がほとんど来ていないことをうかがわせた。一瞬のためらいののち、愛想笑いが保たれる。レジに金があれば意地も張れただろうに、とフォークは思った。品ぞろえは悪かったが、店主は紳士服の仕立屋のように商品をていねいに説明した。シャツを一着買おうとしただけでもずいぶんありがたがられたので、フォークは三着買った。

店から出ると、買った品を小脇にかかえてふたたび歩きはじめた。たいした道のりではなかった。自前で揚げられてパイウォーマーに並べられるものにかぎって、世界各地の料理を提供しているらしい総菜店があった。医院、薬局、小さな図書館。動物の餌からギフトカードまで、なんでも売っているよろず屋のような店が一軒あり、そこから板を打ちつけた何軒かの店の前を過ぎると、〈フリース〉に着いていた。キエワラの目抜き通りはそれで終わりだった。振り返り、もう一度ぶらついてみようかと思ったが、気力が湧かなかった。

パブの窓から、テレビを退屈そうに眺めている数人の男たちが見えた。二階へ行っても、あの何もない部屋が待っているだけだ。ポケットに手を入れ、車の鍵を探った。いつの間にか、ルーク・ハドラーの家へ車を走らせていた。

前と同じようにハドラー家の農場の正面に車を停めたときには、日はさらに傾いていた。玄関には、黄色い現場保存用のテープがまだ張られている。

今度は母屋を無視し、いちばん大きな納屋へ直行した。戸の上に設置された小型の防犯カメラを見あげる。安物だが、実用性はあるようだ。鈍い灰色のプラスチック製で、赤いライトがひとつ光っている。そこにあると知っていなければ、見逃してしまうだろう。

ルークが梯子《はしご》をのぼり、カメラを壁に取り付けて、角度を調整するところを想像した。高価な農機具が保管されている納屋や小屋の入口がなるべく画角に収まるように設置されている。母屋は二の次で、私道の一部はたまたま映りこんだにすぎない。五年物のテレビが盗まれたところで農場は傾かない。納屋から水の濾《ろ》過《か》装置が盗まれたら話は別だ。

事件当日、ルーク以外の人物がここに来たとして、カメラの存在に気づいていたのか。前にも来たことがあって、どこからどこまでが映るかを知っていたのか。それとも単に、運がよかっただけなのか。

ルークが小型トラックを運転していたのなら、ナンバープレートが記録されるのを知っていたはずだ。もっとも、そのころにはもうどうでもよくなっていたのかもしれない。フォークは庭を横切り、母屋の周囲をひとまわりしてみた。本人のことばどおり、レイコーは詮索の目を抜かりなく遮断していた。ブラインドはすべておろしてあるし、ドアもすべて施錠してある。気になるものは何もなかった。

頭のなかを整理するために、母屋から離れて農地を歩きまわった。農場はキエワラ川沿いにあり、前方に境界線のユーカリ林が見える。夏の太陽が低く浮かび、オレンジ色に照っていた。

フォークは歩きながら考えているとひらめくときが多かった。ふだんはメルボルンのオフィスの近辺で、観光客や路面電車をかわしながら歩きまわっている。完全に行き詰まってしまい、植物園や入江のまわりを何キロメートルも歩いたことだってある。

昔はこの農地にいるとくつろげたものだが、いまはまるで別世界だった。頭のなかはまだ混乱したままだ。固い地面を足が打つ音や、森から響いてくる鳥の声に耳を傾けた。ここでは鳥の鳴き声もいっそうやかましく思えた。

境界線の手前で歩みをゆるめ、じきに立ち止まった。なぜ二の足を踏むのか、自分でもわからなかった。目の前に並ぶ木々は暗く静まり返っている。何も動くものはない。背中と首に寒気が走った。鳥たちでさえ、にわかに黙りこんだように思える。少しばかばかしく感じながらも、背後を振り返った。荒涼とした農地が広がっているだけだった。遠くにハドラー家がわびしげに建っている。母屋の外を一周したはずだ、と自分に言い聞かせた。だれもいなかった。あそこにはだれもいない。

川のほうに視線を戻したが、胸騒ぎが治まらなかった。答はゆっくりと忍び寄り、いきなり雷のごとく落ちてきた。ここなら川の音が聞こえるはずだ。この土地を流れる川の聞きまちがいようのない音が。目を閉じて耳を澄まし、それが現実化するのを願った。不気味な静寂だけがあった。目をあけて走りだした。

木立に駆けこみ、伸びすぎた枝に打たれたり刺されたりするのもかまわず、踏み分け道をたどった。息を切らして川岸に着き、慌てて足を止めた。その必要はなかった。

あれだけ大きかった川は、地面に刻まれた埃まみれの傷と化していた。乾いた不毛な川床が左右に伸び、かつての水流をなぞって蛇行している。長い年月をかけて削られた谷間は、いまや岩やメヒシバが作るひび割れた継ぎはぎ細工にすぎない。岸沿いには曲がりくねった灰色の木の根が露出し、クモの巣を思わせた。陰惨な光景だった。

自分が目にしたものをどうにか受け入れようと、むき出しの岸に手と膝をこすりながら、虚ろな空間におりた。真ん中で足を止め、以前は頭が浸かるほどの水深があった空所に立った。

夏になるたび、ルークといっしょに飛びこみ、冷たい水にずぶ濡れになりながらはしゃぎまわり、しぶきを散らした川。晴れた日の午後、揺れる釣り糸に眠気を誘われながらも、父の力強い手を肩に感じ、水面を何時間も見つめつづけた川。エリー・ディーコンの喉に流れこみ、その体をあますところなく貪欲に冒した川。

深く息を吸おうとしたが、空気は熱くて喉にまとわりついた。自分の愚かしさに苛まれ、頭がおかしくなりそうだった。家畜が死んでいるのに、農場のそばでは川がいまも滔々《とうとう》と流れているなどとどうして思いこんでいたのか。〝干魃〟ということばを聞かされてもただうなずくだけで、この川が干上がっていることにどうして思い至らなかったのか。

足が震え、目がかすんだ。四方ではオウムたちが旋回しながら灼熱の赤い空に向かって鳴き声をあげている。巨大な傷のなかにひとり立たされたフォークは、両手に顔をうずめ、一度だけ叫んだ。

14

重たげな太陽が沈みゆくなか、フォークは長いあいだ川岸で無気力にすわっていた。が、ようやく自分を鞭打って立ちあがった。視界が闇に覆われつつある。つぎの行き先はわかっていたが、宵闇のなかでそれを見つけられるかどうかは自信がなかった。

ハドラー家の農場へ戻る小道には背を向け、反対の方向へ歩きだした。二十年前は川沿いに道が走っていた。いまは記憶に頼るしかなく、むき出しになった根や乾いた下生えのあいだを縫うように進んだ。

頭を下に向け、迷わないように注意した。道しるべとなる大きな川がかたわらに流れていないので、何度か進路からはずれそうになった。周囲の様子が変わっていて、かつての目印が見当たらない。通り過ぎてしまったのではないかと不安になりはじめたころ、それを見つけた。安堵の波が押し寄せてくるのを感じた。それは川岸から少し離れたところにあり、低木でほぼ覆われていた。茂みを抜けていくとき、喜びが体のなかを駆け抜け、キエワラに戻ってからはじめて、帰郷したのだという思いをいだいた。片手を差し出した。まだここにあった。昔のままに。

ロック・ツリー。

「もう、どこに行ったのよ?」

エリー・ディーコンは顔をしかめ、きれいなブーツの先で落ち葉の山を慎重にどけた。

「このあたりにあるはずだよ。地面に落ちる音が聞こえたから」アーロンはロック・ツリーのまわりを這って進んだ。体を伏せて地面を見つめ、落ち葉をすくっては捨てて、エリーの家の鍵を探した。エリーは下目遣いでやる気がなさそうに小さな石を足でひっくり返した。

フォークはロック・ツリーを撫でた。久しぶりにまともに笑った気がする。子供のころ、これは自然の奇跡に思えた。ユーカリの大木が大岩と密着して成長したために、幹がねじれて巻きつき、木と岩が抱き合っているように見える。

小さいころは、どうしてほかの人がこの木に魅了されないのかわからず、困惑したものだ。毎週のように訪れるハイカーたちはろくに目もくれなかったし、ほかの子供たちにとっても奇妙な目印にすぎなかった。だがフォークはこれを見るたびに、こんな形になるまでにどれだけの年月がかかったのだろうと思いを馳せた。ほんの少しずつできていったはずだった。そう考えると、自分など時の流れのなかでは小さな点にすぎないという目眩がするような感覚に襲われた。フォークはその感覚が好きだった。二十年ぶりに見たいまも、改めてその感覚を覚えた。

その日はエリーとふたりきりで、それは十六歳のアーロンが望むと同時に恐れた展開だった。アーロンは自分でもあきれるほどひっきりなしにしゃべった。けれども、道に空いた穴につまずくように、会話もつまずくばかりだった。昔はそんなことはなかったのに、近ごろはしょっちゅうで、ふたりのあいだに徐々に溝ができているかのようだった。

眉を吊りあげたりうなずいたりする以上のものを引き出せないかと、アーロンは頭をひねった。ときどき当たりを引き、エリーの口角があがった。

アーロンはその瞬間が大好きだった。自分が言ったことを胸に刻み、あとで分析するために記憶した。パターンを見つけ、エリーが笑わずにはいられないような、気の利いた冗談のレパートリーを作れるよう願って。いまのところ、パターンはいやになるほどランダムだった。

その日の午後の大半を、ふたりは日陰でロック・ツリーに寄りかかって過ごした。エリーはふだんよりもよそよそしく思えた。話しかけても聞いてさえいないように見えるときがいつもの倍はあった。アーロンもしまいには、エリーを退屈させているのではないかと不安になり、ルークかグレッチェンを追いかけようと言った。ありがたいことに、エリーは首を横に振ってくれた。

「いまはばか騒ぎする気にはなれない。ふたりきりでもかまわないでしょ？」

「うん、もちろん」もちろんかまわなかった。なるべく軽い口調で言った。「夜はどうする？」

エリーは顔をしかめた。「バイトがあるから」エリーは一年ほど前からアルバイトをしていて、食料雑貨品店のカウンターの向こうで無愛想に立っているのがそのおもな内容だった。

「きのうの夜も働いていなかった？」

「あの店は年中無休よ、アーロン」

「それは知っているけれど——」アルバイトがやけに多い。嘘をついているのではないかと急に気になったが、ばかばかしいと思い直した。わざわざ嘘をつく理由がない。

エリーが所在なく鍵束を宙にほうり投げては受け止めるのを、アーロンは見守った。午後の日差しを受けて紫色の爪が輝いている。勇気を奮い起こし、手を伸ばして鍵束を空中でかすめ取ろうと思った。ルークがよくやるように、ちょっとからかってみるだけだ。それから——それからどうすればいいのかはわからなかった。だから、エリーが鍵束を高く投げすぎて後ろに飛ばしてしまったときは、安心したと言ってよかった。

鍵は岩に一度ぶつかってから地面に落ち、チャリンという音を立てた。

フォークはロック・ツリーのかたわらにしゃがみこみ、何度か位置を変えたすえに、正しい角度を見つけた。ようやくそれを目にしたとき、驚きと喜びの小さなうめき声が出た。

穴。

「ねえ、これを見なよ」アーロンは膝を突いたまま上体を前後に動かした。ロック・ツリーの中央に深い穴が現れ、わずかに角度を変えると消えた。こんなものがあるとは気づきもしなかった。そこだけ木の根もとが岩に密着せず、外側へ曲がっている。目の錯覚のために、ほぼ一方向からしか見えない。

アーロンはその閉ざされた空間をのぞきこんだ。やろうと思えば腕から肩、さらに頭をねじこめるほど広い。穴にはいってすぐのところに探し物が落ちていた。アーロンは喜び勇んでエリーの鍵を握り締めた。

フォークは穴をのぞきこんだ。開口部の先は何も見えない。小石を見つけて投げこみ、それが側面にぶつかる音に耳を傾けた。何も走り出てきたり這い出てきたりはしなかった。

迷ったが、袖をなるべく下まで引っ張って、真っ暗な開口部に手を突っこんだ。指先に何かが触れたので——小さく、角張っていて、自然のものではない——つかみあげた。そのとき、見えない何かが手首の上を横切り、慌てて手を引き出した。背筋を伸ばし、自分の肝の小ささを笑った。

手を広げたとたん、思い出した。小さな金属製のライター。傷だらけで古びているが、ヒンジはまだ動く。笑みを漏らし、ひっくり返した。何を目にするかはわかっていた。若いころの自分の筆跡で、イニシャルが彫ってあった。A・Fと。

煙草はあまり好きではなかったから、そのライターを持っていたのはもっぱら見せびらかすためで、ある日の夕方、父に見つかる危険を冒すよりはと考えてここに隠したのだ。蓋をあけたが、火をつけようとは思わなかった。こんな天気がつづいているときは危険だった。表面に手のひらを這わせ、ポケットに入れようかと思案した。けれども、ライターは別の時間のここに属しているように感じた。少しためらってから、穴に手を入れてライターを戻した。

エリーはしゃがみこんだが、よろめいてアーロンの肩にほてった手を置き、支えにした。睫毛の一本一本のマスカラが見えるくらいアーロンに顔を近づけ、目を細くして中をのぞきこむ。そして痛いほど強くアーロンの肩に自分の肩を押しつけながら、ためらいがちに穴に手を入れ、その大きさを確かめた。

「すごい」無表情で言った。本気でそう言っているのかはわかりにくかった。

「鍵を見つけたよ」アーロンは言い、それを掲げた。エリーが顔を向ける。目尻の化粧が落ちて、小さな染みが見えた。ここのところ、エリーは酒を控えていて、間近で見るその肌は滑らかで色つやがよかった。

「ほんとうだ。ありがとう、アーロン」

「どういたしまして、エリー」アーロンは笑みを浮かべた。頬にエリーの息がかかる。自分が実際に頭を動かしたのか、それとも動かそうとしただけなのかはわからなかったが、いきなりエリーの顔が近づいて、そのままキスをされ、ピンク色の唇が自分の唇に強く押しつけられた。甘美な湿った感触があり、人工のチェリーの風味がかすかにした。想像をうわまわる快感に、アーロンはもっとそれを味わおうと押し返し、純粋な歓喜が湧き起こるのを感じた。

手をあげてエリーのつややかな髪を撫でたが、その手をやさしくうなじのほうに滑らせると、エリーは唇を重ねたまま小さくあえぎ、体を離した。尻餅をつき、指をまず唇に、つづいて髪に当てた。アーロンはエリーの味をまだ感じながら、しゃがんで口をあけたまま凍りつき、激しい恐怖に襲われた。エリーが見つめていた。

「ごめん、エリー。ほんとうに――」

「あたしこそごめん。そんなつもりじゃ――」

「――ごめん。ぼくが悪いんだ。てっきりきみも――」

「アーロン、いいの、ほんとうに平気だから。ただ――」

「何?」

息遣い。

「びっくりしただけ」

「そうだったんだ。大丈夫かい」

「うん」エリーはことばを重ねようとするかのように口を開いたが、無言をつづけた。一瞬、その目に涙が浮かんだように見えて、アーロンは心臓が止まりそうになったが、エリーが瞬きをするとそれは消えていた。

アーロンは立ちあがり、助け起こすつもりで手を差し出した。手を取ってくれないかもしれないと恐れたが、エリーは手のひらをそこに滑りこませて体を引き起こした。アーロンは一歩あとずさり、少し距離をとった。

「ごめん」また言った。

「もういいから」

「わかった。ぼくたち、問題ないよね?」

驚いたことに、エリーは小さく一歩進み出て、距離を縮めた。アーロンがとまどううちに、その唇が自分の唇に軽く触れてすぐ離れ、ふたたびチェリーの味を残した。

「問題ないわ」エリーは近づいたときと同じくらいすばやく離れた。「言ったでしょ。びっくりしただけ」

アーロンの頭が理解したときには、すべて終わっていた。エリーは前かがみになってジーンズから土を払い落とした。

「もう行かないと。でも、ありがとう」エリーは顔をあげなかった。「鍵を見つけてくれて」

アーロンはうなずいた。

「ねえ」エリーは去り際に言った。「だれにも言わないで。ふたりの秘密にして」

「どっちを……？　穴のこと、それとも──」

エリーは声をあげて笑った。「穴のことよ」振り返りながら言う。「でも、もうひとつのことも秘密にしてもいいかも。当分は」

エリーの口の左右が少しあがった。

いろいろあったが、すばらしい一日だったと言ってよさそうだった。

穴のことはだれにも言わなかった。キスのことも。エリーの口からも漏れなかっただろう。といっても、エリーが長く秘密を守りつづけたわけではない。三週間後、ここから二十メートル離れた場所で、水に浸かって蒼白になったエリーの遺体が川から引きあげられたからだ。フォークは、遺体が発見されてからは二度とここに来なかった。来たくても機会はなかっただろう。ひと月も経たないうちに、父に連れられて五百キロメートル離れたメルボルンに越していたのだから。

エリーとふたりきりでいたときに穴を見つけてよかったとずっと思っていた。もっと前、ルークを交えた三人組でロック・ツリーのあたりをうろついていたときに見つけてもおかしくなかった。だがその場合、穴は自動的に、ルークが見つけたものになっていただろう。十二歳のころなら、ルークが所有権を主張していたということだ。ちょうどそのころ、三人のあいだに、性を分かつ線に沿って亀裂がはいりはじめていた。

三人とも、手遅れになるまでそれに気づかなかった。エリーは徐々に女子という別世界の住人となり、そのスカートやきれいな手や会話に、アーロンもルークも困惑して顔を見合わせたものだ。別世界への移住はゆっくりと進んだが、アーロンがふと気づいたときにはルークとふたりきりになっていた。何カ月も前からそうなっていた。ふたりとも仕方がないと思った。しょせんエリーは女子なのだから。もうつるむのはやめたほうがよさそうだった。

いまから考えると驚くほど簡単に、エリーはふたりの意識から消えていき、それからの三年間、アーロンはエリーのことをろくに思い出さなかった。ときどきは見かけていたはずだ——それを避けるのは無理だった。しかし、十五歳になったアーロンの人生にふたたび現れたエリーは生まれ変わったようで、大人の女性の魅力と謎めいた雰囲気を香水さながらに漂わせていた。

それはいつものような土曜日の夜で、アーロンとルークはセンテナリー・パークのベンチの背もたれに腰かけていた。座面に足を乗せるのはいかにも不良の少年らしかったが、地元の警官の姿を気にしているのはいかにも田舎の少年らしかった。

砂利を踏む音とともに影が動いたかと思うと、どこからともなくエリー・ディーコンが現れた。髪は漆黒に染められて肘に届くほど長くなり、オレンジ色の街灯の光で鈍く輝いていた。ひとりきりだった。

ゆっくりと歩いてくるエリーは細身のジーンズを穿き、ブーツはほどよく古びて、トップスの広い襟ぐりからレースのブラジャーのストラップがのぞいていた。アイラインを引いた目がふたりの少年に向けられ、アーロンたちは口をわずかにあけて見つめ返した。ふたりがぬるいビールを分け合っているのを見たエリーは眉を吊りあげ、フェイクレザーのバッグに手を入れると、中身がほとんど減っていないウォッカの瓶を出した。

「もうひとりすわれる?」エリーは言った。アーロンとルークは転げ落ちそうになりながら慌てて詰めた。

ウォッカとともに年月は消えていき、瓶の中身がかなり減ったころには、三人組が復活していた。

けれども、三人の友情のあり方は少し変化していて、前とはちがう道をたどることを予感させた。会話には新たな緊張感が生まれていた。少年たちはそれからもときどきはふたりで過ごしたが、アーロンはルークとエリーをふたりきりにしないよう必死になった。ルークと言い合ったことはなかったが、エリーとふたりきりになろうとすると邪魔ばかりされるので、向こうも同じような隠密作戦を実行しているのではないかと勘ぐった。三人の力学はわずかだが確かに変わり、関係がどこに行き着くのかはだれにもわからなかった。

エリーはふたりのもとに戻ってきた理由をまともに説明しようとはしなかった。アーロンが尋ねると、天を仰いでこう言った。

「いやな女ばかり。鏡に映る自分の姿に関係ないことには興味がないのよ。少なくともあんたたちふたりは、あたしを邪魔者扱いしない」エリーは煙草に火をつけ、これですべての説明になっていると言わんばかりにアーロンをまっすぐ見つめた。確かに説明になっているかもしれなかった。

最初の試練に直面したとき、友情はまだ固まるのを待っているところだった。そこに突きつけられたのは、グレッチェン・シェーナーの派手なピンク色のハイヒールだった。

キエワラでも社会的階級は尊重しなければならず、グレッチェンはいつも取り巻きに囲まれて金髪をなびかせながら笑っているような人種だった。だから、ルークがその少女の肩に手をまわして、センテナリー・パークを千鳥足で歩いてくる場面を見たとき、アーロンもエリーも茫然と口をあけた。

ルークの体は急激に成長し、クラスメートの大半よりも頭半分は背が高くなり、肩や胸にもしかるべき肉が付いていた。その夜、薄暗い公園でグレッチェンの髪を乱れたカーテンのように上着の袖の上に垂らし、これ見よがしに歩いてくる姿を見て、アーロンは友人がもう大人の男になったことをはじめて悟った。

ルークに紹介されると、グレッチェンは顔を赤らめて忍び笑いをした。ルークはグレッチェンの頭越しにアーロンと目を合わせ、あからさまにウィンクをした。アーロンはうなずき、確かに感心した。土曜日の夜にグレッチェン・シェーナーにふさわしい場所はいくらでもあるのに、いまこうしてルークのかたわらにいるのだから。

それまでグレッチェンとことばを交わす機会にほとんど恵まれなかったアーロンは、うれしい驚きに浸っていた。グレッチェンは魅力的で、意外なほど頭の回転が速かった。気さくに話しかけ、すぐにアーロンを笑わせた。人々がグレッチェンのまわりに群がる理由も理解できた。いっしょに浴びたくなるようなエネルギーを発している少女だった。

背後でエリーが小さく咳払いをし、アーロンはその存在を忘れかけていたことに気づいて体を硬くした。振り返ると、エリーはやや軽蔑するような顔をしていたが、そこに驚きの色はなかった。あたかも、もともと合格しそうになかった試験にアーロンとルークが不合格になったかのようだった。アーロンはグレッチェンの笑顔とエリーの冷たい表情を見比べ、まぎれもない危険信号を感じたが、とうに手遅れだった。同じ認識に至ろうとしているはずだと思ってルークに目をやった。が、ルークはおもしろそうに眺めているだけだった。しばらく張り詰めた空気が流れ、だれも何も言わなかった。

突然、グレッチェンがエリーに共犯者めいた笑みを見せ、エリーのかつての友人について辛辣な発言をした。意味深長な間があり、エリーが短く笑い声をあげた。グレッチェンは自分の煙草をまわしてその場をまるく収めた。その夜、公園のベンチにグレッチェンの席が設けられ、それは土曜日の夜の恒例として一年ばかりつづいた。

「あの子って底抜けに明るいわよね」グレッチェンと知り合ってからまもないころのある夜、エリーはアーロンにささやいたが、微笑を隠しきれていなかった。一同はグレッチェンの話に大笑いしていた。歳上の少年がグレッチェンをデートに誘おうとして畑に文字を刻み、父親の農地を台無しにしてしまったという話だった。そのあと、グレッチェンとルークは話しこみ、顔と顔が触れんばかりになっていた。アーロンが聞きとれなかった何かをルークがささやき、グレッチェンはいたずらっぽく笑って視線を落とした。アーロンはエリーに顔を向けた。

「もしグレッチェンが苦手なら、ふたりで別のところへ行こう。ここにいなくてもよさそうだし」

　エリーは紫煙越しにアーロンを少し見つめてから、かぶりを振った。「それはやめておく。平気だから。ちょっと抜けてるけど、害のない子よ」

「それならいいんだ」アーロンはひそかにため息をつき、差し出された煙草を受けとった。火をつけたとき、ルークがグレッチェンを抱き寄せてすばやくキスをするのが見えた。もとの姿勢に戻ったルークは、グレッチェンの頭越しにふたりを一瞥した。エリーは遠い目で煙草の先端を眺めていて、なんの反応も見せなかった。

　現れてから一瞬で消えてしまったが、アーロンは友人の顔におもしろくなさそうな表情がよぎるのを見た。そして、女の子ふたりの仲がよさそうなので少し苛立っているのが自分だけでないのを悟った。

15

フォークはロック・ツリーに寄りかかり、干上がった川を見おろしていた。小道を左へ行くと、ハドラー家と自分が乗ってきた車がある。右には、川から離れて森に分け入っていく忘れ去られた道の名残がある。二十年の歳月で道は消えかけていたが、フォークにとっては土地に彫ったタトゥーも同然だった。千回も歩いたことのある道だ。どうしようかと長いこと迷った。結局、右へ足を踏み出した。千回も歩いたのだから、もう一回くらい歩いてもかまわないだろうと思って。

ものの数分で道の終点に着いたが、木々のあいだを抜けると、空はすでに深い藍色に染まっていた。野原の向こうに建つ農家の母屋が薄闇のなかで灰色に光っている。いつもそうしていたように、野原をまっすぐ横切った。近づくにつれて歩みは遅くなり、母屋の二十メートルほど手前で足が止まった。自分が育った家を見つめた。

黄色だった玄関のドアがくすんだ青になっていたことに、憤りのようなものを覚えた。傷がついて、ペンキが剝げかけている。下から黄色がのぞき、切り裂かれた脂肪を思わせた。子供のころ、すわりこんでおもちゃやフットボール選手のカードで遊んだ木製の踏み段は、歳月の重みでたわんでいる。その裏には亜麻色の草が生え、ビールの缶がひとつ転がっていた。

缶を拾いあげてごみ箱を探したいという突然の衝動に襲われた。ペンキを塗り直したかった。踏み段を直したかった。が、その場を動かなかった。窓はひとつだけ明るく、テレビ画面の青が映りこんでいる。

強い懐旧の情に駆られた。夜に網戸のところに立ち、家の明かりで縁どられていた父の長身が脳裏によみがえる。遊ぶのはもうやめて家にはいりなさいと呼びかける父の姿が。夕食の時間だよ、アーロン。シャワーの時間だ。寝る時間だ。家にはいりなさい。もう戻りなさい。父は母のことをめったに話さなかったが、幼いころのアーロンは家に母の存在を感じるふりをするのが好きだった。母がさわったはずのものに――キッチンの蛇口やバスルームの備品やカーテンに――指を這わせ、そこに母がいるところを想像した。

かつてはここで幸せな生活を送っていた。少なくとも、自分と父は幸せだった。いま家を見ていると、人生に書きこまれた線のように感じられる。以前と以後を分ける印。怒りが湧き起こったが、少なくともその一部は自分自身に向けられていた。なぜここに来たのかわからなかった。一歩さがった。ここも修繕が必要な家の一軒にすぎない。自分も父もこことはもうなんの関係もない。

後ろを向こうとしたとき、網戸がきしみながら開いた。ずんぐりとした体の背後からテレビの光を浴びて、女が出てきた。つやのない栗色の髪を後ろに流してぞんざいなポニーテールにまとめてあり、腰まわりの肉がベルトの上にはみ出ている。顔色は紫がかった赤で、酒量が限度を超えかけている女のそれだった。女は煙草に火をつけて深く吸うと、無言で冷たい目をフォークに据えた。

「何か用？」顔の前に吐き出した煙で目を細くしながら、女は言った。

「いや、その――」フォークは口ごもり、心のなかで自分をなじった。何か考えておくべきだった。他人の家の前をうろつく口実を。女の表情を注視した。夜に不審をいだいているようだが、気づいた様子はない。自分がだれかは知らないらしい。それは幸いだった。真実を伝えようかと思ったが、一瞬で考え直した。いつでもバッジを見せられる。必要に迫られれば。しかし、警官としてのフォークは、自分がここにいることに後ろめたさを感じていた。

「申しわけない。昔ここに知り合いが住んでいたもので」

女は何も言わず、煙草をもう一度吸った。空いているほうの手を後ろにやり、考えこみながらショートパンツの尻を引っ張って体から剝がす。そのあいだも細い目をフォークから離そうとしない。

「ここに住んでるのはあたしと夫だけよ。五年になるね。その前は夫の母が十五年くらい住んでた」

「それくらい昔の話なんだ。お母さんより前に住んでいた人と知り合いで」

「もういないよ」わかりきったことを言わされている口調だった。女は人差し指と親指を舌に当て、煙草の葉をつまみ出した。

「知っている」

「だったらどうして?」

当然の疑問だった。フォークにも答はわからなかった。家のなかから物音がして、女が体をひねった。そして網戸を少しあけて頭をなかに突っこんだ。

「わかってる」女がそう言うのが聞こえた。「任せて。大丈夫だから。たいしたやつじゃないよ。戻って。いいからとにかく――戻ってちょうだい」一拍置いてから女はまた出てきたが、赤らんだ顔をしかめていた。フォークにふたたび顔を向け、踏み段をおりてくる。数メートル離れたところで立ち止まった。

「さっさと帰るのが身のためだよ」落ち着いた声だが、敵意をはらんでいた。「夫は何杯か飲んでるし、出てこなきゃならなくなったら機嫌を悪くする。昔ここで起こったこととあたしたちとはなんの関係もない。わかった? これっぽっちも関係ない。夫の母も。だから記者証でも塗料のスプレーでも犬のくそ袋でもなんでもいいからしまって帰りな」

「悪かった」フォークは敵意を感じさせまいと、両の手のひらを見せながら大きくさがった。「怒らせるつもりはなかった。あなたも、あなたの夫も」

「へえ、よく言うよ。ここはあたしたちの家だ。金を出して買った。迷惑はごめんだね。二十年も前の話なのに。あんたらみたいなくずどもはまだ飽きないのか？」

「わかった。もう行くから――」

女は一歩進み出て、一方の手で家を指し示し、もう一方の手で携帯電話を突き出した。

「ぜひともそうしてもらいたいね。さもないと、あたしが電話をかけるのは警察じゃないよ。中にいる夫と、夫の仲間だから。みんな喜んであんたを見せしめにする。わかった？　出ていって」女は深く息を吸った。声が大きくなっている。「それから、物わかりの悪い連中に言っておきな。あたしたちは昔の住人となんの関係もない。そんないかれたやつらとは関係ないから」

農地にそのことばがこだましたかに思えた。フォークは立ち尽くしていた。そして何も言わずに背を向け、歩き去った。

一度も振り返らなかった。

16

グレッチェンの金髪の頭が揺れながらパブの客たちのあいだを抜けてくるのが見えたとたん、フォークは約束を取り消そうとする衝動に屈しなかった自分に感謝した。

昨夜は、自分が育った家から立ち去ると、車のところまでまっすぐ歩き、その場に長いこと立ったまま、もうメルボルンに戻りたいという誘惑と戦った。眠れない夜が明けると、日中は部屋にこもって、ハドラー家の農場から持ち出した書類の山に目を通した。実りの少ない調査だったが、丹念に仕事をつづけ、目を引くものがあったときはメモをとった。とにかく仕事を片づけることに集中した。食事をとるために短く外出しただけで、週末を迎えた町のざわめきには目もくれず、ゲリーから電話があったときも一抹の罪悪感を覚えながら携帯電話をサイレントモードに切り替えた。約束したことはやり遂げる。かといって、それについての話がしたいわけではなかった。

いまこうしてパブの一階にいて、さっさと逃げ出したいという気持ちがこの日はじめて消えた。奥の隅に押しこまれたテーブル席で、帽子を目深にかぶってすわっていると、グレッチェンが気づいてくれた。また黒い服だが、きょうはワンピースだ。裾が短く、歩くたびに素肌の脚がひらめく。葬儀の際の服装よりもよほど似合っている。その姿に、土曜日の夜の客たちの一部が振り返った。高校のころほど多くはないが、それなりの数だった。

「すてきだ」フォークは言った。

グレッチェンは喜んだ様子で、フォークが立ちあがって飲み物を注文しにいこうとすると、頬に軽くキスをしてくれた。かぐわしい香りがした。何かの花の香りだった。

「ありがとう。あなたもよ。いいシャツね。キエワラの流行の最先端を行ってる」買ったばかりのシャツをグレッチェンが顎で示し、フォークは微笑した。グレッチェンは隅の席に体を滑りこませた。「空いてるテーブルはここだけなの」それとも隠れてるの？」

「隠れているようなものだな」フォークは思わず笑った。「きのうの夜、昔の家に行ってきたよ」

グレッチェンは眉を吊りあげた。「それで？」

「想像どおりとはいかなかったな」

「そういうものよ」

フォークはカウンターへ行き、ひげ面のバーテンダーにビールと怪しげな白ワインを注文した。席に戻ると、グレッチェンがグラスを掲げた。

「乾杯。ここで飲めるようになるのを待ちきれなかったころを覚えてる？　なんとか手に入れたものを夜の公園で飲みまくって」信じられないとでも言いたげにグレッチェンは青い目を見開き、まわりを手ぶりで示した。「それがいまはこれ。夢みたいね」

フォークは笑い声をあげ、昔を思い返すふたりの視線が合った。フォークは、つややかな唇とすらりとした手足の持ち主だったティーンエイジャーのグレッチェンが、だれよりも若さの喜びを享受していたことを知っていた。けれども、こうしてワンピース姿のグレッチェンを見つめていると、エリーが死んですべてが変わる前の日々がグレッチェンのいちばん幸せな時代だったのかもしれないという考えが浮かんだ。そうでないことを願った。それからも幸せな日々があったことを願った。無意識に顔をしかめ、気を取り直した。

グレッチェンが身を乗り出した。「そうだ、言っておかないと。やっぱり秘密はばれてるわよ。あなたたちがハドラー家の事件をほじくり返してるって、町中の噂になってる。あなたと巡査部長が」

「正式な捜査じゃない」

「それが重要かしら？」

フォークはうなずいた。もっともな指摘だった。

「住民はどう思っている？」

「だれに訊くかによるわね。遅かったくらいだと思ってる人もいる。よりによってあなたが首を突っこむなんてとんでもないと思ってる人もいる」グレッチェンは声を落とした。「そしてみんな、真犯人が別にいたらどうなってしまうんだろうってびくついてる」

ゲリー・ハドラーから何度か電話がかかってきたのに出なかったことを申しわけなく思った。あすの朝一番で連絡しようと決めた。

「きみはどう思っている？」フォークは好奇心に駆られて尋ねた。

「用心してほしいと思ってる」グレッチェンはワイングラスの脚をいじった。「勘ちがいしないで。ルークがやったのでなければいいのにと思ってるのは確かよ」

「ルークがやったと思っているのか？」

グレッチェンは眉根を寄せ、考えこんでから答えた。

「わからない。知らせを聞いたときは、信じられなかった。でも、そんな事件が起こるなんて信じられないという気持ちのほうが強かった。わたしが聞いたかぎりでは、犯人は明らかに思えたから。ほんとうにルークが犯人なのだろうかと考えることはあまりしなかったのよ」

「ほとんどの人がそうさ。わたしだって」

グレッチェンは複雑な微笑を浮かべた。「あなただから言うけど、ルークがあんなろくでなしになったのは、本人のせいでもある」

眼下の農地が月光を受けて銀色に輝き、ところどころに農家が大地に付いた染みのように浮かびあがっていた。四人は突き出た岩の端で足を投げ出してすわっていた。柵を真っ先に乗り越えたのはルークで、よじのぼりながら〝立入禁止〟の標識を蹴飛ばした。わざと何日かひげを剃っていないらしく、その顎が無精ひげに薄く覆われているのに気づいて、アーロンは眉をひそめた。ルークが月明かりのもとで岩の端に立ち、両手を左右に伸ばして景色を見渡していると、ひげが目立った。

　アーロンは崖が真っ逆さまに落ちこんでいるのを見て、胃がひっくり返りそうになったが、ほかの面々に視線を向けることはせずに柵を乗り越えた。エリーがあとにしたがった。ルークは大げさに手を差し伸べて、グレッチェンを助けようとした。ほんとうは必要なかったが、グレッチェンは微笑してその手を握った。四人はすわってにぎやかにしゃべり、酒瓶をまわして半分ほど飲んだので、体が中からあたたまっていた。エリーだけが酒瓶を差し出されてもかぶりを振った。四人は身を乗り出して崖の下をのぞいてみるようけしかけ合った。空威張りしてでたらめばかり言い、恐がりながらもそれを表には出さなかった。

　フォークはわずかに眉を吊りあげたが、反論はしなかった。「ろくでなしと殺人犯は大ちがいだぞ」そう言うと、グレッチェンもうなずいた。

「何もルークがやったと言ってるわけじゃないの。でも、果たしてルークならやりかねなかったのか」ルークの亡霊が現れて盗み聞きしているかのように、グレッチェンは店内を見まわした。「それはまったく別の問題よ」

　ルークがグレッチェンの腰に手をまわすのを、アーロンは目の隅で見た。ルークが顔を寄せて何かささやくと、グレッチェンが恥ずかしそうに視線を落とした。その睫毛が頬に青い影を投げかけた。

　すぐ横にエリーがいたが、アーロンは身動きしなかった。ロック・ツリーのそばでキスをしてから、まともに話すのは一週間ぶりで、なおもアーロンは自信を持てなかった。エリーは毎晩アルバイトをしていると言っていた。アーロンは一度だけ店に行ってみた。エリーはレジの向こうから手を振ってくれたが、そこで話すのは無理だった。

この展望台に来る途中も、アーロンはわざとゆっくり歩き、エリーと数分でもふたりきりになろうとしたが、頭に来るほどルークがそばから離れてくれなかった。ロック・ツリーでの出来事を、エリーが気にかけている様子は見られなかった。丘の頂に着いたころには、何もかも自分の妄想だったのではないかと思いはじめたくらいだった。

四人は小道を苦労して歩き、アーロンはルークが同じ話をうるさく繰り返すのを上の空で聞いていた。出し抜けにエリーが首をめぐらし、ルークの頭の向こうから視線を合わせてきた。そしていかにも苦痛だと言わんばかりに天を仰ぐと、微笑んだ。アーロンだけに向けられた、純粋で、意味ありげで、ひそやかな笑みだった。

いま、その記憶を支えにし、アーロンは身じろぎしてもう少しエリーに近づこうとした。けれども、体をよじったところでそのまま動けなくなった。展望台の照明は貧弱だったが、近くを見てとれるほどの明るさはあった。だから、エリーの目と、グレッチェンに何かを耳打ちするルーク・ハドラーに向けられたそのまなざしは、いやでも見てとれた。

「ルークはすごく自分本位になるときがあった」グレッチェンは言った。テーブルに結露した水の輪に指を這わせて崩す。「一番は自分で、二番も自分で、三番も自分で、それを自覚さえしてなかった。そうじゃなかった？　そんなふうに思ってたのはわたしだけじゃないわよね？」フォークがうなずくと、グレッチェンは満足そうな顔をした。

「ごめんね。自分が知ってるルークと、みんなの話しているこことがどうしても重なってしまうのよ。知ってると思いこんでただけなのかもしれないけど」

「若いころ、わたしはいつも、ルークはとても率直な男だと思っていた。あけっぴろげで、考えていることをそのまま口にした。それが気に入らなくても、少なくともルークにどう思われているかはわかった」

「いまは？」

「わからない。ルークの虚勢に腹が立つときはあっても、根は善良な人間だとずっと思っていたんだが」

「そう願いたいわね」グレッチェンは目をぐるりとまわした。「それだけの価値もない男だったとは思いたくないし」

「どういう意味だ？」

「いえ、たいしたことじゃない」グレッチェンはばつが悪そうにした。「つまらないことよ。そもそもルークと友達になる価値がなかったとは思いたくないの。あなたやエリーとも。あなたたちと知り合って、わたしの世界は大きく変わった。エリーが亡くなると、どうでもいいような子たちまでわたしを避けるようになった。付き合いがあったわたしまで汚れたみたいに。でも、ほかのことに比べたら、ティーンエイジャーのくだらない悩みでしかなかったわね。悩む価値もなかった」

グレッチェンは悲しげな口調を隠しきれていなかった。フォークは、呪われた四人組の固定メンバーになったせいで、グレッチェンの広い交友範囲が狭まったように見えたことを思い返した。自分とエリーがいなくなったために、華やかなグレッチェンが実は孤独を感じていたのかもしれないと、はじめて思い至った。その可能性は一度も考えたことがなかった。フォークは手を伸ばし、グレッチェンの腕に触れた。

「連絡をとらなくてすまなかった。どうでもいいと思っていたわけじゃないんだ。ただ――」口ごもった。「考えなかった。連絡をとろうとするべきだった」

グレッチェンは小さく笑みを浮かべた。「いいのよ。わたしだって同じだし。悪いのは若さとホルモンよ。あのころのわたしたちはみんな愚かだった」


ルークが立ちあがり、大げさに伸びをした。「小便してくる」と宣言する。暗がりのなかで歯が白く光った。「おれがいないあいだに面倒を起こすなよ」

ルークは茂みのなかへ消え、残った三人は並んですわった。アーロンはグレッチェンと酒瓶をやりとりし、その調子外れの鼻歌を聞いた。反対側では、エリーが遠い目で地平線を見つめていた。

重いものが落ちる音と大きな悲鳴が平穏を破った。静寂にそのこだまが響く。三人は銀色に染まった顔に驚愕の表情を浮かべ、視線を交わした。アーロンは立ちあがり、ウォッカのせいで力のはいらない脚を動かして、音がしたほうへ走った。少女たちの先に立って駆けていくと、背後からパニックに陥った激しい息遣いが聞こえた。切り立った崖の縁で足を止めた。茂みがむしりとられ、なぎ倒されて、一角がへこんでいる。崖の縁のそばの枝が完全に折れていた。

「ルーク！」隣に駆けつけたグレッチェンが虚空に叫んだ。声が跳ね返り、ルークの名前を繰り返す。返事はない。アーロンは腹這いになって端まで行った。見たくないと思いながら下をのぞきこむ。崖の高さは百メートルを超えていた。麓《ふもと》は薄闇に溶けこんでいる。「ルーク！　おい！　聞こえるか？」声を張りあげた。

グレッチェンは泣きだしていて、顔が涙や鼻水でひどいありさまになっていた。エリーが茂みを抜けてグレッチェンの後ろに現れた。走らず、歩いている。アーロンは自分の息遣いで耳が痛いほどだった。エリーは荒らされた茂みを冷めた目で眺めた。振り返って背後の森を見まわし、木陰に視線を据える。それから崖の縁へ進んで、一度だけ奈落をのぞきこむと、アーロンをまっすぐに見つめ、小さく肩をすくめた。

「あのばか、落ちたふりをしてる」

エリーはよそを向き、見えない何かを爪からつまみとった。

「きみとルークはずっと付き合うのかな、と思っていたよ」フォークは言った。「ルークは身勝手だったけれど、きみには惚れこんでいたから」

グレッチェンは小さく笑ったが、そこには棘があった。

「そして年中無休でルークのショーの助手になるの？　ごめんだわ」グレッチェンはため息をついた。声から力が失われている。「あなたが去ったあと、何年かがんばってみたのは事実よ。当時は真剣だったけど、実際は子供の遊び。ふたりとも心の底では、なんとかして四人組を守りつづけようとしてたんだと思う。でも、うまくいかなかった。当然だけど」

「悲しい終わり方だったのか？」

「いいえ」グレッチェンは顔をあげ、硬い笑みを浮かべた。「そうでもないわ。特にひどくはなかった。大人になっただけよ。ルークは結婚して、わたしはラチーを産んだ。とにかく、ルークとわたしは似合いの男女じゃなかった。いまならわかる」目をしばたたく。「カレンとビリーがこんなことになる前からそうだった」

ぎこちない間があった。

「で、ルークはわたしの話を全然しなかったの？　あなたが町を去ってから」グレッチェンはさりげなく言ったが、好奇心を隠しきれていなかった。

フォークはためらった。「なるべくキエワラの話題は出さないようにしていたんだよ。それが約束事みたいになっていた。もちろん、きみのことを尋ねたときはあったけれど、きみは元気でときどき見かけるとしかルークは言っていなかった。そんな感じだったんだが——」グレッチェンを傷つけまいと思い、フォークはことばを濁した。実際には、うながされないかぎり、ルークはグレッチェンの話をしなかった。あれからもしばらくはふたりが付き合っていたといま聞かされて、驚いたくらいだ。ルークは決まって、すぐに別れたような口ぶりで話していた。

「ルークがキエワラにとどまることにしたのはとても意外だった」グレッチェンは言った。「あなたが去ってからしばらくのあいだ、ルークは町を出る話ばかりしてた。メルボルンへ行って、工学の勉強をするつもりでいたのよ。大きな事業に参加するんだって」

「ルークが？」はじめて聞く話だった。ルークはそんなことを一度も言っていなかった。協力を求められたことも、推薦を頼まれたことも、メルボルンで泊まる場所を訊かれたこともなかった。「どうして町を出なかったんだろう」

グレッチェンは肩をすくめた。「そのうちカレンに出会ったからじゃないかしら。ルークのほんとうの望みは昔からわかりにくかったけど」グレッチェンは間をとってテーブルのワイングラスの位置を直した。「もしエリーが生きてたら、ルークは最後にはエリーを選んでたと思う。ルークはわたしよりもエリーが好みだった。それを言うなら、たぶんカレンよりも」

フォークはビールをひと口飲み、ほんとうだろうかと思った。

グレッチェンは取り乱していた。顔が紅潮して、金髪は汗で湿っている。見た目より酔っているのにアーロンは気づいた。自分も視界がまわっていた。崖の縁で腹這いになって下を見つめ、ルークの名前を大声で呼びつづけた。

「もう少しさがったら？」三度目にアーロンがバラン

スを崩しかけたとき、エリーが声をかけた。「あなたが落ちたら、ほんとうに心配しないといけなくなる」

あれくらい自分も冷静でいられたらいいのにとアーロンは思った。エリーの言うとおりで、ルークは落ちたふりをしているのかもしれないと、はじめは希望の光を感じた。しかし、時が経つにつれ、自信がなくなっていった。ルークはこのあたりの地形を知っているが、ここの崖は崩れやすいことで知られている。そう教えられたし、立ち入るなと警告された。一度ならず。それに、まわし飲みした酒が効いているはずだ。エリーの言うとおりかもしれないが、だがもし——? ゲリーとバーブの顔が頭に浮かび、そのつづきを考えることができなかった。

「こうなったら——グレッチェン、頼むから少し黙ってくれ——助けを呼びにいくしかない」アーロンは言った。エリーは無言で肩をすくめると、崖まで歩き、縁にブーツのつま先を合わせた。しばらく見渡してから、一歩さがる。そして顎を少しあげた。

「聞こえたの、ルーク?」よく通る声が岩の表面に当たって跳ね返り、こだました。「これから丘をおりる。みんな怯えてる。最後のチャンスよ」

アーロンは息を凝らして待ったが、何も動いたようには見えなかった。展望台は静寂に包まれたままだった。

「わかった」エリーは大声で言った。怒りよりも悲しみを感じさせる声だった。「それがあんたの選択なのね。どうぞ楽しんで」

非難の声音が下の谷に響き渡った。

アーロンはエリーを見つめ、その冷たいまなざしに気をとられたが、すぐにグレッチェンの手をつかんで小道を駆けだした。

「ルークはあなたにだけは誠実だったと思うときがあるの」グレッチェンは言った。「エリーが亡くなったときも、ルークはあなたの味方をした。あなたが町を去ったあと、そのせいでさんざん悩まされてたわ。ありとあらゆる人たちが、証言を翻《ひるがえ》してあなたを売れと迫ったのよ」ワインを飲み干し、その縁の向こうからフォークを見つめた。「ルークはけっして首を縦に振らなかった」

フォークは息を吸った。いまこそグレッチェンに告白するべきだった。〝ルークは嘘をついた。きみも嘘をついた〟「聞いてくれ、グレッチ。そのことなんだが——」

「あなたはほんとうに幸運だったのよ」グレッチェンが遮った。声を少し落としている。「何よりもまず、ルークといっしょだったことが幸運だった。でも、集中砲火を浴びたルークにしてみれば、抵抗をやめて証言を翻すほうがずっと楽だった。ルークがいなければ、クライドの警官たちがあなたに罪を着せたのはまちがいない」

「ああ、わかっている。でも聞いてくれ、グレッチ——」

グレッチェンは店内を見まわした。慌てて目をそらす顔はひとつやふたつではなかった。

「ルークは屈しなかった——あなたに誠実でありつづけた——二十年も」静かな声で言う。「あなたがここの問題から無縁でいられるのは、ひとえにそのおかげだと言っていい。だから助言をしておくけど、わたしなら事を荒立てるようなことはけっしてしない」

丘の麓の端をまわりこんだ瞬間、アーロンはわが目を疑ったが、すぐに事態を理解した。五体満足のルークが岩にもたれ、笑みを浮かべて煙草をくゆらせている。

「よう」ルークは笑い声をあげた。「ずいぶん遅かったな、おまえら——」

アーロンはルークに飛びかかった。

「よしてくれ、グレッチェン、わたしだってしないさ」フォークは軽い口調に努めた。しかし、グレッチェンが言わんとするところは明らかだった。何も訊くな、何も話すな。「そんなことをする理由があるか？」

ふたりは見つめ合った。やがてグレッチェンは椅子に深くすわり直し、晴れやかな笑みを浮かべた。「よかった。確かに理由はないわね。あなたがそのあたりをわきまえてるか、確認したかっただけ。念には念を入れたくて」ワイングラスを持ちあげたが、空になっているのに気づいてテーブルにおろした。フォークも自分のビールを飲み干し、カウンターにお代わりを頼みにいった。

「住民たちがそれほどまでにわたしを疑っていたのなら」席に戻ると、フォークは言った。「ついでにルークも町から追い出さなかったのは不思議だな」

グレッチェンはグラスを受けとり、表情を曇らせた。「追い出そうとした人はいたのよ。はじめのころは。かなり執拗だった。でもルークはああいう人だから、敢然と立ち向かった。揺るがなかったし、怯まなかった。追い出そうとした人も、しまいにはあきらめた。あきらめるしかなかったと言ってもいい」

グレッチェンはふたたび店内を見まわした。こちらをうかがう顔は減っている。

「ほとんどの人が心の底では、エリーは自殺したんだって認めてる。エリーは十六歳の少女で、助けを求めてたのに、助けを得られなかった。そのことについては、わたしたち全員が罪の意識を感じないといけない。それでも、だれだって罪の意識は感じたくないし、書き置きにあなたの名前があったことが決め手になった。結局、その理由は説明できなかったわけだから――」

グレッチェンは口をつぐみ、かすかに眉を吊りあげた。

フォークは小さくかぶりを振った。当時もその理由は説明できなかったが、いまも説明できない。何年ものあいだ、知恵を絞って考えた。エリーとの最後の会話を思い出し、そこにこめられたメッセージや意味を解き明かそうとした。エリーは自分をフォークではなくアーロンと呼んでいた。名前を書き留めたとき、何がエリーの脳裏によぎっていたのだろう。自分がどちらに悩んでいるのか、ときどきわからなくなった。それがもたらした災難に悩んでいるのか、あるいは理由がまるでわからないという事実に悩んでいるのかが。

「といっても」グレッチェンは言った。「説明できるかどうかなんて関係ないのよね。亡くなるころ、エリーはあなたのことで何か考えてて、犯人捜しをしたい人にとってはそれで充分だった。好き嫌いはともかく、ルークは気骨のある人で、地域の一員だった。この町のちょっとした顔役になってたし、そういう人物を失うわけにはいかなかった。だから、ほとんどの人はエリーの一件を忘れることにしたんだと思う」

　グレッチェンは肩をすくめた。「ここの人たちがダウやディーコンのような厄介者に我慢してるのも同じ理由からよ。それがキエワラ。住みにくいところだけど、わたしたちは一蓮托生《いちれんたくしょう》なの。あなたは町から出ていった。ルークは残った。だからあなたが悪いことにされた」

　アーロンが飛びかかると、ルークはあとずさった。

「よせよ」肩をつかんだアーロンに言う。ふたりはよろめいて地面に倒れこんだ。ルークの手から煙草がこぼれ落ちる。エリーが進み出てそれを踏み消した。

「火種に気をつけなさい。さんざん心配させたんだから、このうえみんなを焼き殺さないようにすることね」

　体重をかけてルークを押さえこんだアーロンは、エリーの口調にルークの体がこわばるのを感じた。前に聞いたことがあるが、家畜に対して使う口調だった。

「おいおいエリー、悪い病気にでもかかったのか？　いきなり冗談が通じなくなったのかよ」ルークは軽口を叩いて虚勢を張ったが、うまくいかなかった。息が酒くさい。

「だれにも教わらなかったの？」エリーは鋭く言い返した。「笑えない冗談なんて冗談とは言えないのよ」

「最近のおまえはどうしちまったんだよ？　酒は飲まない、笑いもしない。遊びもしないで、あのちっぽけな店で四六時中働いてる。つまらないやつになったな、エリー。さっさとおまえとアーロンがくっついてしっぽりやればいいのかもな。お似合いだぜ」

つまらないやつ。そのことばを聞いたアーロンは、ルークに殴られたように感じた。信じられない思いで友人をにらみ、そのシャツの前をつかんで突き飛ばし、頭を地面に叩きつけた。そして転がってルークから離れ、荒い息をついた。そうでもしなければ、さらに手を出してしまいそうだった。

土まみれになって地面に伸びるルークをエリーが見おろした。その顔には怒りよりも痛烈な表情が浮かんでいた。憐れみだ。四方のすべてが静まり返ったように思えた。

「あんたはそんなふうに思ってるの？」エリーは立ったまま言った。「あんたのことを心配する友達をつまらないやつだって思ってるの？　たまにまともなことをするからつまらないやつだって？　いま笑える冗談があるとしたらひとつだけ、それはあんたよ、ルーク。平気で他人を自分の気晴らしに利用するあんたよ」

「黙れ。そんなことはしてない」

「してる」エリーはたたみかけた。「あたしたち全員にしてる。あたしに、アーロンに、そこにいるあんたの彼女に。あんたを気にかけてる人たちを怯えさせるのがまともなことだとでも思ってるの？　争い合うように仕向けるのが？」首を横に振る。「あんたにとってはただのおもしろいゲームなのよね。そこがあんたの何よりおぞましいところよ」

長いあいだ、だれも何も言わなかった。ことばが霧のように宙を漂い、四人は互いを見ようとしなかった。最初に動いたのはエリーで、勢いよく向きを変えると、あとは一瞥もくれずに歩きだした。ルークとアーロンは地面に転がったままその後ろ姿を見つめていたが、じきに立ちあがった。アーロンはなおもルークの顔を見る気になれなかった。

「くそ女」エリーの背に向かってルークがつぶやいた。

「おい。そんな言い方はよせ」アーロンは鋭く言った。

エリーはふたりのやりとりになんの反応も示さず、足どりも乱さずに歩きつづけた。ルークは振り返ってグレッチェンの体に腕をまわした。グレッチェンは泣きやんでいたが、茫然自失して口が利けなくなっていた。

「恐がらせたのなら悪かった。ちょっとふざけただけだったんだよ」ルークは頭を曲げてグレッチェンの頬に唇を押しつけた。ルークの顔は汗で光り、怒りの赤に染まっている。「まあそうだな。確かにやりすぎたかもしれない。口が滑って変なことも言った。おまえたちに謝ったほうがいいかもな」たいしたことではなかったとでも言いたげな口調だった。

「あんたはまちがいなく反省すべきよ」エリーの声が夜の闇のなかを漂ってきた。

このときの騒動について、四人は二度と触れなかったが、それは暑熱のようにまとわりついた。エリーはやむをえないときしかルークと話さず、その場合も丁重だがよそよそしい態度を保った。エリーとは気まずくなり、ルークにはうんざりしていたアーロンは、いっそう自分の殻に閉じこもった。グレッチェンは仲介役になり、ルークはひたすら何も変わっていないふりをした。

きっとそのうちまるく収まるとアーロンは自分に言い聞かせたが、実際のところは自信がなかった。あらわになった亀裂は思っていたよりもずっと深かった。自分の希望的観測が正しかったかどうかを確かめる機会は訪れなかった。エリーにはあと二週間の命しか残されていなかったからだ。

傷だらけのテーブルの上にグレッチェンが手を伸ばし、フォークの指に触れた。パブの喧噪が小さくなり、背景に溶けこむ。グレッチェンの手は働き者のそれだった。爪は何も塗っていないが清潔で、デスクワークばかりで生白いフォークの肌にはその指先がざらついて感じられた。

エリーの発言はまちがいだ。グレッチェンは抜けてなどいない。よほどしっかりしている。ここにとどまり、困難に立ち向かった。町で豊かな人生を築きあげた。自分はもちろんのこと、いまとなってはおそらくルーク・ハドラーよりも豊かな人生を。グレッチェンはタフな戦士だ。そのグレッチェンが、いま微笑みかけている。

「ここに戻ってくるのは簡単なことじゃなかったでしょうけど、あなたに会えてほんとうにうれしいのよ。わたしたちのなかで、常識人はあなただけだった。あなたが――」

グレッチェンは口ごもり、肩をすくめた。日に焼けた肌にワンピースの肩紐が食いこむ。「あなたがここにいられればよかったのに。そうしたら、何もかも変わっていたかもしれない」

ふたりは見つめ合い、フォークは胸と首がほてるのを感じた。咳払いをして、どう答えようかと思案していると、目の前に人影が現れた。

17

ふたりのあいだのテーブルに、グラント・ダウが半分空になったビールのグラスを叩きつけるように置いた。いつぞやのショートパンツとバリ島のビールのTシャツをまだ着ている。フォークはうめいた。

「あんたは入店禁止だったはずだが」できるかぎり感情を交えずに言った。

「このあたりだとそいつはせいぜい提案止まりにしかならねえんだよ」

ダウの後ろに目をやると、バーテンダーがあきらめ顔で見返していた。フォークが眉を吊りあげても、肩をすくめるだけだった。仕方がないだろう、と言外に伝えている。グレッチェンがテーブル越しに目を合わせてきて、小さくかぶりを振った。そして明るい口調で言った。

「どういうつもりなのかしら、グラント」

「おまえこそどういうつもりだ、グレッチ。男を選ぶときはもっと慎重になったほうがいいぜ」フォークの見立てでは、ダウはマル・ディーコンの傲慢さを受け継いではいるものの、叔父の性根の悪さには爬虫類の冷たさがあるのに対し、ダウはまちがいなく血の気が多い。間近で見ると、その顔は傷んだ静脈と高血圧のせいで醜く赤らんでいる。「こんな野郎と付き合ってるとおまえも死ぬことになるぞ」

後ろでダウの仲間が下卑た笑い声を漏らしたが、反応が一拍遅かった。前にダウが引き連れていた面々と同じかどうかはわからない。入れ替わっても気づかないで終わりそうだ。バーテンダーは仕事の手を止め、やりとりを注視している。

「わざわざどうも、グラント。でもわたしはもう大人だから。自分のことは自分で決められる」グレッチェンが言った。「言いたいことを言ったのなら、お互い別々に夜を楽しむことにしてくれないかしら」

ダウは笑い声をあげ、虫食いだらけの歯がのぞいた。ビールくさい息が漂ってくる。

「確かにおまえのお楽しみはこれからだな、グレッチ」ダウはウィンクをしながら言った。「おれに言わせれば、今夜のおまえはずいぶんとめかしこんでるからな。そんなしゃれた恰好でこのあたりに来るなんて、驚いちまったよ」フォークに顔を向ける。「あのワンピースはおまえのためだぜ。感謝してやれよ」

グレッチェンは赤面し、フォークの視線を避けた。

フォークは立ちあがってダウに一歩近づいた。逮捕されて面倒なことになるのは避けたいという意思のほうが、一発殴りたいという誘惑よりも強いはずだと賭けた。読みどおりであるのを願った。いくつかの分野で自分が有能なのはわかっていたが、酒場での喧嘩はそのかぎりではなかった。

「何が望みだ、グラント」フォークは冷静に言った。

「あいにくこの前は出だしでつまずいちまった。だからおまえに埋め合わせの機会を与えてやりにきたんだよ」

「なんの埋め合わせだ」

「わかってるだろうが」

ふたりはにらみ合った。グラント・ダウは昔から年齢も体格も腕力も上だった。逆上しやすいので、ダウの姿が見えると住民は道の反対側に急いで逃げたものだ。いまは歳を重ねて太り、慢性疾患の兆しもあるが、毛穴から敵意がにじみ出ているように見える。

「用はそれだけか?」

「いいや、それだけのわけがねえ。ひとつ忠告してやる。おれと叔父貴からだ。もう無駄かもしれないがな。町から出ていけ」ダウは低い声で言った。「ハドラーのくそ野郎に義理立てしても、ろくなことにならねえぞ。覚えておけ」

ダウは後ろの仲間を目で示した。パブの窓の外はもう完全に夜になっている。大通り以外に人けはないだろう。〝こんな片田舎では、警官のバッジもたいした武器にはならないだろう？〟そのとおりかもしれないが、まったく武器にならないわけではない。

「ハドラー家の死亡事件が解明されれば町を出る」フォークは言った。「それまでは町を出ない」

「おまえとはなんの関係もないだろうが」

「こんな小さな町で一家が犠牲になったのにか？　関係のない人間がいるわけがない。さて、あんたは事件についてずいぶんとはっきりとした考えがあるようだから、あんたからはじめることにしようか。正式な捜査だ。どう考えている？」

フォークはポケットに手を入れ、手帳と鉛筆を出した。ページの上部に〝ハドラー事件の聞きこみ〟と記す。その下に目立つ大文字でダウの名前を書き、相手にも見えるようにした。

「わかったって、落ち着けよ」予想どおり、ダウは慌てた。紙に名前が書かれ、〝記録〟されるのを見るのは覚悟が要るものだ。

「住所は？」

「言わねえよ」

「問題ない」フォークは間髪を容れずに言った。「幸い、わたしが知っているからな」ディーコンの農場の所在地を詳細に書き記す。それから、ダウの後ろにいる手下たちに目をやった。みなあとずさっている。「お友達の名前もうかがっておこうか。そんなに協力したいのなら」

ダウは視線をめぐらした。仲間たちは間の抜けた表情を消し、ダウをとがめるように見ている。

「おれをはめる気か？」ダウは言った。「おれに罪を着せる気なんだな？」

「グラント」フォークはあきれ顔をしそうになるのを

こらえた。「ちょっかいを出してきたのはあんたのほうだぞ」

ダウは険悪な顔でフォークを上から下までねめつけた。右手を握り締めている。それだけの価値があるかどうかを考えているらしい。そのまま背後に目を向けた。カウンターに両手を突いて様子をうかがっていたバーテンダーが、厳しい表情でダウを見据え、ドアのほうを顎で示した。今夜はもう酒を出すつもりはないと身ぶりで告げていた。

ダウは拳をゆるめると、さりげなく一歩さがった。それだけの価値はないと判断したかのように。

「相変わらず嘘とでたらめばかり言いやがって」フォークに言う。「まあいい。これからはそれが必要になるだろうからな。わずかな望みにすがるつもりなら」

顎で合図すると、仲間を引き連れてパブから出ていった。ダウとやり合っていたあいだは静まっていた店内が、徐々にもとのざわめきを取り戻していく。

フォークは腰をおろした。グレッチェンがかすかに口をあけて見つめている。フォークは笑ってみせたが、手帳をしまうとき、震えが治まるまで手をポケットに入れたままにした。

グレッチェンは信じられないとでも言うかのようにかぶりを振った。「驚いたわ。お疲れさま。お見事ね」ウィンクをする。「常識人はあなただけって言ったとおり」立ちあがると、お代わりを頼みにいった。

パブが店じまいになるころ、フォークは車までグレッチェンを送った。通りは閑散としていた。街灯に照らされて、グレッチェンの髪が後光よろしく輝いている。ふたりは三十センチメートルほど離れて向かい合い、ぎこちなく体を動かすだけで素直になれずにいたが、とうとうグレッチェンが笑って両手をフォークの肩に置いた。そして身を寄せ、唇の端をかすめるようにして頬にキスをした。フォークは腕をグレッチェンの体にまわし、ふたりは抱き合って、夜の暑気に包まれながらほてった体を合わせた。

やがてグレッチェンが小さくため息をついて体を離し、車に乗りこむと、笑顔で手を振ってから走り去った。星の帯の下にひとり残されたフォークは、考えをめぐらした。とりわけ、グラント・ダウについて。あの男がたわごとばかり言っていたのは確かだ。けれども、耳に残ったことばがひとつあり、フォークは頭のなかでそれを抜き出して吟味し、拾い物のようにためつすがめつした。

〝あのワンピースはおまえのためだぜ〟

パブへ戻るあいだ、ずっと笑みが消えなかった。


二階へのぼる階段に足をかけたとき、バーテンダーが呼びかけた。

「ちょっと来てくれないか。よかったら」

フォークは手すりを握ったまま、ため息をついた。階段の上を物欲しそうに眺める。踊り場から、うまく額に納まっていない女王の肖像写真が冷たい目で見おろしている。向きを変え、重い足どりでカウンターへ行った。客はもういない。バーテンダーは、洗剤の酸っぱいレモンのにおいを漂わせながら、カウンターを拭いていた。

「飲むかい」

「もう店は閉めたんじゃないのか」フォークはスツールを引いて腰をおろした。

「閉めたさ。これは店のおごりだ」バーテンダーはフォークの前にビールを置くと、自分のぶんをついだ。

「礼の代わりだよ」

「礼？」

「いままでグラント・ダウはおおぜいの客に喧嘩をふっかけ、しょっちゅうおれがだれかの血を拭きとる羽目になってた。今夜はそうならなかったから、冷えたビールであんたに報いるってわけさ」バーテンダーは片手を差し出した。「デイヴィッド・マクマードウだ」

「乾杯」フォークはビールを大口に飲んだが、無理なく喉を通ってしまったので驚いた。この週だけで、ふだんのひと月ぶん以上の酒を飲んでいる。「いろいろとすまない。面倒は起こさないと言ったのに」

「ここのあらゆる面倒があんなふうに解決できたら、おれも楽ができるんだが」マクマードゥはひげを撫でながら言った。「残念ながら、ここでは殴り合いのほうが優先されがちなんでね」

「町に来てからどれくらいになる？」

「そろそろ十年になる。住民の多くからはいまだに新参者扱いされてるがな。生まれも育ちもここでなければ永遠によそ者だというのがキエワラの流儀らしい」

「生まれも育ちもここだったとしても、フリーパスにはならない」フォークはゆがんだ笑みを浮かべた。

「どうしてこんなところに行き着いたんだ？」

マクマードゥは間をとった。舌で歯をなぞっている。

「あんたはなぜキエワラを離れた？」

「仕事がほしかったからだ」フォークはそっけなく言った。

「ほう。おれもそれを答にさせてもらおうか」マクマードゥは客のいないパブを身ぶりで示し、ウィンクをした。「それにしても、うまくやったな。正直に言って、お友達のルークは、ダウのあしらい方をあんたから教えてもらえばよかったんだよ。いまとなってはもう遅いが」

「ふたりは喧嘩をしたのか？」

「恒例行事のようにな。ひとりが店にいるときに、もうひとりが来ると、おれは気が滅入ったものさ。あのふたりは——なんと言うか、磁石みたいだった。シャム双生児とか、嫉妬深い元恋人同士とか、そんな具合さ。どちらも相手をほうっておけなかった」

「喧嘩の原因は？」

マクマードゥは嘆息した。「原因にならないものなんてなかったね。なんでもありだった。天気、クリケット、靴下の色まで。いつも文句を言い合ってた。何かと難癖をつけては」

「余談はいい。殴り合いの喧嘩をしていたのか？」

「ときどきは。たまに激しくなるときがあったが、最近はあまりなかったな。何年か前からはせいぜいつかみ合い程度で、口喧嘩が多かった。誤解しないでもらいたいんだが、ふたりが嫌い合ってたのは確かだ。しかし、どちらもある意味では楽しんでた。言い争って憂さ晴らしをしてたんだよ」

「わたしには理解できないな」

「おれだって。うまい酒でも飲んだほうがましさ。でも、それですっきりする連中もいる」衛生監視員が来ないのを見透かしているかのような手つきでカウンターを拭く。「ダウのために言っておくと、ああいう叔父の世話をするのは楽じゃない」

フォークは、マル・ディーコンが自分と父親をまちがえたことを思い出した。

「ディーコンはどこか悪いのか？」

「しばらく前から頭をちょっとやられてる。酒のせいか、何かの病気のせいなのかはわからない。だが、おかげでおとなしくなった。ふらふらと店にはいってきて酒を飲んだり、あの甥を連れて町をぶらついては住民をにらみつけたりしてるが、その程度さ」

「グラント・ダウはフローレンス・ナイチンゲールのような人種には見えないな。付きっきりで叔父の世話をしているのか？」

マクマードウは笑った。「まさか。ダウは肉体労働をしてる。雑用とか、配管工事とか、建設工事とか。ビール代を稼げる仕事ならなんでも。だがな、びっくりするほどの大金を手にするかもしれないんだよ。ディーコンは農場をダウに譲るつもりでいる。少なくとも、そう噂されてる。いつも土地を探してるアジア系の投資グループに売れば、相当の値がついてもおかしくない。干魃も永遠にはつづかないだろうし」

フォークはビールをひと口飲んだ。興味深い話だと思った。ハドラー家の土地はディーコンの農場と接している。市場価格がいくらになるかはわからないが、しかるべき買い手がいれば、ふたつの土地をまとめて売ったほうが必ず高値がつく。もちろん、ハドラー家の土地が売りに出されるとしたらの話だ。ルークが存命で農場を経営していたころならありそうもないが、いまはちがう。この情報は心に留め置いて、あとで熟考してみることにした。

「それで、あんたがハドラー一家の死を調べてるって噂はほんとうなのか？」マクマードウが言っている。

「正式な捜査じゃない」今夜、その台詞を言うのは二度目だ。

「なるほど」マクマードウはわけ知り顔で笑みを浮かべた。「ここで何かをやり遂げようと思ったら、それが最善の方法だろうな」

「それはさておき、耳寄りな情報はあるか？」

「死んだ日の前夜にルークが派手な殴り合いをして、グラント・ダウがルークの家族を容赦なく撃ち殺してやるってパブの全員の前で宣言したとか？」

「そういう情報があれば助かる」

「残念だったな」マクマードウは黄ばんだ歯をむいて笑った。

「ジェイミー・サリヴァンの話だと、事件の前夜にルークとここで会ったらしいが。兎狩りの相談をしたと言っている」

「ありそうな話だ」

「ダウもここにいたのか？」

「ああ、もちろんだ。ダウは毎晩のように来る。だから入店禁止にされるのをいやがるんだよ。おれは助かるんだがな。ダウにとっては、苛立ちの種以外の何物でもない。おれが強制するのはまず無理だし、ダウもそれを知ってる。おれが入店を拒否しても、ダウと間抜けな仲間たちは缶ビールを山ほど持参して外のポーチにすわりこむだけなんだよ。こっちは面倒をかかえこむだけでなんの得もない。それはともかく」マクマードウは首を横に振った。「あんたの質問に答えると、ルークが最後にこの店を訪れた夜、グラント・ダウもここにいた。常連のほとんどがいたはずだ。テレビでクリケットの中継をやってたから、店は混んでた」

「ダウとルークが話すところを見たか？　何かやりとりは？　どちらかが喧嘩をふっかけたりといったことは？」

「記憶にないな。だが、いま言ったとおり、忙しい夜だった。休む暇もなかった」マクマードウは考えこみ、残ったビールを飲み干して、小さなおくびをこらえた。「でも、あのふたりのことだからな。いつ何が起こるかわかったもんじゃない。ルークがあんたの友人で、ダウがろくでなしなのはわかってるが、ふたりはよく似てるところもたくさんあった。どちらも反抗的で、並外れてて、気が短かった。コインの表と裏ってやつさ」

フォークはうなずいた。そのとおりだと思った。マクマードウが空になったグラスをさげたので、それを潮に部屋へ行くことにした。スツールからおり、おやすみと挨拶した。バーテンダーが照明を消し、一階が闇に包まれる。半ば足を引きずり、半ばよろめきながら階段をのぼっていくと、携帯電話が明滅し、新しい音声メッセージがあることを教えた。部屋にはいって鍵をかけ、ベッドに横たわってから、不器用にボタンを押した。目を閉じ、知った声が電話から流れてくるのを聞いた。

「アーロン、電話に出てくれ」ゲリー・ハドラーの声が耳に飛びこんできた。「エリーが死んだ日のことをよく考えてみた」長い間。「都合がつけば、あす農場に来てくれ。伝えておきたいことがある」

フォークは目をあけた。

18

車を停めたフォークは、ハドラー家の農場の様子が変わっているのに気づいた。ちぎれかけていた現場保存用のテープは玄関から剝がされている。左右のカーテンやブラインドは大きくあけられ、どの窓も半開きになっていた。

午前中なのに早くも強烈な陽が差していたので、帽子を手に取ってから車をおりた。カレンとビリーの遺品がはいった箱を脇にかかえ、小道を歩いていく。玄関のドアはあけたままだった。中にはいると、漂白剤のにおいがいくらか弱まっていた。

主寝室でバーブが泣いていた。ルークとカレンが使っていたクイーンサイズのベッドの端に腰かけている。若草色のベッドカバーの上に、抽斗の中身が広げられていた。まるめた靴下や皺だらけのボクサーショーツのあいだに、小銭やペンの蓋がまぎれている。バーブの頰を涙が伝い、膝の色紙の上に落ちた。

フォークが静かにノックすると、バーブは驚いて顔をあげた。歩み寄ると、手作りの父の日のカードを持っているのがわかった。バーブは袖で涙を拭い、カードを振って示した。

「隅々まで片づけの手がはいったらどんな秘密も隠しとおせないわね。ビリーは父親並みに綴りが苦手だったみたい」

バーブは笑おうとして声をうわずらせた。フォークが隣に腰をおろして腕をまわすと、肩の震えが伝わってきた。あけた窓から熱気が流れこんでくるので、部屋は息苦しいほど暑い。フォークは何も言わずにいた。窓から家にはいってくるものよりも、窓から家を出ていくもののほうが、はるかに重要だった。

「ここに寄るようゲリーに言われたんです」バーブのむせび泣きが少し治まると、フォークは言った。バーブは鼻をすすった。

「ええ。聞いているわ。ゲリーは大きな納屋を片づけていると思う」

「どんな用か言っていましたか？」夫はいつか妻にも秘密を打ち明ける気になるのだろうかと思った。バーブは首を横に振った。

「いいえ。ルークの形見分けをしたいのかもしれないけれど、わからないわ。ここを片づけようと言いだしたのもゲリーなのよ。もうそろそろ現実を直視しなければと言って」

最後の台詞はバーブがルークの靴下を拾いあげるとともに小さくなり、新たな涙のなかに溶けて消えた。

「シャーロットの気に入りそうなものがないかと考えているの。ぐずってばかりいるから」ティッシュペーパーのせいでバーブの声はくぐもっていた。「何をしてもだめなのよ。ベビーシッターに預けてきたけれど、ゲリーはいっしょに連れてこようとした。懐かしいものに囲まれていると落ち着くかもしれないからと言って。絶対にだめと答えたわ。あんなことがあったあとで、この家に連れてくるのは絶対にだめ」

フォークはバーブの背中をさすった。バーブが泣いているあいだに、室内を見まわした。埃が薄く積もっていることを除けば、きれいに整頓されている。カレンは物が散らからないように心がけていたようだが、人間味があって感じのよい部屋だった。

チェストの上に子供の写真が飾られている。写真立ては上等の品に見えるが、おそらく一度か二度は人の手を経ている。装飾のための金が子供部屋につぎこまれているのは明らかだ。ワードローブの戸の隙間から、プラスチック製のハンガーに吊した服の列が見える。左側には、婦人用の地味な細身のトップス、ブラウス、作業用ズボン、風変わりなサマードレスが並んでいる。

右側には、ルークのジーンズやTシャツがもっとぞんざいに押しこまれていた。

ベッドは両側とも日ごろから使っていた跡がある。カレンの側のベッドサイドテーブルには、おもちゃのロボットとナイトクリームのチューブと数冊の本が置かれている。本の上にあるのは読書用眼鏡だ。ルークの側には、コンセントにつないだ電話の充電器と汚れたコーヒーカップが並んでいる。カップには手書きの細長い文字で〝パパ〟と描かれていた。枕カバーにはいまもくぼみが残っている。一家に死が迫っていたころの日々に、ルーク・ハドラーが何をしていたかはわからないが、ソファーで寝ていたわけではない。ここは明らかにふたりのための部屋だった。

自分の寝室のありさまが頭に浮かんだ。最近はほとんど、ベッドの真ん中で寝ている。ベッドカバーはティーンエイジャーのころと同じで紺色だ。ここ三年ばかりのあいだにそれを見た女性は、もっと中性的なものにしようと提案するほど、そこに慣れ親しむことはなかった。月に二回掃除に来てくれる業者は、やることがあまりなくて困っているようだ。フォークは何も貯めこまなかったし、感傷的な理由から何かをとっておこうともしなかったし、ふたり用のアパートメントがひとりだけの家になった三年前から残されている家具で間に合わせていた。

「あなたのことが全然わからない」出ていくとき、彼女は最後にそう言った。いっしょに暮らしていた二年のあいだも、しょっちゅうそう言った。最初は興味をそそられて、やがて心配して、最後には非難して。どうして彼女を受け入れられなかったのだろう。どうして受け入れようとしなかったのだろう。彼女を信頼していなかったのか。それとも、ほんとうは愛していなかったのか。その問いに対する返事はすぐに出てこず、気づいたときには手遅れだった。短い沈黙でも、ふたりが破局の鐘の音を聞くのに充分な時間となった。それ以来、フォークのベッドサイドテーブルには、昔ながらの本と目覚まし時計、そしてときどき古びたコンドームの箱が置かれるだけになった。

バーブが大きな音を立てて鼻をすすり、現実の部屋に引き戻した。フォークは父の日のカードをバーブの膝から拾いあげ、適当な置き場所はないかと室内を見まわしたが、見つからなかった。

「ほら。それで困っているのよ」バーブが泣き腫らした目をフォークに向けた。「三人の遺品をいったいどうすればいいの？　たくさんあるのに、置ける場所は全然ない。うちにすべて置くわけにはいかないし、なんの意味もないみたいに全部処分するわけにもいかないし――」

バーブは甲高い声で言い、雑多な品々を手当たりしだいにつかんではかかえこんだ。ベッドの上にあったボクサーショーツ、おもちゃのロボット、カレンの眼鏡。ベッドサイドテーブルから本を取りあげ、声高に文句を言った。「あら困ったわ、図書館の本よ。どれくらい返却期限を過ぎているのかしら」怒りで赤く染まった顔をフォークに向ける。

「後始末のことなんて、だれも教えてくれないのよ。家族を亡くしたことには同情してくれるし、首を突っこんで噂を仕入れるのも熱心にやるくせに、死んだ息子の抽斗を調べて図書館から借りた本があったら返したほうがいいなんて、だれも教えてくれない。どう対処すればいいのか、だれも教えてくれないなんて」

フォークは後ろめたさを覚えながら、寝室の外に置いてきたカレンとビリーの追加の遺品を思い浮かべた。本を引きとり、脇にはさんで、バーブを強引に部屋から連れ出した。

「わたしがやっておきます。とりあえず――」ビリーの部屋の前を通り過ぎ、安堵の念を覚えながら明るいキッチンへ行った。バーブをスツールにすわらせる。

「紅茶でも淹れましょう」と最後まで言って、手近の戸棚をあけた。何がはいっているかはまったく知らなかったが、犯罪現場のキッチンでもマグカップくらいはあるはずだった。

バーブはしばらくその様子を眺めていたが、鼻をかんでスツールからおりた。そしてフォークの腕を軽く叩いた。

「わたしにやらせて。どこに何があるかはよく知っているから」

結局、インスタントコーヒーのブラックで済ませることになった。冷蔵庫は二週間以上も空のままだったからだ。

「まだお礼を言っていなかったわね、アーロン」薬罐で湯を沸かしているあいだにバーブが言った。「力になってくれてありがとう。事件の捜査を開始してくれて」

「バーブ、わたしはそんなことをしていませんよ」フォークは言った。「わたしとレイコー巡査部長のしていることが非公式なのはわかっていますよね？　われわれはいくつか質問をしているだけです。正式な捜査ではありません」

「そうだったわね。もちろん、よくわかっているわ」わかっていない口ぶりだった。「でも、あなたたちのおかげで住民は疑問を持っている。それには大きな意味がある。一石を投じたわけだから」

エリーの姿が脳裏をよぎり、フォークはバーブが後悔しないことを祈った。

「あなたが友達でいてくれて、ルークはいつも心から感謝していた」三つのマグカップに熱湯を注ぎながら、バーブは言った。

「ありがとう」フォークは短く答えたが、バーブはその口調に何かを感じとって顔をあげた。

「ほんとうよ」と強調する。「ことばではうまく伝えられなかっただろうけれど、ルークはあなたのような人を人生で必要としていた。落ち着きと分別のある人を。ルークがカレンに惹かれたのもそれが理由のひとつだと前から思っていたわ。あなたと同じ長所をカレンのなかに見いだしていたのよ」バーブは機械的に右側の抽斗をあけ、スプーンを見つけた。「カレンに会ったことは？」

　フォークは首を横に振った。

「残念ね。あなたならきっとカレンを気に入ったのに。あなたとカレンは似ているところがたくさんある――あった。ときどき感じていたのだけれど、カレンは自分が少し……なんと言うか、つまらない人間なのではないかと悩んでいた。自分のせいでルークが野心をかなえられずにいるのではないかと。でもそんなことはなかった。カレンは冷静で聡明だった。まさにルークが必要としていた人だった。カレンのおかげで、ルークは地に足を着けていられた。あなたもそういう人だった」バーブは悲しげに首を横に傾けたまま、フォークを長いこと見つめた。「結婚式に来てくれればよかったのに。いいえ、どんな機会でもいいから、会いにきてくれればよかったのに。あなたがいなくて寂しかったわ」

「あのときは――」仕事があったのでとフォークは口にしかけたが、バーブの表情の何かがそのことばを押しとどめた。「実を言うと、歓迎されるとは思えなくて」

　かつて自分のものだったキッチンで、バーブ・ハドラーは大股で二歩進み、両手を伸ばしてフォークを抱き寄せた。そして、フォークの奥深いところにあったしこりがほぐれはじめるまで、抱き締めつづけた。

「アーロン、わたしの家族はあなたをいつだって歓迎する。歓迎されないなんてけっして考えないで」体を離したバーブは、つかの間、昔のバーブ・ハドラーに戻っていた。湯気の立つコーヒーのマグカップをふたつフォークに持たせ、脇に図書館の本をかかえさせると、威厳ある老婦人の目で勝手口を示した。

「夫に持っていってあげましょう。この家を片づけたいのなら、納屋に隠れていないで自分でやりなさいと言ってやらないと」

フォークはバーブにしたがって勝手口を抜け、まばゆい陽光のもとに出た。ほうり出されたおもちゃのクリケットのバットをよけたとき、危うく手首にコーヒーをかけそうになった。

自分の人生にもこんな未来がありえたのだろうか。フォークは不意に思った。子供のクリケットのバットに、農場のキッチンで淹れたコーヒー。想像しようとした。野外で父と肩を並べて働き、いずれ父が握手とともに家長の座を譲ってくれるのを待つ。土曜日の夜は〈フリース〉でルークと過ごし、いつか目移りしなくなるまで、ほとんど入れ替わりのない花嫁候補たちを眺める。こぢんまりとした結婚式をあげ、九カ月後には子供をもうける。翌年にはふたり目を。父親業は楽ではないだろうが、努力はする。わが子はやはりちがうというのはよく聞く話だ。

当然、自分の子供はルークの息子と友達になる。子供たちは田舎の無秩序な学校で揉まれる羽目になるだろうが、伸びやかに過ごせる広大な土地がある。

日中はきっと農地で働き詰めになるが、家で過ごす夜は心あたたまるものとなり、活気や混乱や笑いがあふれている。愛情も。いつも明かりをつけて帰りを待っていてくれる人がいる。それはだれになるのだろう。エリーか？

とたんにそのイメージはぼやけて薄らいだ。エリーが生きていたらの話だ。自分が町に残り、すべてが変わっていたらの話だ。それは空想以外の何物でもない。あまりにも多くの機会を失ってしまったいま、その夢物語が現実になることはない。

選んだのはメルボルンでの人生だ。そしてそれには自分なりに満足している。人ごみのなかを泳ぎながらも、だれにも自分だと気づかれることなく街を歩けるのは気に入っている。肉体よりも頭脳を酷使する仕事もやりがいがある。

人生は妥協だ。一日の終わりに帰るアパートメントは静かでだれもいないが、自分のことを何から何まで知っている詮索好きの目にさらされることもない。隣人に白い目で見られることも、いやがらせをされることも、家族についての噂を広められることもない。玄関に動物の死体を置き去りにされることもない。ほうっておいてもらえる。

自分には人と距離を置きたがり、友人よりも知人を増やそうとする傾向があるのはわかっている。しかし、自分の家のすぐ近くで、友人の膨れた体が川面に浮かびあがるよりは、そのほうがずっとましだ。確かに毎日の通勤はたいへんだし、一日の大半をオフィスの蛍光灯の下で過ごしているが、気まぐれな天気に生活が左右されることはない。少なくとも、無情な空に恐怖と絶望をいだき、銃口で解決してしまいたくなることはない。

ルーク・ハドラーが帰るとき、明るい光の灯った家が待っていたのかもしれないが、この暗く寂れた町の生み出した闇も、玄関から家に忍びこんでいた。そしてそれはその光を永遠に消してしまうほど、濃く、黒く、よどんでいた。

フォークは暗い気分のまま、納屋の外でデッキブラシに寄りかかっていたゲリーのもとへ行った。ゲリーはフォークとバーブの姿に驚いて顔をあげ、不安げに妻を一瞥した。

「来ていたのか」フォークからマグカップを受けとって言った。

「中で手伝ってくれていたのよ」バーブが言った。

「そうか。ありがとう」落ち着きのない口調だった。

「外を散らかすのが終わっても、やることはまだたくさんあるわよ」バーブは夫に微笑みかけた。「わたしよりもはかどっていないみたいね」

「わかっている。すまない。ここにいるのは思ったよりもつらくて」ゲリーはフォークを見た。「そろそろこの家に来て向き合わなければと思ったんだよ。現実を直視しなければと」母屋のほうを見つめる。「向こうに何か気に入ったものはあったか？　写真とか。なんでも持っていってくれ」

フォークは、この忌まわしい家から形見の品をひとつでも自分の生活に持ちこみたいとは思わなかった。首を横に振った。

「お気持ちだけで充分です、ゲリー」

コーヒーを一気にあおったので、むせそうになった。この場所から逃げ出したくてたまらなかった。早くゲリーとふたりだけで話せるように、バーブがどこかへ行ってくれればいいのにと思った。

三人は地平線を見つめながら黙ってコーヒーを飲んだ。遠くの丘の中腹に、マル・ディーコンの農場の不恰好な低い建物が見える。フォークは、ディーコンの農場を甥が継ぐというバーテンダーの話を思い出した。

「この農場はどうするんですか」フォークは尋ねた。

ゲリーとバーブは顔を見交わした。

「まだはっきりとは決めていない」ゲリーが言った。

「売るしかないと思う。売れればの話だが。金はシャーロットのために信託財産にする。ただし、更地にして土地だけを売る形になってしまうだろうな」バーブが小さく舌打ちし、ゲリーは妻に視線を向けた。

「ああ、わかっているさ」その声にはあきらめがにじんでいた。「しかし、こんなことがあったあとで、この家に住みたがる人が町にいると思うか？　よその土地の人にもキエワラは人気がない」

「ディーコンかダウから、協力しようという話は持ちかけられていないんですか？　アジア系の投資グループにふたつの土地をまとめて売ろうというような話は？」

バーブが嫌悪そのものの表情でフォークを見た。

「五ドルを十ドルで買うと言われてもあのふたりには売らないわ。協力するなんてもってのほかよ。そうよね、ゲリー」

ゲリーは売らないと身ぶりで答えたが、キエワラの不動産市場の状況について、もっと現実に沿った見方をしているようにフォークには思えた。

「わたしたちは三十年間もひたすらあの男に悩まされつづけた」バーブの声は少し大きくなっていた。「いまさら協力するつもりなんてない。マルは夜にこっそり境界線を動かしていたのよ。わたしたちが気づかないとでも思ったみたいに。釘で打ちつけていないものはなんでも勝手に持っていった。本人は否定していたけれど、ルークが飼っていた犬を轢いたのもあの男よ。あなたも覚えているわよね？」

フォークはうなずいた。ルークはその犬をとてもかわいがっていた。当時のルークは十四歳で、道端で犬の亡骸を抱き締め、人目もはばからずに泣いていた。

「若いころのマルは、町の男たちを四六時中たむろさせていたわよね、ゲリー。酔っ払ってはトラックを乗りまわし、大騒ぎしていた。農場を切り盛りするためにわたしたちが夜明けには起きないといけないのを知っていて、大音量で音楽を流していた」

「もう昔の話だ」ゲリーがそう言うと、バーブは食ってかかった。

「あの男をかばうの？」

「まさか。かばうわけがない。事実を言ったまでだ。マルもしばらく前からそんなことはできなくなっているだろう？　おまえだってわかっているはずだ」

フォークはパブでディーコンと嚙み合わないやりとりをしたことを思い返した。

「ディーコンは認知症のようですね」

バーブは鼻を鳴らした。「世間ではそんな言い方をするのね。わたしに言わせるなら、飲んだくれが悪事を重ねてろくでもない人生を送った結果よ」

　コーヒーをひと口飲み、ディーコンの土地を眺める。つぎに口を開いたとき、そこには後悔の念があった。

「ほんとうにかわいそうなのはエリーだった。わたしたちはマルとかかわらないようにすればよかったけれど、あの気の毒な子は耐えるしかなかった。マルは自分なりに面倒を見ていたつもりなのだろうけれど、娘のこととなるとひどくむきになった。上手《かみて》の農地を覚えているわよね、ゲリー」

「マルがやったと証明できたわけではない」

「そうね。でもやったのはマルよ。ほかに考えられる?」バーブはフォークに顔を向けた。「あなたたちは十一歳くらいで、エリーの母親が逃げ出してからまもないころだった――逃げるのも無理はないわ。でも、エリーは見捨てられた。痩せ衰えて、ろくに食べていなかった。そしてあんな目をしていた。世界の終わりのような目を。わたしは見ていられず、マルのところへ行って、エリーの具合がおかしいから何かしてやらないといけない、このままだと思い詰めて体を壊してしまうと言ったの」

「ディーコンはなんと?」

「予想できるだろうけれど、ろくに話も聞かずにわたしを追い出したわ。それから一週間後、上手の農地がだめになった。そんな兆しは何もなかったのに。土壌を調べたら、酸度がひどいことになっていた」

　ゲリーはため息をついた。「ああ。そういう事態もありえないわけではないんだが――」

「隣人が薬品を撒いたのなら充分にありえる事態よ。おかげであの年は出費が何千ドルもかさんだわ。赤字を出さないのがやっとだった。いまでもあの農地は完全には回復していない」

　フォークはその農地を覚えていたし、その年はハドラー家の夕食の席で重苦しい話が交わされていたのも覚えていた。

「なぜいつもディーコンはとがめられずに済んでいるんですか」

「マルがやったという証拠はなかったからだ」ゲリーはふたたび言った。「とはいえ――」手をあげ、口をはさもうとしたバーブを遮る。「とはいえ、きみもここがどんなところかは知っているはずだ。波風を立てるのはかなりの覚悟が要る。それはいまも昔も変わらない。われわれは生きていくために互いを必要としていたんだよ。マル・ディーコンはわれわれの多くと取引があって、われわれも向こうと取引があった。それに、マルは貸しを作るのに熱心で、少額の支払いは取り立てずに弱みを握っていた。だから、ディーコンと仲たがいをしたら、ほかの住民とも仲たがいをすることになった。自分の町で取引をし、くつろいでビールを飲むのが、とたんに至難の業になるというわけだ。ただでさえ生活は楽でないのに」

バーブは夫をにらんだ。

「あの女の子は自殺するほどつらくてたまらなかったのよ、ゲリー」バーブは空になったマグカップを乱暴な手つきで集めた。「取引やビールが何よ。わたしたち全員がもっと親身になってあげるべきだったのに。家のなかを見てくる。仕事が山ほど残っているわよ」

バーブは向きを変え、袖で顔を拭いながら、足音も荒く母屋へ向かった。

「バーブの言うとおりだ」妻の後ろ姿を眺めながら、ゲリーが言った。「何があったにせよ、エリーはずっと幸せな人生を送って当然だった」フォークに顔を向けたが、その目からは感情が消えていた。まるでここ数週間で一生ぶんの感情を使い果たしてしまったかのように。「町にとどまってくれたことに礼を言うよ。ルークの件でいろいろと尋ねてくれているようだな」

「まだ手をつけたばかりです」

「きみの考えを聞いてもいいか？」ルークはカレンと

ビリーを手にかけたのか？」

「わたしの考えでは」フォークは慎重に言った。「ルークが手にかけていない可能性はあります」

「確かなのか？」

「いいえ。あくまでも可能性です」

「だが、別人がかかわっているかもしれないと思っているんだな？」

「ええ、かかわっているかもしれません」

「エリーの身に起こったことと関係があるのか？」

「それはほんとうにわかりません、ゲリー」

「だが可能性は？」

「可能性はあります」

沈黙。「聞いてくれ。真っ先に伝えておくべきだったことがある」

暑かったが、ゲリー・ハドラーは機嫌が悪くなかった。ハンドルを指先で軽く叩きながら、口笛を吹く。窓から差しこむ夕方の日差しが腕に照りつけるのを感じながら、人けのない道路に車を走らせていた。今年は雨が定期的に降っているので、最近は農地を見るのが楽しみだった。

助手席に置いたスパークリングワインの瓶に目をやった。生活用品を買うために行った町で、ふと思いついて酒屋に寄った。そしてバーブを驚かせようと思ってそれを買った。いまごろは金曜日の夜にいつも作るラムのキャセロールを焼いているはずだ。ラジオをつけた。知らない曲だったが、ジャズの低いビートが好みだった。曲に合わせて小刻みに頭を振り、十字路が見えてきたところでブレーキを踏んだ。

「エリー・ディーコンが死んだ日、きみとルークが嘘のアリバイを言ったのは知っていた」ゲリーの声はひどく小さく、フォークは耳をそばだてなければならなかった。「問題は、ほかにもそれを知っていた人物がいるように思えることだ」

十字路の二十メートル手前で、よく知った人影が自転車でそこを通りかかるのが見えた。息子が顔を伏せて、がむしゃらにペダルを漕いでいる。その距離からでも、ルークの髪が後ろに撫でつけてあり、夕日を受けて光っているのがわかった。いつもは無造作に垂らしているのに珍しいな、とゲリーはなんとなく気に留めた。あまり似合っていなかった。

ルークは左右をろくに確認しないで十字路に突っこんだ。ゲリーは小さく舌打ちした。あとで小言を言ってやらないと。この道路はめったに車が通らないが、つねに安全だとはかぎらない。あんなことをしていたら、そのうち命を落としてしまう。

「ルークは南、つまり川のほうから来た。きみたちがいたという野原からは遠く離れている。きみはルークといっしょではなかった。ルークはショットガンも持っていなかった」

「南にあるのは川だけではありません」フォークは言った。「農場もあります。サイクリングコースも」

ゲリーは首を横に振った。「ルークがサイクリングをしていたわけがない。あのころ気に入っていた灰色のシャツを着ていたからだ。ほら、一張羅にしていた、あの気持ち悪い光沢のあるボタンダウンのシャツだよ。わたしには、ずいぶんめかしこんでいるように見えた。まるでデートか何かに行くみたいに。新しい髪型を試しているのだろうと、そのときのわたしは思いこもうとした。髪は後ろに撫でつけてあった」ゲリーは目の上に片手を長いあいだ当てた。「だが、髪が濡れていただけなのはずっと前からわかっていた」

ゲリーが十字路の手前に着いたとき、ルークはもうそこを渡りきろうとしていた。手本を示すように、ゲリーはトラックを完全に停止させ、左右を確認した。右手には、小さくなっていく息子の暗い影があった。左手は、カーブまでしか見とおせなかった。よし。アクセルを踏みこみ、車を進入させた。十字路を渡り終えて走り去るとき、バックミラーを一瞥した。

　ミラーに映ったものは一秒足らずのうちに消えた。見たとたん消えたと言ってよかった。白の小型トラックが十字路を走り抜けていった。左手から。息子のあとを追うようにして。

　フォークはしばらく無言だった。

「運転手の顔は見なかったんですか?」ゲリーを注意深く観察した。

「いや。わからなかった。注意を払っていなかったし、速すぎて見る暇もなかった。だが、それがだれだったのであれ、きっとルークを目撃したはずだ」ゲリーはフォークを見ようとしなかった。「その三日後、エリーの遺体が川から引きあげられて、わたしは人生最悪の日を経験したよ」奇妙な笑い声を漏らす。「まあ、それもこんなことになるまでの話だが。エリーの写真がそこら中にあったのを覚えているか?」

　フォークはうなずいた。何日ものあいだ、新聞に載った粒子の粗いエリーの写真が虚ろな目で見つめているように思えたものだ。一部の店はそれをポスターのように貼り出し、葬儀の費用を募金した。

「二十年ものあいだ、わたしは運転手が名乗り出るのではないかと怯えながら暮らした。警察署の扉をノックして、あの日ルークを目撃したと言うのではないかと」

「ルークに気づかなかったのかもしれません」

「そうかもしれない」ゲリーは息子が暮らしていた母屋を眺めた。「あるいは、いまごろになって運転手がノックしようと決めたのは、警察署の扉ではなかったのかもしれない」

19

路肩に停めた車のなかで、フォークはゲリーが言ったことを考えていた。いまも昔も、キエワラでは白の小型トラックはありふれている。なんの手がかりにもならない。あの日、だれかが川のほうから来るルークを目撃していたのなら、なぜ当時に証言しなかったのだろう。二十年も秘密を守りつづけることで、だれが得をするのか。

ある考えがかゆみのように頭に付きまとっていた。小型トラックの運転手がルークを目撃したのなら、ルークも運転手を目撃した可能性があるのでは？　もしかすると——その考えは根を張り、どうしても気になった——もしかすると、逆なのかもしれない。ルークのほうが、だれかの秘密を守っていたのかもしれない。そして、理由はわからないが、いまごろになってルークはそれに嫌気が差したのかもしれない。

荒涼とした景色を見るともなしに見ながら、その考えを頭のなかで吟味した。やがてため息をつくと、携帯電話を取り出した。回線の向こうから、紙をめくる音に混じってレイコーの声が答えた。

「署にいるのか？」フォークは尋ねた。よく晴れた日曜日なのに。レイコーの妻はどう思っているのだろうと気になった。

「ああ」ため息。「ハドラー事件の書類仕事を片づけている。意味があるかどうかはわからないがな。あんたは？」

フォークはゲリーから聞いたことを伝えた。

「なるほど」レイコーは息をついた。「あんたはどう思う？」

「わからない。手がかりになるかもしれないし、ならないかもしれない。まだ少しそこにいるのか?」

「残念ながら、まだかなりここにいることになりそうだ」

「わたしも行こう」

携帯電話をしまうかしまわないかのうちに、電子音が鳴った。メール画面を開き、送信者を確認したとたん、渋面が微笑に変わった。

〝忙しい?〟グレッチェンからのメールだった。〝お腹は空いてる? ラチーとセンテナリー・パークでお昼を食べるところなんだけど〟

警察署で報告書とにらめっこをしているレイコーの姿を思い浮かべた。ハドラー家の農場を出てから、コーヒーしか入れていない胃が鳴っている。パブの外で星明かりを浴びながら、去り際にグレッチェンが浮かべた笑みを思い返した。〝あのワンピースはおまえのためだぜ〟

〝これから行く〟とメールを打った。少し考えて付け足した。〝長くはいられないが〟と。後ろめたさはたいして和らがなかったが、あまり気にしなかった。

キエワラに戻って以来、センテナリー・パークはそれなりの金がつぎこまれたように見えたはじめての場所だった。花壇が新しく設けられ、乾燥に強くて見た目もよいサボテンがきれいに植えられて、何週間かぶりに緑を見た気がした。

幾度となく土曜日の夜にすわって過ごしたベンチがなくなっていたのは残念だった。いまは立派な遊具が置かれ、赤や黄や青に輝いている。遊具は子供だらけで、そのまわりにあるピクニックテーブルもことごとく満席だ。ベビーカーとクーラーボックスが場所を取り合い、親たちは子供を叱るか食事を与えるかする以外は、ひっきりなしにおしゃべりをしている。

向こうが気づくよりも先にグレッチェンを見つけたので、足を止めて少し眺めてみた。ひとりで端のテーブルに陣どり、ピクニックベンチに腰かけて長い脚を前に伸ばし、後ろのテーブルに肘を突いている。金髪は無造作に上でまとめ、サングラスを載せてある。遊具に群がる子供たちを見つめる表情は楽しそうだ。フォークは懐かしさがこみあげてくるのを感じた。陽光のもとで遠くから見るグレッチェンは、十六歳に戻ったかのようだった。

視線を感じたらしく、グレッチェンが顔をあげた。笑顔で手を振ってくる。歩み寄ったフォークの頬にキスをして迎え、タッパーウェアの蓋をあけた。

「サンドウィッチをどうぞ。ラチーだけじゃ食べきれないから」

フォークはハムサンドウィッチを選び、ふたりはベンチに並んですわった。グレッチェンはふたたび脚を伸ばし、太もものぬくもりがフォークに伝わった。ビーチサンダルを履いた足の爪はピンク色に輝いている。

「ここは見ちがえるほど変わったな。驚いたよ」遊具によじのぼる子供たちを眺めながら、フォークは言った。「これだけの金がどこから?」

「確かにびっくりよね。田舎のための慈善活動のおかげみたい。何年か前に親切なお金持ちの基金から運よく寄付してもらえたのよ。ふざけた言い方はよくないわね。ほんとうにすばらしい公園にしてもらえたんだから。いまでは町で最高の場所。いつも混んでるけど。子供たちに大人気なのよ。懐かしのベンチがなくなってしまったのは悲しかったけど」グレッチェンは微笑し、ふたりは幼児が砂場で友達をうずめるのを見守った。「でも、小さな子供たちにはまたとないところよ。このあたりにはそういう施設がろくにないから」

フォークは、ペンキが剝げかけてバスケットボールのゴールがひとつしかなかった校庭を思い出した。

「学校があんなありさまだからありがたいだろうな。記憶にあるよりも荒れていた」

「ええ。それも干魃の産物」グレッチェンは水のペットボトルの蓋をあけ、ひと口飲んだ。昔ウォッカをすすめたときと同じように、フォークに差し出す。そこにはさりげない親密さがあった。フォークはペットボトルを受けとった。

「この町にはお金がないのよ」グレッチェンは言った。「政府からもらえるお金はすべて農業の補助金にまわされるから、子供たちのためには何も残らないの。でも、スコットが校長になってくれたのは幸運だった。少なくとも、気にかけてはくれてるみたいだから。預金残高がゼロなのにできることなんてたかが知れてるけど。父兄にこれ以上寄付を求めるのは無理だし」

「親切なお金持ちをまた頼ることはできないのか？」

グレッチェンは悲しげな笑みを浮かべた。「それならもうやったわ。今年はお金がはいってきそうだった。この公園を寄付してくれたのとは別の団体からだけど。民間の団体で、クロスリー教育財団というところ。聞いたことはある？」

「ないと思う」

「典型的な同情好きの団体で、この町にはうってつけに思えたの。田舎の苦労してる学校に現金を寄付してくれてるんだけど、信じられないことに、どうやらもっと田舎でもっと苦労してる学校があるみたい。気の毒な話ね。この町は最終候補に残ったんだけど、今回はだめだった。検討したうえで来年も申請すると思うけど、それまではどうすればいいのかしらね。ともかく――」ことばを切り、息子に手を振った。ラチーは滑り台のてっぺんに立って、ふたりの注目を集めようとしていた。そしてふたりが見守るなか、滑りおりた。「――とりあえずラチーはあんなふうに楽しんでくれてるから、それだけはありがたいわ」

駆け寄ってきた息子のために、グレッチェンはタッパーウェアに手を伸ばした。サンドウィッチを差し出したが、ラチーは母親を無視してフォークを見つめた。

「やあ」フォークは片手を差し出した。「わたしはアーロンだ。この前も会ったけれど、覚えているかな？昔、きみのお母さんとは友達だったんだ」

ラチーはフォークの手を握り、その目新しい行為に笑みを浮かべた。

「滑り台をやってるところ、見てくれた？」

「見たわ」グレッチェンが答えたが、問いは母親に向けられたものではなかった。フォークはうなずいた。

「すごく勇気があるんだな。あんなに高いのに」

「もう一回やれるよ。見てて」ラチーは走り去った。

グレッチェンは奇妙な表情を浮かべて息子を見送った。ラチーはフォークが注目するのを待ってから、滑りおりた。走ってもう一度滑りにいく。フォークは親指を突きあげてみせた。

「ありがとう」グレッチェンが言った。「最近は大人の男性が気になって仕方ないのよ。たぶん、ほかの子が父親といるところを見かけるようになって……わかるわよね」肩をすくめる。フォークと目を合わせようとはしなかった。「まあ、母親ってそういうものよね。成人するまで罪悪感に苛まれるのかしら」

「父親はまったく育児にかかわっていないのか？」フォークは自分の声に好奇心の響きを聞きとった。

グレッチェンもそれを聞きとり、わけ知り顔で笑みを浮かべた。

「かかわってない。でも平気よ。ラチーの父親はここにはいない。あなたの知らない人よ。地元の人間じゃなくて、しばらく滞在した労働者。あのすてきな子を残してくれたこと以外は、よく知らない。ええ、どう思われるかはわかってる」

「どうとも思わないさ。きみみたいな人が母親で、ラチーは幸運だと思うだけだ」フォークは言った。とはいえ、ラチーが梯子を器用にのぼっていくのを眺めていると、父親はどんな人物なのだろうと気になった。

「ありがとう。でも、そんなふうに思えないときもあるのよ。出会いを求めたほうがいいのかもしれないってときどき考えてしまうの。子供のためにも自分のためにも、ラチーに家族を与えてあげたほうがいいのかもしれないって。自分がどんなふうに見られてるのかはともかく、ストレスが溜まって疲れきってるばかりじゃない母親をラチーに見せてあげたい。でも、わからなくて……」声が小さくなり、フォークはグレッチェンがしゃべりすぎてばつの悪い思いをしているのではないかと心配したが、そこでグレッチェンは笑みを見せた。「キエワラでは、デート相手の人材プールはいやになるくらい浅いわよ。よく言ってもぬかるみね」

フォークは声をあげて笑った。

「それなら、結婚は一度もしなかったのかい」

「しなかった。一度も」

「わたしもだ」

グレッチェンの目もとに笑い皺ができた。「ええ、知ってる」

なぜかはわからないが、女はいつだってそういうことを知っているらしい。ふたりは顔を見合わせて微笑んだ。フォークは、グレッチェンとラチーが、買いとったケラーマンの広大な土地でふたりだけで暮らしているところを想像し、ハドラー家の農場が薄気味悪いほど孤立していることを思い返した。何よりも自分の空間を求めるフォークでさえ、農地しかないあの場所で何時間も過ごしていると、人恋しくなった。

「あの農場に子供とだけで暮らすのは寂しいだろうな」言ってしまってから後悔した。「すまない。純粋にそう思っただけで、下手な口説き文句を言ったわけじゃないんだ」

グレッチェンは笑った。「わかってる。そういう台詞はこのあたりだと想像以上に効き目があるわよ」表情を曇らせる。「でも、そうね。確かにそれが悩みの種かもしれない。近くに人が住んでないことよりも、世間から孤立してるのが厄介なのよ。インターネットも不安定だし、電話だってつながりにくい。電話をかけてくる人がたくさんいるわけじゃないけど」グレッチェンはことばを切り、口を引き結んだ。「わたしがルークの事件を知ったのも、翌朝になってからだったのよ」

「そうなのか？」フォークはひどく驚いた。

「ええ。だれもわたしに連絡しようとは思わなかったみたい。ゲリーも、バーブも、だれひとりとして。浅い仲ではなかったのに——」グレッチェンは小さく肩をすくめた。「——わたしは優先順位が低かった。事件当日の午後、わたしは学校までラチーを迎えにいって、家に帰り、夕食をとった。ラチーを寝かしつけたあと、DVDを観てた。いつもどおりの退屈な夜だったけど、平凡な日常はあれで最後になった。あの日に戻るためならなんだってするわ。翌朝、校門の前に着いて、はじめて知った。だれもかれもが事件の話をしてた。みんな知ってたのに——」涙がひと筋、鼻の脇を伝った。「だれもわたしに連絡してくれなかった。信じられなかった。そんな事件が起こったなんて信じられなかった。ルークの農場へ車を走らせたけど、近くには行けなかった。道路が通行止めになってて、そこら中に警官がいて。だから家に帰るしかなかった。もちろん、そのころにはニュースになってた。いやでも耳にはいってきた」

「心から同情するよ、グレッチ」フォークはグレッチェンの肩に手を置いた。「慰めになるかはわからないが、わたしもだれからも連絡を受けなかった。ニュースサイトでルークの顔を見て、事件を知った」忌まわしい見出しの下に見慣れた顔があったときの衝撃はいまも覚めていない。

グレッチェンはうなずいたが、突然フォークの背後を見つめた。暗い顔になり、急いで涙を拭う。

「気をつけて。お出ましよ。マンディ・ヴェイザー。覚えてる？　昔はマンディ・マンテルだった。相手にしてる暇はないのに」

フォークは振り返った。赤茶色の髪ときつい目鼻立ちをしていたマンディ・マンテルは、真っ赤な髪をボブにした小柄で上品な女へと変身していた。天然繊維製で〝オーガニック〟とかの宣伝文句が使われていそうな複雑な抱っこ紐で、赤ん坊を胸にかかえている。目鼻立ちは相変わらずきついままで、黄色い草を踏み締めて突き進んでくる。

「マンディはティム・ヴェイザーと結婚したの。わたしたちより学年がひとつかふたつ上の」グレッチェンがささやいた。「学校に子供をふたりかよわせてる。過保護な母親グループの代表を自任してて、熱心に活動してる」

マンディはふたりの前で足を止めた。フォークの顔とその手のなかのサンドウィッチを見比べ、嫌悪に口もとをゆがめた。

「やあ、マンディ」フォークは言った。マンディはわざとらしく無視した。ただし、フォークの挨拶から守るように、赤ん坊の後頭部に手をまわした。

「グレッチェン。邪魔して悪いわね」悪いとはまったく思っていない口調だった。「あたしたちのテーブルまでちょっと来てくれないかしら。内密に話がしたくて」すばやくフォークに視線を向け、またそらした。

「マンディ」グレッチェンは気乗りしない様子で言った。「アーロンを覚えてる？　昔ここに住んでたでしょう？　いまは連邦警察に勤めてるのよ」勤務先を強調する。

マンディとは一度キスをしたことがあったな、とフォークは思い出した。確か若者向けのディスコで。十四歳の舌を深々とからめてきたので驚かされた。安っぽいレモネードの味がきつかった。ムード照明が体育館の壁に反射し、隅でステレオが大音量を流していた。マンディも覚えているだろうか。眉をひそめて目を合わさないようにしているところからして、覚えているにちがいない。

「久しぶりに会えてうれしいよ」フォークは片手を差し出したが、特に握手がしたかったわけではなく、そうすれば困らせられるとわかっていたからだった。マンディはフォークの手を見つめ、反射的に礼儀正しく応じたくなるのを明らかにこらえていた。その努力は成功し、手は宙に浮いたままになった。フォークは少し尊敬したくなった。

「グレッチェン」マンディはしびれを切らした。「ちょっといい？」

グレッチェンは相手の目をまっすぐに見据えた。動く気配すらなかった。

「マンディ、あなたが早く用件を言ってくれれば、わたしもあなたには関係のないことだと早く答えてあげられて、お互いに楽しい日曜日に戻れるんだけど」

マンディは体をこわばらせた。後ろを振り返り、似たような髪型をした母親たちの一団に、サングラスの奥から見つめられているのを意識する。

「わかった。いいわ。あたしは——あたしたちは——アーロ——あなたの友人が——自分の子供の近くにいると安心できないの」フォークをにらみつける。「出ていってくれないかしら」

「話は聞いたわ」グレッチェンは言った。

「それなら、出ていくのね？」

「出ていかない」フォークとグレッチェンは口をそろえた。

そろそろレイコーに会いに警察署へ向かう時間だとフォークは思ったが、マンディ・マンテルのような不愉快な女においそれとしたがうつもりはなかった。マンディは目を険しくして身を乗り出した。

「いいこと。いまはまだあたしたち母親がていねいに頼んでる。でも言うことを聞かないのなら、父親たちがていねいとは言えないやり方で頼むことになる」

「マンディ、いいかげんにして」グレッチェンは切り返した。「アーロンは警官なのよ。わたしの話を聞いてなかったの？」

「それは聞いたけど、この男がエリー・ディーコンに何をしたかもみんな聞いてる」公園にいる親たちが見つめている。「真面目な話、グレッチェン、あなたはそこまで見境がないの？ わが子をこんなふうに危険にさらすほど？ あなたはもう母親なのよ。自覚を持ってもらわないと」

マンディの夫になった男は、バレンタインデーにグレッチェンのために詩を書いて、おおぜいの前で読んだことがあったはずだ、とフォークは思い出した。この女ははじめて優位に立てて喜んでいるにちがいない。

「グレッチェン、もしこの……人物といっしょにいるつもりなら」マンディはつづけた。「ソーシャルサービスに通報しないといけなくなるかもしれないわね。ラチーのために」

「おい――」フォークは言いかけたが、グレッチェンに遮られた。

「マンディ・ヴェイザー」鋼のごとく冷ややかな声だった。「自分がなんでも知ってるとでも思ってるの？ それなら一生に一度くらいは賢明なことをしなさい。さっさと消えて」

マンディはあとずさりしそうになったが、背筋を伸ばしてこらえた。

「それからマンディ。気をつけることね。わたしの息子が一分でも眠れなくなったり一滴でも涙をこぼしたりするようなことをしたら――」フォークがかつて聞いたことのない、氷のような口調だった。グレッチェンは最後まで言わず、含みを持たせた。

マンディは目を見開いた。

「脅迫する気？ そんな喧嘩腰の台詞は、脅迫と受けとらせてもらうわ。信じられない。町が苦しんでるときに」

「脅迫してるのはそっちでしょう！ 何がソーシャル

サービスよ」

「あたしは子供たちのためにキエワラの安全を守りたいの。それがそんなに図々しい願いかしら。もう悪いことはたくさんでしょう? カレンと仲がよくなかったのは知ってるけど、せめて敬意を示しなさいよ、グレッチェン」

「もう充分だ、マンディ」フォークは鋭く言った。「その口を閉じて、われわれのことはほうっておいてくれないか」

マンディはフォークを指さした。

「いやよ。あなたが出ていきなさい」きびすを返して歩いていく。「夫に電話してやる」捨て台詞が公園のなかを漂った。

グレッチェンは頬を紅潮させ、水をひと口飲んだ。手が震えていた。フォークは肩に触れようとしたが、人の目に気づき、事態をこれ以上悪くしたくなくて手を止めた。

「すまない。ここできみに会うのはよせばよかった」

「あなたのせいじゃない」グレッチェンは言った。「みんなぴりぴりしてるのよ。暑さのせいで何もかも悪い方向へ向かってる」グレッチェンは深く息を吸い、弱々しい笑みを浮かべた。「それに、マンディは昔から性悪だった」

フォークはうなずいた。「確かに」

「念のために言っておくけど、わたしはカレンが嫌いだったわけじゃないから。親しくしてなかっただけ。学校には母親が山ほどいる。全員と友人になるのは無理よ。見てわかるとおり」グレッチェンはマンディの背中を顎で示した。

フォークが答えようとしたとき、携帯電話が電子音を鳴らした。無視しようとしたが、グレッチェンが微笑んだ。

「かまわないわ。どうぞ」

フォークはすまなそうに顔をしかめ、メール画面を開いた。読み終える前から立ちあがりそうになった。

レイコーからのメールにはこうあった。〝ジェイミー・サリヴァンは嘘をついていた。すぐに来てくれ〟

20

「あいつはそのなかだ」

フォークはこの警察署にひとつしかない取調室のドアにはめこまれた分厚いガラス窓をのぞきこんだ。ジェイミー・サリヴァンがテーブルの前にすわり、紙コップを悄然と見つめている。自宅のリビングルームにすわっていたときよりも縮んで見えた。

グレッチェンを公園に残していくことには負い目を感じた。グレッチェンに見つめられ、平気だからと言われても、ためらった。平気とは思えなかったからだが、グレッチェンは笑顔でフォークを車のほうへと押しやった。

「行って。大丈夫だから。電話してね」

フォークは警察署へ行った。

「何があった？」フォークはレイコーに尋ねた。巡査部長の話を聞き、感心してうなずいた。

「ずっと目につくところにあったんだよ」レイコーは言った。「あの日起こったいろいろなこととといっしょくたになって、見落としていた」

「仕方ないさ。忙しい一日だったんだから。特にジェイミー・サリヴァンにとってはそうだったようだな」

ふたりが取調室に歩み入ると、サリヴァンは顔をあげた。紙コップを握り締めている。

「さて、ジェイミー。まずはっきりさせておくが、あんたは逮捕されたわけじゃない」レイコーがきびきびと言った。「だが、先日の話に関して、いくつか明らかにしなければならない点がある。フォーク連邦警察官のことは覚えているな。同席してもらうつもりだが、差し支えはあるか？」

サリヴァンは唾を呑みこんだ。返事に困って視線を泳がせている。

「ないと思いますが。その人はゲリーとバーブのために捜査しているんですよね？」

「非公式にだ」レイコーは言った。

「弁護士を呼ぶべきですか？」

「呼びたければ」

沈黙が流れた。サリヴァンに顧問弁護士がいたとしても、土地をめぐるいさかいや家畜の売買契約に一年のうち五十週を費やしているような弁護士だろう、とフォークは思った。こういう分野は畑ちがいのはずだ。報酬もいくらになるかわからない。サリヴァンも同じ結論に至ったらしかった。

「ぼくは逮捕されていないんですよね？」

「そうだ」

「わかりました。さっさと訊いてください。早く帰らないと」

「よし。おれたちは二日前にあんたを訪ねたな、ジェイミー」レイコーは切り出した。「ルークとカレンとビリーが死んだ日のことで、あんたから話を聞くために」

「ええ」サリヴァンの上唇のあたりが汗で薄く光っている。

「そのときの話だと、午後四時三十分ごろにルーク・ハドラーが帰ってから、あんたはどこにも行かなかったそうだな。あんたはこう言っていた――」レイコーはメモを確かめた。「〝仕事をしていました。この農場で。外の仕事が終わると、祖母と夕食をとりました〟」

サリヴァンは何も言わなかった。

「いま、それに関して、何か言いたいことはあるか？」

サリヴァンはフォークとレイコーを交互に見た。そして首を横に振った。

「いいだろう」レイコーは机の上に一枚の紙を滑らせた。「これが何かわかるか？」

サリヴァンは舌を出して乾いた唇を舐めた。二度。

「消防団の報告書ですよね」

「ああ。ここの日付印から、ハドラー一家が死んだ日のものだとわかる。消防団員は出動するたびに報告書を作成する。このときは緊急警報に対応している。ここに書いてある」レイコーはタイプ打ちされた数行の文を指さした。「そしてこの下の所番地が出動先だ。どこの住所かわかるか？」

「もちろん」長い間。「うちの農場です」

「概要によれば――」レイコーは報告書を手に取った。「――五人の消防団員が午後五時四十七分にあんたの農場に出動している。あんたの祖母がパニックボタンを押したので、自動的に通報された。消防団員が到着すると、あんたの祖母が家にひとりきりでいて、ガスレンジの火がついたままになっていた。消防団員は火を消して、あんたの祖母を落ち着かせた。あんたに電話をかけたが、あんたはそれに出ることなく、家に帰ってきた。報告書によると、午後六時五分に」

「農地にいたんです」

「ちがうな。この報告書を書いた人物と電話で話した。あんたが本道から来たのを覚えていたぞ」

三人は顔を見交わした。真っ先に目をそらしたのはサリヴァンで、答が浮かびあがるのを期待するかのようにテーブルを見つめた。蠅が一匹、耳障りな音を立てながら、三人の頭上を旋回している。

「ルークが帰ったあと、はじめは農地にいたんですが、あとでドライブに行ったんです」サリヴァンは言った。

「どこへ？」

「特にどこへも。近所をまわっただけです」

「具体的に言ってもらおうか」フォークは迫った。

「展望台へ行きました。ハドラー家には近づきもしていません。考える場所がほしくて」

フォークはサリヴァンを見据えた。サリヴァンはどうにか目を合わせた。

「きみの農場の広さは？」

サリヴァンは罠に勘づいてためらった。

「二、三百エーカーはありますが」

「かなり広いな」

「広いですね」

「それなら教えてもらいたいんだが、二、三百エーカーもある農場で、一日に十二時間から十四時間も働いている人間に、このうえ考える場所がどうして必要なんだ？」

サリヴァンは目をそらした。

「あんたはドライブに行ったという。ひとりきりで。それを黙っていたことをどう言いわけする？」レイコーが言った。

サリヴァンは天井を眺め、答えようとして思い直した。そして左右の手のひらを見せ、はじめてふたりの目をまともに見た。

「どう思われるかはわかっていたので、面倒は避けたかったんです。正直なところ、ばれないように願っていました」

フォークはようやく真実を聞いたように思った。資料によれば、サリヴァンは現在二十五歳で、祖母と亡くなった父に連れられ、十年前にキエワラに越してきている。エリーが溺死した日より十年以上もあとだ。だがそれでも。

「エリー・ディーコンという名前に聞き覚えは？」フォークは尋ねた。目をあげたサリヴァンの顔に何かの表情がよぎったが、すぐに消えてしまったので読めなかった。

「その女性が死んだことは知っています。何年も前に。それから――」サリヴァンはフォークを目顔で示した。「――ルークとあなたがその女性の友人だったことも知っています。それだけです」

「ルークがエリーの話をしたことはあるか？」

サリヴァンは首を横に振った。「ぼくにはありません。ルークは一度か二度、名前を出して、友人がいたけれども溺死したと言っていましたが、過去の話はあまりしませんでした」

フォークは資料をめくって目当ての写真を見つけ、テーブルの上に滑らせた。ルークの小型トラックの荷台を大写しにしたもので、遺体のそばにあった四本の水平な線が拡大されている。

「これに心当たりは？」フォークが言うと、サリヴァンは線を見つめた。

四本の横線。荷台の側あおりの内側で二本ずつ組になっていて、ふたつの組は一メートルほど離れている。サリヴァンは写真にさわらなかった。謎解きをするかのように、写真を凝視している。

「錆びでしょうか」サリヴァンは意見を言った。そう信じているわけでも、そう信じさせたいわけでもなかった。

「結構」フォークは写真を戻した。

「ぼくは殺していません」サリヴァンは声をうわずらせた。「ルークとは友達でした。仲のいい友達でした」

「それならおれたちのために協力しろ」レイコーが言った。「ルークのために。ほかに調べることがあるのに、あんたを調べさせて、おれたちの時間を無駄にするな」

サリヴァンの青いシャツの腋に染みができている。体臭がテーブルの向こうから漂ってくる。沈黙がつづいた。

フォークは賭けに出た。「ジェイミー。相手の夫には知らせなくても済む」

サリヴァンは目をあげ、一瞬だけかすかな笑みを浮かべた。

「ぼくが人妻と関係を持っていると思っているんですか？」

「きみがどこにいたかを裏づけてくれる人がいるのなら、いますぐ教えたほうがいいと思っているだけだ」

サリヴァンは押し黙った。ふたりは待った。やがて農夫は小さくかぶりを振った。「そんな人はいません」

はずれだったか、とフォークは思った。しかし、完全にはずれだったわけではないという気もしていた。

「三人を殺した容疑者にされるよりも恐ろしいことがあるんだろうか」三十分後、サリヴァンが四輪駆動車に乗りこんで走り去るのを見送りながら、フォークは言った。事情聴取は堂々めぐりをするばかりとなり、しまいにサリヴァンは腕を組んだ。祖母の様子を見なければならない、それかだれかに連絡して頼まなければならないと言い張る以外は、何も言おうとしなくなった。

「ああ、何かに怯えているな」レイコーが言った。

「問題はそれが何かだ」

「サリヴァンからは目を離さないようにしよう」フォークは言った。「わたしはいったんパブに戻って、ハドラー家の書類の残りに目を通すよ」

迷ったら金の流れを追え、とフォークの恩師はいつも言っていた。その助言はいつも正しかった。レイコーは煙草に火をつけ、警察署の裏に停めておいたフォークの車まで付き添った。角を曲がったところで、フォークは足が動かなくなった。目を見張って立ち尽くし、自分が目にしたものを脳が理解するまで待つしかなかった。

車のドアとボンネットの塗装に、メッセージが刻みこまれていた。日光を受けて文字が銀色に輝いている。

人殺しめ、おまえの皮を剝いでやる

21

フォークが傷ついた車をパブの駐車場に入れると、グレッチェンが絶句し、何かを言いかけていたその口が凍りついた。ラチーを足もとで遊ばせながら、スコット・ホイットラムと歩道で話しているところだったようだ。フォークが車を停めるあいだも、こちらを見つめるふたりの姿がバックミラーに映っていた。

「くそ」フォークは小声で毒づいた。警察署からパブまではほんの数百メートルほどだが、町の中心部を抜ける長い旅に等しかった。車からおり、塗装に刻まれた銀色の文句に嘲笑されているように感じながら、ドアを乱暴に閉めた。

「ひどい。何があったの？」グレッチェンがラチーを連れて駆け寄ってきた。ラチーはフォークに手を振ると、目をまるくして車を眺めた。刻まれた文字を短い指でなぞり、恐ろしいことに声に出して読みはじめたので、グレッチェンが慌てて引き離した。ラチーは駐車場の反対側で遊ぶよう命じられ、しぶしぶその場を離れて排水溝の中身をつつきはじめた。

「だれがこんなことを?」グレッチェンが振り返って言った。

「わからない」フォークは答えた。

ホイットラムが気の毒そうに低く口笛を吹きながら、車の周囲をゆっくりとめぐった。

「だれかがむしゃくしゃしてやったんでしょうね。何を使ったんだろう。ナイフやねじまわしのたぐいかな」

「見当もつかない」

「ろくでなしどもめ」ホイットラムは言った。「この町ときたら。こういうところは都会よりもひどい」

「あなたは大丈夫なの?」グレッチェンがフォークの肘に触れた。

「ああ」フォークは言った。「少なくとも車よりはましだ」怒りがこみあげた。六年以上も乗った車なのに。高級車ではないが、故障は一度もなかった。どこかの田舎者のごろつきのせいで廃車になってしまうのはあまりにも悔しい。

おまえの皮を剝いでやる。

フォークはホイットラムに顔を向けた。「過去の話がからんでいるんです。友達だった少女が——」

「わかっています」ホイットラムはうなずいた。「その話なら聞きました」

グレッチェンが車の傷に指を這わせた。「アーロン、お願いだから用心して」

「大丈夫だ。腹は立つが——」

「いいえ。それどころじゃ済まないわよ」

「どうだろうな。このうえ何をする気なんだ? わたし皮を剝ぐのか？」

グレッチェンはことばに詰まった。「わからない。ハドラー一家に何があったかを忘れないで」

「それとこれとは話がちがうさ」

「どうかしら。そうは言いきれないわよ」

フォークは援護を期待してホイットラムに目をやったが、校長は肩をすくめた。

「住民は爆発寸前です。ささいなこともあっという間におおごとになってしまう。それはあなたもわかっているはずだ。用心するに越したことはないでしょう。一日にふたつもこんなことがあったんですから」

フォークはホイットラムを見つめた。

「ふたつも？」

ホイットラムはグレッチェンに目をやった。グレッチェンは落ち着きなく身じろぎした。

「申しわけない」ホイットラムは言った。「てっきりもう見ているものと」

「何を？」

ホイットラムはズボンの後ろポケットから四角く折った紙を取り出して渡した。フォークは紙を広げた。熱風が足もとの枯れ葉を吹き散らした。

「だれがこれを見た？」

ふたりとも答えなかった。フォークは顔をあげた。

「どうなんだ」

「だれもかれもが。町中にばらまかれていますから」

〈フリース〉は混んでいたが、マクマードウのスコットランド訛りはざわめきのなかでもよく通った。ホイットラムの背後にいたフォークは入口で足を止めた。

「あんたと議論するつもりはないよ」カウンターの向こうからマクマードウが言っている。「見てくれ。ここはパブだ。民主主義の議会じゃない」

マクマードウの大きな手には、まるめたビラが何枚か握られている。フォークは、それがいま自分のポケットにはいっているものと同じビラだと気づき、ビラを出してもう一度読みたくなる衝動をどうにか抑えこんだ。町の小さな図書館で五百枚ほどコピーしたのか、粗雑なビラだった。

ビラの上部には太字で〝**エリー・ディーコンよ安らかに　享年十六**〟と記されている。その下には、四十代前半のフォークの父親の写真があった。その横に、パブから出るところを隠し撮りしたらしい、フォーク自身の写真が並んでいる。横目で顔をしかめた瞬間が切りとられている。二枚の写真の下には、やや小さな字でこう記されていた。〝このふたりの男には、エリー・ディーコンを溺死させた疑いがかけられていた。情報求む。われらの町を守れ！　キエワラの安全を保て！〟

先ほど駐車場で、グレッチェンはフォークを抱き締めた。

「ほんとうにどうしようもないやつらね」と耳打ちした。「それでも、用心して」グレッチェンは、文句を言うラチーをかかえあげて立ち去った。ホイットラムは手を振ってフォークの反対を退け、パブまで同行した。

「連中はサメみたいなものです」ホイットラムはそう言った。「弱みを見せたら襲いかかってくる。こういうときはわたしと中へはいっていっしょに冷えたビールでも飲むのが最善の手です。南十字星のもとに生まれた男たちの天与の権利として」

だがいまふたりは、入口で足を止めていた。顔を真っ赤にした大男が、カウンターをはさんでマクマードウと言い争っている。かつて町でエリック・フォークに背を向けた男だと、フォークは思い出した。男はビラを指さして何かまくし立てているが、聞きとれなかった。バーテンダーは首を横に振った。

「どうこうしろと言うつもりはないが」マクマードウは言った。「何か抗議したいことがあるのなら、紙とペンを手に取って議員にでも手紙を書いたらどうだ。だが、それをする場所はここじゃない」向きを変えてごみ箱にビラをほうりこんだが、その際に入口のフォークと目が合った。バーテンダーは小さくかぶりを振った。

「行きましょう」フォークはホイットラムに言い、入口から遠ざかった。「厚意には感謝しますが、名案ではなかったようだ」

「残念ながら、そのとおりのようですね。この町の偏狭さときたら、まるで映画の《脱出》だ」ホイットラムは言った。「これからどうする気ですか」

「部屋にこもるしかないでしょう。書類仕事でもしますよ。そのうち騒ぎも収まるはずだ」

「それより、わたしの家で一杯やりませんか」

「いえ、お気持ちだけで結構です。わたしはしばらく身を潜めていたほうがいいでしょう」

「いや、そうは思えませんね。さあ、行きますよ。ただし、わたしの車で」ホイットラムは笑みを浮かべ、鍵を引っ張り出した。「あなたに会えば家内も喜びます。少しは安心できるだろうから」笑みが少し曇ったが、すぐに晴れやかな顔になった。「あなたに見せたいものもあるので」

ホイットラムは車のなかから妻にメールを送り、ふたりは無言のまま町を抜けていった。

「自宅にわたしがいるところを見られたら、困ったことになるのでは？」フォークは重い口を開いた。公園でのやりとりが記憶によみがえる。「子供を学校にかよわせている母親たちは、いい顔をしませんよ」

「知ったことではありませんね」ホイットラムは道路に視線を据えたまま言った。「母親たちも学ぶかもしれません。〝他人を裁くな、狭量な変人どもに自分が裁かれないために〟とかの教訓を。それはそうと、あなたにファンレターを送ってきたのはだれだと思います？」

「おそらくマル・ディーコンでしょう。あるいは、その甥のグラントか」

ホイットラムは眉根を寄せた。「わたしはグラントだと思いますね。しばらく前から、ディーコンはまともではないようですから。頭が、という意味で。あのふたりとは付き合いがないので、よくわかりませんが。いざこざは避けたいもので」

「そうかもしれません」フォークは暗い気分で窓の外を眺めた。車の塗装に刻みこまれた銀の文字を思い返す。「だがどちらも、自分の手を汚すのをためらうような人間じゃない」

ホイットラムはフォークに目をやり、そのことばの真意を推し量ろうとした。が、肩をすくめた。大通りからはずれ、郊外の住宅地のキエワラ版である、狭苦しい地区を進んでいく。そのあたりの家々はだだっ広い農家に比べると小さいが手入れはされているようで、緑色の芝生もあった。人工芝を使っているのがひと目でわかるな、とフォークは思った。ホイットラムはこぎれいな一軒家の舗装された中庭に車を停めた。

「いい家ですね」フォークは言った。ホイットラムは顔をしかめた。

「田舎の郊外ですよ。両方の悪いところばかり備えていて。近所の半分は空き家で、悩みの種です。治安が悪くなりますからね。子供たちがしょっちゅうたむろしています。とはいえ、農業をしている人たちは自分の農地に住んでいるし、町にはそれ以外の人たちが楽しめるものなどたいしてありませんからね」肩をすくめる。「しょせん借家ですが。どうなることやら」

ホイットラムは磨かれた立派なキッチンへフォークを案内した。複雑な機械で妻がコーヒーを淹れているところで、豊かな香りが漂っている。サンドラ・ホイットラムは色白の痩せた女で、いつも驚いているように見える大きな緑色の目の持ち主だった。ホイットラムに紹介され、サンドラはどことなく不信感を漂わせながらフォークと握手したが、すわり心地がよさそうなキッチンの椅子をすすめてくれた。

「ビールでも？」ホイットラムが冷蔵庫の扉をあけながら声をかけた。

磁器のカップを三つカウンターに並べていたサンドラが手を止めた。

「さっきまでパブにいたんでしょう？」穏やかな口調だったが、夫を見ようとはしなかった。

「ああ、実を言うと、いろいろあってパブには行かなかったんだ」ホイットラムはフォークにウィンクした。

サンドラは口を引き結んだ。

「コーヒーでかまいません。ありがとう、サンドラ」フォークは言った。「いい香りだ」

サンドラはこわばった笑みを浮かべ、ホイットラムは肩をすくめて冷蔵庫の扉を閉じた。妻は三つのカップにコーヒーを注ぐと、無言でキッチンのなかを歩きまわって、チーズとクラッカーの取り合わせを皿に並べはじめた。フォークはコーヒーを飲み、肘のそばに立ててあった額入りの家族写真を一瞥した。砂色の髪をした幼い女の子が、夫婦とともに写っている。

「娘さんですか」会話のきっかけにするつもりで言った。

「ダニエルです」ホイットラムは写真立てを手に取った。「そのへんにいるはずなんだが」妻に目をやる。

サンドラはシンクの前にいたが、娘の名前を聞いて手を止めた。

「様子はどうだ？」

「奥の部屋でテレビを観ているわ」

サンドラは黙って肩をすくめ、ホイットラムはフォークに顔を向けた。

「正直に言って、ダニエルはひどく混乱しています。ビリー・ハドラーと友達だったとお話ししましたよね。でも、何が起こったのかをよく理解できていないんです」

「それでいいのよ」サンドラが言い、怒りをこめて布巾を四角くたたんだ。「あんな恐ろしいことは、一生理解しなくてもかまわない。思い出すたびに気分が悪くなる。自分の妻子をあんな目に遭わせるなんて。地獄でも生ぬるいわよ」

サンドラはカウンターへ行ってチーズを薄く切ろうとしたが、ナイフを持つ手に力を入れすぎ、下のまな板に刃が当たって鋭い音を立てた。

ホイットラムは軽く咳払いをした。「アーロンは昔この町に住んでいたんだ。若いころはルーク・ハドラーと友人だった」

「そう。そのころはルークも人がちがったのね」サンドラはたじろがなかった。フォークに顔を向け、眉を吊りあげる。「キエワラ育ちなの？　ここの時間は長く感じたことでしょうね」

「楽しいこともそれなりにありました。あなたは楽しめていないんですか？」

サンドラはかすれた笑い声をあげた。「期待していたような人生の再出発はできていないわね」早口で言う。「ダニエルも。わたしたちも」

「わかります。まあ、わたしもこの土地を擁護したくはないんですが」フォークは言った。「ただ、ハドラー一家に起こったことは、一生に一度あるかないかの事件ですから」

「そうかもしれない」サンドラは言った。「でも、わたしが理解できないのは、住民の態度なの。ルーク・ハドラーにほとんど同情している人もいるらしいから。いろいろと苦労があったにちがいないとか言って。肩をつかんで揺さぶってやりたいわ。どこまで愚かなのと言ってやりたい。ルークの苦労なんて知らない。そんなことはどうでもいい。ビリーとカレンがどんな最期を迎えたか、想像できないのかしら。それなのにこの――なんて言うのか――田舎独特の憐れみがルークに向けられている。だいたい――」マニキュアを塗った指をフォークに向けた。「ルークが自分の命を絶ったからどうだと言うの。妻と子を殺すなんて最悪の家庭内暴力よ。それ以外の何物でもない」

汚れひとつないカウンターの上でコーヒーメーカーが蒸気を吐き出す音だけが、長いあいだキッチンに響いていた。

「いいんだよ。そんなふうに思っているのはきみだけじゃない」ホイットラムが言った。カウンター越しに手を伸ばし、妻の手に自分の手を重ねる。サンドラは目をしばたたき、目のまわりにマスカラがにじんだ。手を少しそのままにしてから引き抜き、ティッシュペーパーを取った。

ホイットラムはフォークに顔を向けた。「家族の全員がつらい思いをしています。わたしは生徒を失って。ダニエルは幼なじみを失って。サンドラは見てのとおり、カレンのために心を痛めています」

サンドラが喉の奥で小さな音を立てた。

「ビリーは亡くなった日の午後にここへ遊びにくる予定だったそうですね」フォークは学校での会話を思い出して言った。

「ええ」サンドラは鼻をかみ、自分のカップにコーヒーをつぎ足したが、そのあいだに目に見えて落ち着きを取り戻した。「何度も招いたことがあるの。逆にダニエルが向こうの家へ遊びにいくこともあった。ふたりは大の仲よしで、見ていて微笑ましかった。ダニエルはビリーに会えなくてほんとうに寂しがっている。もう会えないことを理解できないの」

「つまり、会うのが決まり事になっていたと？」フォークは尋ねた。

「決まり事ではなかったけれど、よく会っていたのは確かね」サンドラは言った。「あの週はカレンとなんの約束もしていなかったけれど、この前の誕生日に買ってあげた子供用のバドミントンセットをダニエルが引っ張り出してきたのよ。ダニエルもビリーも下手なりにそれで遊ぶのが大好きだった。ここしばらくは飽きて使っていなかったのに、またすっかり夢中になって――子供らしいわよね――なるべく早くビリーに来てもらって、遊びたがっていたの」

「いつカレンに声をかけたんですか？」

「前日だったわよね？」サンドラは夫を見たが、ホイットラムは肩をすくめた。「そう、前日だったはず。ほら、庭にバドミントンのネットを張るようダニエルがあなたにせがんでいたでしょう？　とにかく、わたしは前日の夜にカレンに電話をかけて、あすビリーを家に呼んでもかまわないかと訊いた。カレンは〝いいわよ〟と答えて終わり」

「カレンの様子はどうでしたか？」

サンドラは試験を受けているかのように眉根を寄せた。「元気そうだったと思う。はっきりとは覚えていないの。ただ、ちょっと……上の空だったかもしれない。でも、少ししか話さなかったから。それに、もう遅めの時間だったからおしゃべりもしなかった。わたしが誘って、カレンが応じて、それでおしまい」

「ところが？」

「ところが、翌日にカレンから電話がかかってきた。昼さがりに」

「サンドラ・ホイットラムです」

「サンドラ、こんにちは。カレンよ」

「あら、こんにちは。調子はどう？」

短い沈黙が流れたあと、笑い声だろうか、回線の向こうから小さな音が聞こえた。

「そう、そのことなの。実はね、サンドラ、ほんとうに申しわけないけれど、きょうの午後、ビリーはうかがえなくなってしまって」

「あら、残念だわ」サンドラはうめきたくなるのをこらえた。これで自分かスコットのどちらか、あるいはふたりともが、夕方にバドミントンの相手を何試合かしてやらなければならなくなる。土壇場で代役を頼めそうな子供のリストを頭のなかで作った。「何かあったの？」一拍遅れて尋ねた。

「いいえ。ただ――」回線が沈黙し、サンドラは電話が切れたのかと思った。「ここのところ、ビリーの具合が少し悪くて。きょうはまっすぐ家に帰ったほうがよさそうなの。ごめんなさい。ダニエルがあまりがっかりしなければいいんだけれど」

サンドラは罪悪感を覚えた。

「大丈夫だから、気にしないで。体調が悪いのなら仕方がないわ。ダニエルが何をするつもりか考えたら、休むのが賢明よ。日を改めましょう」

ふたたび沈黙が流れた。サンドラは壁の時計を一瞥した。その下のコルクボードで、やることのリストがはためいている。

「ええ」カレンがようやく言った。「そうね。またいつか」

サンドラが別れのことばを言いかけたとき、カレンのため息が回線の向こうから聞こえてきた。サンドラは迷った。学齢期の子供がいながら日々ため息をつかない母親がいるとしたら、それは子守のいる母親だ。それでも、好奇心がまさった。

「カレン、大丈夫なの？」

また沈黙が流れた。

「ええ」長い間。「あなたは大丈夫？」

サンドラ・ホイットラムは目をぐるりとまわし、時計をもう一度見た。いまから町に向かえば、学校へ迎えにいく前にクリーニング屋に寄れるし、電話をかけてビリーの代役を捜すのも間に合う。

「大丈夫よ、カレン。ビリーが来られないのを知らせてくれてありがとう。早く元気になるといいわね。じゃあ、また」

「毎日その電話を思い出しては悔やんでいるわ」サンドラはチック症のようにまたコーヒーをカップにつぎながら言った。「あんなふうに急いで話を切りあげてしまって。カレンはだれかに話したかったのかもしれないのに、わたしは……」涙で声を詰まらせる。

「きみは悪くない。何が起こるかなんて、だれにもわからなかったんだから」ホイットラムが立ちあがって妻の肩を抱いた。サンドラは体を少し硬くして、恥ずかしそうにフォークに目をやり、ティッシュペーパーで目を拭った。

「ごめんなさい。カレンはほんとうにいい人だったから。この町に我慢できるのも、カレンのような人のおかげだった。みんなに愛されていた。母親たちのみんなから。たぶん父親たちの一部からも」サンドラは控えめな笑い声をあげかけて、慌てて止めた。「いえ、ちがうのよ。誤解しないで――カレンはそんな人じゃなくて……人気者だったと言いたかっただけ」

フォークはうなずいた。「大丈夫、わかっています。カレンはとても好かれていたようだ」

「ええ。そのとおりよ」

沈黙が流れた。フォークはコーヒーを飲み干して立ちあがった。「そろそろおいとましないと。お邪魔しました」

ホイットラムもコーヒーの最後のひと口を飲んだ。

「待ってください。送っていきますが、その前に見せたいものがあるんです。きっと気に入りますよ。さあ、こちらへ」

フォークはまだ涙ぐんでいるサンドラに別れの挨拶をすると、ホイットラムにしたがってこぢんまりとした書斎へ行った。廊下の先からアニメのくぐもった音声が聞こえてくる。書斎は家のほかの場所に比べるとずっと男性的な雰囲気があり、家具は傷んでいたが使いこまれていた。壁には床から天井まである書棚が並び、スポーツ関連の書籍が詰めこまれている。

「図書館の半分くらいはありそうだ」フォークは言い、本の背表紙に目を走らせた。クリケットや繫駕《けいが》競走、さらには伝記や年鑑と、蔵書は多岐にわたっている。

「スポーツが好きなんですね」

ホイットラムはこうべを垂れ、恥じ入るふりをした。

「大学院で近代史を専攻していたんですが、正直なところ、スポーツ史に夢中でしてね。競馬、ボクシング、八百長の起源などを研究していました。娯楽全般と言ってもいいかもしれないな。でも、定番の埃まみれで色あせた文書にも精通しているつもりですよ」

フォークは微笑した。「実を言うと、埃まみれの文書をいじくるタイプだとは思っていませんでした」

「よく誤解されますが、文書をあさって貴重な資料を見つけるのは得意なんです。それで――」机の抽斗から大きな封筒を出し、フォークに渡した。「あなたがこれに興味を持つのではないかと思いまして」

フォークは封筒をあけ、スポーツチームの白黒写真を取り出した。一九四八年のキエワラの最優秀クリケット選手に選ばれた十一名が、正装の白いユニホーム姿でカメラの前に並んでいる。顔は小さくてぼやけているが、一列目の中央に、確かに見覚えのある人物がすわっていた。祖父だ。興奮を覚えながら、下にきれいにタイプ打ちされた選手名を読んだ。〝主将――J・フォーク〟

「すごい。どこでこれを？」

「図書館です。わたしの磨き抜かれた文書あさりの技のおかげですよ」ホイットラムは得意げな笑みを浮かべた。「キエワラのスポーツ史をちょっと調べていたんです。興味があったからですが、たまたまそれを見つけたんですよ。あなたなら気に入ると思って」

「気に入りましたとも。ありがとう」

「差しあげます。コピーですから。お望みなら、オリジナルの収蔵先も近いうちに教えましょう。当時の写真はまだあるはずです。おじいさんも写っているかもしれません」

「ありがとう、スコット。ほんとうに。すばらしいものを見つけてくれて」

ホイットラムは机に寄りかかった。ズボンの後ろポケットから皺だらけになった中傷ビラを引っ張り出してまるめる。ごみ箱に向かってほうると、ビラはうまくそこへ落ちた。

「サンドラが失礼しました」ホイットラムは言った。「ここの生活になかなかなじめなくて。田舎でのんびりするつもりだったんですが、思っていたほどうまくいっていなかったんです。そこへこのハドラー家の恐ろしい事件が起こったものだから、よけいにこじれてしまった。そういうものから逃れたくて引っ越してきたつもりなんですが。一難去ってまた一難という感じです」

「ハドラー家に起こったような事件はめったにありません」

「わかっていますが——」ホイットラムは戸口を一瞥した。外の廊下にはだれもいない。声を潜めてつづけた。「妻はどんな形の暴力にも過敏に反応するんです。ここだけの話にしてもらいたいのですが、わたしはメルボルンで強盗に襲われたことがあって、結果は——そう、ひどいものでした」

ホイットラムはもう一度戸口を見たが、いったん話しだしたからには何もかも打ち明けて心を軽くしたい様子だった。「フットスクレイで友人の四十歳の誕生日パーティーに出たあと、駅まで近道しようと思って、路地を抜けたんです。みんなそうしていますから。でもこのときは、四人組の強盗に鉢合わせしてしまった。まだ子供でしたが、ナイフを持っていました。四人は行く手に立ちはだかり、わたしともうひとりの男性は——知り合いではなく、たまたま同じように近道した人です——進退窮まりました。強盗は慣れた様子で財布と携帯電話を要求しましたが、そこで何がきっかけになったのか、険悪な雰囲気になったんです。

強盗は逆上して襲いかかってきました。わたしは殴る蹴るの暴行を受け、肋骨を折られました。しかし、もうひとりの男性は腹をナイフで刺され、舗道に血が噴き出していた」

ホイットラムは唾を呑みこんだ。

「携帯電話を奪われていたので、男性を置き去りにして助けを呼びにいくしかなかった。戻ったときには救急車が到着していたんですが、もう手遅れでした。男性は亡くなったと救急隊員から聞きました」

ホイットラムは視線を落としてペーパークリップを長いあいだいじくっていた。やがて記憶を振り払うかのようにかぶりを振った。

「前にそんなことがあったのに、いまもこんなことがあったわけです。サンドラが不満を募らせるのも仕方がありません」弱々しい笑みを浮かべる。「でもそれは、町の住民の全員に当てはまることなんでしょうね」

フォークは当てはまらない住民を思い浮かべようとした。思い浮かばなかった。

22

パブの部屋に戻ったフォークは、窓際に立って、人けの絶えた大通りを見おろした。ホイットラムがパブまで送ってくれ、通行人の視線も気にせずに親しげに手まで振ってくれた。フォークはホイットラムを見送ってから駐車場へ行き、車の傷が記憶にあるほどひどいかを確かめようとした。もっとひどかった。塗装に刻まれた傷が薄れゆく光を反射し、そのうえだれかがフロントワイパーの下に中傷ビラを何枚か突っこんでいた。

だれにも気づかれずにパブの階段をのぼり、夜の残りはベッドに寝転がってハドラー家の書類を最後まで読んだ。目がうずいた。もう遅い時間だったが、サンドラ・ホイットラムにこれでもかとばかりに飲まされたコーヒーのせいで、神経が昂っていた。窓の外で、ヘッドライトをつけた一台の車が通り過ぎ、小さな猫ほどの大きさのポッサムが子供を背負って電線を渡っていった。通りはふたたび静けさに包まれた。田舎の静けさだった。

ホイットラムのような都会生まれの人間はこういうところに驚くのだろう、と思った。静けさに。素朴な田舎暮らしを求める気持ちは理解できる。そういう人はたくさんいる。交通渋滞や庭のない狭苦しいアパートメントと比べたら、田舎暮らしは誘蛾灯さながらに魅力的だ。移住者はみな、きれいな空気を吸って近所付き合いをするという夢を持つ。子供たちに家で育てた野菜を食べさせ、実直な仕事のありがたみを学ばせるという夢も。

引っ越しが済み、荷物をおろしたトラックが走り去ると、移住者はまわりを見渡して、土地が果てしなく広がっていることに決まって驚愕する。空間にまず衝撃を受ける。それはあまりにも広い。見まわしても地平線まで人影がないというのは慣れない光景であり、不安を誘う。

やがて移住者は野菜が都会のプランターほど育たないのを知る。緑の芽はなだめすかして誘い出さないかぎり固い土から出てこようとしないし、隣人は同じ作業を事業規模でおこなうのに忙しくて、挨拶をしてもほがらかに応じる余裕はない。毎日のように通勤で渋滞に巻きこまれることはないが、車で行くところもたいしてない。

ホイットラム夫妻を批判する気にはなれない。年端もいかないころからそういう例を何度も見てきた。移住者は土地の不毛さ、広さ、あまりの固さを見てとり、じきにまったく同じ表情を顔に浮かべるようになる。こんなところだとは思っていなかった、と。

窓に背を向け、ここの厳しい生活が学校の子供たちの絵にも表れていたことを思い出した。悲しげな顔や茶色い風景。ビリー・ハドラーの絵はもっと楽しそうだった。農場の母屋のところどころにあったそれは、色鮮やかで絵の具が固まっていた。窓に笑顔の人たちが並ぶ飛行機。それの車版もたくさんあった。少なくとも、ビリーはほかの子供たちのように悲しんではいなかった。その考えのばかばかしさに、声をあげて笑いそうになった。ビリーは死んだのに、少なくとも悲しんではいなかっただって？　ビリーが最後に味わったのは恐怖だろうに。

もう何度目かはわからないが、ルークがわが子を追い詰めるところを想像しようとした。その場面を思い描くことはできても、ぼやけていてうまく焦点を結ばない。最後にルークと会ったときを思い返した。五年前の、なんの変哲もない陰気な日に、メルボルンで会った。まだ雨が恵みではなく迷惑だったときだ。そのころには認めざるをえなくなっていた。いろいろな意味で、自分がルークという男をろくに知らなかったことを。

フォークは、フェデレーション・スクエアのバーの奥にいたルークをすぐに見つけた。仕事に追われ、疲れた身で職場から直行したフォークは、よくいる灰色のスーツ姿の男のひとりにすぎなかった。ルークは長たらしい農家の集会から解放されたばかりなのに、明らかに元気があまっていた。ビールを片手に柱に寄りかかり、愉快そうな笑みを浮かべて、イギリス人のバックパッカーや黒ずくめの退屈そうな若者たちが目立つ夕方の人ごみを眺めている。

ルークはビールを掲げてフォークを迎え、肩を叩いた。

「あんな髪型をしてる男に羊の毛刈りを任せたくはないな」声を落とさずに言った。金がかかっていそうなモヒカン刈りをひけらかしている痩せた若者をビールで示す。フォークも微笑したが、なぜルークは会うと決まって田舎者らしい批評をしたがるのだろうと思った。キエワラで数十万ドル規模の多角化農業を経営しているのに、童話にある都会へやってきた田舎の鼠の役割を必ず演じたがる。

ただそれは、会うたびに広がっているように思えるふたりの距離を取り繕うには便利だった。フォークは飲み物を注文し、バーブやゲリーやグレッチェンの近況を尋ねた。みな元気らしかった。耳寄りな話はなかった。

昨年に父親を亡くしてからどうしているかとルークに訊かれた。大丈夫だ、とフォークは答えた。友人が覚えていて尋ねてくれたことに驚きつつ、ありがたく思った。付き合ってた女とはどうなった？　この問いにも驚かされた。うまくいっているよ、ありがとう。うちでいっしょに暮らすことになった。ルークは笑みを浮かべた。「そいつは気をつけないとな。女が自分のクッションをソファーに置くようになったら、もう追い出せないぞ」ふたりは笑い声をあげ、堅苦しい雰囲気がほぐれた。

ルークの息子のビリーは一歳になり、どんどん大きくなっていた。ルークが携帯電話で写真を見せてくれた。何枚も。フォークは子供がいない大人の礼儀として、辛抱強く画面をスクロールした。ルークは集会に出ていた同業者の小話も楽しそうに話したが、フォークの知らない人物だった。フォークが自分の仕事を話し、デスクワークは脇に置いて華々しい部分だけを大げさに語ると、ルークはお返しとばかりに興味を引かれたふりをした。

「やるじゃないか」ルークはそう言うのがつねだった。「盗人どもをぶちこんでやったんだな」だがその台詞には、スーツ姿の男を追うのは警察の本業ではないという響きがかすかに含まれていた。

ただ、このときのルークは、いつもよりも興味を引かれていた。登場したのがスーツ姿の男だけではなかったからだ。フットボール選手の妻が死体となって発見され、ベッドのそばには現金数千ドルを詰めたスーツケースがふたつあった。フォークは紙幣を追跡するために呼び出された。奇妙な事件だった。妻は浴槽で発見された。溺死だった。

失言に気づいたときには、そのことばはもう口から漏れてふたりのあいだの空間に漂っていた。フォークは咳払いをした。

「最近、キエワラで何か厄介なことは？」どういうたぐいの厄介なことかは言うまでもなかった。ルークはそっけなくかぶりを振った。

「ない。もう何年も。この前も言ったとおりだ」

反射的に礼のことばを口にしかけたが、なぜか言う気になれなかった。もう言いたくなかった。口をつぐみ、遠い目をしている友人を見つめた。

どうして問い詰めたくなったのかはわからないが、

このときは苛立ちを覚えていた。働きすぎで怒りっぽくなっていただけなのかもしれない。空腹で疲労し、早く家に帰りたかったのかもしれない。あるいは、この男に負い目を感じつづけるのにうんざりしたのかもしれない。どちらにしても、強いカードを握っているのはルークだった。

「あの日、ほんとうはどこにいたかを教える気はないのか？」フォークは言った。

その問いにルークは物憂げに視線を戻した。

「おいおい、言っただろう。千回も。おれは兎を撃ってた」

「そうか。もういい」フォークは嘆息したくなるのをこらえた。数年前にはじめて問いただしたときから、いつもその答だった。そこにはまったく真実みがなかった。ルークがひとりで兎狩りに行くことはまずない。加えて、はるか昔に自分の部屋の窓に映ったルークの顔はいまでも覚えている。あの夜の記憶が恐怖と安堵でゆがんでいるのは確かだが、その作り話はいかにも唐突に思えて仕方がなかった。そのルークがいま、食い入るように見つめていた。

「おまえこそどこにいたんだと訊くべきなのかもな」ルークはわざと軽い口調で言った。「またそういう方向に話を持っていくのなら」

フォークはルークを見つめ返した。「どこにいたかは知っているはずだ。魚を釣っていたんだよ」

「川で、だよな」

「上流だ」

「でもひとりきりだった」

フォークは答えなかった。

「つまり、おまえのことばを信じるしかない」ルークはフォークから目をそらさずにビールをひと口飲んだ。

「幸い、おれにとっておまえのことばは純金並みに重い。それでも、いっしょに兎狩りをしてたという話を貫き通すほうが無難だろう？」

ふたりは見つめ合い、バーの騒音がまわりで大きくなったかと思うと、小さくなった。フォークはどう答えるべきかを考えた。が、ビールを飲んで口を閉じた。

結局ふたりは、電車の出発時刻が迫っていることとあしたも早いことを口実にした。最後となる握手を交わしたフォークは、なぜ自分たちはいまでも友達でいるのだろうと改めて思い、真剣にその理由を記憶のなかに探していた。

フォークはベッドにはいって明かりを消した。長いあいだそのまま横たわっていた。夕方のうちにふたたび現れたアシダカグモが、黒い影と化してバスルームのドアの上にうずくまっている。外は静まり返っている。眠らなければと思ったが、少し前とずっと前の会話の断片が心をざわつかせていた。カフェインの残りが体内を駆けめぐっていたこともあり、目が冴えていた。

寝返りを打ち、ベッドサイドランプをつけた。椅子に置いた帽子の下に、バーブから預かった図書館の本があった。あした返却ボックスに入れるつもりでいた。一冊目を手に取った。環境にやさしい多肉植物を庭で育てるための手引きだった。題名を読んだだけであくびが出た。目的にはかなっていたが、読む気にはなれなかった。もう一冊は犯罪小説の古びたペーパーバックだった。女、闇に潜む謎の人物、連続殺人。ありふれたミステリだ。好みではなかったが、良質のミステリが好きでなければ、この仕事には就いていない。枕に寄りかかり、読みはじめた。

筋はわかりきった平凡なもので、三十ページも読むとまぶたが重くなってきた。章末まで読んだら本を置こうと決め、ページをめくったとき、薄い紙がひらめきながら顔の上に落ちてきた。

紙を拾いあげ、目を細くして見た。図書館の貸出レシートで、この小説が二月十九日の月曜日にカレン・

ハドラーに貸し出されたことが記してあった。カレンが死亡した日の三日前だ。しおり代わりに使っていたのだろう。この月並みなミステリがカレンの生涯で最後に読んだ本になったかと思うと、暗い気分になった。レシートをまるめようとして、裏に書きこみがあるのに気づいた。

　好奇心に駆られ、レシートを広げて裏返した。買い物のメモだろうかと思った。が、心臓が早鐘を打ちはじめた。皺をもっとていねいに伸ばし、ベッドサイドランプの下に持ってきて、カレンのまるっこい筆記体に光が当たるようにした。

　図書館でこの本を借りてから、玄関で撃ち殺されるまでの四日間のどこかの時点で、カレン・ハドラーはレシートの裏側に二行の走り書きをしていた。一行目は一語だけで、急いで書いたらしく、わずかに乱れていた。下線が三本も引かれている。

〝Grant《グラント》??〟

　神経を集中しようとしたが、視線はその下に記された十桁の電話番号に吸い寄せられた。目が潤み、数字がぼやけて視界を占めるまで見つめつづけた。こめかみが耳を聾《ろう》するほど激しく脈打っている。目を強くしばたたいても、数字の並びは変わらないままだった。

　だれの電話番号なのかと考えて、一瞬たりとも時間を無駄にすることはなかった。考えるまでもなかった。よく知っている番号だったからだ。それは自分の番号だった。

23

翌朝、ある婦人の家でシンクの下に潜りこんでいたグラント・ダウを捜し当てた。スパナを片手に、肥えた尻を突き出していた。

「この人、水漏れを直しに戻ってきてくれるの？」ダウが足を引きずって立ちあがるのを見た婦人が言った。

「おれなら当てにしないな」レイコーが言った。

人目を引くパトロールカーにダウが連れていかれるのを、婦人の子供たちが目をまるくして見守った。数時間前にフォークがレシートを見せたとき、レイコーの顔に浮かんだのとまったく同じ表情だった。あのとき、レイコーは体内にアドレナリンが満ちている様子で、足音も荒く署内を歩きまわった。

「あんたの番号なのか？」何度もそう言った。「なぜカレン・ハドラーはあんたと話そうとしたんだ？　グラントの件で？」

フォークもほぼ夜通しまったく同じことを自問しつづけたが、かぶりを振ることしかできなかった。

「わからない。話そうとしたとしても、カレンがメッセージを残さなかったのはまちがいない。不在着信の履歴を調べてみた。カレンの自宅の番号も、職場の番号も、携帯電話の番号も見当たらなかった。わたしがカレンと話したことがないのは確かだ。最近にかぎってのことじゃない。いままで一度も話したことがない」

「だが、カレンはあんたのことを知っていたはずだ。ルークが話題に出しただろうし、しばらく前にはバーブ・ハドラーとゲリー・ハドラーがテレビであんたを見ている。しかし、なぜあんたなんだ？」

レイコーはオフィスの電話を手に取り、十桁の番号を押した。フォークを見つめながら、受話器を耳に押し当てる。フォークの手のなかで携帯電話がけたたましく鳴った。応答メッセージは聞こえなかったが、なんと言っているかはわかっていた。昨夜、信じられずに部屋の電話からその番号にかけ、自分の声が答えるのを何度も聞いていたからだ。

〝こちらはアーロン・フォーク連邦警察官です。メッセージをお願いします〟という簡潔な録音音声を。

レイコーは受話器を置き、フォークを見つめた。

「よく考えてくれ」

「もう考えた」

「もっとよく考えてくれ。グラント・ダウとルークの仲がよくなかったのはわかっている。しかし、もしカレンがダウに悩まされていたのなら、なぜこの署に通報しない？」

「通報がなかったのは確かなのか？」

「一家が亡くなる前の週、ハドラー家が所有するいかなる電話からも警察や救急に通報はなかった」レイコーは暗唱した。「遺体が発見された日のうちに通話記録を取り寄せた」

レイコーは小説を手に取ってページをめくり、表紙を眺めた。ふたたびページをめくる。ほかにはさまっているものはない。

「どんな内容なんだ？」

「アメリカの大学で起こった連続学生殺人事件を女の刑事が捜査する話だ」昨夜はほとんど眠らなかったので、最後まで流し読みする時間があった。「不満を持っている町の住民が金持ちの子供を狙ったのではないかと、その刑事は推理していた」

「つまらなそうだな。犯人はその住民だったのか？」

「いや。そう見せかけただけだ。学生クラブの女子大生の母親が犯人だった」

「母親が――？　やれやれ」レイコーは鼻梁をつまんだ。大きな音を立てて本を閉じる。「それで、どう思う？　このくだらない本が何かの手がかりになっているのか？」

「わからない。どのみち、カレンは最後まで読んでいないと思う。それに、図書館が開館するのを待って確認してきた。カレンはこの手の本をたくさん借りていたらしい」

レイコーは腰をおろし、しばらく無表情でレシートを見つめていたが、ふたたび立ちあがった。

「カレンから電話がなかったのは確かなんだな？」

「一〇〇パーセント確かだ」

「わかった。それなら行こう」机の上にあった車の鍵をつかむ。「あんたも答えられないし、カレンも答えられないし、ルークも答えられない。こうなったら、死んだ女の寝室に残されていた紙に名前が書いてあった理由を説明できそうな唯一の人物を連れてくるしかない。つまり本人を」


ふたりはわざと一時間以上もダウを取調室で待たせた。

「クライドに連絡した」冷静さを取り戻したレイコーが言った。「ハドラー家の書類を調べるために、メルボルンから暇人の財務捜査官が来て、あの家で見つかった文書について質問したがっているんだが、ここまで来てお守りをする気はあるかと尋ねてみた。当然、ことわられたよ。これで遠慮なく捜査を進められる」

「そうか。うまくやったな」フォークは驚いた。この段階でクライドに連絡しようとは思ってもいなかった。

「それで、判明している事実は？」

「農場のどこからもダウの指紋は検出されていない」

「なんの意味もないな。手袋はそのためにあるんだから。殺人があったときのアリバイは？」

レイコーは首を横に振った。

「確かだとも不確かだとも言える。友人ふたりといっしょに、荒野のまっただなかで排水溝を掘っていたそうだ。友人に裏を取ってみるが、どうせダウもその場にいたと断言するだろう」

「わかった。ダウの言いぶんを聞いてみよう」

ダウは椅子にふんぞり返り、腕を組んで正面を見据えていた。ふたりが取調室に歩み入っても、ほとんど視線を動かさなかった。

「やっとかよ。こっちだって生活があるってのに」

「弁護士を呼ぶか、グラント」レイコーが椅子を引きながら言った。「呼んでもかまわないぞ」

ダウは眉根を寄せた。顧問弁護士がいたとしても、サリヴァンが雇っていそうな弁護士と同類だろう、とフォークは思った。土地や家畜のために年の五十週を費やしているような弁護士だ。ダウは首を横に振った。

「隠すことは何もねえ。さっさとはじめろよ」

緊張よりも怒りのほうが目につき、フォークは興味を持った。テーブルにフォルダを置き、間をとった。

「カレン・ハドラーとの関係を説明してもらおうか」

「マスをかくときのおかずにする関係さ」

「ほかには？　カレンが殺害されたことを忘れるな」

ダウはまったく動じず、肩をすくめた。「ないね」

「だがカレンに魅力を感じていたわけだ」

「あの女を見たことがねえのか？　もちろん死ぬ前の話だ」

フォークとレイコーが無言でいると、ダウは目をぐるりとまわした。

「まあまあの女だったと思うぜ。少なくとも、このへんではな」

「カレンと最後に話したのはいつだ？」

ダウは肩をすくめた。

「覚えてねえ」

「カレンが死ぬ前の月曜日はどうだ？　二月十九日だ。あるいは、その後の二日間は？」

「ほんとうに覚えてねえんだよ」ダウは身じろぎし、巨体を乗せている椅子がきしんだ。「おい、おれはなんでここにいなきゃならねえんだ。法的な義務でもあるのか？　やることがたくさんあるんだよ」

「それなら本題にはいろう」フォークは鋭く言った。「事件があった週、カレン・ハドラーがなぜおまえの名前のグラントをレシートに書き留めたのか、説明してもらおうか」レシートのコピーをテーブルの上に滑らせる。

蛍光灯の低い音だけが室内に響くなか、ダウはレシートを長いあいだ見つめていた。そしていきなり手のひらをテーブルに叩きつけた。

ふたりは驚いた。

「おれに罪を着せようとしたってそうはいかねえぞ」テーブルの天板に唾が撒き散らされる。

「なんの罪をだ、グラント」レイコーの口調はあくまでも冷静だった。

「あのいまいましい一家の事件だ。ルークが自分の女房とガキを撃ち殺したんなら、それはあいつの問題だ」ダウはふたりに太い指を突きつけた。「だがおれにはなんの関係もねえ。わかったか？」

「事件があった日の午後、おまえはどこにいた？」フォークは尋ねた。

ダウはフォークから目をそらさずにかぶりを振った。シャツの襟から汗のにおいが漂う。「ふざけやがって。エリーをあんな目に遭わせたくせに。おれや叔父貴まで罠にはめる気かよ。こんなのは魔女狩りだ」

フォークが答える前に、レイコーが咳払いをした。

「もういい、グラント」落ち着いた口調で言った。「おれたちは答を得たいだけだ。だからなるべく簡潔に言おう。あんたはここに名前をあげたふたりの仕事仲間といっしょに、イーストウェイ沿いに排水溝を掘っていたと、クライドの警官に話しているな。まちがいないか？」

「ああ。そこにいた。一日中だ」

「このふたりがそれを裏づけてくれるんだな？」

「当たり前だ。事実なんだから」ダウはふたりの目を見つめながら言った。沈黙がつづき、一匹の蝿が頭上をうるさく旋回した。

「ところでグラント、叔父が死んだらあの農場はどうするつもりだ？」フォークは言った。

話題が変わったので、ダウは困惑した様子だった。

「なんだって？」

「おまえが相続することで話はついていると聞いたが」

「だからなんだ？　当然の権利だろうに」ダウは切り返した。

「老いて弱った叔父の自宅に住みこんでいるだけなのに？　さぞかしたいへんなんだろうな」正直なところ、ダウが相続してはいけない理由をフォークは思いつかなかったが、そのことばは痛いところを突いたらしかった。

「おまえが思っているよりはな」ダウは何か言いかけて思い直した。いったん口を閉じてからまた言った。「だいたい、何が悪いんだ？　おれは叔父貴の家族なんだぜ」

「エリーが死んでからは唯一の家族だな」フォークはたたみかけ、ダウは怒って息を吸った。「買い手が現れたら土地は売る気なのか？」

「売るに決まってる。農業なんてごめんだね。おれはばかじゃねえ。ここの土地を喜んで買いたがってる中国人どもがいるんだからなおさらだ。おれの土地みたいなつまらねえところまで買いたがってる」

「ハドラー家の土地も似たようなものだな」

ダウは口ごもった。「まあな」

「赤ん坊のシャーロットは肥料袋を運ぶのがおまえよりも苦手だろう。いずれあの土地も売りに出されるそうだ。隣接したふたつの土地が売りに出されることになる」フォークは肩をすくめた。「外国の投資家にとっては、そのほうがずっと魅力的だ。これだけでも興味深い。だが、一方の土地の所有者が射殺体で発見されたとなるとなおさら興味深い」

　はじめてダウは返事に詰まり、フォークは向こうも同じ結論に至ったのを悟った。

「カレンの件に戻ろう」フォークはこの優位を逃さず、話題を変えた。「カレンに言い寄ったことは？」

「なんだって？」

「恋愛関係や性的関係を求めたことは？」

　ダウは鼻を鳴らした。「ばか言え。あの女はお高くとまってた。口説くなんて無駄なことはしねえよ」

「拒絶されると思っていたわけだ。それは腹が立つだろうな」

「女には困ってねえ。よけいな心配はするな。おまえこそ、グレッチェンに会ってから盛りがついちまってるんだから、自分の心配でもしてろよ」

　フォークはそのことばを無視した。「カレンに自尊心を傷つけられたのか？　言い争ったのか？　揉めたのか？」

「はあ？　まさか」ダウは視線を泳がせた。

「だがあんたはカレンの夫と喧嘩をしていた。聞いた話だと、しょっちゅうだ」レイコーが言った。

「だからなんだ？　きっかけになったのはどうでもいいことばかりだ。ルークがいやな野郎だっただけさ。あいつの女房とはなんの関係もない」

　間があった。フォークは静かな口調で話をつづけた。

「グラント、当日のおまえの行動は確認するし、おまえの話は仲間が裏づけてくれるかもしれない。だがな、アリバイはおまえが仕事で使っている石膏《せっこう》板と似たようなものだ。はじめは持ちこたえても、圧力をかければ簡単に崩れるぞ」

　ダウは少しのあいだ、下を向いていた。顔をあげたとき、その態度は一変していた。笑みを浮かべている。狡猾《こうかつ》な、満面の笑みを。

「おまえのアリバイみたいにか？　どうしておれの従

みせる」

ダウは薄ら笑いを浮かべた。

「やってみろよ」

妹は死ぬ前におまえの名前を書き残したんだろうな」

張り詰めた沈黙が流れ、三組の目がテーブルに置かれたレシートのコピーを見つめた。エリーの遺品に自分の名前を記した紙があったと知ったとき、フォークはいまのダウよりもはるかに狼狽した。その差をどう判断するべきかと思案していると、ダウが声高に笑いだした。

「おれのアリバイが鉄壁でよかったぜ。好きに調べな。誤解されないように言っておくが、おれにはハドラー家にかまけてる暇はなかった。ああそうとも、叔父貴の農場は機会があればすぐにでも売るつもりだ。だがおれはあいつらを殺してねえし、あの農場にはいなかった。おれをあそこにいたことにしたいなら、話をでっちあげるしかないな。だがいいか」拳をテーブルに叩きつける。銃声のような音がした。「おまえにはそんな度胸はねえよ」

「おまえがあそこにいたのなら、グラント、証明して

24

「録画映像がまだ残っていて運がよかった。一カ月で消去される設定になっているんですよ」

スコット・ホイットラムは画面をスクロールし、目当てのファイルを見つけた。フォークとレイコーが画面をのぞきこめるように上体を反らす。三人は校長室にいて、月曜日の午後のざわめきがドアから流れこんでいた。

「よし、これだ。正面玄関のカメラの映像です」ホイットラムはマウスをクリックし、防犯カメラの映像を画面に出した。カメラは大きな扉の上に設置されているらしく、下の踏み段に向けられ、出入りする人を映すようになっている。「画質が悪くて申しわけない」

「充分だ。ハドラー家の防犯カメラより映りはいい」レイコーが言った。

「カメラで大事なのは何を映すかだ」フォークも言った。「ほかにカメラは？」

ホイットラムはふたたびクリックして映像を切り替えた。「職員用駐車場にもう一台あります」これも高所から撮影していて、並んだ車がぼやけて映っている。

「この学校にはカメラが二台しかないのか？」レイコーが訊いた。

「ええ、残念ながら」ホイットラムは親指と人差し指の腹をこすり合わせ、金を表す万国共通の仕草をした。「もっと余裕があれば増やすんですが」

「事件当日のカレンを見つけられますか？」そうは言ったものの、フォークたちの第一目標はカレンではなかった。グラント・ダウだ。宣言したとおり、フォークとレイコーは数時間をかけ、ダウのアリバイの件で友人たちを厳しく尋問した。友人たちは最後までダウを援護した。予想どおりだったとはいえ、フォークは苛立ちを募らせた。

ホイットラムが駐車場の映像を拡大し、フルスクリーンで表示した。「カレンは車で通勤していたから、たぶんこのカメラに映っていたはずです」

正しい録画ファイルを見つけ、放課後まで早送りする。無音の映像が流れ、生徒たちが二、三人ずつ談笑しながら帰っていく。禿げ頭の痩せた男が画面に現れた。車の一台へ歩み寄り、トランクをあけている。少し探してから、かさばったバッグを引っ張り出した。そして肩にバッグを引っかけ、来た方向へと戻っていき、画面から消えた。

「用務員です」ホイットラムが言った。

「あのバッグの中身は?」

ホイットラムは首を横に振った。「自前の工具を持っていますから、きっとそれでしょう」

「ここに勤めてから長いんですか?」フォークは尋ねた。

「五年くらいだと思います。あくまでもわたしの意見ですが、善良な人物に思えますね」

フォークは返事をしなかった。さらに十分ほどが過ぎると、生徒たちの流れはほぼ絶え、駐車場に動きはなくなった。あきらめかけたころ、カレンが現れた。

息が詰まった。生前のカレンは美しかった。薄い色の髪を後ろになびかせながら、大股で歩いている。画質が悪いせいで表情は読みとれない。長身ではないが、ダンサーのように姿勢がよく、シャーロットを乗せたベビーカーを押しながら、託児所の方向から駐車場へと軽快な足どりではいってきた。

カレンの三歩後ろから、ビリーが画面に現れた。父親と瓜ふたつの、肉づきがよくて黒っぽい髪をした子供の姿を見て、フォークは寒気を覚えた。隣でレイコーが足を踏み換え、咳払いをした。レイコーはこの男児を襲った惨劇の現場をじかに見ている。

ビリーは手に持った何かのおもちゃに夢中で、歩みが遅い。カレンが振り返り、口を動かして呼びかけると、ビリーは追いつこうと走った。カレンはふたりの子供を車に乗せ、チャイルドシートやシートベルトで固定すると、ドアを閉めた。動作がすばやくて無駄がない。急いでいるのだろうか。わからなかった。

カレンは背筋を伸ばし、片手を車のルーフに置いてカメラに背を向けた状態で、しばらく立ち尽くした。首を前に少し傾けて、片手を顔に持ってくる。指が小さく動く。もう一度。

「まさか、泣いているのか?」フォークは言った。

「巻き戻して、急いで」

三人は無言のまま、ふたたびその場面を見た。さらに三度、四度と。カレンはうつむいて手を二回動かしている。

「なんとも言えないな」レイコーが言った。「泣いているようにも見えるが、鼻を掻いているだけかもしれない」

今度は巻き戻さずにそのまま再生をつづけた。カレンは顔をあげ、おそらくは深呼吸をしてから、運転席のドアをあけて車に乗りこんだ。バックで車を出し、走り去っていく。駐車場はふたたび無人になった。録画のタイムスタンプによれば、カレンとビリーの命はあと八十分もしないうちに尽きる。

出入りのない時間は早送りしながら、三人は映像を見つめた。カレンの十分後に学校の受付係が現れ、それから四十分ほどは何も起こらなかった。ようやく教師たちがひとりまたひとりと現れ、自分の車へ向かっていく。ホイットラムがそれぞれの名前を告げた。用務員が戻ってきて、トランクにバッグをしまい、帰っていった。午後四時三十分を少し過ぎたころだった。

駐車場にはホイットラムの車だけが残された。映像を早送りする。午後七時過ぎにホイットラム本人が画面に現れた。うなだれ、広い肩をすぼめて、重い足どりで歩いている。フォークの隣にすわっている本人がため息をついた。歯を食いしばって映像を眺めている。

「これを見るのはつらいですね」校長は言った。「このころにはクライドの警官から連絡があって、ビリーとカレンが亡くなったのを聞かされていましたから」

三人が見守るなか、ホイットラムはゆっくりと車に乗りこみ、何度かエンジンをかけ損ねてから、バックで車を出し、走り去った。さらに十分ほど再生をつづけた。グラント・ダウの姿はどこにもなかった。

「では、お先に失礼します」ハンドバッグを肩に掛けたデボラが受付カウンターから挨拶した。少し待ったが、返ってきたのはあいまいなうなり声だけだった。フォークは顔をあげ、微笑みかけた。ここ数日でこちらに対するデボラの態度は打ち解けたものになっていて、同僚に出すついでに自分にもコーヒーを淹れてくれたときには、大きな進展があったと喜んだものだ。おそらくレイコーがひとこと言ってくれたのだろう。

デボラが帰り、警察署の玄関の扉が閉じられても、レイコーとバーンズ巡査はほとんど反応を見せなかった。三人は別々に机の前にすわり、粒子の粗い映像を再生するパソコンの画面を見つめていた。先ほどフォークとレイコーは、学校の二台のカメラの録画映像をすべて回収したあと、町へ向かった。

キエワラの大通りには防犯カメラが三台設置されている、とレイコーはフォークに教えた。一台はパブのそばに、一台は役場の近くに、一台は薬局の保管庫のドアの上に。ふたりはそれぞれの映像を集めた。

バーンズがあくびをし、太い腕を天井へ向けて伸びをした。愚痴をこぼすのではないかとフォークは身構えたが、バーンズは文句も言わずに画面に視線を戻した。先ほど本人が言っていたが、バーンズはルークともカレンとも面識はなかったらしい。だが、事件の二、三週間前に、ビリー・ハドラーのクラスで交通安全の講習をおこなっていた。そのときに子供たちが書いたお礼のカードをいまも机の上に置いていて、そこにはビリーの名前もクレヨンで記されていた。

フォークもあくびを嚙み殺した。もう四時間もこの作業をつづけている。フォークの担当は学校の映像だった。四時間のうちに興味深い場面がひとつふたつ見つかった。生徒のひとりが校長の車の前輪にこっそり立ち小便をしていた。教師のひとりが同僚の車に自分の車をこすってしまい、慌てて走り去った。しかし、グラント・ダウの姿はまったく見当たらなかった。

その代わり、カレンの映像を繰り返し眺めることになった。その週、カレンは三度出退勤している――週休の火曜日と、すでに死亡していた金曜日を除く曜日だ。どの日もおおむね同じだった。午前八時三十分ごろ、駐車場に車を停める。子供たちをおろし、リュックサックと日よけ帽を出してから、校舎へ向かい、カメラの視界から消える。午後三時三十分を少し過ぎたころ、同じ手順が逆からおこなわれる。

フォークはカレンの動作を観察した。腰をかがめてビリーに話しかけるときは、片手を息子の肩に置いている。表情は判別できないが、息子に微笑みかけているのが想像できた。シャーロットを抱きあげ、チャイルドシートからベビーカーに移すところも観察した。腹部を撃たれる前のカレン・ハドラーは魅力的な女性だった。子供の扱いも、数字の扱いも上手だった。バーブの言うとおりだと思った。自分も会っていたらきっと気に入っていただろう。

カレンとその息子が殺害された木曜日まで映像を進めては巻き戻すことをくどいほど繰り返した。何度も再生し、ひとコマずつ分析した。車に歩み寄る足どりにわずかなためらいはないか。茂みにあった何かに注意を引かれてはいないか。いつもよりも子供の手を強く握ってはいないか。疑心暗鬼に陥っているとは思ったが、映像を延々と見つづけた。死んだ友人の金髪の妻を見つめ、携帯電話を出してレシートに書き留めた番号にかけるようひそかに念じた。過去の自分がそれに出るよう念じた。そんなことが現実になるはずもなかった。筋書きは変わらないままだった。

きょうはもう切りあげようかと思ったところ、バーンズが指でまわしていたペンを取り落とし、椅子にすわり直した。

「これを見てください」マウスをクリックし、低画質の映像を巻き戻す。バーンズは薬局のカメラの映像を綿密に調べていたところで、そのカメラは静かな路地裏と保管庫のドアという恐ろしく退屈なものに向けられていた。

「どうした？　ダウか？」フォークは言い、レイコーとともに画面の前に集まった。

「ダウではないようです」バーンズは映像を再生した。タイムスタンプは木曜日の午後四時四十一分だ。カレン・ハドラーとビリー・ハドラーの遺体が発見された時刻の一時間ほど前になる。

数秒のあいだ、映像は静止画のようで、人けのない路地しか映っていなかった。突然、四輪駆動車が走り過ぎた。現れてから消えるまで一秒足らずだった。

バーンズは映像を巻き戻し、スロー再生した。車が現れたところで一時停止する。ぼやけていたし、角度も悪かったが、問題なかった。運転手の顔がはっきりと見てとれる。フロントガラスの向こうから、ジェイミー・サリヴァンが見つめ返していた。


フォークとレイコーが路地に着いたころには陽が薄れかけていたが、見るべきものはたいしてなかった。バーンズは手柄を立てたので帰宅を許されていた。フォークは薬局の防犯カメラの下に立ち、四方を見まわした。路地は狭く、キエワラの大通りと並行して走っている。一方の側は、不動産会社や美容院や医院や薬局に面している。もう一方の側は、低木林が切り開かれて仮の駐車場にされていた。人けはまったくない。

フォークとレイコーは路地の端から端まで歩いた。

煉長くはかからなかった。どちらからも車で進入でき、町の東と西へ向かう道路に接続している。混雑する時間帯には、大通りに出ることなく町を通り抜けられる脇道として重宝しそうだ。とはいえ、このキエワラに混雑する時間帯はありそうになかった。

「カレンとビリーが殺された時刻の二十分前に、なぜわれらの友ことジェイミー・サリヴァンは町で目撃されるのを避けようとしたのだろう」煉瓦の壁にフォークの声が反響した。

「いくつか理由は思いつくな。納得はいかないが」レイコーが答えた。

フォークはカメラのレンズを見あげた。

「少なくとも、ジェイミーがどこにいたかは見当がついた。ここからハドラー家の農場まで、時間内に行けるな?」

「ああ、問題なく行ける」

フォークは壁に寄りかかり、頭を後ろに傾けた。煉瓦が日中の熱を吸収している。強い疲労感を覚えた。目を閉じると、眼球がざらついているような感覚があった。

「ジェイミー・サリヴァンはルークの親友を自称していながら、アリバイを訊かれると嘘をついた。そしてその親友が死んだ時刻の一時間前に、こそこそうろついていたところをカメラに映されてしまったわけだ」レイコーは言った。「グラント・ダウは、ルークと険悪な仲だったのを認め、死亡したその妻に名前を書き残されたにもかかわらず、鉄壁のアリバイを誇っている」

フォークは目をあけてレイコーを見た。

「二十年前、自転車で川のほうから来たルーク・ハドラーを十字路のあたりで目撃したかもしれない、謎の白い小型トラックの運転手も忘れないでくれ」

「そうだったな」

ふたりは長いあいだ無言で立ち、まるで答がそこに落書きしてあるかのように、路地を見つめていた。

「くそ」フォークは壁から体を離してまっすぐに立った。それだけでも骨が折れた。「ひとつひとつ片づけよう。まずはもう一度サリヴァンを連行して、路地裏のカメラに映っていたわけを問いただしてみよう。あの男に引っ掻きまわされるのはもううんざりだ」

「いまから？」レイコーの目の縁が赤い。自分と同じくらい疲れているように見えた。

「あしたでいい」


細い小道を抜けて大通りに戻ったとき、レイコーの携帯電話が鳴った。レイコーは路上で足を止め、電話を引っ張り出した。

「妻からだ。出ないと」電話を耳に当てる。「もしもし」ふたりは食料雑貨品店の前にいた。フォークは店を顎で示し、飲む仕草をしてみせた。レイコーが感謝のまなざしでうなずく。

店内は涼しくて静かだった。かつてエリーが夜に働き、牛乳や煙草の値段をレジに打ちこんでいたのと一応は同じ店だ。エリーの遺体が発見されると、葬儀の花輪代を集めるために、窓に顔写真が貼られていた。

中の様子は跡形もないほど変わっていた。だが、口実を見つけては、カウンターの後ろにいるエリーとしゃべるために足を運んだのは覚えている。ほしくもないものや要りもしないものに金を無駄遣いして。

年代物の冷蔵庫は冷蔵ショーケースに交換されていて、そのそばにとどまっていると、肌のひりつく感覚がいくぶん消えていった。体の芯は不快なほど熱いままで、まるで慢性の熱病を患っているかのようだ。結局、水のペットボトルをふたつと、夕食用に少ししなびたハムとチーズのサンドウィッチ、そしてビニール袋入りのマフィンを選んだ。

商品をカウンターに持っていこうとして、レジの後ろにまたしても見知った顔が立っているのに気づき、ひそかにうめいた。蒸し暑い教室でいっしょに授業を受けた級友のひとりだが、この二十年は一度も会っていない。

級友の髪は薄くなっていたものの、肉づきのよい顔立ちには見覚えがあった。呑みこみが悪いくせに気は短かった子供のひとりで、フォークはどうにか名前を思い出そうとした。ときどきルークが笑い物にしていたのに、自分はわざわざそれをたしなめようとしなかった記憶があり、やましさを覚えた。愛想笑いを浮かべて歩み寄り、カウンターに商品を置いた。

「久しぶりだな、イアン」土壇場で名前を思い出して言い、財布を取り出した。イアンなんとか。ウィリスだ。

ウィリスはまるで仕事を忘れてしまったかのように、カウンターの商品を見つめるばかりだった。

「これだけだ。勘定を頼む」フォークは言った。

ウィリスは何も言わず、顔をあげてフォークの背後を見た。

「つぎのかた」はっきりとした声で言った。

フォークは店内を見まわした。ほかにだれもいない。ふたたび前を見た。ウィリスは相変わらず宙を見据えている。フォークは頭に血がのぼるのを感じた。ほかのものも感じた。それは屈辱に近かった。

「いいだろう。あんたを面倒に巻きこむつもりはない。これを買ったら、もうあんたにはかかわらない」フォークは再度試し、カウンターの上の夕食を押しやった。

「あんたがわたしに物を売ったことはだれにも言わない。ほんとうだ」

ウィリスはフォークの背後を見つめたままだった。

「つぎのかた」

「本気か？」フォークは自分の声に怒りの響きを聞きとった。「この町は死にかけているのに、客を拒む余裕があるのか？」

ウィリスはよそを向き、足を踏み換えた。代金をカウンターに置いて商品を持っていこうかと思ったとき、ウィリスが口を開いた。

「おまえが戻ったのは聞いた。マンディ・ヴェイザーの話だと、公園で子供たちを恐がらせてたらしいな」

声に嫌悪感を出そうとしているが、邪《よこしま》な喜びを隠しきれていない。

「ばかを言うな」

級友はかぶりを振り、また宙に視線を固定した。

「だからおまえに売るつもりはない。きょうも、これからも」

フォークはウィリスをにらんだ。この男はだれかに優越感を持つ機会を二十年も待ちつづけ、ここぞとばかりにその機会に飛びついたのだろう。反論しようとしてやめた。労力の無駄にほかならなかったからだ。

「もういい」カウンターに商品を置き去りにした。

「幸運を祈るよ、イアン。このあたりではそれが必要になるだろうから」ドアを押しあけて暑熱のなかに出ると、背後でチャイムが鳴った。

電話をしまったレイコーがフォークの何も持っていない手と表情を見つめた。

「何かあったのか？」

「気が変わった」

レイコーは店とフォークを見比べ、状況を把握した。

「おれからひとこと言おうか？」

「いや、かまわないでくれ。気遣いに感謝するよ。あした会おう。サリヴァンのために対策を立てておく」

フォークは背を向けた。店でのやりとりを告白する気力が萎えていた。狭いパブの部屋で長い夜を過ごすしかないのがわかっていても、早くここから立ち去りたい衝動に駆られていた。レイコーはもう一度店に目をやり、迷っていたが、フォークに視線を戻した。

「なあ、夕食を食べにこないか。うちに。あんたを誘えと、妻が何日か前からうるさいんだ」

「いや、ほんとうに大丈夫だから――」

「ここであんたと言い争うか、あとで妻と言い争うかの問題なんだよ。少なくともあんたが相手なら言い負かせる可能性がある」

25

四十五分後、リタ・レイコーが湯気の立つパスタ皿をフォークの前に置いた。フォークの肩にごく軽く触れて立ち去り、ほどなくワインの瓶を持って戻ってきた。三人は空が深い藍色に染まった戸外で、色鮮やかなテーブルクロスを掛けた小さなマツ材のテーブルを囲んでいた。レイコー夫妻は、大通りの端に建つ店舗を改装した住宅に住んでいた。警察署まで徒歩で行ける距離だ。裏庭にはラベンダーとレモンの木が植えられ、柵に張り渡された豆電球が祝祭めいた華やかさを添えている。

キッチンの窓からこぼれる光のなかで、フォークはリタがいろいろな品を持ってくるために出入りするのを見つめた。手伝おうとしたが、リタは微笑みながら手を振ってことわった。つややかな茶色の髪を肩に垂らした小柄な女性で、大きく膨らんだ腹を無意識のうちにさすっている。まるで体内に膨大なエネルギーを蓄えているように見え、妊娠しているにもかかわらず、いくつもの作業を流れるようにこなしていた。

リタはよく微笑み、その際は左の頬に深いえくぼができた。前に料理が並んだころには、フォークにもレイコーがリタに恋した理由を理解できていた。食べはじめると――トマトとナスとスパイシーソーセージを混ぜた風味豊かなソースを上等のシラーズとともに頬張っていると――自分もリタに少し恋しているのに気づいた。

夜になっても暑かったが、闇が熱のいくらかを吸収してくれたように感じた。リタはミネラルウォーターを飲みながら、無邪気な目でシラーズを物欲しそうに見た。

「ああ、これのためならなんでも差し出すのに。もうずいぶん飲んでいないのよ」リタは言い、夫が渋い顔をしたので笑った。手を伸ばし、レイコーが頬をゆるめるまでうなじを撫でる。「この人は赤ちゃんが最優先なのよ」フォークに言った。「まだ産まれもしないうちから過保護で」

「予定日は？」フォークの素人の目には、いまにも産まれそうに見えた。

「四週間後よ」リタは夫と視線を合わせ、微笑んだ。「まだ長い長い一週間が四つもあるということ」

美味な料理のおかげで会話は弾んだ。話題になったのは政治や宗教やフットボールだった。キエワラで起こっていることは話題にしなかった。ハドラー家のことも。レイコーがテーブルの上を片づけ、皿を持って家にはいると、リタが待ってましたとばかりに尋ねた。

「教えて」フォークに言う。「正直にね。何もかもうまくいくのかしら？」

リタは勝手口を見やり、フォークはそれがハドラー家の事件にかぎった問いではないのに気づいた。

「小さな地域社会の治安を守るのはけっしてたやすい仕事ではありません。いろいろな形で、無駄骨を折ることになります。政治もからんでくるし、あまりにも多くの人が、あまりにも詳しく互いを知っている。でも、ご主人は卓越した仕事をしています。ほんとうに。聡明だし、とても熱心だ。そういう働きにはお偉方も目を留めます。きっとご主人は出世しますよ」

「そう」リタはややそっけなく言い、手を振って否定の仕草をした。「夫は出世にはあまり興味がないのよね。あの人のお父さんは田舎町の警官として生涯を過ごしたの。南オーストラリアとの州境にある、地図では小さな点になってしまうような町で。きっとあなたも知らない町だと思う。だれも知らない町だから」無人の勝手口にふたたび目をやる。「でも、お父さんはとても尊敬されていたみたい。厳格だけれど公平な家長のように町を管理して、住民に好かれていた。退職するまでも、退職してからも」

リタはことばを切った。フォークのグラスを手に取り、残っていたワインを自分のグラスに分ける。

「シーッ」人差し指を唇に当て、グラスを掲げた。フォークは笑みを漏らした。

「そこで出会ったんですか？ 南オーストラリアで？」

「ええ、でもその町で出会ったわけじゃないのよ。だれもあんなところには行かないから」リタは事実をありのままに言った。「アデレードにあるわたしの両親のレストランで出会ったの。あの人は近くに勤務していた。警察にはいってはじめて配属された土地で、職務をものすごく真面目にこなしていた。お父さんの顔に泥を塗るまいと懸命だったのよ」思い出して微笑み、小さなグラスの中身を飲み干す。「でも寂しい暮らしをしていて、しょっちゅううちのレストランに来ていたから、かわいそうになったわたしが声をかけさせてあげたというわけ」腹をさすった。「わたしが修士課程を修了するまで待ってから、すぐに結婚したの。二年前のことよ」

「修士課程の専攻は？」

「薬理学」

フォークは口ごもった。疑問をどう言い表すべきか、思いつかなかった。リタが助け船を出した。

「わかっているわ」リタは微笑んだ。「ほかの場所で能力を活かせるのに、なんだってこんな僻地で家にこもって大きなお腹をかかえているのか、と言いたいのよね」肩をすくめる。「夫のためよ。それに、ずっとこういう生活をするつもりもない。あの人の野心はほかの人とはちがっている。夫はお父さんを崇拝していて、三人兄弟の末っ子だから、お父さんに目をかけてもらうためには戦わなければならないという思いこみを——わたしに言わせるなら、まちがった思いこみを——たぶん持っている。だからこの小さな田舎町に移り住んで、お父さんのように立派に勤めあげたいと願っていたところへ、いきなり何もかもが——」リタはためらった。「悪い方向へ進んだ。夫はずっと重荷を負っている。夫があの男の子の遺体を見つけたことは聞いているわよね？」

フォークはうなずいた。

暑さにもかかわらず、リタは身震いした。「いつもわたしは言っているのよ。ここで何が起こっても、あなたのせいじゃないって。この土地はちがう。あなたのお父さんの町とはちがうって」

リタは眉を吊りあげてみせ、フォークはうなずいた。そのあとリタはかぶりを振り、えくぼが半分のぞいた。「でも、わたしに何ができる？　そんな簡単に割りきれるものじゃないでしょう？　息子と父親の関係は」

リタが話していると、レイコーが戸口に戻ってきた。コーヒーのマグカップを三つ持っている。

「鍋は水に浸けておいたよ。何を話していたんだ？」

「あなたがお父さんを規範にしようとして自分を追いこみすぎていると話していたの」リタは言い、手を伸ばして夫の癖毛を直そうとした。ふたたびえくぼがのぞく。「相棒さんも同意してくれたわよ」

フォークは賛成も否定もしていなかったが、リタがたぶん正しいのだろうと思った。レイコーは少し顔を赤らめたが、頭をリタの手に寄せた。

「考えすぎだ」

「いいのよ。相棒さんは理解してくれている」リタはコーヒーをひと口飲み、マグカップの縁越しにフォークを見た。「そうよね？　あなたがここにいるのもそれが理由のひとつでしょう？　お父さんのため」

あいまいな沈黙が流れた。

「父は亡くなりました」

「そうだったの、心からお悔やみを申しあげるわ」リタは同情のこもった目でフォークを見つめた。「でも、いま言ったことが当てはまらなくなるわけじゃないでしょう？　だれかが亡くなっても、その人に対する感情はほとんど変わらない。むしろ強まるときのほうが多い」

「なあ、いったいなんの話をしているんだ？」レイコーは妻を肘で軽く突き、ワインの空き瓶を取りあげた。「きみは飲んだらだめなはずだぞ」

リタは少し顔をしかめ、ことばに詰まった。フォークと夫の顔を見比べる。

「ごめんなさい。わたしは何か勘ちがいをしていたのかもしれない。噂を聞いただけだから。もちろん、亡くなったあなたのお友達についての噂よ。あなたのお父さんがそれで苦しんで、自分を責め、あなたを連れて故郷を離れなければならなくなったと聞いたわ。きっとそれは……不和の種になったはず。そしていまになっても、お父さんの写真を載せたあのひどいビラが町中にばらまかれて」リタは口をつぐんだ。「謝るわ。

わたしの言ったことは忘れて。いつも深読みしすぎてしまうの」

長いあいだ、だれも何もしゃべらなかった。

「いや、リタ」フォークは言った。「あなたの読みは正しいと思う」

キエワラを出てから百キロメートル以上も車を走らせているのに、なおもバックミラーにはマル・ディーコンの小型トラックが大きく映っていた。アーロンの父のエリックは片目をミラーに据え、両手でハンドルを握り締めて運転した。

アーロンは助手席に無言ですわり、ルークやグレッチェンに慌ただしく別れを告げたことにまだ悶々としていた。荷台に詰めこめるだけ詰めこんだ家財が揺れ動いて音を立てている。はるか後方に置いてきた家は、可能なかぎり厳重に施錠しておいた。羊の群れは引きとってくれる隣人に分け与えた。この措置が一時的なものなのか、それとも恒久的なものなのかは、恐くて父に訊けなかった。

車を出したばかりのころ、一度だけエリックは速度を落とし、ディーコンを先に行かせようとした。あたかもこれがありふれた日のありふれたドライブであるかのように。だが、汚れた白い小型トラックはそのまま車間距離を縮め、リヤバンパーに追突してアーロンの首を鞭のようにしならせた。エリックは二度と速度を落とさなかった。

一時間近くが過ぎたとき、突然ディーコンがクラクションを長々と鳴らした。距離を詰めたそのトラックがアーロンの側のサイドミラーに大きく映り、人けのない道路にクラクションの音が響き渡った。アーロンは頭が割れそうになり、グローブボックスに手を突いてつぎに来るはずの追突の衝撃に備えた。隣では父が歯を食いしばっていた。緊迫した時間がつづき、もう耐えられないと思ったころ、音が止んだ。不意に、耳が痛くなるような静寂が訪れた。

ミラーのなかで、ディーコンが窓をおろしてゆっくりと腕を外に出し、中指を突き立てた。風に逆らっていつまでもその指を立てつづけていた。そして幸いにもようやくディーコンの車は小さくなっていき、見えなくなった。


「父はメルボルンを嫌っていた」フォークは言った。「ほんとうの意味で安住することはなかった。農産物の流通を管理する事務仕事に就いたが、抜け殻のようになってしまった」

フォーク自身は、最寄りの高校にかよって卒業するよう指示された。思い悩んで鬱々とするばかりの日々で、手をあげたことはおろか、ペンを手に取ったこともろくに覚えていない。最後の試験を受け、ずば抜けてはいないがそれなりの成績で卒業した。

「わたしは父より少しはましに順応できた。父はメルボルンで完全に孤独だった。だが、父もわたしもそういうことはけっして口にしなかった。ふたりとも自分のまわりに壁を作って、ただ慣れようとした。うまくはいかなかったが」

テーブルの向こうから、リタとレイコーが見つめていた。リタは手を伸ばし、フォークの手に重ねた。

「お父さんがあなたのためにどれだけの犠牲を払ったのだとしても、お父さんはそれだけの価値があると思ったのよ」

フォークは首を少しかしげた。

「ありがとう。でも、父がそう思っていたかは疑わしいな」


無言の車中で、アーロンはミラーを見つづけた。ディーコンがふたたび現れることはなかった。何も起こらないまま一時間が過ぎると、父がいきなりブレーキを踏み、シートベルトがアーロンの胸に食いこむのもかまわず、タイヤをきしらせながら無人の道路の路肩にトラックを停めた。

エリック・フォークがハンドルに片手を叩きつけたので、アーロンは跳びあがった。父は顔色が悪く、額は汗で光っていた。エリックはすわったまま体をよじり、すばやく手を伸ばして息子の胸ぐらをつかんだ。いままでに一度も暴力を振るわれたことのない手にシャツをねじられ、引き寄せられたアーロンは、息を呑んだ。

「一度だけしか訊かないから、真実を話せ」

父のそんな口調は聞いたことがなかった。嫌悪感に満ちた声だった。

「おまえがやったのか?」

問いが物理的な衝撃と化して胸を揺さぶり、アーロンは窒息しそうになった。息を吸おうとしたが、肺が締めつけられていた。しばらく口が利けなかった。

「いまなんて? 父さん――」

「言え」

「ちがう!」

「あの娘の死にかかわったのか?」

「かかわっていない。父さん、かかわっていないよ。ぼくがやるわけがない」

父につかまれた胸もとで心臓が激しく鼓動している。荷台に積みあげられ、ぶつかったり滑ったりしている家財を思い浮かべ、ルークやグレッチェンとの慌ただしい別れを思い浮かべた。二度と会えないエリーのことを思い浮かべた。ディーコンのことを思い浮かべ、またバックミラーを見てしまった。怒りが湧きあがり、父の手をもぎ離そうとした。

「ぼくはやっていない。よくもそんなことをぼくに訊けるな?」

アーロンの父親は手の力をゆるめなかった。「あの死んだ娘が残した書き置きのせいで、どれだけの人に問いただされたと思う? 友人たちが、何年も前からの知り合いたちが、わたしを見ると避けるようになった。すべてあの書き置きのせいで」手にいっそう力をこめる。「だからおまえはわたしに話す義務がある。なぜおまえの名前が書かれていた？」

アーロン・フォークは身を寄せた。父と子が顔を突き合わせる。アーロンは口を開いた。

「なぜ父さんの名前が書かれていたんだよ？」

「それでわれわれの関係は壊れてしまった」フォークは言った。「長い年月のあいだに、何度か修復しようとしてみた。父も父なりに修復しようとしたと思う。でも、もとどおりにはできなかった。われわれはその件について話さなくなり、キエワラを二度と話題にしなくなった。それが存在しないかのように、何事も起こらなかったかのようにふるまった。父はメルボルンに耐え、わたしに耐え、そして死んだ。それで終わりだ」

「なんだと？」父の目がぎらつき、激烈な何かが表情に加わった。「おまえの母さんはあの町で眠っている。あの農場はおまえの祖父母が築きあげた。わたしの友人もあそこにいるし、わたしの人生もあそこにある。おまえはわたしに罪をかぶせる気なのか」

アーロンは頭に血がのぼるのを感じた。自分の友人。自分の母親。自分だって同じくらい多くのものを置き去りにしたのに。

「だったらなんで逃げるんだよ？」父の手首をつかみ、シャツからねじり取った。今度は引き剝がせた。「どうして尻尾を巻いて逃げる？　そんなことをしたら、犯人扱いされるだけだ」

「ちがう。犯人扱いされるのはあの書き置きのせいだ」エリックはアーロンをにらみつけた。「真実を話せ。ほんとうにルークといっしょだったのか？」

アーロンはどうにか父と目を合わせた。「ああ」

エリック・フォークは口を開いた。が、また閉じた。得体の知れないものを見るような目つきを息子に向ける。車内の雰囲気は重苦しく不快なものへと変わっていた。父は一度だけかぶりを振ると、前を向いてエンジンをかけた。

残りの道中、ふたりはひとこともことばを交わさなかった。アーロンは怒りと屈辱とほかの千もの感情にとらわれ、サイドミラーをずっと見つめていた。

マル・ディーコンがふたたび現れなかったことに、心のどこかで失望していた。

26

レイコーの家から徒歩で戻ったころには、体を急いで洗い清めたい気分になっていた。過去が汚れた膜のように体を覆っている。長い一日で、それほど遅くないのに深夜のように感じられた。まだにぎわっているパブをひそかに抜け、階段をのぼった。

シャワーを浴びると、キエワラの太陽にさらされた跡が体に残っていた。前腕や首やV字形の襟もとの肌に。青白かった部分が怒りの赤に染まっている。

最初のノックの音は、水が流れる音のせいでほとんど聞こえなかった。フォークは蛇口を閉め、裸で立ったまま耳を澄ました。ふたたびせわしいノックの音が、今度は少し大きく聞こえた。

「フォーク！　来てくれ！」三度目のノックの音とともに、くぐもった声が響いた。「いるんだろう？」

フォークはタオルをつかんだが、濡れた床で足を滑らせそうになった。急いでドアをあけると、息を切らしたマクマードウがさらに拳を振りあげたところだった。

「下だ」バーテンダーはあえぎながら言った。「急いでくれ」階段を一段飛ばしでおりていく。フォークは体を拭く時間も惜しみ、ショートパンツとTシャツと運動靴を身につけると、部屋から出てドアを閉めた。

パブは大混乱だった。椅子がひっくり返され、床には割れたガラスが散乱している。隅でだれかがうずくまり、血まみれの手で鼻を押さえている。床の上で取っ組み合うふたりの男を、マクマードウが膝を突いて引き離そうとしていた。フォークが二歩で店の中央に飛びこむと、半円状に集まっていた酔客たちは徐々に笑みを消し、あとずさった。

唐突に店内が静かになったので、床の上のふたりはとまどい、その隙にマクマードウが両人のあいだに割ってはいった。引き離されたふたりは隅に分かれて大の字になり、荒い息をついた。

ジェイミー・サリヴァンの目はすでに腫れあがり、ゆがんで球根のようになっていた。下唇が切れ、頬に引っ掻き傷ができている。

その向かいでグラント・ダウが不敵な笑みを浮かべたが、すぐに顔をしかめて顎を撫でた。勝ったのはダウらしく、本人もそれをわかっていた。

「そこのあんたとあんた」フォークは最もしらふに近そうな野次馬ふたりを指さした。「サリヴァンをトイレに連れていって、顔の血を拭いてやってくれ。終わったらまたここに連れてくるんだ。いいな？」

ふたりはサリヴァンを助け起こした。フォークはダウに顔を向けた。

「おまえはそこにすわって待っていろ――だめだ。しゃべるな。そのおしゃべりな口をたまには閉じておくのが身のためだ。わかったな？」

つづいてマクマードウに目をやる。「きれいな布を頼む。それから、水を配ってくれ。プラスチックのカップで」

隅でかがみこんで鼻を押さえている男に布を持っていった。

「背筋を伸ばしたほうがいい」フォークは言った。「そんな感じだ。これを。こう押さえて」

男は上体を起こして手をどけた。スコット・ホイットラムの血だらけの顔が現れたので、フォークは目をしばたたいた。

「どうしてあなたがこんなことに？」

ホイットラムは肩をすくめようとしてたじろいだ。

「ばき添えを食った」布を鼻に押し当てながら言った。

フォークは振り返り、野次馬に険しい視線を注いだ。

「ほかの人はもう帰ってもらおうか」

帰っていく客たちを掻き分けてレイコーが店にはいってきた。夕食のときに着ていたTシャツのままだが、頭の横の巻き毛が跳ね、目が充血している。

「マクマードウから電話があった。叩き起こされたよ。救急車を呼ぶか？　ドクター・リーに待機してもらっている」

フォークは店内を見まわした。トイレから戻ってきたサリヴァンが、医師の名を聞いて顔をあげ、不安そうな表情を顔に浮かべた。ほかのふたりは背をまるめてすわっている。

「いや、その必要はないだろう。このふたりが脳死になるかもしれないと心配しているのなら話は別だが。何があったんだ？」マクマードウに顔を向けた。

バーテンダーは嘆息した。「こちらのミスター・ダウは、自分がハドラー一家を殺した疑いをかけられたのは、ジェイミー・サリヴァンが根性なしで自白しないからにちがいないと思いこんだらしい。それで、いまこそ自白させる機会だと判断したようだ」

フォークはダウに歩み寄った。「ここで何があった？」

「意見の相違だよ」

フォークは身をかがめ、ダウの耳もとに口を寄せた。毛穴の奥深くからアルコール臭が漂ってくる。

「濡れ衣を着せられたと思っているのなら、グラント、カレンがおまえの名前を書き残したまっとうな理由を言いさえすればいい」

ダウはあざ笑った。息がにおった。

「おまえの口からそんな台詞を聞くなんて、お笑いぐさだな。エリーが書き置きを残したまっとうな理由をおまえは言えなかったくせに。いやだね」首を横に振る。「理由ならいくらでも言ってやるが、どうせおまえは引きさがらない。おれか叔父貴にハドラー一家殺しの罪を着せないかぎり、おまえは満足しない」

フォークは体を引いた。「ことばに気をつけろ。いいかげんにしないと、正式に尋問、起訴されて、墓穴を掘ることになるぞ。わかったか？」手を差し出す。「車の鍵を渡せ」

グラントは目をあげ、信じられないという顔をした。

「冗談じゃねえ」

「あす、警察署に取りにくればいい」

「家まで五キロ以上ある」グラントは鍵を出しながらも、抗議した。

「たいへんだな。いい運動になるさ」フォークはダウの手から鍵をかすめ取り、ポケットにしまった。「もう行け」

サリヴァンとホイットラムに注意を戻した。マクマードウとレイコーが慣れない手つきで介抱している。

「何があったかを言う気はあるか、ジェイミー」フォークは訊いた。

サリヴァンは無事なほうの目で床を見つめた。

「あいつの言ったとおりです。意見の相違ですよ」

「今夜の件を言っているんじゃない」

返事はなかった。フォークは沈黙がつづくに任せた。

「黙っていると立場が悪くなるだけだぞ」

無言。

「わかった」シャワーで濡れた体が気持ち悪かったし、さすがに気力がなかった。「明朝十時に署に来るんだ。どのみち話を聞く必要がある。それから、あんたのためにに言っておくが、わたしがあんただったら、ひと晩かけてあの日どこにいたかをよく思い出しておく」

サリヴァンの顔が皺だらけになった。いまにも泣きそうに見える。フォークはレイコーと視線を交わした。

「送っていくぞ、ジェイミー」レイコーが言った。

「さあ、立ってくれ」

サリヴァンは助け起こされてパブから出ていった。だれとも目を合わせようとしなかった。最後にフォークはホイットラムに顔を向けた。隅で鼻に布を当て、気まずそうにしている。

「血は止まったみたいだ」ホイットラムは恐る恐る鼻の具合を確かめた。

「見せてください」フォークはのぞきこみ、応急手当の訓練を思い出そうとした。「近々学校で写真撮影でもないかぎりは、大丈夫そうだ」

「よかった」

「あなたまであす署に呼び出す必要はありませんよね？」

「勘弁してください」ホイットラムは両手を掲げた。

「わたしはたまたま居合わせただけです。トイレから出てきたら、あのふたりが突っこんできて。不意を突かれました。バランスを崩して椅子に顔をぶつけたんです」

「わかりました」フォークは言い、ホイットラムを助け起こした。校長は少しふらついていた。「でも、運転はやめたほうがよさそうだ」

「車で来たんじゃないんです」

「オートバイで？」

「わたしはこれでも教師ですよ。自転車です」

「なるほど。送っていきましょう」

自転車はハンドルをひねってフォークの車のトランクにどうにか押しこんだ。運転中、ふたりはほとんどことばを交わさず、人けの絶えた通りを進んだ。

「防犯カメラに何か手がかりは映っていましたか？」ホイットラムが沈黙を破り、鼻で呼吸しようとして咳きこんだ。

「まだ調査中です」フォークは言った。「協力には感謝しています」

「気にしないでください」虚空を見つめる腫れた顔が、窓にゆがんで映っている。「早く片づけばいいのに。ここはまるで悪夢だ」

「そのうち風向きもよくなりますよ」フォークは反射的に嘘をついた。

「どうかな」ホイットラムは背もたれに寄りかかって鼻を慎重にさわった。「わたしにはそう思えません。ありふれたことが気がかりだったころが懐かしいですよ。フットボールの勝ち負けとか、リアリティ番組とかが。いまは学校のことばかりが頭を占めていて、資金不足でいつも金策に追われている。小さい子供まで亡くなって」

自宅に着くまで、ホイットラムは窓の外を見つめていた。玄関ポーチに明かりがともり、主人の帰りを待っていた。傷ついた顔に安堵の色がよぎった。これが家の持つ力なのだろう。

疲れ果て、べたつく服を不快に感じていたフォークは、自分もあのアパートメントに帰りたいという痛切な思いにとらわれた。

「送ってくれて感謝します。何か飲んでいきますか」車からおりると、ホイットラムがそう言ったが、フォークは首を横に振った。

「またの機会に。たいへんな一日でしたから」

トランクをあけ、ハンドルをひねりながら自転車を引っ張り出した。

「汚してしまっていたら申しわけない」ホイットラムがトランクの内側の暗がりをのぞきこみながら言った。

「いいんですよ。もう大丈夫ですか？　鼻は？　ほかのことは？」

　ホイットラムは自転車を持ちあげて向きを変えた。笑みを浮かべようとする。「大丈夫です。不機嫌にしていてすみません。市販の鎮痛薬が効いていて」

「いつまでもこんなことがつづくとは思わないでください。あなたは運悪く巻きこまれただけだ」

「だとしても、それこそが問題なのでは？　こういうことの連鎖反応はだれにも抑えられない」ホイットラムの声は沈んでいた。単に鼻詰まりのせいなのかは、フォークにはわからなかった。「滑稽なくらいですよ。こうやって自分を憐れんでいても、すぐにかわいそうなビリーのことを考えてしまう。尾を引くとはまさにこういうことなんでしょうね。それにしても、何が引き金になり、何があの家で起こったのであれ――ルークや干魃や農場にどんな問題があったのであれ――あんなに小さい子まで犠牲になることはなかったのに」

　私道の先で玄関のドアがあき、光を背にしてサンドラが現れた。こちらに手を振っている。フォークはホイットラムが別れの挨拶をしてから自転車を押していくのを見送った。まだ少しふらついているようだ。車に戻ると、携帯電話が電子音を一度鳴らした。レイコーからメールが届いていた。フォークは文面を読み、喜びのあまりハンドルを叩いた。

〝ジェイミー・サリヴァンが路地にいた理由を知りたいか？　すぐに電話をくれ〟

27

翌日の早朝、フォークとレイコーが警察署に着いたとき、すでにその男は外で辛抱強く待っていた。

「ドクター・リー」レイコーはフォークを紹介した。

「ご足労に感謝する」

「かまわないよ。ただ、あまりのんびりもしていられないんだ。きょうはずっと診察でね。そのうえ夜も待機していなければならない」

レイコーは黙って礼儀正しく笑みを浮かべ、玄関の扉を解錠した。フォークは興味をいだいて医師を観察した。町の総合診療医であるリーに会うのははじめてだが、ハドラー一家の殺害事件の報告書で名前は知っていた。現場に真っ先に駆けつけた医師だ。歳は四十代半ば、髪は豊かで、他人に説くことを自分でもおこなっている人物らしい血色のよさがある。

「ハドラー家に関するメモを持ってきた」ドクター・リーは取調室のテーブルにフォルダを置いた。「その件で呼び出したんだろう？　何か進展はあったのかね？」

医師はすすめられた椅子に腰をおろし、脚を組んでくつろいだ。背中に鉄棒がはいっているかのようで、姿勢が実に美しい。

「多少は」レイコーは微笑したが、今度は目もとが笑っていなかった。「ドクター・リー、二月二十二日の午後にどこにいたかを教えてもらえるかな」

ジェイミー・サリヴァンは農地にひとりで立ち、ルーク・ハドラーの小型トラックが遠ざかっていくのを見守った。トラックが見えなくなると、携帯電話を取り出して短いメールを送った。そのまま待つ。二分後、返信が来たことを電子音が教えた。サリヴァンは小さくうなずき、自分の四輪駆動車へ向かった。


医師は驚いた顔になり、困惑した笑みを浮かべた。

「あの日の午後にわたしがどこにいたかはきみが知っているはずだ。きみとともに、ハドラー一家の殺害現場にいた」

「その二時間前は？」

躊躇。

「医院にいた」

「患者もその場に？」

「少し前まではいた。患者が帰ると、医院の二階の自宅でしばらく休憩をとっていた」

「なぜ？」

「どういう意味だ？　わたしが分割シフトで勤務していることは周知の事実だろうに。早朝と深夜に待機しているのは疲れるんだよ。きみ自身がよく知っているはずだ」

共感を求めようとする試みに、レイコーはなんの反応も示さなかった。

「それを裏づけられる人物は？」


サリヴァンは町までの短い道のりを車で行った。田舎道ではだれにも出くわさず、町の中心部の近くでひと握りの車とすれちがっただけだった。大通りの手前で右に折れ、商店街の裏の路地にはいった。警戒しすぎなのはわかっていた。自分の車が町に停めてあるのを見ても、だれも不審に思わないだろう。だが、秘密主義は傷のように体に刻みこまれていて、いまさらそれを改めることは無理だった。薬局の外壁に設置された防犯カメラが、走り過ぎるサリヴァンの上で瞬いた。

ドクター・リーは身を乗り出し、顔をしかめた。長い指でハドラー家のフォルダの角をつまみ、考えあぐねている。「冗談は抜きにして、いったいこれはどういうことなんだ？」

「答えてもらいたい」レイコーは言った。「あの日の午後、医院の二階にひとりでいたのか？」

リーはレイコーからフォークに視線を移し、また戻した。「弁護士を呼ぶべきか？　同席を求めようか？」挑むような口調だった。

「それが賢明かもしれないな」

ドクター・リーは火傷でもしたかのようにテーブルから体を離した。


サリヴァンはガレージに車を停めた。自分が来ると き、ここの持ち主はいつも錠をはずして場所を空けてくれている。ガレージの床に立ち、外から車が見えないようにシャッターをおろしたが、金属がこすれ合う甲高い音にたじろいだ。少し待った。何も反応はない。路地にはだれもいない。

医院の医薬品搬入口の隣にある目立たないドアへ向き、呼び鈴を鳴らした。左右に目を走らせる。ほどなくドアがあいた。ドクター・リーが微笑みかける。中へはいり、ドアを固く閉じると、ふたりは唇を重ねた。

リーは目を閉じ、人差し指で鼻梁を撫でた。美しかった姿勢が少し曲がっている。

「わかった。どうやらきみは事情を知っているようだ」医師は言った。「きみの考えているとおりだよ。あの日の午後、わたしは自宅にひとりでいたのではない。ジェイミー・サリヴァンといっしょだった」

レイコーは不満と満足が相半ばした声を漏らし、椅子にすわり直した。信じられないという顔でかぶりを振る。

「やっと白状したか。サリヴァンの作り話に振りまわされて、おれたちがどれだけの時間を――無駄に――費やしたと思う？」

「わかっている。ほんとうだ。すまない」本気でそう思っているように聞こえた。

「すまないだって？　三人も死んだんだぞ。あんたはおれといっしょに現場にいた。遺体を見た。あのかわいそうな子供を。まだ六歳なのに、頭を吹き飛ばされていた。それなのに無駄骨を折らせたのか？　あんたは取り返しのつかないことをしてくれた」

見えない手に殴られたかのように、医師は椅子の上でぐらついた。

「きみの言うとおりだ」リーは言った。親指を噛み、いまにも泣きそうな顔をしている。「わたしが告白しようとしなかったとでも思うのか？　きみたちがジェイミーのところに話を聞きにいったと知って？　もちろん、ジェイミーはすぐさまきみたちに告白すべきだった。わたしもすぐさま告白すべきだった。だがわたしたちはパニックに陥ってしまったんだよ。ためらっているうちに時間が過ぎ、わたしは――わたしたちは――どうしていいかわからなくなった」

「昨夜ジェイミーが顔を殴られたのも当然の報いだな」レイコーは言った。

リーは驚いて顔をあげた。

「おやおや、知らなかったのか？」レイコーはつづけた。「パブで喧嘩したんだよ。ジェイミーがおれに告白したのは、それが理由にほかならない。頭ではなく良心が痛んだんだ。あんたたちがためらわなければ、何日も前にこんな手間は省けたのに。ふたりとも恥を知るべきだ」

医師は手で目を覆い、長いあいだそのままでいた。フォークが立ちあがって水を持ってくると、リーは感謝してがぶ飲みした。フォークとレイコーは間をとった。

「前は話す気になれなかったのだとしても、こうなったらもう話してくれますね」フォークはやさしく言った。

リーはうなずいた。

「ジェイミーとわたしは付き合って十八ヵ月になる。だが——言うまでもないが——交際は秘密にしていた。関係がはじまったのは、ジェイミーが祖母をよく連れてくるようになったころだ。あの老婦人は日増しに具合が悪くなっていて、ジェイミーはひとりで苦労していた。支えになってくれる人物や相談に乗ってくれる人物が必要で、それがきっかけになった。わたしは以前からジェイミーがゲイなのではないかと疑っていたのだが、この町では——」リーはことばを切り、かぶりを振った。「とにかく、こんなことを言ってもしょうがないだろうが、申しわけなかった。ハドラー一家が殺された日、わたしは四時まで医院を開いていて、そのあと休憩をとった。ジェイミーからメールが届いたので、医院に来るよう伝えた。いつもどおりの流れだった。ジェイミーが現れると、わたしたちは少し話をして、冷たいものを飲んだ。それからベッドへ行った」

シャワーを浴びたサリヴァンが狭いバスルームで体を拭いていると、ドアの向こうで緊急通報用の電話が鳴った。リーが応対する声が聞こえた。くぐもった声で緊迫したやりとりが短く交わされる。バスルームのドアの隙間から医師が顔をのぞかせたが、その表情は不安に彩られていた。

「行かなければならなくなった。誤射事故があったらしい」

「たいへんだ。ほんとうに?」

「ああ。いいかいジェイミー、きみも知っておいたほうがいい。事故があったのはルーク・ハドラーの家だ」

「嘘だろう。ちょっと前までいっしょだったのに。ルークは大丈夫なのかい」

「詳しくは知らない。あとで電話する。ひとまず帰ってくれ。愛している」

「ぼくもだ」

そしてリーは出ていった。

サリヴァンは震える指で服を着ると、家に車を走らせた。誤射事故は前にも一度見たことがあった。父親の友人の友人だった。金《かな》くさい血のにおいが鼻孔の奥まで染みこみ、何カ月経っても残っているように感じたものだ。事故を思い出したせいで、あの胸の悪くなるようなにおいがはっきりとよみがえった。家に着いて鼻をかんだとき、外に二台の消防車が停まっているのに気づいた。玄関に走ると、防火服を着こんだ消防団員が出迎えた。

「大丈夫、おばあさんは無事だ。あいにくキッチンの壁はそのかぎりじゃないが」

「きみたちがジェイミーに話を聞きにいったあと、本人から怯えた様子の電話があった」リーは言った。「心の準備ができていなかったので、どこにいたかと訊かれて嘘をついてしまったと語っていた」

リーはふたりの目を見つめた。「それについては弁明の余地はない。わたしもジェイミーもそのことはわかっている。だが、頼むからあまり厳しく責めないでもらえないか。長いあいだ嘘をついていると、それが第二の本性のようになってしまうのだよ」

「おれはあんたたちがゲイだから責めているんじゃない。一家が死んだのに、あんたたちがおれたちの時間を無駄にしたから責めているんだ」レイコーは言った。

医師はうなずいた。「わかっている。時間を戻してやり直せるものなら、やり直したい。本気でそう思っている。わたしはゲイであることを恥じてはいない。ジェイミーだって――そういう考えに近づいている。しかし、キエワラの住民の多くは、自分や子供をゲイの男に診てもらうことに抵抗があるはずだ。〈フリースン〉でゲイの男の隣にすわることにも」リーはフォークを見つめた。「ここで悪目立ちするとどんなことになるか、きみは身をもって知っているはずだ。それだけは避けたかった」

ふたりは医師を送り出した。フォークは少し考えてから、小走りで警察署を出て追いかけた。

「待ってください。マル・ディーコンの件で訊きたいことがあります。認知症はどれくらい進行しているんですか」

リーは足を止めた。「きみには教えられない」

「それも秘密というわけですか？」

「申しわけない。教えたくても教えられないんだ。患者だから」

「具体的なことを訊きたいわけではないんです。一般論でかまいません。ディーコンはどういうことなら覚えているんですか？ 十分前は思い出せるが十年前は思い出せないとか？ あるいはその逆ですか？」

リーはためらい、警察署を一瞥した。「ごく一般的に言って、マルと同様の症状がある七十代の患者には、記憶力が急激に低下する傾向が見られる。比較的新しい出来事よりも、遠い過去のほうを鮮明に覚えているものだが、記憶が混ざって支離滅裂になっているときも多い。だから、記憶が当てになるかどうかを訊いているのなら、当てにならない。あくまでも一般論だが」

「この病気は命にかかわるんですか？ 質問はこれで最後にします」

リーは苛立った顔になった。周囲を見まわしている。通りに人影はほとんどない。声を落として言った。

「直接かかわることはない。だが、さまざまな面から健康を悪化させる。基本的な介護も栄養の摂取も何もかもむずかしくなる。あの段階の患者はもって一年程度だろう。それより少し長くなるかもしれないし、短くなるかもしれない。患者が大人になってから酒浸りだったのなら、よい影響が出るわけがない。もちろんこれも一般論だ」

リーは会話に終止符を打つように一度うなずくと、前を向いた。フォークはその後ろ姿を見送った。

「ふたりとも訴追されるべきだ。あいつもサリヴァンも」警察署に戻ると、レイコーが言った。

「そうだな。訴追されるべきだ」フォークもレイコーも、それが現実にならないのは知っていた。

レイコーは椅子に深々とすわり、両手で顔を覆った。盛大にため息をつく。

「やれやれ。これからどうする?」


またしても行き詰まったわけではないと自分をごまかすために、フォークはメルボルンに電話を入れた。一時間後、エリー・ディーコンが死んだ年にキエワラで登録されていた明るい色の小型トラックを網羅したリストが届いた。百九台あった。

「おまけに、通りすがりのよそ者の可能性もある」レイコーが物憂げに言った。

フォークはリストに目を通した。知っている名前が多い。かつての隣人。同級生の親。マル・ディーコンの名前もある。フォークはその名前を長いあいだ見つめた。しかし、名前はほかにもたくさんあった。ゲリー・ハドラーに、グレッチェンの親。フォークの父親も。あの日、十字路でゲリーが見かけた可能性のある人物は、住民の半数にもおよぶ。フォークはうんざりしてファイルを閉じた。

「少し出てくる」

レイコーはうなった。どこへ行くのかと訊かれなかったのがありがたかった。

28

墓地は町から車で少し行ったところにあり、広い土地にユーカリの高木が木陰を作っていた。途中でフォークは火災の危険度を示す標識を見かけた。危険度はいまや〝極度に高い〟に上昇している。車からおりると、風が強まっていた。

埋葬は身内でおこなわれたので、ハドラー家の墓にまだ行っていなかったが、すぐに見つけられた。風雨にさらされた近くの墓に比べると、磨かれた真新しい墓石は屋内の家具がまちがって置いてあるかのように見える。セロハンの包みやぬいぐるみやしおれた花が、墓のまわりを足首の深さまで覆っている。数歩離れたところからでも、傷んだ花のにおいが鼻を突いた。

供え物はカレンとビリーの墓には積みあげられているが、ルークの墓にはまばらだ。供え物がごみに変わってしまったとき、墓の掃除をするのはゲリーとバーブの役目なのだろうかと思った。バーブは農場で手一杯なのだから、ごみ袋を携えてひざまずき、暗い気分でしなびた花束をより分けて、取っておくものと捨てるものとを決めるのはたいへんだろう。やらせるわけにはいかない。フォークは確認しておこうと心に書き留めた。

スラックスが土で汚れるのもかまわず、しばらく墓のそばの乾いた地面にすわりこんだ。ルークの墓石に彫りこまれた文字を撫で、葬儀のときから付きまとっている非現実感を振り払おうとした。ルーク・ハドラーはあの棺のなかにいる、と頭のなかで繰り返す。ルーク・ハドラーはこの土のなかにいる。

エリーが死んだ日の午後、ルークはどこにいたのか。染みのようにその問いがまた浮かびあがった。機会があったときに、問い詰めておくべきだった。しかし、あの嘘は自分をかばうためだと心の底から信じていた。もし何が起こるかを知っていたら――

その思いを断ち切った。キエワラに戻って以来、多くの口から同じ嘆きを聞いた。もし知っていたらそんなことはしなかったのに、と。いまさらそう言ってもなんにもならない。一生背負っていかなければならないものもある。

立ちあがり、ハドラー家の墓に背を向けた。墓地の奥に歩みを進め、目当ての並びを見つけた。このあたりの墓石は輝きを失って久しいが、多くは旧友のように懐かしかった。歩きながらいくつかをやさしく撫で、日に焼けて色あせたひとつの墓石の前で足を止めた。花は供えられてなく、持ってくるべきだったといまになって思った。よき息子なら当然なのに。母親に花を持ってくるのは。

その代わり、かがんでティッシュペーパーを出し、彫りこまれた母の名前から土や埃を拭った。死亡した日付にも同じことをした。何もしなくてもその日付は思い出せた。物心ついたときから、自分が産まれた日に母が死んだのは知っていたからだ。大きくなって死因を尋ねると、合併症と失血だ、と父がそっけなく教えてくれた。そのときの父の目で、フォークは自分にそれだけの価値があったのだと信じることができた。それ以上の価値はなかったにせよ。

子供のころは、ひとりで自転車に乗ってこの墓地を訪れた。はじめのうちは、母の墓前に何時間も粛然と立って懺悔した。やがて自分がここにいようといまいとだれも気にしていないのを悟り、母子の関係はもっと打ち解けた一方通行の友情めいたものへと変わった。子供として母に愛情をいだこうと努めたが、そのころからそれはまがい物の感情のように感じられた。何も知らない女性に対して愛情を向けることはできなかった。心の奥底ではバーブ・ハドラーのほうに愛情を感じていたから、やましさを覚えた。

とはいえ、母のもとを訪れるのは好きだったし、母は理想の聞き手だった。じきにスナックや本や宿題を持ちこんで、墓石のかたわらの草地でくつろぎ、日々の生活についてとめどもなく独白するようになった。

気がつくといままさに同じことをしていて、墓の脇の丈の低い草地で仰向けになり、手足を伸ばしていた。木陰が暑熱を和らげてくれている。空を見あげ、つぶやくのとほとんど変わらない声で、ハドラー家の事件やみずからの帰郷について洗いざらい語った。グレッチェンとの再会についても。公園でマンディに、店でイアンに会ったときの憂鬱についても。ルークの真実を突き止められずに終わるのではないかという不安についても。

ことばが尽きると、目を閉じて母のそばで体を横たえたまま、背中の地面やまわりの空気の熱に包まれた。

目を覚ますと、太陽の位置が変わっていた。フォークはあくびをして立ちあがり、こわばった関節をほぐした。どれくらい寝ていたかはわからない。土を払い、墓地を抜けて正門へ向かおうとした。途中で足を止めた。もうひとつ訪れなければならない墓があった。

その墓を見つけるのはずっと時間がかかった。見たのは一度だけ、葬儀の際で、キエワラを離れる前のことだ。見つかったのはまぐれだと言ってもよかった。凝った墓石のあいだに、目立たない小さな石がうずまっていた。黄色い草が生い茂っている。枯れた茎の束が破れたセロハンに包まれて、墓石の基部に置いてある。ティッシュペーパーを出し、刻まれた名前の汚れを拭った。エレナー・ディーコン。

「さわるな、この卑怯者が」

背後から声をかけられ、フォークは驚いた。振り返ると、後ろの並びにあった巨大な天使像の足もとの暗がりに、マル・ディーコンがすわっていた。片手にビール瓶を持ち、かたわらには肥えた茶色い犬が眠っている。犬が目を覚ましてあくびをし、生肉色の舌を垂らすとともに、ディーコンが立ちあがった。瓶を天使の足もとに放置して。

「切り落とされないうちにその手をどけろ」

「それにはおよばない、ディーコン。もう帰るところだ」フォークは墓から離れた。

ディーコンは目を細くしてフォークを見た。「おまえは子供のほうだな」

「え?」

「おまえはフォークの子供だ。父親ではなく」

フォークは老いた男の顔を見つめた。顎を引いて敵意を漂わせているが、目はこの前に会ったときよりも澄んで見える。

「そうだ。子供だ」答えながら悲しみを感じた。立ち去ろうと歩きはじめる。

「やっぱりな。今度こそ永遠に失せろ」ディーコンはおぼつかない足どりで追ってきた。リードを強く引いたので、犬が鳴き声をあげた。

「まだそういうわけにはいかない。ペットに気を使ってやれ」フォークは歩みをゆるめなかった。ディーコンが追いすがる音が聞こえた。地面に起伏があるせいで、足音は乱れていて遅い。

「これだけ経っても娘をそっとしておいてやれないのか? 子供も父親も同じだな。虫酸が走る」

フォークは振り返った。

庭からふたつの異なる声が聞こえてきた。一方は騒々しく、もう一方は落ち着いている。十二歳のアーロンはキッチンのテーブルに通学用のバッグを置くと、窓際へ行った。うんざりした顔で腕組みをして立つ父に、マル・ディーコンが指を突きつけていた。

「六頭もいなくなった」ディーコンが言っている。

「雌羊が二頭に、子羊が四頭だ。そのうちの何頭かは、先週おまえがじろじろ眺めてたのと同じ羊だ」

エリック・フォークはため息をついた。「はっきり言うが、ここにはいない。わざわざ調べて時間を無駄にしたいのなら、好きにするといい」

「偶然だと言い張る気か？」

「むしろ、あんたの柵が粗雑な証しだろう。あんたの羊がほしければ、金を出して買う。わたしの目には、あまり健康そうに見えなかったが」

「おれの羊はどこも悪くない。おれから盗めるのに、おまえが買うものか。ちがうか？」ディーコンは声を張りあげた。「おれのものに手を出したのははじめてじゃないしな」

エリック・フォークはディーコンを見つめていたが、やがて信じられないという様子でかぶりを振った。

「もう帰ってくれ、マル」背を向けようとしたが、ディーコンがその肩を荒々しくつかんだ。

「あの女がシドニーから電話をかけてきて、もう戻らないと言ってきたぞ。これで満足か？　思いどおりになって。おまえが逃げるよう吹きこんだんだろう？」

「わたしはあんたの奥さんに何も吹きこんでいない」エリックは言い、ディーコンの手を振り払った。「こんな結果になったのはあんたが酒飲みの暴力亭主だからだ。意外な点があるとすれば、奥さんがこれほど長く我慢したことだろうな」

「ご立派な騎士様だな。いつもここで愚痴を聞いてやって、悪魔のささやきを繰り返したわけだ。家を出るよう言いくるめて、ついでにベッドに連れこんだんだろう？」

エリック・フォークは眉を吊りあげた。そして、心底おかしそうな笑い声をあげた。

「マル、疑っているのなら言っておくが、わたしはあんたの奥さんと寝ていない」

「嘘だ」

「いや、嘘じゃない。事実だ。奥さんがもう我慢できなくなって、うちに寄って紅茶を飲み、少し泣いたことがあるのは確かだ。あんたから少しでも離れたかったんだよ。だがそれだけだ。誤解しないでもらいたいが、あんたの奥さんは美人だった。でも、あんたと同じくらい酒飲みだった。あんたがいろいろなものを——自分の羊や自分の妻を——もっと大切にしていれば、逃げられることもなかっただろうに」エリック・フォークは首を横に振った。「正直に言って、あんたにも奥さんにも付き合っていられない。わたしが心配しているのはあんたの娘だ」

犬小屋から犬が飛び出すような勢いで、マル・ディーコンの拳が繰り出され、エリックの左目の上にまぐれ当たりした。エリックはよろめいて後ろに倒れ、地面にぶつかった頭が鈍い音を立てた。

アーロンは叫び声をあげて外に飛び出し、焦点の合わない目で空を見あげている父親の上にかがみこんだ。生え際から血が少し流れている。ディーコンの嘲笑が聞こえ、アーロンはその胸に体当たりした。ディーコンは一歩あとずさったが、大柄な体格のおかげで倒れはせず、足を踏ん張った。すぐさま手を伸ばしてアーロンの上腕を万力のような力でつかみ、ねじって締めつけながら顔を目の前に引き寄せた。

「いいか。おまえの親父が起きたら言っておけ。おまえだろうとおまえの親父だろうと、おれのものにちょっかいを出したらこんな程度じゃ済まないぞ」

ディーコンはアーロンを突き倒し、背を向けて口笛を吹きながら歩き去った。

「あいつがおれに懇願したのは知ってるか?」ディーコンは言った。「おまえの親父のことだ。おまえがエリーをあんな目に遭わせたあとだった。あいつがおれのところに来た。おまえの仕業じゃないと言いにきたわけじゃなかった。そんな子じゃないと言いにきたわけでもなかった。そういう話はまったく出なかった。

警察が結論を出すまで手は出さないよう町の連中に言ってくれと頼みにきたのさ。まるでおれがそれくらいなら引き受けると思ったみたいに」

　フォークは深く息を吸い、また前を向いて歩きはじめた。

「おまえも知ってたんだろう？」ディーコンの声が背後から追ってくる。「おまえの仕業かもしれないとあいつが思ってたことを。実の父親なのにな。もちろんおまえも知ってたはずだ。父親に信じてもらえないのはさぞかしつらいだろうな」

　フォークは足を止めた。もう声が聞こえないほど距離は離れている。そのまま歩きつづけろ、と自分に言い聞かせた。が、振り返ってしまった。ディーコンの唇の左右が吊りあがっている。

「なんだ？」ディーコンが呼びかけた。「おまえとハドラーのガキがでっちあげた話を、あいつも信じてたなんて言うつもりじゃないだろうな。おまえの親父は腰抜けの道化だったが、ばかじゃなかった。親子の関係は修復できたのか？　それともあいつは死ぬまでおまえを疑ってたのか？」

　フォークは答えなかった。

「やっぱりな」ディーコンはほくそ笑んだ。

　そうさ、とフォークは叫びたくなった。親子の関係は修復できなかった。老いた男を長いあいだにらみつけたが、体を無理やり動かして背を向け、歩き去った。一歩一歩、忘れ去られた墓石のあいだを抜けて。背後で、マル・ディーコンが娘の墓を踏み締めて笑う声が聞こえた。

29

遠くの農地に銃声が鳴り響き、こだまが熱気を震わせた。静寂が戻る前に、二発目が轟く。グレッチェンの農場の私道で車からおり、ドアを閉めようとしていたフォークは、片手を宙に浮かしたまま凍りついた。

ハドラー家で見た、汚れをこすり落とした玄関ホールや、染みの残ったカーペットが脳裏によぎった。血を流して倒れている金髪の女性の姿が頭に浮かぶ。ただし、いまのそれはカレンではなく、グレッチェンだった。

三発目が響き渡り、フォークは地面を蹴って、銃声がしたほうをめざして農地に駆けこんだ。音を追おうとしても、固い地面に反響して方向がわからなくなった。まばゆい陽光で目が潤むのもかまわず、必死になって地平線を見まわし、四方を捜したが、何も見当たらなかった。

それでも、ついにグレッチェンを見つけた。カーキ色のショートパンツと黄色いシャツが色あせた農地に溶けこんでいる。足を止め、安堵の波が押し寄せるのを感じたが、すぐに決まりが悪くなった。グレッチェンは顔をこちらに向けてしばらく眺めてから、ショットガンを肩で支えて手を振った。走っていたところを見られていなければいいが、とフォークは思った。グレッチェンが農地を歩いて歩み寄ってくる。

「あら、早かったのね」グレッチェンはピンク色のイヤープロテクターを首に掛けていた。

「かまわなかったかな」先ほど、墓地の外で電話をかけてあった。「親しい顔が見たくなってしまって」

「いいのよ。会えてうれしい。ラチーを学校へ迎えにいくまで一時間はあるから」

フォークは周囲を見まわし、息を整える時間を稼いだ。「いいところを手に入れたんだな」

「ありがとう。兎もそう思ってるみたいなのよね」グレッチェンは顎で背後を示した。「きょうのうちにもう少し仕留めておきたいの。来て、観測手の役をお願い」

フォークはあとについて農地を歩き、グレッチェンがリュックサックを置いてきたところまで行った。グレッチェンがそのなかを掻きまわし、別のイヤープロテクターを引っ張り出す。もう一度手を入れて、箱入りの装弾を出した。ウィンチェスターだ。ハドラー一家の遺体のそばに残されていたレミントンではない、とフォークは反射的に思った。安心したが、製造元に注目したことに罪悪感を覚えた。グレッチェンはショットガンの銃身を折って弾をこめた。

「向こうに巣穴がある」陽光に目を細くしながら指し示す。「兎を見つけたら指さして」

フォークがイヤープロテクターを装着すると、水中にいるときのように何もかもがくぐもって聞こえた。風を受けてユーカリの木が静かに揺れている。頭のなかの音が増幅されている。血が流れる音も、歯と歯がぶつかる小さな音も。

巣穴の周辺を眺めた。しばらく動きはなかったが、そのうち地表で何かがかすかに動いた。身ぶりで教えようとしたが、すでにグレッチェンは銃を構えて片目を閉じていた。狙いを定め、滑らかな弧を描くように銃口で兎を追う。鈍い銃声が聞こえ、近くの木からモモイロインコの群れがいっせいに飛び立った。

「よし、命中したと思う」グレッチェンはイヤープロテクターをはずした。農地を歩いていき、カーキ色のショートパンツを突っ張らせながらしゃがみこむ。そして得意げに立ちあがり、力が抜けた兎の死骸を掲げた。

「いい腕だ」フォークは言った。

「あなたも撃ってみる?」

特に撃ちたいわけではなかった。ティーンエイジャーのころから兎は撃っていない。けれども、グレッチェンがすでに銃を差し出していたので、フォークは肩をすくめた。

「やってみよう」

受けとった銃は熱を帯びていた。

「撃ち方は知ってるわよね」グレッチェンはそう言うと、手を伸ばしてフォークのイヤープロテクターをはめ直した。その指が首に触れたとき、震えが走った。フォークは巣穴に銃を向け、照準を合わせた。地面に血が染みこんでいる。ビリー・ハドラーの血痕を思い出し、背筋が凍った。にわかに気力が萎えた。前方で何かが動いた。

グレッチェンが肩を叩き、指さした。フォークは反応しなかった。グレッチェンがもう一度腕を叩く。

「どうしたの?」耳よりも目でその声を聞いた。「そこにいるわよ」

フォークはショットガンをおろし、イヤープロテクターをはずした。

「すまない。久しぶりすぎて」

グレッチェンはフォークを見つめたが、やがてうなずいた。

「いいのよ」フォークの腕を軽く叩いて、銃を受けとる。「でも、どのみちわたしが撃っておかないと。この土地に兎がいると困るから」

銃を構え、少し時間をかけて狙いを定めてから、撃った。

歩いて確かめにいく前から、命中したのはわかっていた。

母屋に戻ると、グレッチェンはキッチンのテーブルにきれいに並べられていた書類を片づけはじめた。

「楽にして。散らかってるけど気にしないで」空いた場所に氷水がはいった水差しを置く。「教育委員会のために資金の申請書を書いてたの。慈善団体とかに送るのよ。またクロスリー教育財団に当たってみようと思ってるんだけど、スコットは時間の無駄だって考えてる。今年は最終候補止まりにならないよう願いたいところ。お金を払う人たちは前もって何もかも知りたがるから、それが厄介なのよね」

「書類仕事がたいへんそうだ」

「悪夢よ。正直に言うけど、わたしはこういうのが得意じゃなくて。以前は教育委員会の委員がやる仕事じゃなかったのよ」グレッチェンはことばを切った。

「だからって文句を言ってはいけないんだけど。以前はカレンの仕事だったの。それで……」最後まで言わなかった。

フォークは書類を食器棚に置くのを手伝いながら、キッチンを見まわした。特に何かを期待していたわけではなかったが、想像していたよりもつつましかった。

清潔だが、設備や家電は明らかに古い。グレッチェンの息子のラチーの写真が、装飾品のいちばん目立つところに置かれていた。写真立てを手に取り、歯をむいて笑っている顔を親指で撫でた。防犯カメラの映像にあった、カレンの後ろから駐車場をゆっくり歩いてくるビリーの姿を思い返した。その八十分後に短い生涯を閉じる子供の姿を。写真立てを置いた。

「妙なことを訊くようだが、カレンがわたしの名前を出したことはあるかい」フォークが言うと、グレッチェンは意外そうに顔をあげた。

「あなたの？　ないと思うけど。でも、わたしたちはあまり話さなかったから。どうして？　カレンはあなたを知ってたの？」

フォークは肩をすくめた。もう数えきれないほど考えていたが、なぜカレンが電話番号を書き残したのかをまた考えた。

「いや、知らなかったと思う。わたしの名前を出したことがないか、気になっていただけだ」

グレッチェンはよく光る目で瞬きもせずにフォークを見つめた。

「わたしの知るかぎりではないわね。でもいま言ったように、わたしとカレンはそれほど親しくしてなかったから」小さく肩をすくめる。この話題に終止符を打つ仕草だった。ややぎこちない沈黙が流れ、グレッチェンがグラスに水を注ぐときに氷がぶつかる音だけが響いた。

「乾杯」グレッチェンが言い、グラスを掲げた。「たまにはワインよりもこのほうがいいわね」喉の細い筋肉を見せて水を長々と飲む。

「捜査に進展はあった？」もとの姿勢に戻ったグレッチェンが言った。

「ジェイミー・サリヴァンの疑いは晴れたようだ」

「ほんとうに？　よかったと言っていいのよね？」

「あの男にとっては。これで捜査が大きく進展したとは思えないが」

グレッチェンは小鳥のように首をかしげた。

「でも、事件が解決するまであなたはここにとどまるんでしょう？」

フォークは肩をすくめた。「この調子だと怪しいな。来週には仕事に戻らなければならないし」間を置いてから言った。「さっき、マル・ディーコンに会ったよ」墓地で出くわした件を話した。

「本気にしたらだめよ。あの男は頭がまともじゃないんだから」グレッチェンはテーブルの上に手を伸ばし、フォークの左手に指先で触れた。「二十年も経つのに、いまだにエリーの身に起こったことをあなたのせいにしようとするなんて。あなたとルークがいっしょだったのをどうしても信じられないのね」

「グレッチェン、そのことなんだが――」

「だれかのせいだと言うのなら、ディーコン本人のせいよ」グレッチェンは話しつづけた。「娘が自殺するほど不幸だったのは、父親のディーコンが元凶なのに。罪を着せる相手をずっと捜してるのよ」

「自殺ではないかもしれないと疑ったことは一度もないのか？」

「ないわ」グレッチェンは驚いた様子だった。「あるわけない。どうして疑うの？」

「訊いてみただけだ。亡くなる前のエリーは少し変だった。ますます自分の殻に閉じこもるようになって。もちろん、ディーコンと暮らすのは悪夢だったにちがいない。だが、わたしの目には、エリーがそこまで絶望していたようには見えなかった。少なくとも、自殺するほどは」

グレッチェンは乾いた笑い声をあげた。

「男の子にはやっぱり見えてなかったのね。エリー・ディーコンは地獄を味わってたのよ」

授業が終わると、エリーは数学の教科書をバッグにほうりこんだ。黒板の宿題を無意識に書き写しはじめて、ペンが止まった。こんなことをしてなんの意味がある？　きょうは学校をずる休みしようかと思っていたが、結局はしぶしぶ行くことに決めた。休んだら目立つだけだったからだ。それだけは避けたかった。ふだんどおりにしておいたほうがいい。注目は避け、祈る――最高の結果にならなくても、最悪の結果にならないことを。

混み合った廊下で、男子の一団が携帯ラジオのまわりに群がってクリケットの中継に耳を傾けている。オーストラリアと南アフリカの試合だ。だれかが六点打を打ち、歓声があがった。なんの変哲もない金曜日の午後だ。みな早くも週末の解放感に浸っている。

いつからこんなふうに感じるようになったのだろう。正直なところ、思い出せない。平日がひどければ週末はもっとひどい。それは無限に思えるほどつづき、終わりはいつも見えそうで見えない。

けれども、この週末はちがう。その思いを胸に、廊下の人ごみを抜けていった。この週末が過ぎれば、何もかも変わる。この週末の終わりは確かに見える。

物思いにふけっていたので、だれかに腕をつかまれて驚いた。そこには小さなあざができていたから、圧痛に顔をしかめた。

「よう。そんなに急いでどこへ行くんだ?」ルーク・ハドラーが見おろしていた。


「どういう意味だ?」フォークはグレッチェンを見つめた。

「どういう意味かはあなたもわかるはずよ、アーロン」グレッチェンは言った。「あなたもそこにいて、わたしとまったく同じものを見てたんだから。最後の何週間か、エリーの態度はおかしかった。少なくとも、わたしたちといっしょにいるときはそう見えた。めったにいっしょにいなかったけどね。あのくだらないアルバイトばかりで、そうでないときは——何をしてたかは知らないけど。とにかく、わたしたちとは全然つるまなくなった。そしてお酒を一滴も飲まなくなった。覚えてるでしょう? 痩せたいからって本人は言ってたけど、あとから考えればでたらめよね」

フォークはゆっくりとうなずいた。確かに覚えている。エリーはたぶん四人のなかでいちばん酒好きだったから、意外に思ったものだ。あの家系なら酒好きになるのも無理はなかった。

「どうして酒をやめたんだろう」

グレッチェンは悲しげに肩をすくめた。「わからない。酒に呑まれてしまうと思ってたのかもしれない。自分がどうなってしまうかわからないと思ってたのかも。それに、認めたくはないけど、展望台で大喧嘩をした夜、ルークが言ったことは的を射てた」

「というと?」

「ルークがわたしたちをだましたのを許してるわけじゃないの」グレッチェンは慌てて言った。「あのやり方はひどかった。でも、エリーが冗談を冗談として受けとらなくなったということをルークが言ってたわよね。そんなことは口に出すべきじゃなかったけど、そのとおりだった。エリーはそういう余裕がなくなってた。あの茶番には笑わなくてもよかったけど、あのころのエリーは何に対しても笑わなくなってた。いつもしらふで、真面目で、勝手にどこかへ消えてしまった。覚えてるわよね」

フォークは黙っていた。覚えている。

「それに――」グレッチェンは言いかけてやめた。

「なんだ？」

「あなただって、エリー・ディーコンは虐待されてたのかもしれないと、心の底ではずっと前から疑ってたはずよ」

エリーはルークの腕を振り払い、あざをさすった。

ルークは気づいていない様子だった。

「何か急ぎの用でもあるのか？　町へ出てコーラでも飲まないか？」やけに気軽な口調だった。展望台での喧嘩以来、ルークは何度もふたりきりで会う時間を作ろうとしている。これまでのところ、すべて拒否しているが。もしかしたら謝りたいのかもしれないと思ったが、それを確かめるだけの気力も興味もなかった。ルークはあくまでもルークなのだ、と思った。謝らせるだけでも骨が折れる。それに、もし自分がもう怒っていなかったとしても、きょうはルークにとって幸運な日になるはずがなかった。

「行けない。きょうは無理」

わざと謝らなかった。昔のよしみで矛を収めるべきなのだろうかと、一瞬だけ考えた。ルークとの付き合いは長い。そこには歴史がある。するとルークがむくれた顔になり、不機嫌な視線を向けてきたので、わざわざ仲直りする価値はないと悟った。エリー・ディーコンは、求めるばかりでろくに報いようとしない男たちを人生でいやになるほど見てきた。もうたくさんだった。ルークに背を向けた。忘れたほうがいい。ルーク・ハドラーはあのとおりの人間で、それはけっして変わらないのだから。

胸のうちで罪悪感と後悔の念が膨らみ、フォークはうつむいた。グレッチェンが手を伸ばし、腕に触れた。

「認めるのはつらいわよね」グレッチェンは言った。「でも、その証しはいくつもあった。わたしたちはあまりにも子供で、自分本位だったから、それに気づけなかった」

「なぜエリーはわれわれに打ち明けなかったんだろう」

「怯えてたのかもしれない。恥ずかしく思ってたのかも」

「あるいは、だれも気にかけていないと思っていたのかもしれない」

グレッチェンはフォークを見つめた。「あなたが気にかけてるのはエリーもわかってたわ、アーロン。だからエリーはルークよりもあなたに惹かれたのよ」

フォークはかぶりを振ったが、グレッチェンはうなずいた。

「ほんとうよ。あなたは地に足が着いてた。エリーが頼りにできる相手だった。エリーが話そうとしたら、あなたは耳を傾けたはず。ええ、あなたよりもルークのほうが華やかで口もうまかったのは事実よ。でもそれは必ずしも美点じゃない。ルークは人気者だったけど、たいていの人は脇役扱いされるのを好まない。あなたはそういう人間じゃなかった。あなたはいつも、自分よりもほかの人を気にかけてた。さもなければ、いまだってこうしてキエワラには戻っていないはず」

「やあ、エリー」
うなじにルークの視線を感じながら廊下を途中まで行ったとき、空いた教室のなかから声をかけられた。――アーロン・フォークが、ラベルを貼った鉢植えの植物を大きなボール紙の箱に詰めていた。エリーは微笑み、教室にはいった。

「発表はうまくいった？　また最高点？」はみ出たシダのつるを指に巻いて箱に押しこみながら言った。

アーロンは謙虚に肩をすくめた。「どうだろう。まあまあかな。植物はあまり得意じゃないから」あえて言おうとしないが、きっと優を取ったのだろうとエリーは思った。勉強に関しては、アーロンはほとんど苦労していない。この一年、自分もほとんど苦労していないが、それは勉強していないという意味であって、結果はまったくちがっていた。教師たちはしばらく前から口出しするのをやめていた。

アーロンは箱の蓋を閉じて持ちあげ、長い腕で危なっかしくバランスをとった。「家まで持って帰るのは骨が折れそうだ。よかったら手伝ってくれないか？　コーラをおごるから」

ルークと同じく気軽な口調だったが、少し顔を赤めて目をそらしている。ロック・ツリーでキスをしてから、ふたりの関係は少しぎくしゃくしていた。展望台での喧嘩のあとも、それは変わっていない。エリーは弁解したい衝動に駆られたが、どう言えばいいのかわからなかった。そんなことより、アーロンの頰を両手で包み、もう一度キスをして、やさしさに感謝の思いを伝えたかった。

アーロンは返事を待っていて、エリーはためらった。いっしょに行こうと思えば行ける。たいした寄り道にはならないだろう。でもだめだ、と自分に言い聞かせた。もう決めたのだから。ほかに行かなければならないところがある。

「行けない。ごめんね」心からそう言った。

「気にしないで」アーロンの笑みは見せかけではなく、エリーは深く後悔した。アーロンは味方だ。いつも安心させてくれる。

アーロンに打ち明けるべきだ。

不意にそんな考えが頭に浮かんだ。一度かぶりを振った。だめだ。それはできない。愚かな行為だ。もう遅い。いまとなっては、引き留められるだけだろう。しかし、アーロンの何も疑っていない顔を見ていると、寂しさで胸が痛み、実はこの顔こそが自分の求めているものなのかもしれないと思った。

「エリーに悪いことをした」フォークは言った。「われわれはエリーの友達だったのに、見殺しにしてしまった」

グレッチェンは自分の両手を見つめた。「そうね、わたしも後ろめたく思ってる。でも、あまり自分を責めないで。ほかにも虐待を疑ってた人はいたはずなのに、見て見ぬふりをしてた。あなたは子供だった。あなたは自分にできる最善のことをした。あなたはいつもエリーにやさしかった」

「でも充分じゃなかった。エリーがどんな思いをしていたのだろうと、それはわれわれの鼻先で起こっていたのに、われわれはろくに気に留めなかった」

キッチンは静かで居心地がよく、フォークは自分の重い体を引き起こして出ていくのがひどく億劫に感じた。グレッチェンが小さく肩をすくめ、フォークの手に自分の手を重ねた。手のひらがあたたかかった。

「わたしたちはその教訓をいやと言うほど学んだ。あのころはいろいろなことがあった。ルークのことにかぎらず」

エリーはアーロンを見あげて微笑んだ。打ち明けろ、と頭のなかでささやく声があったが、抑えこんだ。やめて。もう決めたのだから。だれにも打ち明けない。

「もう行かないと」立ち去りかけて足を止めた。これからどうなるかを考えたせいで、つい向こう見ずになった。自分が何をしているかわからないまま、進み出て箱の上に体を伸ばし、アーロンの唇に軽くキスをしていた。乾いたあたたかい感触があった。後ろにさがったが、慌てたので机に尻をしたたかにぶつけた。

「じゃあまたね」自分の声がそらごとめいて聞こえ、返事は待たなかった。

振り返って教室のドアのほうを向いたとき、驚いて跳びあがりそうになった。ドア枠にルーク・ハドラーが寄りかかり、物音も立てずに見つめていた。表情は読めなかった。エリーは息を吸い、作り笑いを浮かべた。

「じゃあまた、ルーク」すれちがいざまに言った。

ルークは笑みを返さなかった。

30

フォークはベッドにすわり、十枚ばかりの紙を前に広げていた。下のパブは静かだ。最後の常連客が帰ってから何時間か経っている。事件のメモを見つめた。手がかりを線で結んでいくと、もつれ合ったクモの巣ができたが、行き詰まっただけだった。新しい紙を出し、もう一度やってみた。結果は同じだった。携帯電話を取り出し、ボタンを押した。

「エリー・ディーコンは父親から虐待を受けていたはずだ」応答したレイコーに言った。

「なんの話だ？　ちょっと待ってくれ」眠たげな声だった。通話口をふさいでいるらしく、会話が小さく聞こえた。リタだろう。腕時計に目をやった。思っていたよりも遅い時間だった。

一分後、レイコーの声がふたたび聞こえた。「待たせたな」

「すまない。時間を見ていなかった」

「気にしなくていい。エリーがどうした？」

「グレッチェンと昔話をしていたんだ。エリーが不幸だったという話を。不幸だったどころか、地獄を味わっていた。マル・ディーコンが虐待していたのはまちがいない」

「身体的に？　性的に？」

「それはわからない。両方かもしれない」

「そうか」沈黙が流れた。

「ディーコンには、ハドラー一家が殺された時間帯のアリバイがない」

回線の向こうでレイコーが大きくため息をついた。

「なあ、あの男は精神に障害のある七十代の老人だ。ろくでなしかもしれないが、よぼよぼの爺さんなんだよ」

「だから？　それでもショットガンは持てる」

「だから」レイコーは切り返した。「あんたは二十年前の恨みのせいでディーコンを色眼鏡で見ているように思える」

フォークは答えなかった。

「悪いが」レイコーはあくびをした。「疲れているんだ。あした話そう」間を置いて言った。「リタがよろしく伝えてくれと言っている」

「こちらこそ。すまなかった。おやすみ」

電話は切れた。


部屋の固定電話のけたたましい音で起こされたとき、まだ数分しか経っていないように思えた。フォークは片目をこじあけた。七時過ぎだ。片腕で顔を覆って寝ていたところだったが、どうにか電話に出ようとした。メモを見るうちにうたた寝をしてしまったらしく、体は湿っぽくて頭は抗議するかのようにうずいている。騒音に耐えられず、力を振り絞って手を伸ばし、受話器を取りあげた。

「やっと出たか」マクマードウだった。「寝てたのか？」

「ああ」

「これを知ったら眠気も吹っ飛ぶだろうな。いますぐおりてきたほうがいい」

「まだ服も――」

「信用してくれ。裏で待ってる。おれもできるだけのことはするよ」

フォークの車は糞《ふん》まみれになっていた。糞が車体に塗りたくられて筋を作り、車輪のまわりやフロントワイパーの下に溜まっている。糞は早朝の日差しですでに乾いていて、車に刻まれた文字のなかにもはいりこんでいた。おまえの皮を剥いでやる、という文句が銀色の文字ではなく糞で綴られている。

フォークは駆け寄った。シャツで鼻を覆って近づかなければならなかった。においが口のなかまでまとわりついてくる。飛びまわる蠅が顔や髪に止まってきたので、身震いして打ち払った。

車内はさらにひどかった。夜間に熱を逃がすために少しあけておいた運転席の窓に、じょうごかホースをねじこんだらしい。吐き気を催す汚物がハンドルやラジオの上に飛び散り、座席やその下の床にぬかるみを作っている。駐車場にあるほかの車は無事だ。マクマードウが横に離れて立ち、腕を鼻と口に押し当てている。バーテンダーは首を横に振った。

「最悪だな。同情するよ。空き瓶を運び出したときに見つけたんだ。夜のうちにやられたんだろう」マクマードウは間を置いた。「少なくとも動物の糞だ。大部分は。たぶん」

シャツで鼻を覆ったまま、フォークは車のまわりを無言で歩いた。車が哀れだった。傷をつけられたうえに、めちゃくちゃにされた。憤怒が体を駆けめぐる。息を止め、縞のできた窓の向こうをのぞきこんだ。近づきすぎないように注意しながら。汚れ越しに、何かが車内に入れられているのが見えた。叫びだしそうになり、あとずさった。

糞を浴びてシートにこびりつき、悪臭を放っていたのは、エリー・ディーコンの死に関して情報提供を求める何百枚ものビラだった。

警察署は陰鬱な雰囲気に包まれていた。

「ダウと叔父にはおれから警告しておく」電話に出る前、レイコーはそう言った。「車の価値はわかるか？賠償させることができるかもしれない」

机の前にすわってハドラー家の事件のファイルを虚ろな目で眺めていたフォークは、上の空で肩をすくめた。部屋の奥でレイコーが電話を切り、しばらく両手で頭をかかえた。

「ディーコンが先制攻撃に出たようだ」フォークに声をかける。「苦情を申し立てた。あんたに対してだ」

「よくもそんなことができるな」フォークは腕を組み、警察署の窓の外に視線を向けた。「わたしの車をくそまみれにしておいて」

「あんたからいやがらせを受けているそうだ。ディーコンの娘の墓か何かをいじったのか？　弁護士を連れてここに来るぞ」

「そうか」フォークは視線を動かさなかった。

「まさかとは思うが——？」

「いやがらせなどしていないが、目撃者はいない。だから、わたしの言いぶんとディーコンの言いぶんが対立することになるだろう。そしてわたしはディーコンに恨みを持っているわけだから……」フォークは肩をすくめた。

「心配していないのか？　深刻な事態なんだぞ。話を聞くのはおれだが、この案件は第三者にまわされることになる。経歴に大きな傷がつくかもしれない」

フォークは遠くを眺めた。

「もちろん、心配しているさ。だが、いかにもディーコンのやりそうなことだろう？」レイコーが身を乗り出さなければならないほど、フォークの声は小さかった。「あいつが通ったあとには破壊と不幸しか残されていない。日ごろから妻を殴り、おそらく娘にも同じことをしていた。この町を牛耳り、立場を利用してわたしと父を追い出した。あいつの甥が何かをしたために、カレン・ハドラーは死ぬ前にその名前を書き残した。あのふたりは腐りきっている。それなのにだれもとがめようとしない」

「どうしろと言うんだ？」

「さあな。わたしはただ、ディーコンは睾丸《こうがん》を吊られても当然だと言っているだけだ。器物損壊のかどで逮捕するだけでは生ぬるい。もっと大きな罪を犯している。ハドラー家に対して。娘に対して。ほかにもあるはずだ。わたしにはわかる」

玄関の扉が閉まる音が聞こえた。ディーコンと弁護士が到着したらしい。

「よく聞くんだ」レイコーが言った。「あんたはわかっていない。この署の外でそんなことを口外したら、いやがらせの疑いも晴らせなくなる。だから口に気をつけろ。どれだけあんたが望もうと、ディーコンとハドラー一家の殺害事件とを結びつけるものは何もないんだ」

「本人に訊いてみろ」

「視野が狭いと危険を招くぞ」

「いいから訊いてみろ」

弁護士は若い女で、依頼人の権利を守ることに熱心だった。レイコーは辛抱強くその話に耳を傾けながら、ふたりを取調室に通した。フォークはそれを見送っていから、椅子の背もたれに寄りかかり、不満を募らせた。受付カウンターからデボラが歩み寄り、冷えた水のペットボトルを差し出した。

「マル・ディーコンが向こうにいるのに、ここでじっとしているのはおもしろくないでしょうね」

「確かに」フォークはため息をついた。「そういう手順になっている。役に立つときもあれば、役に立たないときもある」

「自分が何をすべきかわかっている？　待ち時間を有効に使うのよ」デボラは廊下を目顔で示した。「倉庫を片づけたらどうかしら」

フォークはデボラを見た。「いまはそんな暇は――――」

デボラは眼鏡越しにフォークを見つめた。「ついてきて」ドアの錠をあけ、フォークを中に通した。かびくさい部屋で、書類用の棚が並び、事務用品が積みあげられている。デボラは指を唇に当ててから、耳に触れた。棚の上の換気口から声が聞こえてくる。くぐもっているが、聞きとれた。

「録音するために言っておく。自分はレイコー巡査部長で、同僚のバーンズ巡査が同席している。あなたの名前も記録するので言ってもらいたい」

「セシリア・ターガスです」換気口を通しても、弁護士の声は歯切れがよく、明瞭に聞こえた。

「マルコム・ディーコンだ」

倉庫のなかでフォークはデボラを見つめた。

「これは直さないといけないな」とささやくと、デボラはウィンクらしきものをした。

「そうね。でもきょうでなくてもかまわないわ」

デボラは倉庫から出てドアを閉め、フォークは箱の上に腰をおろして耳を澄ました。

ディーコンの弁護士が口火を切った。「わたしの依頼人は――」と言いかけて黙る。

レイコーが片手をあげて遮ったところが想像できた。

「フォーク連邦警察官に対する苦情は書面で確かに受けとった」レイコーの声が換気口から届く。「ご存じのとおり、フォーク連邦警察官は厳密には勤務外であり、この警察署の署員でもないので、苦情は本人が所属する指揮系統のしかるべき人物に伝えられることになる」

「わたしの依頼人は、自分の平穏な生活を乱さないという確約を得たいと望んでおり――」

「あいにくだが、こちらからそのような確約はできない」

「なぜです?」

「あなたの依頼人は三人の射殺体が発見された家の隣に住んでいて、現在のところアリバイがないからだ。そして偶然ながら、昨夜起こった車両の器物損壊事件の容疑もかけられている。これについてはのちほど」

沈黙が流れた。

「ハドラー家の三人の死に関して、ミスター・ディーコンから言うことはもう何も――」弁護士の声は、今度はディーコンに遮られた。

「おれはあの銃撃事件となんの関係もない。そう記録してかまわないぞ」ディーコンは声を張りあげた。

セシリア・ターガスの高い声が割ってはいった。

「ミスター・ディーコン、わたしが助言したように――」

「ちょっと黙っててもらおうか」ディーコンはあからさまに見くだして言った。「この話がどこに行き着くか、あんたはまるでわかってない。隙を見せれば、こいつらはすぐさまおれをあの事件の犯人に仕立てあげようとするはずだ。あんたのせいでぶちこまれるのはごめんだね」

「ですが、助言をするよう甥御さんから頼まれていますので――」

「なんだ? 胸がでかい女はばかなだけじゃなく耳も遠いのか?」

長い沈黙が流れた。ひとりですわっていたフォークは、笑いを嚙み殺した。昔ながらの女性蔑視ほど、無知な人間を正しい助言から遠ざけるものはない。これで警告されなかったとはディーコンも言えまい。

「それなら、あの日のことをもう一度話してもらえるか、マル。よければ」レイコーの声は落ち着いているが、緊張もしている。あの巡査部長の前途は洋々としている――この事件のせいで、出世する前に熱意を失ってしまわなければの話だが。

「たいして言うことはない。母屋の脇で柵を直してたら、ルーク・ハドラーの小型トラックがあの家の私道にはいっていくのが見えた」

ディーコンの口調はこれまでになく用心していたが、台詞は一本調子で、いま思い出しているというより暗唱しているように思えた。

「ハドラーはしょっちゅう出たりはいったりしてるから、気にも留めなかった」ディーコンはつづけた。

「するとハドラーの農場のほうから銃声が一度聞こえた。おれは家のなかにはいった。少しして、銃声がもう一度聞こえた」

「何もしなかったのか？」

「何をしろと？　農場なんだぞ。毎日何かが撃たれてる。今回にかぎってあの女とその息子が撃たれたなんて、わかるものか」

肩をすくめるディーコンの姿が目に浮かぶ。

「とにかく、言ったとおり、おれは気にも留めなかった。電話に出てたからだ」

その場が水を打ったように静まり返った。

「なんだって？」

フォークは自分の困惑がレイコーの声に重なるのを聞いた。ディーコンの調書には、電話がかかってきたとはひとことも書かれていなかった。それはまちがいない。この目で何度も読み返していたからだ。

「どうした？」自覚がない様子で、ディーコンが言った。

「電話に出たのか？　銃撃があったときに？」

「そうだ。話しただろうに」口調が変わっている。歯切れが悪い。

「いや、話していない。あんたが話したのは、家にはいったら二発目の銃声が聞こえたということだけだ」

「そうとも、電話が鳴ったから家にはいったのさ」ディーコンは答えたが、そこにはためらいがあった。話し方がゆっくりになり、最後のほうはことばがつかえている。「薬局から処方薬が用意できたと連絡があったんだ」

「薬局の店員からの電話に出ていたときに、二発目の銃声を聞いたんだな？」レイコーが不信感もあらわに訊く。

「そうだ」ディーコンは答えたが、自信はなさそうだった。「おれは電話に出てた。出てたはずだ。店員にいまの音はなんだと訊かれ、なんでもない、農場ではよくあることだと答えたから」

「携帯電話で話したのか？」

「いや。固定電話だ。あのあたりでは電波がろくに届かない」

また沈黙が流れた。

「どうしてもっと前に話さなかった？」

長い間があった。つぎに聞こえたディーコンの声は幼い子供のようだった。

「どうしてかはわからない」

フォークは察した。認知症だ。倉庫の冷たい壁に額を押しつけた。心のなかで不満の叫び声をあげる。換気口から小さな咳払いが聞こえた。弁護士の声には安堵の響きがあった。

「話はこれで済んだと思いますが」

31

その後も二十分間、レイコーはディーコンを取調室にとどめ、フォークの車が損壊された事件について尋問したが、徒労に終わった。結局、厳重に警告したうえで、老いた男を解放することになった。

フォークはパトロールカーの鍵を携え、警察署の裏でディーコンの車が走り去るのを待った。五分置いて、ディーコンの農場へゆっくりと車を走らせた。途中にあった火災危険度の標識は〝極度に高い〟のままだった。

〝ディーコン邸〟という大それた名称が消えかけの文字で記された標識のところでハンドルを切り、砂利が敷かれた私道を進んだ。走り過ぎる車を、数頭の毛むくじゃらの羊が何かを期待するように見つめてくる。

農場は丘をのぼったところにあり、見事な田園風景が一望できた。右手には、少し離れた浅い谷に建つハドラー家の母屋がはっきりと見える。パラソル形の物干しは枝の先のクモの巣のようで、庭のベンチは人形の家具のようだ。二十年前はこの景色が大好きで、エリーを訪ねるたびに眺めていた。いまはそんな気分になれなかった。

フォークが荒れた納屋の外に車を停めたとき、ディーコンは車に鍵をかけようとしていた。手が震え、地面に鍵を落としてしまっている。ディーコンが大儀そうにかがんで鍵を拾いあげるのを、フォークは腕組みして眺めた。犬が主人の足もとに駆け寄り、フォークに向かってうなる。老いた男は顔をあげた。珍しく顔に敵意以外の表情が浮かんでいる。疲れ果て、とまどっているだけに見えた。

「警察署から戻ってきたところだ」ディーコンはそう

言ったが、自信がなさそうな口ぶりだった。

「ああ。そうだな」

「なんの用だ」ディーコンはできるだけ背筋を伸ばそうとした。「人目がないときに老人を殴るつもりか？ 卑怯者め」

「あんたを殴ってクビになるのはごめんだ」

「だったら何をしにきた？」

鋭い質問だった。フォークはディーコンをにらんだ。二十年間、この男は実際以上に恐ろしい存在だった。悪鬼であり、陰気な幽霊であり、まぎれこんだ怪物だった。いま目の前にしていても、喉の奥に怒りの味を感じたが、別のものがその味を薄めていた。それはけっして憐れみではなかった。

だまされた気がするからだ、と思い至った。この獣を殺さずにほうっておいたせいで、いつの間にかそれは老いて弱り、もはや正々堂々と戦うことはできなくなってしまった。フォークが進み出ると、ディーコンの目に一瞬だけ怯えの色が浮かんだ。恥を知れという思いに襲われた。足が止まる。いったい自分はここで何をしている？

ディーコンの目を見据えて言った。「わたしはあんたの娘の死にまったくかかわっていない」

「嘘だ。あの書き置きにはおまえの名前があった。おまえのアリバイは作り話だし――」暗記した内容を繰り返すだけの空疎《くうそ》な響きがまたしても感じられた。フォークは遮った。

「どうしてわかる？ ディーコン、白状するんだ。エリーが死んだ日、ルークとわたしがいっしょではなかったと、なぜそこまで確信している？ そのことにかぎらず、あの日について、あんたは自分で話したよりもずっと多くのことを知っているように思える」

母屋にはいったとき、夕食のにおいがしなかったので、マル・ディーコンは頭に血がのぼるのを感じた。

リビングルームの古びた茶色いソファーに甥が目を閉じて寝そべり、腹の上にビールの缶が載っている。ラジオがクリケットの中継を大音量で流している。オーストラリアが南アフリカを追撃しているようだ。

グラントのブーツを蹴ってソファーからどけると、甥は片目をこじあけた。

「紅茶も淹れてないのか?」ディーコンは言った。

「エリーがまだ学校から帰ってないんだ」

「怠け者め、自分からは何もしようとしないのか? おれは羊どもの世話で一日中働き詰めだったんだぞ」

グラントは肩をすくめた。「エリーの役目だろ」

ディーコンはうなったが、甥の言うとおりだった。確かにエリーの役目だ。グラントのそばにあった六缶パックからビールを一本取り、家の奥へ行った。

娘の部屋は病的なほど整頓されていた。静けさに満ちていて、散らかったほかの部屋とはまるで別世界だ。戸口に立ち、ビールをがぶ飲みした。室内にカブトムシのように視線を這わせたが、勝手にはいるのはためらわれた。清潔な部屋への入口に立っていると、違和感を覚えた。ほつれた糸とか、舗道のひびとかを見たときと同じだ。一見すると問題はなさそうなのに、何かがおかしい。

白いベッドの脚に目を留め、顔をしかめた。木に小さなまるいへこみがあり、そこのペンキがひび割れて剝がれている。脚の下のピンク色のカーペットも、こすった跡が小さなゆがんだ円を作っていて、そこだけ色がややくすんで見える。気づきにくいが、目の錯覚ではない。

胃にボールベアリングのような冷たいしこりを感じた。静寂に包まれた部屋と、ベッドの脚のへこみと、カーペットの染みを見つめるうちに、アルコールが怒りとなって血管を駆けめぐった。娘はもう帰っていなければならないのに、帰っていない。ビールの缶を握り締め、その冷たい感触が気分を落ち着かせてくれるまで待った。

　のちにディーコンは、ひどいまちがいが起こっていると悟ったのはこのときだったと、警察に語ることになる。

　フォークはエリーの父親を注意深く観察した。

「ハドラー家の事件に関してなら、潔白だと言い張ることができるかもしれないが、自分の娘に起こったことに関しては、何か知っているはずだ」

「ことばに気をつけろ」ディーコンの声はコイルばねのように静かな激情を含んでいた。

「あんたがずっと、エリーが死んだのをわたしのせいにしたがったのも、それが理由なのか？　手近に容疑者がいなければ、人々は容疑者を捜す。あんたに詮索の目が向けられていたら、どんな事実が明らかになったんだろうな。育児放棄か？　虐待か？」

　老いた男は驚くほどの勢いで突進し、不意を突かれたフォークは地面に倒れこんだ。汚れた手で顔を殴りつけられる。犬が円を描いて歩きながら吠え立てた。

「はらわたを引きずり出してやる」ディーコンが叫んでいる。「もう一度言ってみろ。獣のようにはらわたを引きずり出してやる。おれは娘を愛してた。聞こえたか？　おれはあの子を愛してたんだ」


　ルーク・ハドラーは固唾を呑んだ。南アフリカの投手に打者が打ちとられそうになり、ラジオに伸ばした手が止まった。打者がふたたび打席に立ったので、ひと息ついてラジオを切った。

　裸の胸にコロンのスプレーを気前よく浴びせ、ワードローブの戸を開いた。深く考えずに、気に入りの灰色のシャツに手を伸ばす。鏡に映った姿を確かめ、ボタンを留めながら歯をむいた。自分が見たものに満足したが、それになんの意味もないことは経験からわかっていた。読心術でも使わないかぎり、女が何を考えているかはまず見抜けない。

きょうだってそうだ。教室でアーロンにみだらな口を押しつけていたエリーの姿が頭に浮かび、鏡に映った姿が顔をしかめた。ああいうことをするのははじめてだったのだろうか。ちがうという確信があった。嫉妬めいたものが湧きあがってくるのを感じ、強くかぶりを振った。なぜ自分が気にする？　どうでもいいことだ。とはいえ、エリー・ディーコンはときどき性悪になる。この自分をないがしろにして、アーロンに媚びるくらいだ。別になんとも思っていないが、この鏡を見さえすればそんなことはひどいまちがいだとわかるのに。


長い指で頬の肉をえぐられたフォークは、ディーコンの手首をつかんで引き剝がした。相手の体をはねのけて仰向けに転がし、立ちあがって間合いをとった。ほんの数秒の出来事だったのに、ふたりとも荒い息をつき、アドレナリンが過剰に分泌されていた。ディーコンが口角に白い唾を溜めてにらみつける。

フォークは歯をむいて吠える犬を無視し、ディーコンの上に身を乗り出した。地面に倒れている病んだ男を見おろす。こんなふるまいは後悔することになるだろうと思った。しかし、いまはどうでもよかった。


アーロンが家に着いたころには、植物を入れた箱の重みで腕が痛くなっていたが、顔の笑みはずっと消えなかった。ささやかな後悔だけが上機嫌の邪魔をしていた。教室の外へエリーを追いかけていくべきだったかもしれない。ルークならきっとそうしただろう。会話を絶やさず、コーラを飲む気にさせたはずだ。

顔をしかめ、玄関ポーチに箱をおろした。教室から出るとき、エリーがルークに微笑みかけたのはまちがいない。このところあのふたりはほとんど話さないのに、どうして笑顔を見せたりしたのだろう。

エリーが出ていったあと、冷やかされて偉そうな意見を言われるものとばかり思っていたのに、ルークは眉を吊りあげただけだった。

「あの女には用心しろよ」としか友人は言わなかった。

大通りに寄ってから帰ろうと誘ったのに、ルークは首を横に振った。「悪いな、行くところがあるんだ」

エリーも忙しそうな口ぶりだった。何か用事があるのだろうか。アルバイトがあるならそう言ったはずだ。自分のいないところで友人ふたりが何をするのかは、深く考えないようにした。

退屈しのぎにと、釣り竿を取ってきた。川へ行こう。食いつきがよかった上流に。エリーがいるかもしれないから、ロック・ツリーに行くのも悪くないと思いついた。迷った。エリーが自分に会いたいのなら、そう言っただろう。けれども、エリーの考えていることはやたらとわかりにくい。ふたりきりで過ごす時間をもう少し重ねれば、わかりやすくなるのかもしれない。エリーにふさわしい男になりたい。眼鏡にかなわないときは、何かひどいまちがいを犯しているのだろう。


「あの日、わたしがあんたの娘を殺したと思っているのか？」フォークはディーコンを見おろして言った。「わたしがエリーを川に沈めて溺死させ、父を含めたあらゆる人に嘘をつきとおしたと思っているのか？」

「あの日、何があったかは知らない」

「知っているはずだ」

「おれは娘を愛してた」

「いつからその台詞が」フォークは言った。「免罪符になったんだ？」

「だったらヒントでも言ってもらおうか。十点満点で十点が刑務所入りだとしたら、何点の面倒を起こしたんだ？」

レイコーが電話で怒鳴っている。レイコーの怒声を聞いたのははじめてだとフォークは気づいた。

「面倒は何も起こしていない。大丈夫だ。ほうっておけばいい」フォークは、ディーコンの農場から一キロメートルほど道をくだったところに停めたパトロールカーのなかにすわっていた。携帯電話に、レイコーからの不在着信が八件もはいっていた。

「何もだと？　おれがそれほどお人好しだと思っているのか？　あんたは苦情を申し立てられている。いまどこにいるか、おれが想像できないとでも？　頭の鈍い田舎の警官には見当もつかないとでも高をくくっているのか？」

「よしてくれ。そんなふうには思っていない。レイコー、思っているわけがない」フォークは、感情を抑えきれなかったことを悔やんでいた。仮装でもしているかのように、自分が自分でなくなってしまった気がした。

「あんたは事情聴取が終わったとたん姿を消したうえに——言っておくが、盗み聞きしていたのはわかっているぞ——その口ぶりだと、あんたがディーコンに対して何かを企んでいたのは明らかだ。しかも、いまあんたはパトカーに乗っている。だから大丈夫なわけがない。いつの間にか左遷されていたのでもないかぎり、ここの責任者はおれだ。苦情を申し立てた当人に対してあんたがいやがらせをしたのなら、大きな問題になる」

　長い沈黙が流れた。レイコーが署内を歩きまわり、デボラとバーンズが聞き耳を立てている光景が目に浮かぶ。フォークは何度か深呼吸した。心臓はまだ早鐘を打っているが、良識が戻りつつあった。

「問題は何もないはずだ。すまなかった。分別を失っていたんだ。厄介なことになったら、わたしが責任を負う。約束する」

　いつまで経っても返事がないので、聞いているのだろうかと思った。

「いいか」レイコーは声の調子を落とした。「事態はあんたの手に負えなくなっていると思う。あんたはこの土地に因縁があるから」

だれも見ていないにもかかわらず、フォークはかぶりを振った。「そんなことはない。いま言ったとおり、少しおかしくなっていただけだ。何も悪いことはしていない」少なくとも、さらに悪いことを重ねるつもりはなかった。

「なあ、あんたは力を尽くした」レイコーが言っている。「おれひとりではここまでできなかった。それはまちがいない。だが、そろそろ終わりにするべきだと思う。クライドに連絡を入れよう。悔しいが、もっと前にそうしておくべきだった。こんな結果になったのはあんたのせいじゃない。けっして」

「レイコー、それは――」

「あんたはディーコンとダウに取り憑かれている。あのふたりを糾弾することに取り憑かれている。まるであのふたりをハドラー一家のために逮捕することで、エリーの身に起こったことの償いができるかのように考えて――」

「それはちがう！　カレンはダウの名前を書き残していたんだぞ！」

「わかっているが、ほかに証拠はないだろう！　あいつらにはアリバイがある。いまやふたりともだ」回線の向こうでレイコーはため息をついた。「ハドラー家で銃撃があったときは電話に出ていたというディーコンの話は事実のようだ。バーンズが通話記録を取り寄せているところだが、薬局の店員が裏づけている。そういうやりとりをしたのを覚えているそうだ」

「くそ」フォークは頭を掻きむしった。「なぜ店員はもっと前に言わなかったんだ？」

間があった。

「訊かれなかったからだ」

「ディーコンはやっていない」レイコーは言った。

「ハドラー一家を殺していない。早く目を覚ますんだ。あんたは過去にとらわれて現実が見えなくなっている」

32

グレッチェンが三杯目の赤ワインをついだころになってようやく、フォークは肩の力が抜けていくのを感じた。あまりにも長いあいだ重荷がそこにのしかかっていたので、とうとうそれが軽くなりはじめても、気づかないところだった。首の凝りがほぐれている。ワインを口に含み、混乱した頭にもっと心地よい霧がかかっていく感覚を歓迎した。

キッチンは暗く、テーブルに並べられていた夕食の食器は片づけてあった。出されたのはラムシチューだった。うちのよ、とグレッチェンは言っていた。レシピではなく羊の話だ。皿洗いと皿拭きはふたりでやり、グレッチェンが洗剤を使い、フォークが布巾を使った。

並んで手を動かし、照れながらも家事を楽しんだ。

片づけが終わると、リビングルームに移動し、フォークはグラスを持ったまま満ち足りた気分で大きな古いソファーに身を沈めた。グレッチェンが室内をゆっくりとめぐり、サイドテーブルの弱い照明をつけて深い金色の光を作り出していく。さらにどこかのスイッチを入れ、落ち着いたジャズの調べを流した。柔らかく、穏やかな曲だった。あけた栗色のカーテンが夜風に揺れている。窓の外は静かだった。

しばらく前に、グレッチェンはパブまで車で迎えにきてくれた。

「あなたの車はどうしたの?」と訊かれた。

フォークは何があったかを話した。見たいと言われたので、駐車場へ連れていった。グレッチェンは防水シートを恐る恐るめくった。車体はホースで洗ってあったが、車内は汚れたままだった。グレッチェンは気の毒がり、小さく笑ってフォークの肩を撫でた。たいしたことでないようにふるまってくれた。

裏道に車を走らせているとき、グレッチェンはラチーが今夜はベビーシッターの家に泊まると話した。それ以上の説明はなかった。グレッチェンの金髪が月光を受けて輝いていた。

グレッチェンもソファーに腰をおろした。同じソファーの、離れた端に。その距離はフォークが縮めなければならなかった。そういうことは昔から苦手だった。サインを読みとり、的確な判断をくだすのは。早すぎれば怒らせてしまう。遅すぎても同じだ。グレッチェンが微笑んでいる。今夜はそれほど苦手にしなくても済むかもしれない、と思った。

「メルボルンに戻る誘惑にはまだ抵抗してるのね」グレッチェンは言い、グラスを傾けた。ワインは唇の色と同じだ。

「こういう日は抵抗しやすいな」フォークは言い、笑みを返した。熱いものが胸から腹、さらにその下へと伝わっていく。

「事件が解決しそうな兆しはあるの？」

「正直なところ、なんとも言えない」あいまいな言い方をした。事件の話はしたくなかった。グレッチェンはうなずき、心地よい静寂が流れた。ジャズのブルーノートは暑さに呑みこまれている。

「ねえ」グレッチェンが言った。「見せたいものがあるの」

体をよじり、ソファーの後ろの本棚に手を伸ばす。その動作で体が近づき、滑らかな胴がのぞいた。グレッチェンは二冊のアルバムを手に取ってすわり直した。大きなアルバムで、分厚い表紙で綴じてある。一冊目の最初のページをめくり、脇に置いた。二冊目を開き、フォークに身を寄せる。

距離が縮まった。早くも。フォークがグラスをまだ空けないうちに。

「この前、これを見つけたの」グレッチェンは言った。


フォークはアルバムに視線を向けた。グレッチェンのむき出しの腕が自分の腕に触れている。二十年ぶりに会った日のことを思い出した。葬儀のあとだ。よせ。いま、そのことは考えたくない。ハドラー家のことは。ルークのことは。

アルバムのページを見つめた。一ページにつき三、四枚の写真が糊付きの台紙に貼ってあり、ビニールのシートで覆われている。最初の何枚かは幼いころのグレッチェンの写真で、現像の過程で出た赤と黄の色合いが鮮やかだ。グレッチェンがページをめくった。

「どこだったかな――あった。これよ。見て」ページを向けて指さす。フォークは顔を寄せた。自分が写っている。グレッチェンも。見たことのない写真だった。三十年ほど前のもので、自分は灰色のショートパンツを穿いて脚を見せ、グレッチェンは大きすぎるワンピースを着ている。並んで立つふたりのまわりにも制服姿の子供たちがいる。ほかの子供たちはにこやかに笑っているのに、自分とグレッチェンは疑わしげにカメラをにらんでいる。髪は子供らしいブロンドだ——グレッチェンの髪は金色で、自分の髪は白っぽい。自分の反抗的な表情から察するに、カメラの背後にいる人物にポーズをとるよう無理強いされたのだろう。

「たぶん、入学した日よ」グレッチェンが横からのぞきこみ、眉を吊りあげた。「どうやらあなたとわたしは似た者同士だったみたいね」

フォークは笑い、過去の写真に指を這わせるグレッチェンに少し身を寄せた。現在の世界のグレッチェンがフォークを見あげ、微笑するその赤い唇のあいだから白い歯がのぞき、ふたりは口づけを交わした。フォークはグレッチェンの背に腕をまわして抱き寄せ、その熱い唇を味わい、鼻を頬にこするようにしながら、空いているほうの手を髪のなかに差し入れた。柔らかな胸が自分の胸に当たり、デニムのスカートが太ももに押しつけられているのを強く意識した。

ふたりは体を離し、照れ笑いして深く息を吸った。落とした照明のもとでは、グレッチェンの目は紺色に見える。額にかかっていた前髪を掻きあげてやると、グレッチェンはふたたび体を寄せて唇を求め、フォークはひと息ごとにシャンプーの香りと赤ワインの風味を堪能した。

携帯電話が鳴る音は耳にはいらなかった。グレッチェンが動きを止めてはじめて、フォークはふたり以外の世界の存在に気づいた。無視しようとしたが、グレッチェンに指で唇を押さえられた。フォークはそれにキスをした。

「シーッ」グレッチェンが忍び笑いをする。「あなたのかしら、それとも——？　ああ、わたしのね。ごめんなさい」

「ほうっておけばいいのに」フォークはそう言ったが、グレッチェンはすでに腰を浮かしていて、立ちあがってソファーから離れた。

「そういうわけにはいかないのよ。悪いけど、ベビーシッターかもしれないから」グレッチェンは微笑んだ。小悪魔めいた笑みで、フォークは先ほどまで触れ合っていた肌に震えが走るのを感じた。まだ感触が残っている。グレッチェンは画面を見た。「やっぱり。すぐ戻るから。くつろいでいて」

片目をつぶる。いたずらっぽくうなずく仕草が、これからの展開を期待させた。フォークは笑みを浮かべ、リビングルームから出ていくグレッチェンを見送った。

「アンドレア、何かあったの?」声が聞こえてくる。

息を吐き、手の甲で目をこすった。頭を振ってワインをひと口飲み、ソファーの上で少し身を起こした。魔法が消えてしまわないよう、ほどほどに頭をはっきりさせて、グレッチェンが戻るのを待った。

隣の部屋から、グレッチェンの声が低いささやきとなって伝わってくる。ソファーの背に頭をもたせかけ、まわりの音に耳を傾けた。ジャズのリズミカルな旋律を聞いていると、心が安らいだ。そうだ、と不意に思いついた。こういう生活も悪くないかもしれない。キエワラではなく、どこかほかの土地でなら。緑が多くて開けた、まともに雨が降る土地がいい。開けた広い土地の扱い方は心得ている。日常生活を送っているメルボルンまでは五時間で行けるが、いまは百万キロメートルも離れているように感じられる。都会暮らしは性に合っているのかもしれないが、はじめて自分の奥底にあるものに思いをめぐらせた。

ソファーの上で身じろぎした際、アルバムのひんやりとした表紙に指先が触れた。隣の部屋から聞こえるグレッチェンの声は、低いささやきのままだ。切迫した口調ではなく、何かを辛抱強く説明している。特に見たいわけではなかったが、フォークはアルバムを膝に載せて開き、目をしばたたいてワインの酔いを覚ました。

先ほど見たふたりの写真を探したが、すぐにアルバムをまちがえたことに気づいた。最初のページに並んでいたのはグレッチェンの幼いころの写真ではなく、二十歳前後の写真だった。アルバムを閉じようとして、思い直した。写真に興味を引かれていた。そのころのグレッチェンは見たことがない。見たことがあるのはもっと歳が若いか、もっと歳を重ねたグレッチェンで、その中間は知らない。写真のグレッチェンは相変わらずカメラを疑わしげに見つめていたが、不服そうなポーズはもうとっていない。スカートは短くなり、表情も前ほど内気そうではなくなっている。

ページをめくると、光沢のあるカラー写真に写ったグレッチェンとルークの顔が目に飛びこんできたので驚いた。ふたりとも二十代前半で、親密そうに顔を近づけ、似合いの笑みを見せている。グレッチェンはなんと言っていた？

〝あなたが去ったあと、何年かがんばってみたのは事実よ。でも、うまくいかなかった。当然だけど〟

同じような写真が、見開きのページに並んでいる。デート、ビーチで過ごす休日、クリスマスのパーティー。そして突然、それが途絶えた。ルークの顔が二十代から三十手前へと変わったころに。カレンと出会った時期を境に、ルークはグレッチェンのアルバムに登場しなくなっている。別に不思議ではない、とフォークは自分に言い聞かせた。おかしなことではない。つじつまは合う。

隣の部屋からグレッチェンのくぐもった声が聞こえてくるなか、残りのページを手早くめくった。アルバムを閉じかけたとき、手が止まった。

最後のページの、黄ばんだビニールのシートの下にあったのは、ルーク・ハドラーの写真だった。カメラのほうではなく、下に視線を向け、穏やかな笑みを浮かべている。背景は切りとってあったが、病室にいるらしく、ベッドの端に腰かけている。腕に産まれたばかりの子供を抱いて。

ルークの腕のなかで、折り重ねた青い毛布の下から、赤らんだ小さな顔と、黒っぽい髪と、ふくよかな手首がのぞいている。赤ん坊を抱くルークの仕草には喜びと愛情が表れていた。いかにも父親らしく。

ビリーだ、とフォークは深く考えずに思った。ハドラー家で同じような写真を数えきれないほど見た。が、名前がおかしかった。アルバムに顔を寄せ、目をこする。酔いはもう覚めていた。薄暗い部屋で強いフラッシュを焚いたらしく、上手に撮れてはいない。しかし、焦点は合っている。サイドテーブルの明かりの下にアルバムを持ってくると、ムード照明でも写真がもっと明瞭に見てとれた。青い毛布に包まれた赤ん坊のまるまるとした手首に、白い樹脂のバンドが巻かれている。大文字でていねいに名前が書かれていた。

ラクラン・シェーナーと。

33

暗い窓に映った自分の姿がゆがんでずれている。廊下から漂ってくるグレッチェンの声が、不意に別人の声のように聞こえた。もうひとつのアルバムをつかんでページをめくった。グレッチェンがひとりで写っている写真や、母親とふたりで写っている写真や、姉といっしょにシドニーで夜を過ごしている写真があった。ルークの写真はない。いや——見落とすところだった。前のページに戻る。これも写りが悪く、アルバムに入れておくような写真ではない。地域の催し物か何かで撮ったものらしい。グレッチェンが背景に写っている。その隣に立っているのはカレン・ハドラーだ。そしてカレンの隣にはルークが立っている。

妻の頭越しに、ルーク・ハドラーがグレッチェンを見つめている。グレッチェンも見つめ返している。先ほどの小悪魔めいた笑みを浮かべて。ルークがグレッチェンの赤ん坊といっしょに写っている写真をもう一度見た。ラチーの黒っぽい髪や茶色い目やとがった鼻は、母親とは似ても似つかない。

背後からグレッチェンに声をかけられ、フォークは心臓が止まりそうになった。

「たいしたことじゃなかったわ」グレッチェンが言い、フォークは振り返った。グレッチェンは微笑み、携帯電話を置いてワイングラスを手に取った。「ラチーがわたしの声を聞きたがっただけで――」

フォークの顔つきと、その手が広げているアルバムを見て、笑みが消えた。グレッチェンは仮面さながらの無表情になってフォークを見返した。

「ゲリーとバーブは知っているのか?」フォークは自分の声に含まれた棘を聞きとった。いやな声だった。

「カレンは知っていたのか?」

グレッチェンは気色ばみ、たちまちかたくなな態度になった。「知らせることなんて何もない」

「グレッチェン――」

「言ったでしょう。ラチーの父親は地元の人間じゃない。ルークはわたしの古い友人よ。だからお見舞いにきてくれた。ときどき時間を作ってラチーと遊んでくれた。それだけ。何か問題でもあるの? ルークは大人の男性の手本になってくれた。深い意味なんてない」グレッチェンはまくし立てた。いったんことばを切る。深く息を吸う。フォークを見つめて言った。

「あの子の父親はルークじゃない」

フォークは何も言わなかった。

「ルークじゃない」

「ラチーの出生証明書にはなんと書いてある?」

「何も書いてない。あなたには関係ない」

「ラチーの父親の写真は一枚もないのか? 見せられ

ないのか？」

　グレッチェンの返事は無言だった。

「どうなんだ」

「あなたには何も見せる必要はない」

「きみはつらい思いをしたはずだ。ルークとカレンが出会ったときは」自分の声ではないようだった。よそよそしく冷ややかな声に聞こえた。

「いいかげんにして、アーロン。ラチーの父親はルークじゃない」グレッチェンは顔と首に血の気をのぼらせ、ワインを飲んだ。声になだめすかすような響きが加わっている。「わたしはルークと寝てない――ずっと前から」

「何があったんだ？　ルークはきみと結婚して身を固めるのをいやがり、別の相手を捜していた。そこへカレンが現れて――」

「だったら何？」グレッチェンは遮り、グラスのなかでワインがはねた。瞬きして涙をこらえている。先ほどまでの親密さは消え失せていた。「ええそうよ、ルークがカレンを選んだときは頭にきた。わたしは傷ついた。ルークに傷つけられた。でも、人生なんてそういうものでしょう？　恋愛なんてそういうものよ」

　グレッチェンは黙った。前歯で舌先を噛んでいる。

「どうしてきみがカレンに好意を持っていなかったのか、不思議に思っていた。だが、そういうことなら納得できる」

「だから？　わたしがカレンの親友にならないといけない理由は――」

「カレンはきみが望むすべてを持っていた。ルークも、安心も、それなりの金も。きみはここでひとりきりだった。父親は子供を置いていってしまった。きみの話だと、町を去ったらしい。だがほんとうは、近所の別の家庭で夫と父親を演じていたのか？」

　グレッチェンは涙をこぼしてなじった。「よくそんなことが訊けるわね。結婚したルークとわたしが関係

を持ったらどうだって言うの？　息子の父親がルーク
だったらどうだって言うの？」
フォークはグレッチェンを見つめた。グレッチェン
はいつだって美しい。この世のものとは思えないほど
に。だがそのとき、ビリー・ハドラーの部屋にあった
染みが脳裏によみがえった。グレッチェンが銃を構え、
兎を撃ち殺した場面も。
「訊かなければならないから訊いているんだ」
「いったいどういうつもり？」グレッチェンは憤然と
言った。歯にワインの染みがついている。「嫉妬して
るの？　いっときわたしがルークを選び、ルークがわ
たしを選んだから？　こうしてここにいるのもそれが
理由のひとつなのね？　ルークが死んだいま、ようや
く勝てると思って」
「ばかなことを言うな」
「ばかなこと？　あなたに言われたくない」グレッチ
ェンは声を張りあげた。「昔は子犬みたいにルークの
あとをつけまわしてたくせに。そしていまも、いまに
なっても、ルークのために、あれほど憎んだ町にとど
まってる。哀れね。どんな弱みを握られてたのかしら。
まるで取り憑かれてるみたい」
フォークは、アルバムのなかから死んだ友人が見つ
めているように感じた。
「グレッチェン、わたしがここにいるのは、三人の人
間が死んだからだ。わかったか？　だから、息子がい
ながら、ルークとの関係を隠すのはあの家族に対する
最悪の仕打ちだと思う」
グレッチェンはフォークを押しのけ、すれちがいざ
まにテーブルのワイングラスを倒した。血を思わせる
染みがカーペットに広がる。玄関のドアがあけられ、
熱風が落ち葉を巻きあげながら吹きこんできた。
「帰って」亡霊のような目で言った。顔は醜い赤に染
まっている。さらに何かを言うように息を吸いかけて
やめた。唇をゆがめ、冷ややかな笑みを浮かべる。

「アーロン。待って。あなたが早まった真似をする前に――言っておくことがある」ささやき声に近い。

「わたしは知ってるのよ」

「何を？」

グレッチェンは顔を寄せ、唇が耳に当たりそうになった。息からワインのにおいがした。

「エリー・ディーコンが死んだ日の、あなたのアリバイが嘘だってことを。なぜなら、わたしはルークがどこにいたかを知ってるから。ルークはあなたといっしょじゃなかった」

「待て、グレッチェン――」

グレッチェンはフォークを押し出した。

「隠し事があるのはみんな同じみたいね、アーロン」

ドアが乱暴に閉ざされた。

34

町までの長い道のりを歩いた。一歩ごとに、地を踏んだ反動が靴底からうずく頭まで伝わってくる。さまざまな考えが蠅のように飛び交っている。グレッチェンとのやりとりを思い返し、改めて吟味、検討して、ほころびを探した。レイコーに電話をかけた。応答はなかった。まだ怒っているのかもしれない。電話がほしいとメッセージを残した。

ようやく〈フリース〉に着いたのは閉店間際だった。パブの前でスコット・ホイットラムが自転車用ヘルメットのストラップを締めている。鼻の怪我はよくなっているようだ。ホイットラムはフォークをひと目見て手を止めた。

「大丈夫ですか?」

「嵐のような夜だったんだ」

「顔に出ていますよ」ホイットラムはヘルメットを脱いだ。「さあ、一杯おごりますから」

フォークは早く階段をのぼってベッドに潜りこみたくてたまらなかったが、押し問答をする気力もなかった。だからホイットラムにしたがって店にはいった。客はほとんど残ってなく、マクマードウがカウンターを拭いていた。ふたりが歩み入ると、バーテンダーはいったん手を止め、何も言わずにビールを二杯ついだ。ホイットラムがカウンターにヘルメットを置く。

「わたしが払うよ。つけにしておいてくれるかな」校長はマクマードウに言った。

バーテンダーは顔をしかめた。「つけはだめだ」

「そう言わずに。常連なんだから」

「同じ台詞を言わせないでくれ」

「やれやれ。仕方ないな」ホイットラムは財布を取り出し、中身を探った。「いま手持ちが——カードで払わないと——」

「わたしが払う」フォークは割ってはいり、二十ドル札をカウンターに置くと、手を振ってホイットラムの抗議を退けた。「いいんですよ、気にしないでください。乾杯」

ビールを大口に飲んだ。早く飲み終えてしまえば、早く切りあげられる。

「それで、何があったんですか」ホイットラムが尋ねた。

「何も。もうここには死ぬほどうんざりしただけです」

〝わたしは傷ついた。ルークに傷つけられた〟

「捜査に進展は?」

この際だから洗いざらい話してしまおうかと思った。マクマードウは片づけをやめてカウンターの向こうから聞き耳を立てている。迷ったが、肩をすくめた。

「じきにここを離れられるから、とにかくその日が待ち遠しいですよ」成り行きがどうなろうと、月曜日にはメルボルンに戻っていなければならない。レイコーが考え直さなかったら、その時期は早まる。

ホイットラムはうなずいた。「それはうらやましい。もっとも――」片手の人差し指と中指を交差させ、幸運を祈る仕草をしてみせる。「わたしも思っていたよりも早く、あなたのあとにつづくかもしれません」

「キエワラを離れるんですか？」

「うまくいけば。サンドラのために早くどうにかしないと。妻もここにはうんざりしていますから。新天地を探しているんですよ。北のほうの学校になるかもしれません。少しはちがうでしょう」

「北はここより暑いのに」

「少なくとも、雨は降ります。ここの問題は水不足です。そのせいで町全体がおかしくなっている」

「まったくだ」フォークはビールを飲み干した。頭が重い。ワインと、ビールと、感情で。

察したホイットラムが、同じようにグラスを空けた。「そろそろ帰ったほうがよさそうだ。あしたも学校がありますし」片手を差し出す。「あなたがここを離れる前にもう一度会えるといいのですが、会えなかったとしても、どうぞお元気で」

フォークはホイットラムの手を握った。「ありがとう。あなたもがんばってください。北で」

ホイットラムが愛想よく手を振って立ち去ると、フォークは空になったグラスをマクマードウに渡した。「もうすぐ町を出ていくんだって？」

「たぶん」

「そうか。信じてもらえないかもしれないが、残念だよ。まともに金を払ってくれるのはあんただけだったからな。おっと、そうだ――」マクマードウはレジをあけ、フォークに二十ドル札を返した。「酒代は部屋代につけておくよ。警官がどうやってるかは知らないが、そのほうが経費にしやすいだろう」

フォークは驚きながら札を受けとった。

「そういうことなら礼を言うよ。つけはだめなんじゃなかったのか？」

「あれはホイットラムに言ったんだ。あんたなら問題ない」

フォークは眉根を寄せた。「どうしてホイットラムはだめなんだ？　よく知っている相手だろうに」

マクマードウは短く笑った。「ああ、そうとも。確かによく知ってる。だからあの男の金の行き先も知ってる」奥の部屋で明滅しているスロットマシンを顎で示す。

「ホイットラムはスロット好きなのか？」

マクマードウはうなずいた。「それだけじゃない。競馬もドッグレースもだ。いつも片方の目でその手の番組を観て、もう片方の目で携帯のアプリを見てる」

「嘘だろう」フォークは驚いたが、納得できる部分もあった。ホイットラムの家で目にしたスポーツ関連の書籍が頭に浮かぶ。こういう仕事をしていると、ギャンブル好きに接する機会は多い。人となりはそれぞれちがう。共通しているのは、妄想と窮乏だけだ。

「本人はうまく隠してるつもりなんだろうが、酒場のカウンターの後ろにいるといろんなものが見えてくるのさ」マクマードウは言った。「特に、酒代をもらう段になると。それに、あの男はスロットがそれほど好きじゃないはずだ」

「というと？」

「ああ、あの男にとっては子供の遊びみたいなものなんだろう。それでも、ここに来るたびに、自分の体重並みのコインをスロットにつぎこむのをやめられずにいる。この前、喧嘩の巻き添えになったときもそうだ。ジェイミーとグラントが殴り合ったときだよ」

「そうだったのか」

「まあ、学校にいるのでもないのに告げ口はよくないな。金を無駄遣いするのは別に犯罪じゃない。ありがたいことだよ。さもなければおれは食いっぱぐれてる」

「あんただけじゃないさ」フォークは笑みを作った。「とはいえ、ああいうギャンブル好きはおめでたいやつらだよ。いつも必勝法とか抜け穴とかを探してる。結局のところ、そんなものが役に立つのは正しい馬に賭けたときだけなのに」

この部屋がこれほど監房めいて感じられたことはなかった。フォークは明かりもつけずに歯を磨き、ベッドに倒れこんだ。頭のなかは混乱していたが、疲労に圧倒された。まぶたが重くなってくる。

外の通りで空き缶が転がり、カランカランという音がしじまを破った。半分眠りながらも、その音でスロットマシンの耳障りな効果音を思い出した。目を閉じる。マクマードウのギャンブル観は正しい。この事件も同じだ。どんな必勝法も通じないときはある。

〝そんなものが役に立つのは正しい馬に賭けたときだけなのに〟

脳裏で歯車がまわった。深く組みこまれたものだけに、回転はのろい。固まっていて、なかなか動こうとしない。ようやく鈍い音を立てて一段まわってから止まり、はまった。

フォークはゆっくりと目をあけた。暗くて何も見えなかったが、その漆黒に目を凝らし、考えをめぐらせた。

キエワラの三次元映像を思い浮かべる。想像のなかで、展望台らしきものにのぼっていくと、眼下の景色がしだいに小さくなってくる。頂に立って見おろす。町を、干魃を、ハドラー家を。はじめてまったくちがう視点から物事を見ている。

長いあいだ虚空を見つめながら考えた。新しい場所にはまった歯車を試してみる。ついに完全に目を覚まして身を起こした。Tシャツを着て、運動靴を履く。懐中電灯と古新聞をつかみ、足音を忍ばせて下におり、駐車場へ行った。

　自分の車は停めた場所にそのままあった。糞の悪臭で目が潤んだが、ほとんど気に留めなかった。防水シートをめくり、新聞紙を手袋代わりに使って、トランクをあけた。そこは後部座席によって車内と隔てられているので、糞の嵐を免れている。

　懐中電灯をつけて空のトランクを照らした。しばらく立ち尽くした。そして携帯電話を取り出し、写真を撮った。

　部屋に戻った。眠りに落ちるまで長い時間がかかった。朝を迎えると、早々と起き出して着替え、苛々しながら待った。時計の針が九時をまわった瞬間、携帯電話を出して、とある番号にかけた。

　ルーク・ハドラーは汗ばむ手でハンドルを握っていた。ジェイミー・サリヴァンの家を出てから、エアコンを全開にしているのに、ろくに冷えていない。喉が渇き、水を持ってくればよかったと後悔した。前方の道路にどうにか神経を集中する。もう少しで家だ。早く帰ろう。

　最後の直線道路にはいったとき、前に人影が見えた。ひとりきりで路肩に立っている。手を振りながら。

35

フォークは息せき切って足音を鳴らしながら警察署に飛びこんだ。電話を切ったあと、パブからここまで走りどおしだった。

「目くらましだったんだ」

机の前にすわっていたレイコーが顔をあげた。目が充血し、まだ眠気が覚めていないように見える。

「何が?」

「すべてが。ルークはまったく関係なかった」

「参ったな」ルークはつぶやいた。距離が縮まり、手を振っている相手が見分けられるようになったとたん、気が滅入った。このまま走り過ぎてしまおうかとも思ったが、この日は猛暑だった。最高気温は四十度を超えているはずだ。

少しためらってからブレーキを踏み、小型トラックを停車させた。窓をおろし、顔を出した。

フォークは興奮と焦燥を同時に感じながら、震える指でハドラー家の事件のファイルを開いた。

「われわれはルークとのつながりを見つけようとして、袋小路にはいりこんでいた——ルークは何を隠していて、だれがルークの死を望んだのか。そればかり調べていて、何か収穫はあったか? 何もない。少なくとも、まともな成果はなかった。弱い動機はいくつも見つかったが、どれも決め手に欠ける。きみの言うとおりだった」

「おれの?」

「わたしは視野が狭かった。だがそれはふたりとも同じだ。われわれはずっと、まちがった馬に賭けていたんだよ」

「立ち往生してるみたいだな」ルークは窓の外に顔を出し、相手の足もとに置かれたものを顎で示した。

「すまないが、そのようだ。工具はあるかな?」

ルークはエンジンを切って車からおりた。そしてよく見ようと、かがみこんだ。

「どこか壊れたのか?」

それがルーク・ハドラーの言った最後のことばになった。重量のある何かで後頭部を殴られ、湿った鈍い音が響いた。四方の木々に止まった鳥たちが驚いて黙りこみ、あたりは静まり返った。

ルーク・ハドラーのくずおれた体のそばに立ち、荒い息をつきながらおのれの所業を見おろしていたのは、スコット・ホイットラムだった。

フォークはファイルを引っ掻きまわし、カレン・ハドラーの貸出レシートの写真を取り出した。自分の電話番号の上に記された〝グラント??〟という語が目につく。写真をレイコーの机の上に滑らせ、そこに指を突きつけた。

「グラント。とんでもない勘ちがいをしていた。これは名前じゃない」

カレンは校長室に歩み入ってドアを閉めた。水曜日の午後のいつものざわめきが遠のく。カレンは赤の地に白いリンゴがプリントされたワンピースを着て、思い悩む顔をしていた。ホイットラムの机のすぐ前に置かれた椅子を選び、背筋を伸ばして腰かけると、足首を重ねるようにしてきれいに脚を組んだ。

「スコット」と切り出す。「この件であなたと話そうかどうか、迷いました。でも、問題があるのは事実です。見て見ぬふりをすることはできません」

そう言うと、気後れしているのではないかと思えるほど慎重に身を乗り出し、一枚の紙を差し出した。白い地に印刷された〝クロスリー教育財団〟というレターヘッドが目に飛びこんでくる。金色の前髪の下からのぞきこむカレンのまなざしは、ただひとつのものを求めていた。安心できることばを。

スコット・ホイットラムの脳の奥深くにある、闘争‐逃走反応を司る部位のどこかで、隠れた扉が開き、カレンを止めるためにとりうる手段をほのめかした。

「Grant《グラント》」フォークは貸出レシートを指さしながら言った。「この語は普通名詞なら、奨学金、補助金、寄付金などを意味する。昨年、キエワラ小学校がクロスリー教育財団に申請したのもそれだ。そして申請は却下された。しかし、事実はどうだったと思う？」

レイコーは信じられないといった顔で瞬きをした。

「まさか」

「そのまさかだ。けさ、財団の理事長と電話で話したんだが、申請は受理され、今年にはいってからキエワラ小学校は五万ドルの寄付金をもらっている」

振り返れば、いつ誤りを犯したかははっきりとわかる。ホイットラムは紙を受けとり、すべてを物語るレターヘッドに焼き焦がされる思いをしながら、内容に目を通した。申請手続きに関する意見を求めるために、寄付金を得た団体に自動的に送付される調査票だった。

これだけでは決定的な証拠にはなりえないから、おそらく書類はもっとあるはずだと思った。ほかの書類はカレンが保管している。こちらに弁明か告白の機会を与えたかったのだろう。それはカレンの目つきが物語っていた。青い目が納得のいく回答を求めている。

こう言うべきだった。「確かに変だな。調べておくよ。もしかしたら実は幸運に恵まれていたのかもしれない」そう、カレンに礼を言うべきだった。そんなふうに切り抜けるべきだった。それなのに、パニックに陥ってしまった。調査票をおざなりに読んだだけで、一蹴してしまった。

どのみちそのゲームに勝つのはたやすくなかっただろうが、負けが決まったのはこの瞬間だ。最悪の結果。一巻の終わり。

「気にするまでもないだろう」その台詞で自分の運命を確定した。「ただの誤りだ。ほうっておいてかまわない」

しかし、誤りを犯したのは自分のほうだ。体をこわばらせて視線を落とすカレンの仕草で、それを思い知った。距離を置こうとしている。この部屋にはいってくるときは確信がなかったにせよ、出ていくときは確信を持っている。

カレン・ハドラーの別れの挨拶は、ここの農地のように乾ききっていた。

「スコット・ホイットラムか」レイコーは言った。

「くそ。くそ。それで筋は通るのか？」

「ああ。筋は通る。ホイットラムにはギャンブル癖がある。昨夜知った」フォークはマクマードゥの話を伝えた。「それが手がかりになった。マクマードゥの話のおかげで、ずっとまちがった方向を見ていたことに気づいた」

「話を戻そう。なぜ学校の金を横領したんだ？　借金で首がまわらなくなっていたのか？」

「ありうるな。ホイットラムはおととし都会からやってきた。縁もゆかりもないこの土地に。ここを毛嫌いしているくせに、とどまっている。メルボルンで強盗に遭ったと話していた。だれかが刺されたらしい。何か裏があったとしても不思議ではないな」

しばらく沈黙が流れた。

「カレンも気の毒に」レイコーが言った。

「われわれは愚かだった」フォークは言った。「早まってカレンの存在を軽んじてしまった。カレンとビリーの存在を。ふたりは巻き添えになったものとばかり思いこんでいた。ルークはいつだって主役で、いつだって注目を浴びていた。子供のころからだ。だからまたとない目くらましになった。ルークの事件であって、平凡なその妻の事件のはずがないとわれわれは錯覚していた」

「ちくしょう」レイコーは目を閉じ、いま知った事件の真相を吟味した。パズルのピースがはまり、かぶりを振る。「カレンはグラント・ダウに付きまとわれていたわけじゃなかった。夫に怯えていたわけでもなかった」

「むしろルークは、カレンが学校で何を見つけてしまったかを知って、不安を募らせていたと思う」

「カレンがルークに話したということか？」

「話したはずだ」フォークは言った。「カレンがわたしの電話番号を書き留めた理由がほかにあるか？」

カレンは校長室を出ると、女子トイレに直行した。個室にはいって鍵をかけ、額を戸に押しつけて怒りの涙を流した。いま話すまでは、かすかな希望の光が残っていた。ホイットラムがあの書類を笑い飛ばしてくれるのを望んでいた。「何があったかは手に取るようにわかるな」と言って、理にかなった説明をしてくれるのを。

心の底からそういう台詞が聞きたかったのに、聞けなかった。震える手で涙を拭った。これからどうする？　事実だとわかっても、スコットがあの金を横領したとはまだ信じられない気持ちがあった。正直に言ってしまえば、前からわかっていた。口座の入出金記録を調べたからだ。経理のミスは自分のせいではなく、スコットのせいだ。あれはいわばパンくずであり、追っていけばスコットの偽装工作にたどり着く。スコットの盗みに。そのことばをあえて使ってみた。ひどく違和感を覚えた。

疑惑と事実は同じではないとカレンは信じていたが、夫の世界観はいつも白黒がもっとはっきりしていた。

「あの野郎が金を盗んだと思ってるのなら、警察に通報すればいい。気が進まないならおれが通報する」二日前、ルークはそう言った。

カレンはベッドにすわり、図書館から借りたばかりの本を膝の上に広げていた。読書ははかどらなかった。夫が服を脱ぎ、椅子の上に重ねるのを見つめた。裸で立ち、広い背中をまるめながらあくびをしている。その眠たげな笑みを見て、薄明かりのもとだと夫がとてもハンサムに見えたので驚いた。声を潜めて話していたから、子供たちの部屋まで声は届いていないはずだった。

「だめよ、ルーク」カレンは言った。「あなたは手を出さないで。お願いだから。自分の力でなんとかできるけれど、確信がほしいのよ。そのうえで通報するわ」

慎重になりすぎだとは思った。だが、学校長は地域の要のひとりだ。父兄がどう反応するかは想像できる。町には不穏な空気が漂っているから、スコットに危害が加えられるかもしれない。確固とした証拠もないのに、これほど重大な告発をするわけにはいかない。キエワラはすでに壊れかけているのだから。しかるべき手順を踏まなければならない。それに、自分の仕事のことも考慮する必要がある。もし勘ちがいだったら、たちまち職を失うだろう。

「まずスコットと話すべきだと思う」隣にはいってきてあたたかい手を太ももに置いた夫に言った。「弁明の機会を与えないと」

「隠蔽の機会を与えるだけだと思うぞ。カレン、警察に任せたほうがいい」

カレンは不満げに沈黙した。ルークはため息をついた。

「わかったよ。通報しないのなら、せめてどういう証拠が必要か助言してもらえ」寝返りを打ち、携帯電話に手を伸ばす。画面をスクロールし、連絡先を見つけると、携帯電話をカレンに渡した。「この男に電話するといい。おれの友達で、警官だ。メルボルンの連邦警察で金がらみの事件を扱ってる。いいやつだよ。すごく頭が切れる。おまけにおれに借りがある。この男なら信用できる。力になってくれるはずだ」

　カレン・ハドラーは何も言わなかった。自分でどうにかすると言ったし、どうにかするつもりだった。だが、もう夜も遅かったし、言い争わないほうが楽だった。ベッドサイドテーブルの上を探ってペンを見つけ、すぐそばにあった紙を手に取った。しおり代わりに使っていた貸出レシートだ。これでかまわないだろう。裏返し、なんの件か忘れないようにひとこと書いてから、アーロン・フォークの電話番号を書き写した。夫がまだ見つめていたので、貸出レシートを読んでいた本に注意深くはさみ、ベッドの脇に置いた。

「こうすればなくさないから」そう言うと、明かりを消し、枕に頭をもたせかけた。

「ちゃんと電話しろよ」静かな夜に、ルークが妻の体に腕をまわしながら言った。「アーロンなら何をすべきか知ってる」

36

九十分後、フォークとレイコーは、覆面パトロールカーの前部座席から学校を監視していた。車は脇道をのぼった丘の上に停めてあり、そこからだと主校舎と正面の校庭がおおむね見渡せた。

後部座席のドアがあき、バーンズ巡査が乗りこんだ。丘を駆けあがってきたせいで息を切らしている。バーンズは運転席と助手席のあいだに身を入れて手のひらを差し出し、真新しいレミントン製の装弾二発を得意げに見せた。

レイコーは装弾を手に取って製造元を確かめ、うなずいた。ルーク、カレン、ビリーの遺体のそばで発見された弾と同じブランドだ。鑑識ならもっと詳細に照合できるだろうが、いまはこれで充分だった。

「おっしゃってたとおり、用務員の物置にしまいこまれてました」バーンズは座席の上で跳びはねんばかりになっている。

「物置には問題なくはいれたのか？」フォークは尋ねた。

バーンズは謙虚な態度に努めようとして失敗していた。「用務員に直接当たりました。よくある〝決まりきった調査〟にかこつけて。資格とか安全とかのたわごとですよ。すぐに入れてくれました。簡単すぎるくらいだったな。あら探しをして、あいつが口をつぐんでるように仕向けました。つぎの調査までに改善しておくのなら目をつぶってやると言って。自分が来たことはだれにも話さないでしょう」

「よくやった」レイコーが言った。「用務員がもう何時間かホイットラムに話さなければそれでいい。クライドからの応援はあと四十分で着く」

「自分らだけでさっさと踏みこんであの野郎を逮捕すればいいんですよ」バーンズは後部座席から不平を鳴らした。「クライドの連中は何ひとつ功績をあげてないんだから」

レイコーは振り返った。「ちゃんとおれたちの功績になるから、心配しなくていい。クライドの署員がホイットラムの家を捜索して銀行の取引明細書を入手したところで、たいした手柄にはならない」

「だったらあいつらには急いでもらわないと」

「そうだな」フォークは言った。

三人とも遠くの校舎に視線を向けた。ベルが鳴り、玄関の扉が開く。子供たちが少しずつ出てきて、組になって駆けまわり、つかの間の自由を満喫している。フォークは、その後方で玄関の扉の枠に寄りかかっている人物を見てとった。帽子をかぶり、マグカップを手にしていて、シャツの上の赤いネクタイが目立っている。スコット・ホイットラムだ。背後でバーンズが身じろぎする。

「五万ドルか。それっぽっちの金のために三人も殺すなんて」バーンズは言った。

「金はあまり関係ないんだよ」フォークは言った。「あいつのようなギャンブル好きは、いつも金以外のものを追い求めている。その手の人間を見たことがあるんだが、そういう欲求はあっという間に手がつけられなくなる。いつだって一発逆転のチャンスはあると思いこんでいるのさ。問題は、ホイットラムが何を追い求めていたかだ」

「なんでもいいですよ。なんだろうとこんなことをしていい理由にはなりません」

「そのとおりだが、それは金に対する考え方しだいだ」フォークは言った。「金がおぞましい結果をもたらすこともある」

ホイットラムはマグカップを両手ではさみこむよう

に持って、学校の玄関に立っていた。風がまた強くなっている。汗で肌に埃が張りつくのがわかった。前の校庭では子供たちが甲高い声をあげて走りまわっている。ふたたびひと息つけるときは来るのだろうかと思った。もう何日かでフォークは町を離れる。運がよければもっと早いうちに。そうしたらひと息つこうと決めた。その前はだめだ。

あと数カ月。目立たないようにして、つきに見放されなければ、ここを去って北で仕事に就ける。それまで逃げおおせるのは無理ではないかという不安はあった。ハドラー家に防犯カメラがあったという話をレイコーから聞いたときは、心臓発作を起こすところだった。まさかあの農場にカメラがあるとは思わず、ふたりの警官にはさまれて冷や汗を流しながら、自分がどれだけ危ない橋を渡っていたかを思い知った。

ここから逃げなければならない。最後の機会を与えてくれるよう、サンドラを説き伏せなければならない。

もう一度人生を仕切り直して、今度こそギャンブルはやめる。必ず。昨夜そう告げ、自分が流す涙で、はじめてそれが本心からのことばだと気づいた。サンドラは無言で見つめていた。前にもその台詞を聞かされていたからだろう。キエワラに越してくる前にも聞かされ、その前にも少なくとも二回は聞かされている。しかし、今度ばかりは信じてもらわなければならない。それだけではない、と自分に言い聞かせる。約束を守らなければならない。ギャンブルをやめなければならない。取り返しのつかないものが危険にさらされているのだから。

そのことを考えただけで、胃がむかついた。サンドラは生活に大きな不安を感じているが、自分たちの上にぶらさがっている斧のほんとうの重さはまったくわかっていない。口座残高がいつも赤字になっていることが最悪の問題だと思っている。あるいは、一週間ぶんの食料品や日用品をカード払いにしなければならず、ひそかに屈辱を感じていることが最悪だと思っている。あるいは、借家や分割払いのコーヒーメーカーでごまかして、体面を保たなければならないことが。サンドラは日々の問題ばかりで、それ以上は考えていない。借金の道がここからメルボルンまでつづいていることは知らない。借金を返さなかったら、その道の果てで妻自身と娘に恐怖が待ち受けていることも。

サンドラに打ち明けたらどうなるかと思い、ひねくれた笑みを浮かべそうになった。あの釘打機の脅しのことを知るだけでも妻は喜んで北へ逃げる気になるだろう。

やつらは自宅にまでメッセージを届けてきた。このキエワラまで。太い首をしたステロイド中毒の男ふたりがメルボルンから訪れ、こぎれいな郊外ふうの玄関に立ち、ボスが苛々していると告げた。払え、と。ふたりは持参した釘打機を見せた。ホイットラムは恐怖で身がすくんでいた。サンドラとダニエルは家のなかにいた。キッチンでくだらないおしゃべりをする妻子の声が聞こえてくるなか、ふたりの男は金を持ってこなかったら一家がどんな目に遭うかを低い声でつぶさに教えた。最悪のサウンドトラックだった。

その二日後、クロスリー教育財団から通知が届いた。ホイットラム本人に宛てて。カレンが休みの日に届き、未開封のまま校長室の机の上に置いてあり、寄付金の請求書が同封されていた。

一瞬で腹を決めた。財団は何百万ドルもばらまいている。あの金持ちどもにしてみれば、五万ドルなど雀の涙に等しい。研修とか支援プログラムとかのあいまいで実態がつかみにくいものを名目にすればいい。それで請求に応じてくれるはずだ。一時しのぎにはなるだろう。だがそれでかまわない。一時しのぎで。いったんその金を借りてメルボルンに払う。借りたぶんは返す。そのうちに。どうにかして。借金を清算するにはとても足りないが、時間稼ぎはできる。

深く考えないようにしながら、金を移した。学校の口座と自分の口座を取り替えるだけでよかった。サンドラも知らない口座だ。請求書に記入する口座の名義は学校のままにした。銀行が見るのは口座番号だけで、名義は見ない。ふたつが一致するかどうかまでは確認しない。この計画ならうまくいく、と自分に言い聞かせた。優はつけられないし、良も無理だが、可はつけられる。それなのにあの日、カレン・ハドラーがクロスリー教育財団から送られてきた調査票を携えて、校長室のドアをノックしたのだ。

カレンの目つきを思い出した。拳を握り締め、音を立てないようにそばの壁を弱々しく殴るうちに、皮が破れ、涙がこぼれた。

ホイットラムはカレンが出ていくのを見送った。校長室のドアが閉ざされると、椅子を回転させ、声を押し殺してごみ箱に嘔吐した。刑務所にはいるわけにはいかない。刑務所に入れられたら借金を返せないし、金を借りた相手は事情を汲んでくれるような人間ではない。自分が払わなければ、家族が払わされる。そういう決まりだ。それはどうすることもできない。やつらは釘打機を見せた。そしてさわらせた。重みを確かめさせた。自分が払わなければ、家族が――だめだ。選択の余地はない。自分が払う。払うしかない。

校長室にひとりすわり、必死で頭を働かせた。カレンは知ってしまった。となれば、まだ話していなかったとしたら、おそらくこれから夫に話すことだろう。カレンが告発するまで、時間はどれくらいあるのだろうか。カレンは慎重な女性だ。いろいろな面で入念すぎると言ってもいい。そのため何事も手間取る。カレン・ハドラーは、決心してなんらかの行動を起こす前に、確信を得ようとするはずだ。しかし、ルークのほうはそうはいかないだろう。

時間はあまりない。この件を公にされるわけにはいかかない。それは絶対にだめだ。それだけは絶対に。

放課後を迎えても、起死回生の策は思いつかなかった。我慢できるだけ我慢してから、いつものストレス解消手段をとった。手もとにあった自分の金すべてと、自分のものではない金もいくらか持って、パブのスロットマシン部屋へ行った。打開策を見いだしたのは、そこで光と陽気な効果音に包まれていたときだ。これまでもよくあったように。

人目が届かないスロットマシンの陰にひとり引きこもっていると、角の向こうのテーブルからルーク・ハドラーの声が聞こえてきた。身をこわばらせ、息を殺して、ハドラーがジェイミー・サリヴァンに横領の件を話すのを覚悟した。きっとその話になると思ったのに、秘密は暴かれなかった。ふたりは兎について愚痴を言い合い、翌日サリヴァンの農場で狩りをする約束を交わしていた。何時に待ち合わせるかを決めて。ルークは自分のショットガンを持っていくらしい。耳寄りな話だった。ゲームオーバーではないかもしれない。まだ。

さらに百ドルぶんのコインをスロットマシンにつぎこむうちに、計画の骨子ができあがった。頭のなかで何度も吟味し、骨組みに肉をつけていった。いけそうだ。完璧ではない。確実でもない。でも、五分の勝機はある。ホイットラムは、それくらいの賭け率ならいつだって勝負に出る男だった。

校庭に出たホイットラムは、小さな子供たちがそばを走り抜けていくのを眺めた。自分の娘もそこに交ざっている。一瞬、子供たちのなかにビリー・ハドラーの姿を見かけた気がした。そんな気がしたのははじめてではない。首が痙攣したかのように顎が勝手にのけぞる。あの子供のことを考えると、いまでも気分が悪くなった。なんの詫びにもならないにせよ。ホイットラム
ビリーはあの場にいないはずだった。

はすりむけた手でマグカップを握り締めながら、校長室へ戻ろうと歩きだした。ビリーはあの家にいないはずだった。そう仕組んだのだから。確実に外出しているように。あのバドミントンセットを引っ張り出したのはわざとだ。あとはさりげなくサンドラを誘導してやることで、直前にハドラー家に電話をかけさせ、ビリーをこちらの家で遊ばせる約束をとりつけることができた。愚かな母親が約束を取り消して計画を台無しにさえしなければ、ビリーは巻きこまれなかった。悪いのはひとえにカレンだ。

自分はあの子を助けようとした。だれもそれは否定できない。ホイットラムはコーヒーを一気に飲み、口を火傷したので顔をしかめた。コーヒーが食道を流れ落ち、胃に不快な刺激が広がった。

ホイットラムは胸のむかつきを感じながらパブを出ると、徹夜で計画を点検した。翌日、校長室で虚ろな目をして無気力にすわり、ドアがノックされる避けたい瞬間を待った。いまごろカレンが話しているだろう。きっとそうだ。だれかが来るにちがいない。だれかはわからないが。警察だろうか。教育委員長だろうか。もしかすると、またカレンだろうか。ノックに怯えると同時に、それを望んでもいた。ノックはカレンが話したことを意味する。つまりもう手遅れだ。計画を実行に移さなくても済む。

自分がやり遂げられるかどうかは、自問するまでもなかった。自信はあった。フットスクレイの路地で出くわした男がその証人だ。あれはばかな男だった。プロの強盗ならそれらしくすればよかったのに。

その男はホイットラムに襲いかかり、駐車場に追い詰めて財布を奪うと、腹いせに拳を腎臓に叩きこんだ。フットスクレイのよくある光景で終わるはずだった。しかし、男は急に逆上し、ナイフを振りまわして金をもっと要求した。事態はたちまち悪化した。

男はだらしない恰好をしていて、何かの薬物の影響下にあるのはほぼまちがいなかった。「わたしは教師なんだ」ということばを聞いて、ホイットラムの運動神経を過小評価したらしい。ぞんざいにナイフを突き出したものの、タックルの反撃をもろに受け、ふたりともコンクリートの上に倒れこんだ。

ナイフが街灯の光を受けてオレンジ色にひらめき、刃先がホイットラムの腹をかすって生あたたかい赤い線を引いた。アドレナリンと恐怖が体を駆けめぐり、ホイットラムは男のナイフを持っている手をつかんだ。力をこめてねじり、自分の体重を利用して男の腹に押し返した。男はナイフを放さなかった。自分の体に刃が滑りこんでも握ったままだった。ホイットラムは湿ったうめき声をあげる男を押さえつけ、血がゆっくりと流れ出ていくのを感じた。男が息をしなくなるまで待ち、さらに一分間待った。

涙がこぼれた。体が震え、このまま失神してしまうのではないかと怯えた。しかし、心の奥深くは冷静だった。追い詰められたから行動に出たまでだ、と思った。やるべきことをやったまでだ、と。財布に手を伸ばすたび、坂道を転げ落ちる感覚に襲われている自分が、はじめて自制を利かせていた。

震える指で自分の腹部を調べた。皮が切れただけだった。見た目よりも傷はずっと浅い。強盗の上にかがみこみ、市民の義務として心肺蘇生法を二度おこない、その証しとして血に染まった指紋を残した。明かりがついている近所の家を見つけ、抑えていた感情を吐き出して、強盗に遭ったから警察を呼んでくれと頼んだ。強盗は逃げましたが、急いでください、大怪我をした人がいるんです。

いまでもその事件のことはしょっちゅう思い出す。そしてそのつど、あれは正当防衛だったと確信する。この新しい脅威は路地ではなく職場に現れ、ナイフではなく書類を武器にしているが、根底はさほどちがわない。路地にいた男。机の向かいにすわっていたカレン。どちらも自分を追い詰めた。行動を余儀なくさせた。生き延びるのは一方だけだ。ならば自分が生き残る。

放課後を迎え、さらに時間が過ぎていった。教室にも校庭にも生徒は残っていない。だれも校長室のドアをノックしなかった。カレンはまだ通報していない。まだ望みはある。いまやらなければ、二度と機会はめぐってこない。ホイットラムは時計を見た。いましかない。

37

「ホイットラムはハドラー家の農場にどうやって行ったんだろう」バーンズが運転席と助手席のあいだに身を乗り出して疑問を口にした。「学校の防犯カメラの映像は目を皿にして調べましたが、あいつの車は午後のあいだずっと駐車場に置いてありましたよね」

フォークは、小型トラックの荷台で仰向けに倒れていたルークの遺体の写真を探した。荷台の側あおりに残っていた四本の横線の拡大写真を取り出す。写真をバーンズに渡し、昨夜撮った自分の車のトランクの画像を携帯電話に表示した。トランクのフェルト製の内張に、二本の長い線ができている。

バーンズは写真と画像を見比べた。

「同じ跡ですね。なんの跡だろう」
「わたしのトランクに残っていたほうは新しい」フォークは言った。「これはタイヤの跡だ。ホイットトラムは自転車で農場へ行ったんだよ」

ホイットトラムは学校から離れることを職員に告げなかった。人目を避けて非常口から忍び出た。上着を椅子の背に掛け、パソコンの電源を入れたままにして——〝ちょっとそこまで行ってくる、すぐ戻る〟という万国共通のメッセージだ。

二台の防犯カメラのかぎられた監視範囲に映らないようにしながら、物置に急いだ。予算不足が役に立ったな、とふと思い、その皮肉に笑いだしそうになった。数分後、保管庫の鍵をあけ、ひと握りの装弾をポケットに入れた。学校には兎の駆除用にショットガンが一丁置いてあるので、それをスポーツバッグに入れて肩に掛けた。その銃は最後の手段にするつもりだった。ルーク・ハドラーは自分の銃を持っているはずだ、と無言で願った。サリヴァンと兎狩りをしたあとなのだから。だが弾は？　わからない。

駐輪場へ走った。けさ早くに車を出し、学校の近くの寂れた道に停めておいた。そしてトランクから自転車を出し、残りの短い道のりはそれに乗っていき、駐輪場に入れてチェーン錠をかけた。じきにまわりは自転車だらけになる。木を隠すなら森のなか、というわけだ。そのうえで歩いて車に戻り、学校の駐車場まで走らせて、防犯カメラの画角に収まる一等地に停めた。

いま、用意しておいた自転車のチェーン錠をはずし、すぐに人けのない田舎道に出て、ハドラー家へ向かった。長い道のりではないし、時間は充分にあった。農場から一キロメートルほど離れた地点で自転車を停め、道端の草が生い茂った場所を選んだ。茂みに分け入って待ち、声を殺してタイミングが正しいことを必死に祈った。

汗まみれの二十五分間が過ぎると、機を逸したのだと思うほかなかった。一台の車も通らない。さらに八分が過ぎ、九分が過ぎた。ショットガンの銃口を横目で見て、もう逃れるすべはこれしかないのだろうかと思ったちょうどそのとき、音が聞こえた。

遠くのほうから小型トラックのエンジン音が響いてくる。ホイットラムは目を凝らした。求めていたトラックだった。目眩を覚えながら感謝の祈りを静かに捧げた。路肩に出て、自転車を倒す。その脇に立って手を伸ばし、すがる思いで大きく振った。まさしく溺れる者のように。

小型トラックがそのまま走り去ってしまうのではないかと思い、焦った。が、近づくにつれそれは速度を落とし、目の前に停車した。運転席の窓がおろされる。

「立ち往生してるみたいだな」

ルーク・ハドラーが顔を出した。

小石を詰めた靴下でルークの後頭部を殴った反動が肘に伝わり、痛みが走った。首の上あたりで何かが砕ける音がして、ルークは顔から地面にくずおれ、力なく横たわった。

学校の理科室からくすねてきたゴム手袋をはめ、小型トラックの荷台の後ろあおりをおろした。日ごろの運動の成果を発揮し、すばやくルークの腋の下に両手を入れると、どうにか荷台に引っ張りあげた。

耳を澄ます。ルークの呼吸は浅く、乱れている。さらに二度、靴下を振りかぶって叩きつけた。頭蓋骨が砕ける感触があった。血も流れだした。それは無視した。荷台にあった防水シートでルークの体を大まかに覆い、その上に自転車を載せた。土のこびりついたタイヤが、側あおりに当たって止まった。

助手席の上にルークのショットガンがあった。安堵で目眩がしたので、ゆうに一分ほど額をハンドルに押しつけて、それが治まるのを待った。ショットガンに弾は装塡されていなかった。問題ない。学校で手に入れたレミントンの弾をポケットから出し、ルークの銃に装塡した。

賽《さい》は投げられた。

38

中休みが終わって三十分が経ち、学校は静けさを取り戻していた。遠くに見える校庭は人けがなく、フォークはあくびを嚙み殺したが、そのとき携帯電話が鳴った。静かな車内に響き渡ったけたたましい音に、レイコーとバーンズが跳びあがりそうになった。

「フォーク連邦警察官ですか？」電話に出ると、相手が言った。「クロスリー教育財団理事長のピーター・ダンです。けさがたお話ししましたよね」

「ええ」フォークは背筋を少し伸ばした。「どうかされましたか」

「実は、申しあげにくいのですが、先ほどお尋ねになったキエワラ小学校の件でして」

「はい」早く本題にはいってくれと思った。

「この件は内密にするようにとのお話でしたが、どうやらわたしの秘書が――まだ雇ったばかりでして、仕事に慣れていないのですが――この件が内密だということを承知していない別の職員に伝えてしまったようでして、それで――」

「それで？」

「それで、その職員が二十分前に学校に問い合わせの電話をかけてしまい――」

「なんてことを」フォークは手を伸ばしてシートベルトを締め、レイコーとバーンズにも同じことをするよう身ぶりで慌てて伝えた。

「ええ、わかっております。たいへん申しわけ――」

「その職員はだれと話したんですか」

「金額が大きいので、責任者に直接電話を入れたようです。校長のミスター・ホイットラムに」

フォークは電話を切った。

「学校へ。いますぐ」

レイコーが勢いよくアクセルを踏みこんだ。


ホイットラムは近くのハドラー家の農場へ車を走らせた。防水シートの下でルークの死体が小刻みに揺れている。バックミラーから視線をそらし、ゴム手袋に包まれて汗ばんだ手でハンドルを握り締めた。農場に着くと、考え直す気が起こらないうちに、ルークの小型トラックを停めて飛びおりた。玄関の前ではじめて躊躇した。

ハドラー家の母屋や敷地の様子はまったくと言っていいほど知らない。自分からカレンを捜しにいくのは無理だろう。この期《ご》におよんで場ちがいな行動をするものだと思いながらも、自分の手が伸びて呼び鈴を押すのを見守った。カレンをおびき出すつもりだった。ショットガンは脇に垂らし、太ももに押しつけてある。

カレン・ハドラーがドアをあけ、相手の顔を見てとって瞬きし、驚いた。息を吸い、歯の後ろで舌をまるめて歯擦音のsを発音し、さらに硬音のcを喉から出そうとしたとき、ホイットラムがすばやく銃を構えて引き金を引いたために、〝スコット〟と呼ぶ声は断ち切られた。その瞬間、ホイットラムは目を閉じ、つぎに目をあけたときはカレンが後ろに倒れ、腹が赤い肉塊と化していた。たじろぐうちに、カレンの肘がタイル張りの床にぶつかって大きな音を立て、首がのけぞった。目に気味の悪い光がちらつき、アルトのうめき声が喉の奥から長々と漏れた。

　ホイットラムは耳鳴りがして何も聞こえなかった。

「ママ?」

　そんな。まさか。耳鳴りのなか、それだけは聞こえた。

「ママ?」

　自分の息遣いと耳鳴り、そして廊下の暗がりでビリー・ハドラーがあげた鳥のような金切り声だけは聞こえた。ビリーはおもちゃを片手にぶらさげ、恐怖で口を大きくあけている。

「ママ?」

　信じられなかった。そんなはずがなかった。ビリーがここにいる。ビリーがここにいる。はるか離れたところで、町の反対側で、自分の家の裏庭で、何事もなく遊んでいるはずなのに。それなのにここにいる。そして目撃してしまった。ならば口封じをしなければならず、その手段はひとつしかない。これで満足か、このお節介なくそ女め、とカレンの亡骸に怒鳴った。ビリーがきびすを返して廊下の奥へ逃げ出した。恐怖で声も出ず、耳障りな荒い息をせわしなく吐いている。

　ホイットラムは自分が幽体離脱でもしたかのような錯覚を覚えた。ビリーを追いかけ、子供部屋に飛びこみ、やみくもに戸棚をあけ、ベッドカバーを剥がす。どこへ行った?　どこへ行ったんだ?　こんなことをする羽目になって怒り、激情に駆られていた。洗濯籠のなかから物音がした。籠をどけた記憶はないが、中にビリーがいたから、きっとどけたのだろう。ビリーは壁に張りついて顔を手で覆った。引き金を引いた記憶はある。そう、その記憶は脳裏に刻みこまれている。

ふたたび頭が割れそうな音が響き渡り、そしてふたたび――おお神よ、やめてくれ――ほかの音が聞こえた。ビリーの泣き声かと思い、戦慄したが、ビリーは頭と胸の半分を吹き飛ばされていた。自分の声かと思って口もとに手をやったが、口は閉じたままだった。

好奇心さえ感じながら、音を追って廊下を横切った。赤ん坊が別の子供部屋にいて、ベビーベッドのなかに立ち、泣きわめいていた。ホイットラムは戸口で嘔吐しそうになった。

自分の顎にショットガンの銃口を当て、金属から熱が引いていくのを感じたが、やがてその衝動は去った。ゆっくりと銃の向きを変えた。震える銃身を赤ん坊の黄色いつなぎに向ける。息を吸う。頭のなかでさまざまな音がうるさく飛び交っていたが、そのなかにたったひとつだけ、理性が必死に呼びかける声があった。見ろ！　ホイットラムは動きを止めた。一度瞬きをする。あの子の歳を見ろ。そして聞け。あの子は泣いている。泣いているのであって、話してはいない。ことばは出ていない。話せないのなら、教えられない。

その瞬間、まだ撃とうとしている自分が恐くなった。「バン」とつぶやく。引きつった笑い声が聞こえ、まわりを見たが、だれもいなかった。

ホイットラムは向きを変えて玄関へ走った。カレンの亡骸を飛び越え、外に停めたルークの小型トラックに乗りこみ、エンジン音を轟かせて田舎道に出た。だれともすれちがわないまま運転をつづけたが、じきに不安でハンドルを握っていられなくなり、つぎに見えた脇道にはいった。道とも言えないような道の先に、小さな空き地があった。

歯を打ち鳴らしながら車から出て、自転車を荷台からおろした。そして震える手で防水シートをめくった。運転しているあいだに自転車のタイヤがずれ、塗装に四本の汚れた横線を残していたが、このときそれは防水シートの下に隠れてしまった。

腹を決めてルークの上にかがみこんだ。どこにも動きは見られない。ひげそりの際に切った傷がわかるほど、間近でルークの顔を見つめた。息は感じられない。呼吸は止まっている。

新しい手袋をはめ、ビニールのレインコートを着ると、死体を荷台の端まで引きずった。苦労してその上体を起こし、うなだれてすわる姿勢をとらせる。ショットガンを脚のあいだに据え、ルークの指紋を付けてから、歯に銃口をあてがった。

死体が滑って崩れこんでしまいそうで、練習しておけばよかったという奇妙な思いをいだいた。目を閉じ、引き金を引いた。ルークの顔が消し飛び、上体が後ろに倒れる。殴られた傷跡は後頭部ごと粉砕されている。これでいい。あとで燃やすため、手袋とレインコートと防水シートをまるめてビニール袋に突っこんだ。そして深呼吸を三度してから、自転車を無人の道路に走らせた。

ホイットラムの背後で、早くも黒蝿が飛びまわりはじめていた。

39

校長室にはだれもいなかった。財布が見当たらない。鍵も、携帯電話も。上着は椅子の背に掛けられたままだ。

「ちょっと外出しているだけかもしれません」女性の事務員が不安げに言った。「車が置いてありますし」

「それはちがう」フォークは言った。「バーンズ、ホイットラムの自宅に向かってくれ。妻がいたら、確保しておくんだ」少し考えてから、ふたたび事務員を見た。

「ホイットラムの娘はまだ授業中ですか？」

「ええ、たぶん——」

「案内してください。早く」

フォークとレイコーの歩調に合わせるために、事務員は小走りで廊下を行かなければならなかった。

「ここです」教室のドアの前であえぎながら言う。「このクラスにいます」

「どの子ですか」フォークは小さな窓をのぞきこみ、ホイットラムの家族写真に写っていた子供を捜した。

「あそこです」事務員が指さした。「二列目の、金髪の女の子です」

フォークはレイコーに顔を向けた。

「ホイットラムは子供を置いて逃げると思うか？」

「なんとも言えないな。だが、置いていかないと思う。連れていけるのならそうするだろう」

「同感だ。たぶんホイットラムは近くにいる」いったんことばを切る。「クライドに連絡してくれ。もう近くまで来ているはずだ。検問を敷いて、捜索救助の経験がある人員を掻き集めよう」

レイコーはフォークの視線をたどり、窓の外に目を向けた。学校の裏手には、鬱蒼とした森が広がっている。木々が暑さで身もだえしているかのようだ。奥はまったく見とおせない。

「厄介な山狩りになりそうだ」レイコーは言い、携帯電話を耳に当てた。「あそこなら世界一の隠れ場所になる」

捜索救助チームが横一列に並ぶと、森の小道に沿って鮮やかなオレンジ色の点が連なった。風が吹きすさび、ユーカリの木が頭上でざわついている。強風が埃や塵を巻きあげるので、チームの面々は目を伏せたり手でかばったりしなければならなかった。背後にはキエワラの町が広がり、低い家並みが陽炎で揺らめいている。

フォークも捜索の列に加わっていた。時刻は真昼で、反射材を貼ったベストの下はとうに汗だくになっている。横にいるレイコーの顔が険しい。

「みんな、無線の電源を入れてくれ」捜索救助チームのリーダーが拡声器で呼びかけた。「それから、このあたりはタイガースネークの生息地になってるから、足もとに気をつけるんだ」

ヘリコプターが上空から熱風を吹きおろしている。リーダーの指示で、オレンジ色の線がまるで一匹の生き物のように前進していった。木々が密になり、一行を包みこむ。さらに奥へ進むと、ユーカリの巨木と生い茂った低木がチームのあいだに割りこんで、たちまちフォークの視界から人が消え、左隣のレイコーと、右手遠くのオレンジ色のベストひとつだけしか見えなくなった。

しらみつぶしに調べる、とリーダーはいかにももどかしそうに説明した。深い森にはそれが向いている。チームは横一列になり、めいめいが自分の正面の森にまっすぐ分け入って、進めなくなるまで歩いて調べていく。

「理論的には、われわれが通れないようなところは校長も通れない。進めなくなったら、もとの小道に引き返すんだ」リーダーはそう言って、ベストをフォークに押しつけた。「とにかく気を抜かないでくれ。あのあたりを歩くのは骨が折れるから」

フォークは前進した。足もとで枯れ枝が折れる音と、木に風が吹きつける音を除けば、不気味なほど静かだ。のぼり詰めた太陽が白熱し、木漏れ日がサーチライトのように降り注いでいる。猛禽さながらに上空を旋回するヘリコプターの音もくぐもっている。

まだら状に差しこむ陽光のせいで地面の様子がまぎらわしいため、慎重に足を運んだ。どんな痕跡を探すべきなのかはよくわかっていなかったし、見落としたのではないかと思うと胃が痛くなった。森林地帯での大規模な捜索は、警察で受けた訓練以来だ。しかし、若いころはこのあたりの森に何度も来たことがあったから、いったん迷いこんでしまうと抜け出るのが極端にむずかしくなるのは知っていた。

大粒の汗が目尻にはいって沁み、苛々と目もとを拭った。時間が過ぎていく。一歩ごとにまわりの木々が迫ってくるように思え、丈の高い草のあいだを歩くために足を大きくあげなければならなくなっている。前方に生い茂った大きな低木林が見えた。この距離から見ても、木々がもつれ合って通り抜けられそうにない。そろそろ進めなくなる。ホイットラムの姿は見当たらない。

帽子を脱ぎ、頭を掻きむしった。捜索チームの列から、見つけたという叫び声は伝わってこない。ベルトの無線機も沈黙したままだ。取り逃がしてしまったのだろうか。小型トラックの荷台で仰向けに倒れていたルークの遺体が頭によぎる。帽子をかぶり直し、茂みを掻き分けて低木林へ向かった。歩みははかどらず、ようやく数メートル進んだときに、ベストに棒が投げつけられた。

フォークは驚いて顔をあげた。左に少し行って何歩か進んだところで、レイコーが足を止めてこちらに顔を向けていた。人差し指を唇に当てている。

「ホイットラムか？」フォークは口だけを動かして訊いた。

「たぶん」レイコーも同じようにして答え、片手を掲げてあいまいな身ぶりをした。無線機を口もとに持ってきて、何かつぶやく。

フォークは周囲を見まわし、自分たち以外のオレンジ色の点を捜した。最も近い捜索メンバーでも、木立の向こうの離れた地点にいる。フォークは忍び足でレイコーに歩み寄ったが、下生えを踏むと何かが折れて大きな音を立てたのでたじろいだ。

レイコーが指さすほうを見る。低木林の手前で、倒木が窪地を作っている。見にくいが、場ちがいなピンク色の肉のようなものがのぞいている。指先だ。レイコーが制式拳銃を抜いた。

「わたしならやめておくな」倒木からホイットラムの声が漂ってきた。奇妙なほど落ち着いた声だった。

「スコット、レイコーとわたしだ」フォークはどうにか声の調子を合わせた。「悪あがきはよせ。五十人の人間がここでおまえを捜している。逃げ道はないぞ」

ホイットラムの笑い声が響いた。

「逃げ道はいつだってあるものさ。あんたら警官は想像力に欠けているな。銃をしまうよう相棒に言え。もう一度無線を使って、ほかの連中をさがらせろ」

「ことわる」レイコーは言い、拳銃を倒木に向け、狙いを定めた。

「ことわらないさ」不意にホイットラムが立ちあがった。ひどく汚れ、汗みずくで、赤らんだ頬に網状の細かい引っ掻き傷ができて紫色になっている。「動くなよ。見張っているからな」

ホイットラムは頭上の雲ひとつない空に浮かびあがる警察のヘリコプターを指さした。ヘリコプターは大きな円を描いて飛び、梢のあいだに見え隠れしている。見つけてくれたかどうかは、フォークにはわからなかった。見つけてくれたことを祈った。

いきなりホイットラムがナチス式の敬礼のように片手を突き出し、倒木から一歩離れた。何かを握り締めている。

「さがれ」手を振りまわしながら言う。フォークは金属の光沢を見てとり、頭のなかで銃だと叫んだが、冷静な思考を懸命に働かせ、自分が目にしているものを理解しようとした。レイコーが隣で身をこわばらせる。ホイットラムが指を一本ずつ開き、フォークの肺から息が絞り出された。レイコーの長く低いうめき声が聞こえた。銃の千倍もたちが悪い。

ライターだ。

40

ホイットラムがライターの蓋をあけると、炎が踊り、薄暗い森のなかで鮮やかに光った。悪夢の光景だった。もつれたパラシュートや、高速道路で故障したブレーキに等しい。危険な気配が漂い、フォークは体の芯から恐怖があふれ出て肌が粟立つのを感じた。

「スコット――」と呼びかけたが、ホイットラムは警告するように指を一本立てた。上等のライターで、蓋を閉じなければ火が消えない仕組みになっている。炎が風に吹かれて震え、舞った。

ホイットラムは無駄のない動きでポケットに手を伸ばし、小さなスキットルを出した。蓋をあけ、中身をひと口飲む。フォークたちから目を離さないようにしながら、スキットルを傾け、琥珀色の液体をまわりの地面に注いだ。一拍置いて、ウィスキーのにおいがフォークの鼻に届いた。

「保険というやつさ」ホイットラムは声を張りあげた。伸ばしたその手が震え、炎が揺らめく。

「スコット」レイコーが怒鳴った。「ばか野郎。そんなことをしたらみんな死ぬぞ。おまえもだ」

「撃ちたかったら撃てばいい。でもライターは落ちるだろうな」

フォークが足を踏み換えると、枯れた葉が砕け、枝が折れた。まとまった雨は二年も降っていないのに、いまやアルコールまで撒かれている。ここはマッチ箱も同然だ。背後は見とおせないが、ユーカリの木や草むらが途切れなく連なり、学校と町にまで延びている。炎は弾丸列車のごとくその連鎖をたどるはずだ。押し寄せ、跳びはね、みずからをむさぼり、獣のように疾走するだろう。無慈悲な勢いですべてを焼き尽くすにちがいない。

ホイットラムに銃を向けているレイコーの腕が震えている。巡査部長は少しだけフォークのほうに顔を向けた。

「リタが町のどこかにいる」声を落とし、歯を食いしばる。「あいつがここを火の海に変える前に、射殺する」

フォークはレイコーの快活な身重《みおも》の妻の姿を思い浮かべ、声を張りあげた。

「スコット。その火が地面に落ちたら、おまえも逃れるすべはないぞ。おまえだってわかっているはずだ。おまえは生きながら焼かれる」

その指摘にホイットラムの頭が痙攣したように動き、手のなかのライターが揺れた。フォークは息を呑んだ。レイコーが半歩あとずさって毒づく。

「くそ、気をつけろ」と叫んだ。

「いいからさがっていろ」落ち着きを取り戻したホイ

ホイットラムが言った。「銃を捨てろ」

「だめだ」

「無駄な抵抗はするな。ライターを落とすぞ」

「ライターの蓋を閉じろ」

「おまえが先だ。銃を捨てろ」

レイコーはためらった。引き金に掛けた指が白くなっている。フォークを一瞥してから、やむなく屈し、銃を地面に置いた。仕方ないとフォークは思った。野火の猛威はまのあたりにしたことがある。ある夏、野焼きが手をつけられないほど燃え広がり、隣人が家と四十頭の羊を失った。真昼の空が赤黒く染まるなか、フォークと父親は布きれを顔に巻きつけ、ホースとバケツで武装した。羊たちは息絶えるまで悲鳴をあげつづけた。炎は泣き女《バンシー》のごとく叫び、吠えた。恐ろしい光景だった。地獄を垣間見たかのように。いまはあのときよりも土地が乾燥している。緩慢な燃焼では済まない。

前方でホイットラムが、おもちゃのようにライターの蓋をあけたり閉じたりしている。レイコーが拳を握り締め、恐怖に魅入られたようにその動きを目で追っている。真上でヘリコプターがホバリングし、フォークはひと握りのオレンジ色のベストが木々のあいだに散らばっているのを目の隅でとらえた。近づきすぎないよう警告されているのはまちがいない。

「それで、突き止めたんだな?」ホイットラムは怒っているというより興味をいだいている様子で言った。

「寄付金が動機だと」

ライターの蓋をあけ、今度は火をつけたままにする。

フォークは気が滅入った。炎を見ないようにした。

「そうだ。もっと早く気づくべきだった。だがおまえはギャンブル癖をうまく隠していた」

ホイットラムは忍び笑いし、場ちがいな暗い笑い声が風に掻き消された。「ずいぶん練習したからな。サンドラには説教されたよ。いつか報いを受けると言われたよ」

れた。そうだ――」

　ホイットラムはライターをふたりに向け、レイコーが喉の奥からことばにならない声を出した。

「いいか。サンドラはこの件となんのかかわりもない。ギャンブル癖のことは少しは知っているが、ここまで追い詰められていたことは知らない。ほかのこともだ。それは頭に叩きこんでおけ。サンドラは知らなかった。学校の寄付金のことも、ハドラー家のことも」

　家族の話になると声がつかえ、ホイットラムは大きく息を吸った。

「それから、あの子には悪いことをした。ビリーには」子供の名前を出すとき、ホイットラムは顔をゆがめた。視線を落とし、ライターの蓋を閉じる。フォークははじめて希望の光を感じた。

「ビリーを傷つけるつもりはなかった。あの場にはいないはずだったんだ。それは信じてもらいたい。わたしはビリーが無事でいられるように取り計らった。サンドラにもそれは知らせてくれ」

「スコット」フォークは言った。「いっしょに来るんだ。そうすればサンドラに会って、直接伝えられる」

「サンドラがわたしにかかわりたいと思うものか。こんなことをしでかしたあとで」ホイットラムの頬が涙と汗で光っている。「何年か前、サンドラがはじめて出ていこうとしたときに、引き留めなければよかったんだ。ダニエルを連れて遠く離れた地で安らかに過ごせるようにしてやればよかった。だがわたしは引き留めてしまったし、いまとなっては手遅れだ」

　ホイットラムが手で顔を拭った隙に、レイコーが銃に手を伸ばした。

「おい！」

　レイコーが銃に触れる前に、ホイットラムはまた炎を踊らせた。「公平な取り決めをしたはずだぞ」

「わかっている」フォークは言った。「とにかく落ち着いてくれ、スコット。レイコーも家族が心配なんだよ。おまえと同じだ」

　片手を伸ばしたまま凍りつき、顔に恐れと怒りの色を浮かべたレイコーが、ゆっくりと身を起こした。

「スコット、おれの妻は妊娠している」ホイットラムをまっすぐに見つめながら言う。声がかすれている。

「予定日は四週間後だ。頼む。頼むからライターの蓋を閉じてくれ」

　ホイットラムの手が震えた。「黙れ」

「まだやり直せる、スコット」フォークは言った。

「無理だ。そんな簡単な話じゃない。あんたは何もわかっていない」

「頼む」レイコーが言った。「サンドラとダニエルのことを考えてくれ。ライターの蓋を閉じて、おれたちと来るんだ。自分のためには無理だと言うのなら、奥さんのためにそうしてくれ。娘さんのために」

　ホイットラムの顔が引きつってどす黒い色になり、頬の引っ掻き傷が不気味な影を作った。深く息を吸おうとして苦しげにあえぐ。

「あのふたりのためだったに決まっているだろう！」絶叫した。「何もかもそうだ。こんなことをしたのは、あのふたりのためだ。わたしはふたりを守りたかった。どうすればよかったんだ。やつらは釘打機を見せた。釘打機にさわらせた。わたしに選択肢があったか？」

　なんの話をしているのか、確信はなかったが、フォークには見当がついた。焦りは募ったものの、不思議なほど心を動かされなかった。ホイットラムは自分の行為をそうやって正当化しているつもりなのだろうが、みずから獣《けだもの》を生み出し、あれだけの非道な行為に手を染めたのに変わりはない。

「ふたりはわれわれが引き受ける、スコット。サンドラとダニエルは保護する」フォークは名前をことさらにはっきりと言った。「いっしょに来て、知っていることを話してくれ。ふたりの安全を確保するために」

「無理だ！　あんたたちがずっとふたりを守るのは無

理だ。わたしだって守れるわけがない」いまやホイットラムは泣きじゃくっている。手に力がはいって炎が揺れ、フォークは息が詰まった。

動揺する心を落ち着かせ、危険を冷静に見定めようとした。背後の谷にあって、秘密と闇をかかえているキエワラの町。学校、家畜、バーブ・ハドラー、ゲリー・ハドラー、グレッチェン、リタ、シャーロット、マクマードウ。必死に計算した。距離を、家の数を、脱出路を。だめだ。炎は徒歩の人はおろか、車よりも速い。

「スコット」大声で呼びかける。「頼むからやめてくれ。学校にはまだ子供たちがいる。おまえの娘もいる。この目で見た。ここ一帯は火薬庫のようなものだ。おまえだってわかっているはずだ」

ホイットラムは町の方向を一瞥し、レイコーとフォークはすばやく一歩進み出た。

「おい！」ホイットラムが怒鳴り、ライターを振った。「止まれ。それ以上近づくな。さがれ。ライターを落とすぞ」

「おまえの娘も、学校の子供たちも、助けてと逃げまどいながら焼け死ぬことになる」フォークは平静な声を出そうと努めた。「この町は――スコット、聞いてくれ――この町と住民は焼き尽くされる」

「キエワラを苦痛から解放してやるんだから、勲章をもらってもいいくらいだ。この町は肥溜めだ」

「だとしても、子供たちまで巻きこむな」

「子供たちは助かる。消防団員は真っ先に学校へ向かうはずだ」

「何が消防団員だ、ばか野郎」レイコーが叫んだ。森に散らばるオレンジ色のベストを指さす。「みんなおまえを捜すために出払っている。みんな死ぬ。おまえといっしょに。おまえがそのライターを落としたら、全員の命が失われる。おまえの妻子の命も。それは保証してやる」

ホイットラムは腹を殴られたかのように前かがみになり、手にした炎が揺れた。純粋な恐怖に満ちた目でフォークの目を見つめ、獣のように激しく泣き叫んだ。「どうせ妻も子も失った！　わたしはふたりを救えない。もうどうにもならない。だったらひと思いにこうしたほうがいい」

「よせ、スコット、こんなことをしても――」

「この町。この腐りきって滅びかけた町」ホイットラムはわめき、ライターを持った手を掲げた。「このキエワラを焼き払って――」

「いまだ」フォークは叫び、レイコーと同時に突進した。両手を左右に伸ばし、ベストの生地を毛布のように広げて体当たりした瞬間、ホイットラムがライターを地面に投げた。白熱の閃光が胸をかすめたが、フォークはレイコーとともに地面に倒れて転がり、ベストを振りまわし、ブーツで土を蹴った。ふくらはぎから太ももへと焼けつく感覚がのぼってきても無視した。

ホイットラムの髪をひと房つかみ、痛みに耐えて握り締めるうちに、それが焼けただれていった。手が生々しいピンク色に変わって皺だらけになったときには、何も握っていなかった。

永遠にも思えるあいだ、転げまわって焼かれるうちに、厚い手袋をはめた手が腋の下に差し入れられ、後ろに引きずられた。むけた肌がうずいてひび割れ、フォークは獣じみた悲鳴をあげた。

重い毛布に包まれるとともに、頭と顔に水をかけられ、むせて息が詰まった。別のだれかの手でさらに引きずられ、仰向けに倒れこんだ。唇に水のペットボトルを押しつけられたが、飲みこめなかった。苦悶のあまり体をよじると、だれかにそっと押さえつけられ、手足に走る痛みに泣きわめいた。肉が焼ける悪臭が鼻孔にまとわりつき、目をしばたたいて鼻から息を吐いた。目が潤み、洟《はな》が垂れた。

首をひねり、濡れた頬を地面に押しつけた。レイコーはまわりにかがみこんだベストの壁に隠れてしまっている。まともに見えたのはブーツだけだ。まったく身動きしていない。第三のグループが背中をまるめて絶叫する人影を囲んでいる。

「レイコー」フォークは声をかけようとしたが、だれかにふたたびペットボトルを唇に押しつけられた。どうにか顔を背ける。「レイコー。大丈夫か？」返事はない。「助けてやってくれ」何をぐずぐずしているんだ？「頼む、助けてやってくれ」

「シーッ」反射材付きのベストを着た女が言い、フォークを担架に乗せた。「手は尽くしています」

41

命に別状はありません、と医師はクライド市立病院の熱傷病棟で目を覚ましたフォークに言った。ただし手のモデルは引退ですね、とも。傷を見るのが許されたとき、フォークは自分の体に興味と嫌悪の両方を覚えた。青白い肌は赤い光沢のある組織に覆われ、体液が滲出して生々しかった。手と腕と脚に包帯が巻かれると、もう傷は見なかった。

寝たきりで過ごしていると、つぎつぎに見舞客が訪れた。ゲリーとバーブはシャーロットを連れてきて、マクマードウはひそかにビールを持ちこみ、バーンズは長いあいだことば少なに横にすわっていた。グレッチェンは来なかった。仕方ないと思った。ベッドから離れることが許可されると、ほとんどの時間をレイコーのベッドのかたわらで過ごした。腹と背の大きな火傷を治療するあいだ、レイコーは鎮静剤を投与されて眠っていた。

こちらも命に別状はありません、と医師は言った。だが、フォークに対して言ったような冗談は口にしなかった。

リタ・レイコーは片方の手を腹に当て、もう片方の手でフォークの無事なほうの手を握り、夫のそばで静かにすわっていた。フォークはレイコーの勇敢な行為を伝えた。リタは黙ってうなずき、いつ目を覚ますのかと医師にもう一度尋ねていた。レイコーの兄たちが別の州からひとりずつ見舞いにきた。同一人物が少し様子を変えただけに見えた。兄たちはフォークと握手を交わし、眠る弟にさっさと起きろと高飛車に命令していたが、それでも不安がっているのは見てとれた。

ついにレイコーが目をあけ、フォークはまる一日、病室から追い出された。面会できるのは家族だけだった。ふたたび入室が許されたとき、レイコーは包帯に覆われた顔に弱々しいが見慣れた笑みを浮かべていた。

「まさに尻に火がついていたよな」

フォークは笑い声を絞り出した。「そんな感じだった。さすがの働きだったな」

「リタを守らなければならなかったからさ。それはそうと、正直に言ってもらおうか」レイコーはフォークを手招きした。「あんたはこの町にさんざんな目に遭わされたわけだから、キエワラを焼き尽くしたいという誘惑に少しは駆られたんじゃないのか?」

フォークは微笑した。今度は心からの笑みだった。

「そんなことができるわけないだろう。家の鍵がパブに置いたままだったのに」

ホイットラムはメルボルンのアルフレッド病院に搬送され、警察に監視されていた。いくつもの容疑がかけられていて、ルークとカレンとビリーのハドラー一家殺害事件もそのなかに含まれている。

ホイットラムの顔はほとんど見分けがつかなくなっている、とフォークは教えられた。火が髪に燃え移ったからだ。生きているのが幸運らしい。さほど幸運ではないだろうとフォークはひそかに思った。刑務所生活は楽なものにはなるまい。

退院すると、快復するまでハドラー夫妻が恩返しとばかりに世話をしてくれることになった。バーブはやたらと張りきっていたし、ゲリーも是が非でもそうしてもらいたいようだった。ふたりは、なるべく長くシャーロットのそばにいるようフォークに頼みこんだ。そして、孫娘に話して聞かせた。フォークが父親の力になってくれたことを。フォークが本物のパパを——善人であり、愛情深い夫を——死の世界から取り戻してくれたことを。

ゲリーとバーブの息子が死んだことに変わりはないにせよ、ふたりは前よりいくらか明るくなった。ふたたび人の目を見つめることができるようになっていた。

フォークは一家とともに墓地へ行った。ルークの墓は新しい花に埋もれかけていた。

バーブがシャーロットにカードや花束を見せていると、ゲリーがそこから少し離れ、フォークの隣に立った。

「ディーコンの娘となんの関係もなくてよかった」ゲリーは言った。「きみには知っておいてもらいたいんだが、わたしはけっして——その、ルークがやったとは——」

「わかっています、ゲリー。気にしないでください」

「エリーの身に起こったことを突き止めたのか？」

バーブが近くに来たので、フォークはあいまいな返事をした。

体力が充分に回復すると、フォークは日を置かずに歩いてグレッチェンの家へ向かった。グレッチェンは裏でまた兎を撃っていて、近づいたフォークに銃を向け、少しだけ必要以上に長くそのまま構えていた。

「グレッチェン、すまなかった」フォークは農地の向こうに呼びかけた。両手を掲げる。「それだけ言いたかった」

グレッチェンはフォークの包帯を見て、銃をおろした。ため息をついて歩み寄る。

「お見舞いにいかなかったわ」

「わかっている」

「行きたかったんだけど、でも――」

「いいんだ。きみは大丈夫か?」

グレッチェンが肩をすくめ、ふたりは木々に止まったオウムの鳴き声を無言で聞いた。グレッチェンはこちらを見ようとしない。

「ルークはカレンを愛してた」ようやく口を開く。

「心から愛してた。その前にはエリーを」農地を見渡す目が潤んでいる。「わたしが一番だったことは一度もないと思う」

そんなことはないとフォークは言いたくなったが、慰めが通じるほどグレッチェンは愚かではなかった。

「エリーが死んだ日の件は?」

グレッチェンの顔がゆがんだ。

「ルークがあなたをかばって嘘をついたのははじめから知ってる」声がうわずり、涙がこぼれ落ちる。「だってルークはわたしといっしょだったから」

「聞こえた?」グレッチェンは目をあけ、木漏れ日に目を細くした。短い草が背中をくすぐる。

「何が?」

ルークが話すと首に息が当たった。ルークは動こうとしない。髪はまだ濡れていて、声は眠たげで張りがない。グレッチェンは体を起こそうとしたが、ルークの裸の胸が自分の胸にのしかかっていた。服は木の根もとにぞんざいに重ねてある。

先ほどふたりは下着姿になって冷たい川に飛びこんだ。激しくキスをされながら川岸に押しつけられたグレッチェンは、水のなかでもルークの体のほてりを感じた。そのうちに下着も脱ぐことになり、いまそれは平たい岩の上で乾かしている。

川は深く、泡立ってしぶきをあげながら下流の岩へ押し寄せている。静かとは言えなかったが、それでもふたたび音が聞こえた。木立の奥で何かが折れた音だ。グレッチェンは身をこわばらせた。また聞こえた。

「まずいわ」小声で言う。「だれかこっちに来てる」

押しのけられたルークが身を起こし、顔をしかめて目をしばたたいた。

「急いで」グレッチェンはルークにジーンズをほうると、ブラジャーを着けようとしたが、慌てていたのでホックを留め損なった。「服を着て」

ルークは大あくびをし、グレッチェンの表情を見て笑った。

「わかった、着るよ」

そしてボクサーパンツの向きを確かめてから穿いた。小道は少し離れたところにあり、幾重にも並んだ木々で隔てられているが、足音はもうはっきりと聞こえていた。

「お願いだから早くズボンを穿いて」グレッチェンは言い、濡れた髪の上からシャツを着た。「早く行かないと。だれでもおかしくない。父かも」

「お父さんじゃないさ」そう言いながらも、ルークはジーンズを穿いた。シャツに腕を通し、靴を履く。ふたりは黙って並んで立ち、生い茂った樹冠を透かして小道の入口のほうに目を凝らした。

細身の人影が木立のあいだから現れたとき、グレッチェンは笑いだしそうになった。

「なんだ、エリーじゃない。心臓が止まるかと思った」ささやき声のまま言った。

エリーはうつむいて足早に歩いている。川の前で足を止めた。片手を口もとに当て、増水した川を眺めていたが、やがて向きを変えた。

「ひとりで来たのかしら」グレッチェンは言ったが、声は川の音に呑みこまれた。一瞬、別の足音らしき音を聞いた気がしたが、エリーの向こうの小道にはだれもいなかった。

「どうでもいい」ルークがささやいた。「きみの言うとおりだ。そろそろ行かないと」グレッチェンの肩に手を置く。

「どうして？　声をかけましょうよ」

「気が進まないな。ここのところ、エリーは変だ。それに、このとおり濡れてるし」

グレッチェンは視線を落とした。湿ったブラジャーがシャツの下から透けている。

「だから？　わたしだって濡れてる」

「いいから行こう」

グレッチェンはルークをにらんだ。水はセックスのにおいを洗い流しているはずだが、何をしていたかは顔を見ればわかる。

「どうしてそんなにわたしたちの姿をエリーに見られたくないわけ？」

「見られたってかまわないさ、グレッチ」ルークはそう言ったが、ささやき声のままだった。「あいつは高慢ちきな性悪女だ。きょうは相手にしたくない」

ルークは向きを変え、静かに木立へ分け入って、エリーから遠ざかった。エリーが歩いてきた小道は選ばずに反対側へ向かい、グレッチェンの家の農場へと戻る土の道を歩きはじめる。グレッチェンはあとを追ったが、振り返ってエリーを見た。奇妙な形をした木の脇にしゃがみこみ、手を岩に当てている。

「何をしてるんだろう」グレッチェンは言ったが、ルークはもう近くにいなかった。

「エリーのポケットに石が詰めこまれてたと聞いたと

きは、三日間眠れなかった」グレッチェンはティッシュペーパーを出して鼻をかんだ。「わたしはエリーを見た。声をかけていれば、エリーを止められたのに。それなのに声をかけなかった」涙で声が詰まっている。

「わたしは立ち去ってしまった。もちろん、ルークを優先して」

グレッチェンは土の道の少し先でルークに追いついた。

「待って」ルークの腕をつかむ。「どうしたのよ?」

「どうもしない」ルークはグレッチェンの手を取ったが、歩みは止めなかった。「そろそろ帰らないといけないだけだ」

グレッチェンは手を振り払った。

「あなたとわたしが付き合ってることは、あの子だって知ってる。あの子というのはエリーのことよ。もうばれてる」

「ああ、知ってるだろうな」

「だったら、どうしてエリーに見られたくないの? わたしたちが真剣だってほかの人に知られたら、何か困るの?」

「困らないさ。この話はもうやめよう」ルークはそう言ったが、足を止めてグレッチェンと向き合った。身をかがめてキスをしようとする。「困るわけがない。でも、おれたちの関係はとても大切なんだ。だから特別なものにしておきたい。きみとふたりだけの秘密に」

グレッチェンは身を引いた。

「あらそう。ほんとうの理由は? もっと好みに合った女が現れるかもしれないと思ってるわけ?」

「グレッチ、よせよ」

「そうなの? それならエリーがすぐそこで待ってるから——」

ルークは喉の奥でうめき、ふたたび歩きはじめた。

「わたしにだって言い寄ってくる男はたくさんいるんだから――」

「いいかげんにしろよ」ルークの声が肩の向こうから漂ってくる。グレッチェンはルークの背中をにらんだ。その背中は大好きだった。

「それならなんなの？」

ルークは答えなかった。

ふたりは土の道からシェーナー家の農場の裏手にある放牧地に出て、無言で母屋まで歩いた。母と姉がまだ外出しているのをグレッチェンは知っていた。裏の納屋で父が忙しく動きまわる音が聞こえる。

木に立てかけておいた自転車にルークがまたがり、手を伸ばした。一拍置いて、グレッチェンはその手を握った。

「おれたちだけの秘密にしておきたいことだってある」ルークはグレッチェンの目を見つめながら言った。

「それなのにきみがいつもお姫様気どりでいたら、台無しなんだよ」

顔を近づけられたが、グレッチェンは顔を背けてキスを拒んだ。ルークは少しのあいだグレッチェンを眺めていたが、肩をすくめた。そして走り去り、グレッチェンは堰を切ったように泣きだした。

グレッチェンは整った顔に涙を伝わらせたまま、待った。だがそれも、ルークが戻ってこないのを悟るまでだった。怒りがこみあげ、頬を拭うと、無人の母屋に駆けこんだ。農場のトラックの鍵を引ったくる。まだ免許は取得していないが、車は何年も前から農場で乗りまわしている。

運転席に飛び乗り、ルークが去った方向へ車を走らせた。あの男、何様のつもりなの？　十字路の先に自転車を見つけた。小型トラックの速度を少し落とし、距離を保った。追いついたら何を言えばいいのかはわからなかった。十字路を車が横切り、グレッチェンはブレーキを踏んだ。その直後、自分も白い小型トラックで十字路を走り抜けた。

ルーク・ハドラーがあんな台詞を吐くなんて許せない、と胸のうちでつぶやいた。もっと大切にされて当然なのに。ルークがいきなり左に曲がり、グレッチェンはルークが川に戻ってエリーに会うつもりではないかと思って心臓が止まりそうになった。もしそんなことをしたら本気で殺してやる。息を詰め、距離をとって尾行した。が、しまいにルークは速度を落とし、自宅の私道に自転車を入れた。

グレッチェンは少し離れたところに車を停め、ルークが玄関のドアをあけて中にはいるのを道路から見届けた。裏で洗濯物を干しているルークの母親の影が見える。

小型トラックをUターンさせ、泣きどおしで帰った。

「エリーが帰宅してないと聞いて、川まで捜しにいったわ。父親から逃げてきたエリーが寝袋持参で隠れてるんじゃないかと半ば期待してた。でもエリーの姿は見当たらなかった」グレッチェンは親指の爪を嚙んだ。「ルークとわたしは、知ってることを話すべきかどうか言い争った。でも、わかってくれると思うけど、あの時点ではあまり心配してなかったのよ。あのころのエリーは自分の殻に閉じこもるばかりだったから、正直なところ、気が済んだらひょっこり帰ってくるんじゃないかと思ってた」長いあいだ黙りこむ。「まさかあそこの水のなかに沈んでたなんて、思いもしなかった」

フォークに顔を向けた。

「エリーが溺死したと聞いたときは、自分を許せなかった。もしあの場に残ってエリーに声をかけていたら？　何かおかしいと思ってたのに、背を向けてしまった。自分がとても情けなかった。わたしは扉を閉ざしてしまった。ルークには、エリーを見かけたことは口外しないよう約束させた。エリーを見捨てたことはだれにも知られたくなかったから」

グレッチェンは涙を拭った。

「これ以上ひどいことは起こらないと思ってたのに、みんながあなたを非難しはじめた。ルークでさえも怯えてた。かかわってると疑われただけであなたはそんな目に遭ったわけだから、わたしたちがあそこにいたのがばれたら何を言われるかと思った。それで、ルークが一計を案じた。あなたといっしょだったとルークが証言する。そうすればあなたは助かるし、わたしたちも助かる。そして死ぬまでわたしはあそこにいなかったふりをできる。エリーに声をかけるべきときにルークを追いかけてしまったのに、それをなかったことにできる」

フォークはポケットからきれいなティッシュペーパーを出して渡した。グレッチェンは小さく笑みを浮かべて受けとった。

「エリー・ディーコンがあんなことになったのはきみの責任じゃない」フォークは言った。

「そうかもしれない。でもできることはあった」グレッチェンは肩をすくめて鼻をかんだ。「ルークがどう思ったかはわからない。ルークは悪い人じゃなかったけど、わたしから見ればひどい男だった」

ふたりはしばらく並んで立ち、農地を見渡した。ふたりとも、はるか昔に失ってしまったものを見ていた。

フォークは息を吸った。

「聞いてくれ、グレッチェン。差し出がましいこと言うようだが、ゲリーとバーブとシャーロットは――」

「ラチーの父親はルークじゃないわ」

「だがもし――」

「アーロン。お願い。やめて」青い目がつかの間フォークの目と合った。

「わかった」フォークはうなずいた。言うだけは言った。もう充分だ。「いいんだ、グレッチ。だが、あの人たちは善人だ。そして最近、多くのものを失っている。それはきみも変わらない。この不幸から何か救いを得られる機会があったら、その機会をつかむべきだ」

グレッチェンは無言で見つめ返すだけで、顔にはなんの表情も表れていなかった。長い間を置いて、フォークが火傷をしていないほうの手を差し出すと、グレッチェンはそれに視線を落とした。そして驚いたことに、両手を広げてフォークをすばやく抱き寄せた。そこには媚びも、親しみさえもなかった。ただ穏やかさだけが感じられた。

「また二十年後に会いましょう」グレッチェンは言った。

今度はたぶんその台詞のとおりになるだろうと、フォークは思った。

42

父と暮らした家は記憶にあるよりも小さく見えた。子供のときの記憶に比べても、何週間か前の記憶に比べても。フォークは土地の境界に沿って歩き、家を迂回して川へ向かった。今度はいまの住民に会ってしまっても、あまり揉めずに済むだろうと思った。

病院に入院していたとき、マクマードゥがあきれ顔をしながら、多くの人が手のひらを返していると教えてくれた。にわかにあのビラを公然と非難しはじめ、二十年も前のことだ、いまさらあげつらってもしようがない、などと言っているらしい。

晴れやかな気分で野原を歩いた。二十年も前のことであっても、忘れてはならないことがある。エリー・

ディーコン。この町の最大の被害者はエリーだ。ここの秘密に、嘘に、恐怖に、だれよりも苦しめられた。エリーはだれかを必要としていた。もしかしたらそれは自分だったかもしれないのに、何もしてやれなかった。エリーは混乱にまぎれて忘れ去られようとしている。カレンがそうなりかけたように。ビリーがそうなりかけたように。

きょうはよそうと思った。きょうはエリーの思い出に浸る。エリーが大好きだった場所で。ロック・ツリーに着いたころには、太陽が沈みかけていた。もうすぐ四月だ。夏の猛暑は弱まりつつある。干魃も冬には治まるらしい。すべての人のために、今度の予報は的中することを願った。川は干上がったままだが、いつの日か昔の姿を取り戻してもらいたかった。

岩に腰かけ、持参した小型ナイフを出した。秘密の穴がある場所を見つけ、岩に刻んでいった。小さな字を。E、L、L。ナイフの切れ味が悪いので時間がかかったが、最後までやりとおした。作業が終わると、岩に寄りかかって額を拭った。エリーの名を親指で撫で、出来栄えを自賛した。ひざまずいていたせいで、火傷をしたほうの脚が焼けるように痛かった。

痛みで思い出した。うなりながら体の向きを変え、穴に手を入れて、この前置いてきた古いライターを探した。懐旧の情も結構だが、最近の出来事を考えれば、だれかがそれを見つけて魔が差したら困ると思った。

ライターは奥に置いたはずだったから、無事なほうの手が最初に触れたのは土と枯れ葉だけだった。もっと奥に手を入れ、指を伸ばした。ライターの金属の感触を探り当てたとき、親指が柔らかくて重たげな物体に触れた。驚いた拍子に、ライターをはじき飛ばしてしまった。とまどいながらもう一度手を入れ、同じ物体に触れたところで手を止めた。ざらついているが、しなやかで、かなり大きい。人工の品だ。

穴をのぞきこんだ。何も見えないので、躊躇した。

が、そこでルークやホイットラムやエリーらの、秘密をかかえていたために苦しんだ人たちのことを考えた。もうそういう人を増やすわけにはいかない。

手を突っこみ、指を動かして、その物体をしっかりとつかんだ。引っ張ると、勢いよく飛び出てきた。後ろに倒れこみ、それがもろにぶつかった胸に痛みが走った。視線を落とし、自分が握っているものを見て息を呑んだ。紫色のリュックサックだった。

クモの巣や土がこびりついていたが、だれのものかはすぐに思い出した。たとえ思い出せなくても、見当はついただろう。ロック・ツリーのこの穴のことを知っている人物はほかにひとりしかいなかったし、その少女はわが身ごと川に秘密を沈めてしまったからだ。

リュックサックのファスナーをあけた。地面に中身を並べていく。ジーンズ、シャツが二着、セーター、帽子、下着、化粧ポーチ。ビニール製の財布には、エリー・ディーコンに少しだけ似た少女の身分証明書がはいっている。名前はシャーナ・マクドナルド、年齢は十九歳。筒状にまるめた紙幣がある。十ドル札、二十ドル札、さらには五十ドル札も交じっている。地道に貯めた金だ。

リュックサックの底にもうひとつあった。二十年前、エリーがレインコートで包み、傷まないようにして詰めた品が。取り出して長いあいだそのまま持っていた。傷がついているし、角は折れているが、硬い表紙をめくった先の黒い文字は読みとれた。エリー・ディーコンの日記だ。

はじめて父に殴られたとき、母の名前で呼ばれた。肩に拳がめりこむ瞬間、エリーは父のよどんだ目を見て、また支離滅裂なことを言っていると思った。父は酔っていて、十四歳のエリーは子供から女へと見た目が変わりつつあった。母の写真はとうの昔に炉棚からどかされていたが、その特徴のある目鼻立ちは、エリーが成長すればするほど、ふたたびこの家で存在感を示すようになっていた。

いったん父に殴られると、しばらくしてからまた殴られた。そしてまた。さらにまた。エリーは酒を水で薄めようとした。父はひと口飲んだだけで見破り、エリーは二度と同じ過ちを犯さなかった。家であざが見える服を着ても、従兄のグラントはテレビを観ながら親父の機嫌を損ねるなと言っただけだった。学校の成績は悪化した。気づく教師もいたが、集中力不足だと叱責された。理由を尋ねてくれる教師はいなかった。

エリーは口数が少なくなり、両親がどうしてあれほど酒瓶を口に持っていきたがったかが理解できるようになった。友達だと思っていた少女たちから奇異の目で見られ、陰口を叩かれた。向こうは向こうで肌やら体重やら男の子やらの悩みをかかえていて、エリーに付き合って自分まで浮いた存在になるのをいやがった。ティーンエイジャーらしい根まわしがおこなわれ、気がつくとエリーは仲間はずれにされていた。

土曜日の夜、ほかに行く当てもないまま、酒瓶をバッグに忍ばせてセンテナリー・パークをひとりで訪れたとき、見覚えのあるふたりがベンチのあたりで低く笑う声が聞こえた。アーロンとルークだった。エリー・ディーコンは、いつの間にか忘れてしまった大事なものをふたたび見つけたときのような興奮を覚えた。

慣れるまでは三人とも少し時間がかかった。少年たちはまるではじめて会ったかのようにエリーを見た。だがエリーはそれを気に入った。自分に命令してくる人ではなく、自分のことばにしたがってくれる人がふたりいるというのは、居心地がよかった。

小さいころは快活で向こう見ずなルークのほうが好きだったが、いまでは聡明で思慮深いアーロンのほうに惹かれていた。ルークは父や従兄とは似ても似つかなかったが、根はそのふたりと少し似ているという思いを振り払えなかった。だから、グレッチェンがあの輝くばかりの魅力でいくらかでもルークの気をそらしてくれたときは安堵した。

　しばらくはうまくいっていた。友人と過ごす時間が増えるほど、家で過ごす時間は減る。エリーはアルバイトをはじめ、金欠の父や従兄から金を隠す方法を苦い経験のうちに学んだ。

　エリーは満足していたが、そのせいで父に対して油断し、調子に乗った。やがて母と瓜ふたつの口で生意気なことを言ってしまい、失神しかけるまで十六歳の顔をソファーのクッションに押しつけられた。

　ひと月後、口と鼻に汚れた布巾を巻きつけられて、父の手を掻きむしった。ようやく解放されて必死に吸った最初の空気は、父の酒くさい息と同じにおいがした。エリー・ディーコンが酒を断ったのはその日だ。逃げようと決意したのがその日だったからだ。いますぐ逃げるのは無理だし、悪い状況から逃げようとしてもっと悪い状況にはまるわけにはいかない。だが、近いうちに逃げる。そのためには、頭をはっきりさせておかなくてはならない。手遅れになる前に。

　きっかけは暗い真夜中に訪れた。自分の部屋で目を覚ますと、父が上にのしかかり、全身をまさぐっていた。痛みに貫かれ、酔ってろれつのまわらない口が耳もとで母の名前を言った。ようやくその体を押しのけることができたとき、部屋から出ていく父に突き飛ばされ、ベッドの脚に頭を強くぶつけた。朝の光のなかで木にできたへこみを撫で、ピンク色のカーペットにできた血の染みをふらつきながらこすりとった。頭がうずいた。苦しみの涙が流れた。どこがいちばん痛いのかはわからなかった。

　翌日の朝、アーロンがロック・ツリーであの穴を見つけたときは、天の啓示だと思った。逃げろという天啓だと。穴は隠れたところにあり、ほかの人はだれも知らないし、荷物を隠せるほど大きい。願ってもなかった。希望が徐々に湧いてきて、アーロンの目を見つめ、これまで考えないようにしてきたアーロンを失うつらさをはじめて考えた。

キスは思っていたよりも心地よかった。だがそれも、アーロンが手を伸ばして怪我した頭に触れるまでだった。痛みで思わず体を離していた。目をあげ、アーロンの狼狽した顔を見たとき、父をかつてないほどに憎んだ。

アーロンに打ち明けたいと心の底から思った。何度も。しかし、エリー・ディーコンのなかでうねるあらゆる感情のうち、最も強いのは恐怖だった。

父を恐れているのは自分だけではない。父はどんな侮辱に対しても、たとえそれが思いこみであっても、即座に容赦なく報復する。父が脅しを実行するのは何度も見た。取引先をひいきしたり、農地に毒を撒いたり、犬を轢いたりしていた。生きるだけでも苦労する土地柄では、戦う相手を選ばなければならない。それでもあえて父に立ち向かう人間など、キエワラにいるはずもなかった。

だから計画を練った。貯めた金とひそかに荷造りしたリュックサックを川辺に運び、だれにも見つからない場所に隠した。そして準備が整うのを待った。三つ先の町の平凡なモーテルの部屋を予約した。予約名を訊かれ、だれよりも安心させてくれる名前を反射的に答えた。フォークと。

ノートの切れ端にフォークの名前と決行の日付を書きつけ、ジーンズのポケットに入れた。お守り代わりに。決心が鈍らないように。逃げなければならないが、機会は一度しかない。父に見つかったら殺されるだろう。

それが日記に書いた最後の文になった。

母屋にはいったとき、夕食のにおいがしなかったので、マル・ディーコンは頭に血がのぼるのを感じた。グラントのブーツを蹴ってソファーからどけると、甥は片目をこじあけた。

「紅茶も淹れてないのか?」ディーコンは言った。

「エリーがまだ学校から帰ってないんだ」

グラントのそばにあった六缶パックからビールを一本取り、家の奥へ行った。娘の部屋の戸口に立ち、ビールをがぶ飲みした。それがこの日の一本目ではなかった。二本目でもなかった。

白いベッドの脚に目を留め、木のへこみと、下のピンク色のカーペットにできた染みを見て、顔をしかめた。胃にボールベアリングのような冷たいしこりを感じた。何か悪いことが起こっている。へこみを見つめていると、おぞましい記憶がよみがえりそうになった。酒を喉に流しこみ、暗いところにその記憶をふたたび沈めようとした。が、アルコールが怒りとなって血管を駆けめぐった。

娘はもう帰っていなければならないのに、帰っていない。ここで自分のそばにいなければならないのに。

遅れているだけかもしれないと理性がかすかにささやいたが、最近の娘が自分を見るときの目つきが頭に浮かんだ。よく知っている目つきだった。五年前にも見た目つきだ。その目つきはこう告げていた。〝もううんざり、さよなら〟と。

血が煮えたぎり、ワードローブの戸を荒々しくあけた。いつもの置き場所からリュックサックが消えている。棚にはきれいにたたまれた服が並んでいるが、ひとつかふたつ隙間がある。ディーコンは兆候を知っていた。隠れて何かをしたり、秘密を作ったりするのがそれだ。前は見落としてしまった。二度と見落とさない。ドレッサーの抽斗を抜き、中身を床にぶちまけて、ビールがカーペットにこぼれるのもかまわず、手がかりを探した。突然、手を止めた。エリーの居場所を冷徹に確信した。あれのいまいましい母親がよく逃げこんでいた場所だ。

くそ女、くそ女。

千鳥足でリビングルームに戻り、グラントを叩き起こして、トラックの鍵を押しつけた。

「エリーを連れ戻しにいく。おまえが運転しろ」

くそ女、くそ女。

途中で飲むためにビールを何本か持っていった。オレンジ色に照りつける陽を浴びながら、フォーク家の農場へ向かう土の道に車を走らせた。絶対に逃がすものか。今度こそ。

もう手遅れだったらどうするかを考えていたとき、それが見え、心臓が口から飛び出しそうになった。白っぽいTシャツと見覚えのある長い髪が、フォーク家の先に並ぶ木立に吸いこまれるようにして消えた。

「あそこだ」ディーコンは指さした。「川へ向かってる」

「おれには何も見えなかったが」グラントは眉根を寄せたが、トラックを停めた。

ディーコンは飛びおり、甥を引き離して農地を突っ切り、薄暗い木立に駆けこんだ。視界が赤みを帯び、転びそうになりながら小道を進んで追いかけた。

追いついたとき、エリーは奇妙な形の木のそばでかがみこんでいた。足音を聞きとがめたときにはもう遅く、顔をあげて口を茫然と開き、悲鳴をあげようとした瞬間、ディーコンがその髪をつかんだ。

くそ女、くそ女。

逃がすものか。今度は逃がさない。だが、エリーは暴れている。朦朧とした頭でもそれはわかった。そのせいで手を振りほどかれてしまいそうだ。だから頭のあたりを平手で殴った。エリーが後ろによろめいて低くうめきながら川岸に倒れこみ、髪と肩が黒い川の水に浸かった。あのよく知っている目つきで見られたディーコンは、エリーの顎をつかんで濁った川に沈め、顔が見えないようにした。

エリーは自分の身に起こっていることを悟って抵抗した。ディーコンは暗い川面に映った自分の目を見据え、いっそう強く娘を押さえつけた。

　農場を譲るのを交換条件にしてグラントに手伝わせ、薄れゆく光のなかでエリーの体を沈めておけるだけの石を川岸で探した。そうするしかなかった。甥がエリーのポケットからフォークの名前が記された紙を見つけたとなれば、なおさらだった。エリーの部屋にこれを置いておけば役に立つかもしれない、とグラントは提案した。あたりが完全に闇に包まれるまで探しつづけたが、エリーのリュックサックはどうしても見つからなかった。

　殺意があってあそこまで強く娘を押さえつけたのだろうかと、マル・ディーコンが考えるのはずっとあとになってからだった。ひとりの夜にはじめてそれを考え、それからも何度も夜に考えることになった。

〝父に見つかったら殺されるだろう〟


　エリーの書いた文章を読み終えると、フォークはすわったまま干上がった川を眺めた。長い時間が過ぎてから、日記を閉じ、ほかの品とともにリュックサックに戻してファスナーを閉めた。立ちあがってリュックサックを肩に掛ける。

　日は沈み、夜の帳《とばり》がおりつつある。ユーカリの木の上で、星が明るく光っている。不安はなかった。道はわかっている。キエワラに歩いて戻る途中、冷たい風が吹いた。

謝辞

一冊の小説を生み出すために、どれほど多くの人がかかわっているかを、わたしはまったく知らなかった。その過程でわたしを助けてくれた多くのかたがたに心から感謝する。

パン・マクミリアンのケイト・パターソン、フラットアイアン・ブックスのクリスティーン・コップラッシュとエイミー・アインホーン、リトル・ブラウンのクレア・スミスら、編集者たちに深謝する。彼らは鋭い指摘、洞察、助言によって本書の質を高めてくれた。駆けだしの作家にこのようなすばらしい機会を与えてくれたことにお礼を申しあげる。

また、本書を仕上げて書店に並べるために尽力してくれた、有能な校正者、デザイナー、マーケティングチーム、営業チームの各位にもたいへん感謝している。

カーティス・ブラウン・オーストラリアのクレア・フォスター、カーティス・ブラウン・UKのアリス・ラッチェンズとエヴァ・パパストレイツ、ライターズ・ハウスのダニエル・ラザール、インテレクチュアル・プロパティ・グループのジェリー・カラジアンら、勤勉なエージェントからいつも助けてもらって、日ごろから幸運だと思っている。彼らはつねに期待以上の働きをしてくれている。

メルボルンのホイーラー・センターのかたがたや、ヴィクトリア州知事文学賞未発表原稿部門の審査員と運営者と支援者にも謝意を表したい。この賞は作家の卵に貴重な機会を提供していて、二〇一五年に受賞したわたしは、千もの扉の鍵を与えられた。

本を出すためにはまず書かなければならず、その意味でわたしはカーティス・ブラウン・クリエイティブの二〇一四年のオンライン講座を受講した作家仲間たちに、いつまでも恩を感じることだろう。みなさんが才能を結集し、叡智を示してくれたことに感謝する。みなさんがいなければ、本書がこのような形になることはなかったはずだ。講師のリサ・オドネル、友人のエドワード・ハムリン、講座の指導教官であるアナ・デーヴィスには特に謝意を表したい。

そしてもちろん、本を作ることを人生の重要な部分にしてくれた、マイク、ヘレン、マイケル、エリーらのわがハーパー家の一同にも感謝と愛情を。この小説の魅力をいつも信じてくれた、すてきな夫のピーター・ストローンにも。

訳者あとがき

オーストラリアは水事情の厳しい国として知られる。もともと年間の平均降水量が日本の三分の一程度と少ないうえに、降雨が安定せず、エル・ニーニョ現象などの影響を受けると日照りが何カ月も、ときには何年もつづくことがある。そのため、おおよそ十年から二十年に一度は大規模な干魃に襲われている。近年では、二〇〇六年から二〇〇七年にかけての大干魃は観測史上最悪とも言われ、小麦の生産量が六割減になるなどの深刻な被害を出した。

干魃は森林火災という形でも被害をもたらす。オーストラリアに広く分布するユーカリは引火性物質であるテルペンを放出するが、気温が高い夏にはその量が増える。日照りがつづくとこれに加えて乾燥した状態になるため、なんらかの理由で発火するとたちまち森全体が火の海になる。二〇〇九年にヴィクトリア州で発生した森林火災では東京都の二倍もの面積が焼失し、日本でも大きく報道されたので、記憶にあるかたも多いと思う。

さて、ジェイン・ハーパーのデビュー作となる本書は、そんな大干魃に襲われたオーストラリアの田舎町を舞台にしたミステリである。物語は、メルボルンの連邦警察に勤めるアーロン・フォークが二十年ぶりに故郷のキエワラに戻るところからはじまる。

フォークが帰郷したのは、友人の葬儀に参列するためだった。友人の名はルーク・ハドラーといい、フォークとは幼いころから仲がよかった。そのルークが二週間前、森のなかに停めた自分のトラックの荷台で、頭をショットガンで撃ち抜いた無残な遺体となって発見された。ルークの妻と六歳の息子も、近くに建つ自宅でやはりショットガンによって射殺されていた。トラックの荷台に残されたショットガンがルークの所有していたもので、本人の指紋しか付着していなかったことなどから、警察は干魃による生活苦で正気を失ったルークが妻子を殺害したうえで自殺したものと判断していた。

だが、それにしてはつじつまの合わない点があった。ルークの娘のシャーロットは事件当時に在宅していたにもかかわらず、なんら危害を加えられていなかった。死亡した三人に対して使用された弾は、ルークがふだん使っている製品ではなかった。母と死別して父子家庭で育ったフォークをかわいがってくれたルークの母親も、息子の犯行を強く否定していた。その懇願を受けたこともあり、フォークは事件の再捜査に乗り出すことになる。

もし第三者が三人を殺害し、ルークの犯行に見せかけたのなら、シャーロットが見逃されたのも納得がいく。シャーロットはまだ乳児で、目撃者たりえないからだ。ではだれが、いかなる動機から凶行におよんだのか。フォークは地元の警官レイコーと協力し、さまざまな可能性を探るが、捜査ははかどらず、一部の住民から陰湿な妨害まで受ける。

　実は、フォークには故郷から石もて追われた過去があった。ティーンエイジャーのころ、フォークとルークはエリーとグレッチェンというふたりの少女と親しくしていた。四人はよくつるんで遊び、ルークはグレッチェンと付き合い、フォークはエリーに恋心をいだいていた。しかし、そんな青春も十六歳の夏に終わりを告げた――キエワラを流れる川でエリーの溺死体が発見された日に。

　エリーは書き置きを残しており、そこにはフォークという名前と本人が失踪した日付が記されていた。なぜエリーがそんなものを書いたのか、フォークには見当もつかなかったが、そのせいでフォーク父子はエリー殺しの疑いをかけられることになった。フォークはやむなくルークと口裏を合わせ、事件当時は別の場所にいたという偽のアリバイをこしらえる。おかげで警察には逮捕されずに済んだが、フォーク父子をあくまでも犯人扱いする人々は、いやがらせを繰り返した。それをあおっていたのはエリーの父親のマル・ディーコンと従兄のグラントで、ついに耐えきれなくなったフォーク父子はキエワラから逃げ出し、メルボルンへ移り住んだ。

　それ以来、フォークはキエワラに戻っていなかった。ルークとはメルボルンでたまに会っていたので、交友は細々とつづいていた。エリーの死をきっかけに父子の関係にはひびがはいり、父が死ぬまでそれが修復されることはなかった。ルークの死を報道で知っても、フォークは帰郷をためらっていた。それを変えたのは、ルークの父親が送りつけてきた手紙だった。そこにはこう書かれていた――

　〝ルークは嘘をついた。きみも嘘をついた。葬儀で会おう〟と。

キエワラでフォークはルークの事件を捜査しながら、エリーの死の真相にも近づいていく。エリーの死が他殺だとしたら、だれに殺されたのか。自殺だとしたら、どんな理由があったのか。故郷で再会したかつての四人組のひとり、グレッチェンは何を知っていたのか。そしてそれはルークの事件にどうかかわっているのか。やがて思いがけない真相が明らかになる。

率直に言ってしまえば、元警官や現警官の主人公が故郷に戻って事件に巻きこまれるという展開は珍しいものではない。現在の事件に過去の事件をからめるのもミステリでは定番だ。本書の最大の特徴は、そうしたよくある設定を用いながらも、干魃という極限状態に置かれた町の人間ドラマをリアルに描き出しているところだろう。

どちらかと言えば湿潤な気候に暮らすわれわれ日本人には、何年も雨が降らない状態というのは想像しにくい。だが、はじめに述べたとおり、オーストラリアでは干魃はまぎれもない現実の脅威であり、けっして対岸の火事ではない。そのことが物語のクライマックスでの危機感や緊迫感を大いに高めているのは言うまでもない。と同時に、作中で干魃はキエワラの住民たちの醜い内面をあぶり出す役目も果たしている。もっぱらそれは主人公のフォークに対する心ない仕打ちとなって表れる。登場人物のひとりは「この町は干魃のせいで滅びかけている」と言うが、これは住民たちのモラルの崩壊まで念頭に置いた台詞であり、その滅びかけた町の偏狭さ、頑迷さがルークの事件を通して生々しく描かれる。そうした場面は読んでいてフォークに同情を覚えるほどだ。

しかしながら、本書の読後感はけっして悪くない。その理由のひとつは、終盤の謎解きが実に鮮やかなことだろう。詳しくは書かないが、ある人物の何気ないひとことから、フォークはルークの事件の真相に思い至る。そして意味をつかめそうでつかめなかった手がかりがすべて結びつく。エリーの事件でも同じだ。それまでにさりげなく張られていたいくつもの伏線がきれいに回収される。ベストセラー作家のデイヴィッド・バルダッチは本作を「これまでに読んだなかで最も衝撃的なデビュー作のひとつ」と絶賛しているが、同様の感想を持たれた読者も多いのではないだろうか。

著者について触れておこう。

ジェイン・ハーパーはイギリスのマンチェスターで生まれた。八歳のときにオーストラリアのヴィクトリア州に移住して六年暮らしたのち、イギリスに戻ってケント大学で歴史と英文学を学んだ。卒業後は両国でジャーナリストとして働いていたが、二〇一四年に出版社のカーティス・ブラウンが運営するオンラインの小説執筆講座を受講し、この作品を書きあげた。本書は二〇一五年のヴィクトリア州知事文学賞（未発表原稿部門）を受賞し、《ニューヨーク・タイムズ》紙のベストセラーリストにもランクインした。好評を受け、ハーパーはすでに次作の執筆に取りかかっており、主人公は今作と同じくアーロン・フォークで、舞台もやはりオーストラリアになるという。いずれお届けできれば幸いである。

最後になりましたが、本書の訳出にあたっては、株式会社早川書房の根本佳祐氏、川村均氏とみなさまにたいへんお世話になりました。心よりお礼を申しあげます。

二〇一七年三月

HAYAKAWA POCKET MYSTERY BOOKS No. 1918

青《あお》　木《き》　　　創《はじめ》

1973年生，東京大学教養学部教養学科卒，
訳書
『黄金の時間』トッド・モス
『忘れゆく男』ピーター・メイ
『偶然の科学』ダンカン・ワッツ
『愛と怒りの行動経済学』エヤル・ヴィンター
（以上早川書房刊）他多数

この本の型は，縦18.4センチ，横10.6センチのポケット・ブック判です．

〔渇《かわ》きと偽《いつわ》り〕

2017年4月10日印刷　　2017年4月15日発行

著　者　ジェイン・ハーパー
訳　者　青　木　創
発行者　早　川　浩
印刷所　星野精版印刷株式会社
表紙印刷　株式会社文化カラー印刷
製本所　株式会社川島製本所

発行所　株式会社　**早　川　書　房**

東京都千代田区神田多町2－2
電話　03-3252-3111（大代表）
振替　00160-3-47799
http://www.hayakawa-online.co.jp

（乱丁・落丁本は小社制作部宛お送り下さい
送料小社負担にてお取りかえいたします）

ISBN978-4-15-001918-1 C0297
Printed and bound in Japan

ハヤカワ・ミステリ〈話題作〉

1913
虎狼
モー・ヘイダー
北野寿美枝訳
突如侵入してきた男たちによって拘禁された一家。キャフェリー警部は彼らを絶望の淵から救うことが出来るのか？　シリーズ最新作

1914
バサジャウンの影
ドロレス・レドンド
白川貴子訳
バスク地方で連続少女殺人が発生。捜査に派遣された女性警察官が見たものは？　スペインでベストセラーとなった大型警察小説登場

1915
楽園の世捨て人
トーマス・リュダール
木村由利子訳
〈「ガラスの鍵」賞受賞作〉大西洋の島で怠惰に暮らすエアハートは、赤児の死体の話を聞き……。老境の素人探偵の活躍を描く巨篇！

1916
凍てつく街角
ミケール・カッツ・クレフェルト
長谷川圭訳
酒浸りの捜査官が引き受けた失踪人探し。若い女性が狙われる猟奇殺人。二つの事件を繋ぐものとは？　デンマークの人気サスペンス

1917
地中の記憶
ローリー・ロイ
佐々田雅子訳
〈アメリカ探偵作家クラブ賞最優秀長篇賞受賞〉少女が発見した死体は、町の忌まわしい過去を呼び覚ます……巧緻なる傑作ミステリ